JEANINE KROCK

Der Blutkristall

Der Blutkristall

Jeanine Krock

Roman

LYX
EGMONT

Deutschsprachige Taschenbuchausgabe April 2011 bei LYX
verlegt durch EGMONT Verlagsgesellschaften mbH,
Gertrudenstr. 30–36, 50667 Köln

Die Originalausgabe erschien 2009 bei UBooks Verlag.

1. Auflage
Redaktion: Joern Rauser
Satz: Greiner & Reichel, Köln
Druck: GGP Media GmbH, Pößneck
ISBN 978-3-8025-8434-3

www.egmont-lyx.de

Für meine Eltern

Das Schönste, was wir entdecken können,
ist das Geheimnisvolle.
(Albert Einstein)

1

„Früher oder später kommt der Tag, an dem man darüber nachdenkt, neu anzufangen, alle Brücken abzubrechen, an einem anderen Ort eine andere Identität anzunehmen, noch einmal ganz von vorn zu beginnen." Vivianne klappte das Buch zu, legte es auf den Nachttisch und ließ sich in die Kissen fallen. An der Decke über ihr bildete der weiße Stuck im Licht der Lampe einen scharfen Kontrast zu den Wänden. Ihr *Appartement* war einst die luxuriöse Suite eines Hotels gewesen. Noch heute sorgten Angestellte des benachbarten *Jardin Faubourg* im besten *Quartier* der Stadt für Sauberkeit und Bewirtung, wenn sie darum bat.

Leise und selbst für ihre empfindlichen Ohren kaum wahrnehmbar drangen die Geräusche der Metropole herein. Jede Stadt hat einen eigenen Klang, und ganz besonders Paris. Vivianne fühlte sich geradezu mit ihr verwandt, mit der Seele, die von allen Weltkräften nur die Schönheit wahrnimmt. Unsterblich waren beide, sie, die Frau, die niemals altern würde, aber auch die Hauptstadt Frankreichs, die sich seit Jahrhunderten täglich neu erfand.

La Métropole et la petite Vampiresse, Paris und Vivianne waren seit ihrer Ankunft vor zwanzig Jahren Schwestern im Geiste. Gemeinsam erlebten sie die Liebe und den Tod, und ihre sterblichen Verehrer spürten bei jeder Begegnung den Atem der Geschichte, das Geheimnisvolle, und zwar ohne jemals zu erkennen, wer oder was sie wirklich waren. Die Stadt blieb eine hochmütige Schönheit. Vivianne versuchte das Unmögliche, nämlich Freundschaften zu pflegen – mit Menschen, deren Leben dem eines Schmetterlings glich: fragil und flüchtig. Sich auf sie einzulassen, das mochten andere als leichtsinnig, sogar als gefährlich und eine Bedrohung für ihre Art bezeichnen. Und ohne den Schutz der mächtigsten Vengadore – diesen allseits gefürchteten Kriegern des Magischen Rats – wäre diese freche Vampirin von manch einer der Unsterblichen gewiss zum Duell herausgefordert worden. Viviannes Welt aber war von noch weitaus tieferen Abgründen durchzogen, von denen diese Gegner überhaupt nichts ahnten. Dort lauerten die wahren Feinde, vor denen sie sich noch für lange Zeit würde verbergen müssen.

Doch gegenwärtig lief alles bestens. Ihre Tarnung hielt, obwohl es zunehmend schwieriger wurde, eine Jugendlichkeit zu verschleiern, für die nicht wenige Sterbliche bereit gewesen wären, ihr Vermögen und auch ihre Gesundheit zu opfern. Die Geschäfte konnten gar nicht besser gedeihen. Vor fünf Jahren hatte sie eine Dependance ihrer Modelagentur in Moskau eröffnet. Stockholm folgte wenig später, die Szene veränderte sich. Schon standen klassische Schönheiten aus dem Norden Europas im Fokus der stets hungrigen Modewelt.

„Menschenhandel geht immer." Ihr russischer Geschäftspartner war mit Diamanten reich geworden. Jetzt, so sagte er lachend, sähe er sich nach Juwelen ganz anderer Art um, und ihm sei es ganz gleich, ob sie aus Hamburg, Finnland oder Usbekistan stammten. Aus den einsamen Steppen tief im Inneren des riesigen russischen Reiches waren in den vergangenen Jahren die schönsten Mädchen gekommen. Langbeinig waren sie und an Entbehrungen gewöhnt, aber mit einem unstillbaren Hunger nach Leben.

So wie Vivianne selbst.

Als Model konnte man sie allerdings nicht bezeichnen, auch wenn sie häufig genug Angebote erhielt, die Haute Couture ihrer Lieblingsdesigner exklusiv zu präsentieren. Ihre Rundungen mochte manch einer an den laufenden Kleiderständern vermissen, mit denen sie ihr Geld verdiente. Sie hätte jedenfalls nicht tauschen wollen, und wer einmal Zeuge eines ihrer Auftritte in der Gesellschaft geworden war, der vergaß dies nicht mehr. Darin jedoch lag die wahre Gefahr. Was ihrem Ego grenzenlos schmeichelte, konnte eines Tages sehr wohl ihre Sicherheit gefährden.

Doch Vivianne hatte sich kaum jemals länger als einige Minuten Sorgen um sich selbst gemacht, und der heutige Abend war einfach zu schön, um jetzt gleich damit anzufangen. Sie hatte geträumt – etwas, das doch selten genug geschah. Und die lebhaften Bilder ihres Traums ließen sie gar nicht mehr los. Je höher der neue Mond am Nachthimmel stieg, desto deutlicher konnte sie es spüren: ein Knistern in der Atmosphäre, als rieben sich die Dimensionen aneinander, wie sie es sonst nur in den Raunächten taten, wenn die Schwachen besser in ihren Häusern blieben und ihre Türen fest verriegelten.

Sie breitete die Arme aus, als seien es Schwingen, die zu lange ungenutzt geblieben waren, und streckte ein Bein in die Luft. Was sie sah, gefiel ihr. Die Haut wirkte so unvergleichlich glatt, als hätte sie erst gestern die übliche Prozedur eines Waxings über sich ergehen lassen, dessen Schmerzen sie aber glücklicherweise nur vom Hörensagen kannte. Selbst der aufmerksamste Betrachter würde eine ganze Weile benötigen, um die gesamte Schönheit ihrer Erscheinung in sich aufnehmen zu können und ihren vollendet geformten Fuß endlich ins Auge zu fassen. Vivianne lächelte. So oder so ähnlich hatten die Lobpreisungen ihres inniglichsten Liebhabers geklungen. Sie sandte ihm einen liebevollen Gedanken, den er auch würde brauchen können, denn der arme Poet hatte nichts zu lachen. Schon gar nicht, seit er in einem privaten Sanatorium lebte, weil er nicht einsehen wollte, dass es so etwas wie Vampire nur in seiner Fantasie gab. Den Patienten fehle es dort an nichts, hatte ihr der Direktor, ein alter Freund der Familie, versichert. Sie konnten bei den täglichen Spaziergängen die frische Luft atmen und die unendliche Ruhe genießen, die in diesem abgelegenen Hochtal des Kaukasus herrschte.

Vivianne hasste traurige Gedanken am frühen Abend. Sie angelte eine Fernbedienung vom Nachttisch, die schweren Fensterläden glitten automatisch beiseite und mit einem kaum hörbaren Klicken sprang der Sicherheitsmechanismus ihrer Schlafzimmertür auf. Ungeduldig schob sie die Daunendecke fort, stieg aus dem Bett und warf einen Blick auf ihr Spiegelbild. Ganz gleich, was das Schicksal für sie plante, es gab keinen Grund, den apokalyptischen Reitern ungekämmt gegenüberzutreten. Letztlich waren sie ja auch nur Männer. Sie runzelte die Stirn. Wer hatte eigentlich das Gerücht in die Welt gesetzt, Vampire wie sie wären auch ohne kosmetische Hilfe und eine anständige Garderobe unwiderstehlich? Glücklicherweise stand ihr von beidem nur das Beste zur Verfügung. Ihr hatte es niemals an etwas gemangelt, weder an Verehrern noch an Geld. Und schon gar nicht an eleganter Kleidung.

Ihre beiden Brüder lieferten den besten Beweis, so fand sie, dass selbst ihresgleichen der natürlichen Anziehungskraft zwischen den Geschlechtern mit ein wenig Geschick noch nachhelfen konnten. Kieran war gewiss der am besten gekleidete Kopfgeldjäger dieser Dimension. Asher, der Bibliothekar, hätte dagegen ohne die modische Beratung seiner stilsicheren Schwester ganz gewiss niemals eine Gefährtin gefunden und würde seine Kleidung womöglich immer noch allein nach dem Gesichtspunkt der Bequemlichkeit aussuchen. Der Gedanke daran ließ sie erschaudern.

Schnell lief sie durchs Zimmer und öffnete einen verborgenen Kühlschrank. „Haben wir kein B-negativ mehr?" Natürlich antwortete niemand. So weit ging ihre Liebe zu den Sterblichen nicht, dass sie einen von ihnen tagsüber in ihrer Wohnung geduldet hätte. Vivianne nahm eine Flasche heraus, trank und zog die Badezimmertür hinter sich zu, noch bevor die Flüssigkeit ihren Magen erreicht hatte. Auch ohne Frühstück besaß sie einige außerordentliche Gaben, und diejenige, sich schneller zu bewegen, als ein menschlicher Betrachter dies für möglich gehalten hätte, gehörte ohne Zweifel dazu.

Nach einer langen, heißen Dusche kehrte sie in ihr Schlafzimmer zurück, öffnete die Balkontüren und trat auf einen schmalen Sims hinaus, wie man ihn hier an vielen Häusern sah und den die Pariser gern vollmundig als Balkon bezeichneten. Dabei reichte es schon, einen halben Schritt zu tun, und man stand an dem eisernen Geländer, das die Wagemutigen vor einem sicheren Sturz bewahrte. Vivianne beugte sich hinüber und sah zwischen den Blättern der Platanen auf die Straße hinab, wo zu dieser Zeit Passanten mit eiligen Schritten nach Hause strebten. Andere flanierten, ein Paar umfasste sich liebevoll, schlenderte über den Boulevard, blieb hier und da auch stehen, um einen Blick auf die unerschwinglichen Auslagen der Geschäfte zu werfen. Wer in dieser Straße einkaufte, verabredete einen Termin. Allen anderen blieb nur der Traum vom Luxus.

Die Arme weit ausgebreitet lehnte sich Vivianne noch ein Stück weiter vor. Jeden Tag etwas mehr und immer noch der Schwerkraft trotzend. Sie überlegte, wie es wohl wäre, wenn der Wind sie jetzt bei den Flügeln griffe und über die Stadt trüge. Weit, weit fort aus ihrem geliebten Paris. Ein Rauschen riss sie aus ihren Gedanken.

„Guten Abend, Nabrah!" Sie ging hinein, nahm ein paar Sonnenblumenkerne aus einer Schale und präsentierte sie dem Raben auf der flachen Hand. Er senkte seinen Schnabel, der länger war als ihr kleiner Finger, und nahm behutsam einen Kern entgegen, knackte und bewegte ihn in der Schnabelspitze hin und her. Dann schluckte er und sagte: „Kein Filet? Er ist also gekommen?"

„Nein! Das ist er nicht. Genau wie all die anderen, die spätestens nach dem ersten Date das Weite suchen."

„Das sind die Mutigen."

„Ach, halt doch den Schnabel!" Viviannes Laune war dahin, sie drehte sich auf dem Absatz um und verschwand im Dunkel des Zimmers.

Der Rabe auf dem Geländer spreizte die Flügel, streckte das rechte Bein von sich, und dann sah es einen Augenblick lang so aus, als betrachte er seine Krallen. Danach zog er den Fuß dicht an den Körper heran und plusterte sein Gefieder auf.

Begleitet von einem unfreundlichen „Da, nimm!" kam in diesem Augenblick ein Stück Fleisch angeschossen, das er trotz seiner vorübergehenden Einbeinigkeit geschickt auffing. Nabrah drehte sich den Brocken im Schnabel zurecht, legte seinen Kopf in den Nacken – und im Nu war die Leckerei verschluckt. Vivianne reichte ihm einen zweiten Brocken, der ebenso schnell verschwand.

„Bedankt, mein Herz!" Der Vogel öffnete seine Schwingen. Wäre es möglich gewesen, dass Raben zufrieden grinsten, dann hätte es dieser hier getan. „Also, was unternehmen wir heute?" Er sprang vom Geländer und überquerte geruhsam den Teppich. Vivianne erinnerte der hüpfende Vogel immer an einen Staatsbeamten: dunkel gekleidet und von seiner eigenen Wichtigkeit äußerst überzeugt. Sie beachtete ihn nicht weiter und setzte sich an ihren antiken Schminktisch. Um den unschönen Schein des Alterns aufrechtzuerhalten, musste sie inzwischen allabendlich mehrere Schichten Make-up auftragen. „Ich sehe abscheulich aus!" Ihr Spiegelbild blickte sie ärgerlich an.

Reg dich nicht auf, sonst musst du deine Nägel neu lackieren.

„Was weißt du schon von Kosmetik?" Dummerweise hatte Nabrah aber recht. Viviannes Fingernägel hatten die Angewohnheit, sobald sie sich ärgerte, zu wachsen, bis sie gebogenen Klauen ähnelten. Klauen, die heute mit Red Velvet, einem sündhaft teuren Lack bestrichen gewesen wären. So etwas sah weder besonders schick aus, zumal die Farbe durch die Verformung abblätterte, noch ließen sich vier Zentimeter lange Krallen so ohne Weiteres vor den Augen der Menschen verbergen. Ein Problem, das auch eine so junge Vampirin wie sie längst im Griff haben sollte. Sie holte tief Luft. Nötig war dieses Relikt aus den Zeiten der Sterblichkeit zwar nicht, aber es beruhigte sie immerhin doch ein wenig. „Und jetzt lenk mich nicht ab, ich hab gleich eine wichtige Besprechung in der Agentur!"

„Der Rothaarige?"

Vivianne lachte. „Ach du lieber Himmel, doch nicht der! Es gibt nichts Langweiligeres als Finanzmenschen. Aber ich gebe zu, das Meeting möchte ich ungern verpassen. Nur … so", sie breitete die Arme aus, „wird mich keiner von ihnen beachten."

„Hat dir schon mal jemand gesagt, dass diese Castings nicht veranstaltet werden, damit du dir die leckersten Happen aussuchen kannst?"

„Nicht?" In Viviannes Augen funkelte es.

„Tu, was du willst, mein Herz!"

Das Casting war eine Enttäuschung. Natürlich zog sie trotz ihrer lächerlichen Verkleidung genügend Blicke auf sich, aber sie war gerade nicht sehr hungrig und keiner der Männer wirkte interessant genug, um einen Flirt zu beginnen. Vivianne verlor schnell ihr Interesse und verabschiedete sich unter einem Vorwand.

„Ich sterbe vor langer Weile!" Sie warf ihre Kostümjacke, von der die Werbung behauptete, sie sei die beste Wahl für Businessfrauen ab Mitte vierzig, achtlos über eine Stuhllehne und streifte die schwindelerregend hohen Pumps ab. Bei Schuhen machte Vivianne keine Kompromisse. Auf Strümpfen lief sie in ihr Schlafzimmer.

Wurde aber auch Zeit, ich hab Hunger! Meistens plauderte Nabrah lieber per Gedankenübertragung. Ein sprechender Vogel wäre in der Öffentlichkeit doch zu verdächtig gewesen. Überhaupt in Begleitung eines solchen Tiers gesehen zu werden hatte Vivianne bereits den Ruf eingebracht, eine Exzentrikerin zu sein.

Das kümmerte den Vogel allerdings wenig, er ließ sich selbst durch unangenehme Begegnungen nicht davon abhalten, ihr hinterherzuspionieren, und behauptete jedes Mal, wenn sie sich darüber beklagte, es geschähe alles nur zu ihrem Besten. Als er um die Ecke spähte, um festzustellen, ob sie allein war, hatte Vivianne bereits die Schleife an ihrer Seidenbluse aufgezerrt und schlängelte sich gerade aus dem knielangen Rock. Er gab einen Ton von sich, der eher nach einem Husten klang, und flog auf die Lehne ihres Sessels.

Sie bemerkte nicht das Glitzern in seinen Augen, die eher einem intelligenten und augenblicklich sehr interessierten Mann zu gehören schienen als einem Vogel. Sie warf ihre Bluse achtlos in eine Ecke. „Welche Einladungen habe ich für heute?"

„Bin ich dein Sekretär?"

„Wenn du dich hier schon breitmachst", Vivianne wies auf die eingedrückte Stelle mitten in ihrem Bett, „dann kannst du ruhig auch etwas leisten."

„Ich bin dein Schutzengel, schon vergessen?"

„Und meine Post zu lesen gehört das auch zur Jobbeschreibung?"

Nabrah kratzte sich und schüttelte anschließend sein Gefieder. „Schon gut. Wie wäre es mit dem Empfang beim schwedischen Botschafter …?"

„Langweilig!"

„Eine Einladung zur Premiere der *Götterdämmerung*."

„Wagner?" Vivianne sah auf die Uhr. „Die hat schon angefangen."

„Dann habe ich nur noch die Wohltätigkeitsveranstaltung von Madame de Plessis-Bellière."

Vivianne stöhnte. „Hortense veranstaltet die merkwürdigsten Partys der Stadt!"

Er krächzte. „Das kann man wohl sagen. Dieses Mal hat sie in eine Höhle eingeladen. Vermutlich tragen die Kellner tote Tiere um die Hüften."

„Schwarze Federn wären eine gute Idee", grollte Vivianne und zog Nabrah eine Sandalette aus dem Schnabel. Tiefe Abdrücke zierten den schmalen Absatz.

Müssen wir wirklich zu dieser verrückten Hortense gehen? Sie stinkt so nach Katze. Seine Stimme, die nun ausschließlich in ihrem Kopf zu hören war, nahm einen klagenden Ton an.

Vermutlich bekommt er das mit seinen Vogelstimmbändern nicht hin, dachte Vivianne.

Nabrah hatte kürzlich die unangenehme Bekanntschaft mit Hortense' Siamkater Louis machen müssen, dem es gelungen war, das Selbstbewusstsein ihres *Schutzengels* mit einem geschickt platzierten Pfotenschlag anzukratzen. Er schwor zwar, der Kater habe ihn nur erwischen können, weil er seine wahre Herkunft nicht verraten durfte, aber Vivianne mutmaßte, dass er tatsächlich einfach überrumpelt worden war. Schließlich gab es nicht besonders viele Gelegenheiten für ihn, sie vor bösen Angreifern zu schützen, und vielleicht hatte ihn das faule Leben an ihrer Seite auch bequem und unaufmerksam gemacht. „Da du den Kater so verabscheust, wird es dich freuen zu erfahren, dass du heute hier bleiben darfst."

Das werden deine Brüder aber nicht gern hören!

Dann erzähle es ihnen lieber nicht, am Ende verlierst du sonst noch deinen Kopf! Damit zog Vivianne die Tür hinter sich zu.

„À ta santé!" *Zum Wohl.* Der Barkeeper stellte das hohe Glas ungefragt auf eine Serviette und schob beides zusammen über den breiten Tresen. Zu ihrer Erleichterung trug er kein Neandertalerkostüm, wie der Rabe es vorausgesagt hatte. Ganz im Gegenteil, man hätte meinen können, er sei der Gastgeber, so elegant wirkte er in seinem schwarzen Smoking. Der *Höhlenclub*, wie Nabrah ihn genannt hatte, war unter dem Namen *Le Chat Noir* bekannt. Er befand sich zwar tatsächlich in einer der zahllosen Katakomben der Stadt, denen man ansah, dass sie einst von Menschenhand aus dem Fels geschlagen worden waren, entpuppte sich dann aber als eine elegante Bar mit zuvorkommendem Service. In *Die schwarze Katze* gingen an gewöhnlichen Abenden junge Dandys in Begleitung hübscher Mädchen, die sich die Augen dunkel malten und lange Zigarettenspitzen zwischen manikürten Fingern hielten. Ihre langen Perlenketten stammten aus dem Kaufhaus, und auch sonst trugen sie keine wertvollen Originale, sondern Kleider, die aus billigen Stoffen selbst genäht worden waren und Anzüge von der Stange. Das tat dem Vergnügen jedoch keinen Abbruch. Man gab sich verrucht, hörte Swing und erzählte jedem, der es hören wollte, der Tanz auf dem Vulkan habe längst begonnen. Die Gäste an diesem Abend trugen jedoch echten Schmuck und ihre Garderobe kostete mehr, als eine der Tänzerinnen, die Hortense für ihre Party engagiert hatte, in einem ganzen Jahr verdiente. Man hätte meinen können, Vivianne befände sich in einem verruchten Kellerlokal der zwanziger Jahre.

„Salut, Cyron! Seit wann arbeitest du denn hier?“ Sie trank gierig und er zuckte nur mit den Schultern. „Mal hier, mal da. Ich bin dort, wo ich gebraucht werde und wo es sich auszahlt!“ Er machte eine entsprechende Bewegung mit den Fingern.

Vivianne traf Cyron seit Jahren immer wieder in den elegantesten Bars der Stadt, wenn auch immer auf der anderen Seite des Tresens. Sie nahm einen weiteren Schluck und lehnte sich über die Theke. „Sag mal, kommt es mir nur so vor oder werden Hortense' Freunde von Mal zu Mal langweiliger?“

„Mahl? Wenn die Maus satt ist, schmeckt das Mehl bitter.“ Cyron schmunzelte und wandte sich von ihr ab, um eine Blondine zu bedienen, die mit langen Fingernägeln auf das polierte Holz trommelte und ihre Federboa ungeduldig über die Schulter warf, als sie endlich ihr Getränk erhielt und damit wieder in der Menge verschwand. Anschließend schob er Vivianne ein weiteres Glas zu. „Ma puce, du bist leichtsinnig!“

„Wie bitte?“

„Wann bist du transformiert worden?“ Bevor ihr Gesichtsausdruck sie verraten konnte, kümmerte er sich bereits um weitere Bestellungen. Schließlich kehrte er zu Vivianne zurück. „Lass mich raten: Zwanzigstes Jahrhundert, Swinging Sixties?“ Er machte eine Handbewegung in den Raum hinein. „Ich möchte wetten, dies hier ist alles so neu für dich wie für alle anderen Gäste auch.“ Vivianne versuchte sich an ihrem besten Mona-Lisa-Lächeln, und er wartete ihre Antwort gar nicht erst ab. „Eine Sanguine-Novizin also, hab ich es mir doch gedacht. Lass dir von jemandem gesagt sein, der sehr viel länger in diesem Geschäft ist als du: Für dich wird es allmählich Zeit weiterzuziehen. Einem Barmann bleibt wenig verborgen, und über dein jugendliches Aussehen redet Paris schon seit langer Zeit.“ Cyron zauberte eine makellose Schaumkrone auf das Bier in seiner

Hand und stellte es vor einem Gast am anderen Ende der Bar ab. Er nahm diesen Job sehr ernst.

Vivianne zupfte ihr Kleid zurecht. Sie hasste die abschätzigen Blicke, die ihr einige junge Frauen zuwarfen. Für diese Mädchen war sie eine alte Schachtel, zu der man nett sein musste, weil sie Einfluss hatte. Sie sahen nicht hinter ihre sorgsam gepflegte Fassade aus Couture, Make-up und Schauspielkunst. „Es ist ja geradezu ein Wunder, dass man mich überhaupt eingelassen hat."

„Glaubst du das wirklich? Die Chefin des *Vivianne's* hat überall in Paris Zutritt, egal wie sie sich kleidet. Und du, meine Kleine, siehst wie immer ganz bezaubernd aus." Er tippte ihr mit dem Zeigefinger auf die Nasenspitze.

Vivianne schielte und sah dann weg. Ihr Blick fiel auf einen Unbekannten, der bestimmt nicht zu Hortense' üblicher Gefolgschaft gehörte. Obwohl er sich mit dem gleichen Selbstverständnis wie die anderen Gäste bewegte und nicht gerade den Eindruck erweckte, hier fremd zu sein, war sie doch sicher, dass er sich verlaufen hatte. Die Türsteher hatten ihn allerdings passieren lassen, und niemand machte Anstalten ihn hinauszuwerfen. Es kam Vivianne so vor, als würde ihn außer ihr überhaupt niemand bemerken. Und als die Chefredakteurin eines unbedeutenden Modeblatts, die sich bisher eher durch ihr ausgeprägtes Interesse an potenziellen Bettgefährten als mit ihrer journalistischen Arbeit hervorgetan hatte, geradeaus durch ihn hindurchsah, wusste Vivianne, dass dies kein gewöhnlicher Sterblicher sein konnte.

Sein dunkelblondes Haar wirkte, als habe die Sonne Lichter hineingeküsst, bevor es von reichlich Salzwasser ausgetrocknet worden war. Mit der verwaschenen Jeans und einem T-Shirt, auf dem die Konturen eines Totenkopfes nur noch schwach zu erahnen waren, hätte man ihn für einen deplatzierten Surfer halten können. Aber da umgab ihn nichts von der Leichtigkeit eines Wellenreiters. Vielmehr verriet die Art, wie er sich hielt, den Kämpfer – jemanden, der lange genug auf der Straße gehaust hatte, um zu wissen, wie man im Großstadtdschungel überlebt. Aber statt, wie sie es erwartet hätte, den Luxus seiner Umgebung sehnsüchtig zu betrachten, las Vivianne Abneigung und für einen Augenblick sogar Hass in dem merkwürdig symmetrischen Gesicht. Dann trafen sich ihre Blicke für die Dauer eines Wimpernschlages, und das angedeutete Lächeln, das sie in seinen Augenwinkeln entdeckte, hätte weitaus erfahreneren Frauen die Knie weich werden lassen. Seine sehnige Gestalt ließ Ausdauer und Kraft erahnen, und die geschmeidigen Bewegungen verrieten ihr die Abstammung des Fremden mehr als alles andere. *Schade, nichts für mich*, dachte sie und riss sich von dem appetitlichen Anblick los. Trotzdem konnte sie nicht widerstehen: „Wer ist das?“ Ihre Stimme klang belegt.

Cyron sah auf. Seine Nasenflügel blähten sich leicht. „Von dem lass die Finger. Er ist nichts für anständige Mädchen. Du weißt schon, zu viel …“ Mit dem Zeigefinger deutete er an seiner Schläfe Kreise an. Leicht nachzuvollziehen, denn der Fremde trug keine Schuhe. Oder meinte Cyron etwa Drogen? Für ihresgleichen mochte die Jagd nach Nahrung zum tödlichen Rausch werden – und nicht nur für die Opfer.

Ehe sie nachfragen konnte, schob sich Hortense auf einen Barhocker. Sie tat so, als habe sie Cyron noch nie zuvor gesehen und musterte ihn mit zusammengekniffenen Augen. Vivianne fand dieses Verhalten reichlich unhöflich, denn ihre Freundin – ihre *ehemalige Freundin*, ergänzte sie in Gedanken – kannte ihn ebenso lange wie sie selbst. Man konnte es mit dem Ignorieren von Dienstboten auch übertreiben. Hortense gab einen leisen Rülpser von sich, als wären ihr Viviannes Überlegungen gleichgültig, und schnippte mit den Fingern. „Gib mir einen doppelten

Scotch. Kein Eis, kein Wasser!" Cyron deutete eine Verbeugung an. Nichts wies darauf hin, dass er von ihrem Verhalten verletzt sein könnte. Vivianne zwinkerte ihm trotzdem aufmunternd zu und betrachtete anschließend verstohlen das Profil der Frau neben sich, die angestrengt versuchte, das Zittern ihrer Hände zu verbergen. Diese Sterbliche konnte sich die besten Ärzte leisten, beschäftigte zwei persönliche Fitnesstrainer und folgte einer strengen Diät. Das Ergebnis war bewundernswert, denn für ihr Alter sah sie fantastisch aus. Dennoch war sie mit ihrem Äußeren niemals zufrieden und hatte gewiss schon den nächsten Termin mit ihrem plastischen Chirurgen vereinbart. All ihre Bemühungen um ewige Jugend entfernten sie zusehends schneller von diesem Ziel. Bald würde sie so grotesk daherkommen wie viele ihrer Altersgenossinnen, die es sich ebenfalls leisten konnten, sich von skrupellosen Chirurgen entstellen zu lassen.

Vivianne galt als eine wohlhabende Erbin. Trotz ihrer geheimnisvollen Herkunft öffneten sich ihr mehr Türen in der Pariser Gesellschaft als Hortense de Plessis-Bellière, geborene Marie Marchand. Und dennoch waren die beiden ungleichen Frauen Freundinnen geworden. Und es hatte Zeiten gegeben, da war Marie – *Pardon, Hortense!* – Vivianne sehr dankbar gewesen, denn ihr hatte sie es zu verdanken, dass der französische Hochadel die eingeheiratete Kaufmannstochter mit den bäuerlichen Manieren nicht offen schnitt. In letzter Zeit jedoch hatte sich ihr Verhältnis deutlich abgekühlt.

Hortense stürzte ihren Drink hinunter und wedelte mit ihrer Hand, an der kostbare Ringe glitzerten. „Nochmal!" Während Cyron ihrem Wunsch mit einem feinen Lächeln nachkam und das Glas großzügig auffüllte, sah sie Vivianne aus glasigen Augen an: „Du bist jung!"

„Was redest du da? Wie wir wissen, feierst du genau drei Tage nach mir Geburtstag."

„Kein Schönheitschirurg …“, sie hielt kurz inne, das Wort schien ihr Schwierigkeiten zu machen, es klang eher wie *Schöner Trug*, „… keiner bekommt das so hin!“

Vivianne seufzte, diese Diskussion hatte sie in letzter Zeit nicht nur mit Hortense geführt. „Ich lebe eben gesund.“ Sie machte eine Kopfbewegung in Richtung der Whiskyflasche, die ihre ehemalige Freundin dem Barkeeper jetzt sogar aus der Hand nahm.

„Gib schon her! Schließlich bezahle ich das Zeug sowieso.“ Als Cyron wortlos gehorchte, sah sie wieder zu Vivianne hinüber. „Ach, ja? Dein Lebensstil lässt dich so strahlen?“

„Genau.“ Das war nicht einmal gelogen. Ihre einseitige Diät hielt die Vampirin nicht nur am Leben, sondern bewahrte sie auch vor dem langsamen Dahinschwinden ihrer Reize.

Hortense hielt sich die Flasche an den Mund, nahm einen großen Schluck, hustete und sagte laut: „Es geht bei dieser Mademoiselle Cirta nicht mit rechten Dingen zu.“

Cirta war nicht Viviannes richtiger Nachname. Sie hieß Vivianne Causantín und war auf diesen alten Familiennamen, der in der Welt der Vampire einen guten Klang hatte, auch sehr stolz. Doch das wusste natürlich niemand, nicht einmal Cyron, der ihr einen Blick zuwarf, in dem sie deutlich etwas wie – *Siehst du, habe ich es dir nicht gesagt?* – las. Die ersten Gäste wurden trotz der lauten Musik auf sie aufmerksam und sahen neugierig herüber. Ein Streit zwischen diesen beiden Frauen verhieß ausreichend Gesprächsstoff für die nächsten Tage.

Hortense hatte die stille Kommunikation zwischen Vivianne und Cyron mit wachsender Wut beobachtet. „Ich weiß über dich Bescheid!“ Sie sah so aus, als wolle sie ihre Vorwürfe mit noch weiteren gefährlichen Andeutungen belegen, aber dann machte sie den Fehler, Beifall heischend aufzusehen. Ein Blick von Cyron genügte, um sie verstummen zu lassen. *Still!* Sein lautloser

Befehl versiegelte ihre Gedanken. Die Betrunkene bekam einen Hustenanfall und rutschte halb vom Barhocker. Ihr derzeitiger Begleiter bewies zum Glück ausreichend Verstand. Er legte seine Hand auf Hortense' Schulter und führte sie ruhig, aber bestimmt zum Ausgang.

War das notwendig? Vivianne tat die Sterbliche leid. Sie würde morgen das Gesprächsthema Nummer eins sein, aber anders, als sie es sich vielleicht vorgestellt hatte. Sie betrachtete die Menschen um sich herum mit Abscheu und verschloss sich den hämischen Worten, die sie ohne Weiteres hätte hören können, wäre ihr daran gelegen gewesen. Der fremde Gast war nicht mehr zu entdecken. Seltsamerweise verdross sie diese Feststellung. Er konnte ihr doch vollkommen gleich sein. Erstens war er schlecht gekleidet, und zweitens selbst ohne seine bemerkenswerte Ausstrahlung nicht der Typ Mann, den sie für einen Mitternachtsimbiss in ihr Bett locken würde. Und ohnehin hatte sie in letzter Zeit eine richtige Pechsträhne, was Männer betraf. Nicht nur Nabrah machte sich darüber lustig. Cyron war es ebenfalls aufgefallen, er hielt es für einen Wink des Schicksals. Und alles nur, weil ihr dieses dumme Missgeschick passiert war? Die Geschichte mit dem uneinsichtigen Poeten lag Jahre zurück, und sie konnte doch schließlich nicht ahnen, dass er zu den wenigen Menschen gehörte, dessen Erinnerung sich nicht manipulieren ließ. Sie war einsam gewesen und hungrig. In einer solchen Situation dachte doch niemand daran, einen Mann erst einmal auf Herz und Nieren zu prüfen. Ihre Brüder waren da natürlich anderer Meinung gewesen. Aber zahlte sie nicht jeden Monat pünktlich für seine Unterbringung? Und dieser andere, wie hieß er noch gleich? Wie hätte sie denn wissen sollen, dass er einen Herzfehler hatte? Schließlich war alles gut gegangen, so einen kleinen Ausrutscher konnte ihr doch niemand ernsthaft übel nehmen.

Im Krankenhaus hatte sich der Mann glücklicherweise an nichts mehr erinnern können. Cyron war damals eine große Hilfe gewesen, und sie betrachtete ihn seither als Freund, auch wenn sie ihm nicht all ihre Geheimnisse anvertrauen durfte.

Die meisten ihrer sterblichen Bekannten hielten sie für eine exaltierte und viel zu erfolgreiche Modepuppe. Selbst Hortense hasste sie mittlerweile, was nach dem heutigen Zwischenfall auch der Letzte begriffen haben dürfte. Immerhin blieb Vivianne die schal schmeckende Genugtuung, dass sich die ehemalige Freundin selbst am stärksten damit schadete. Doch sie wusste auch, dass die Mitarbeiterinnen in ihrer Agentur das hohe Gehalt, das Vivianne ihnen zahlte, daran am meisten schätzten. Sowie das Prestige, das damit einherging, für eine der erfolgreichsten Modelagenturen Europas tätig zu sein. Warme Gefühle hegte keine von ihnen, dafür verlangte Vivianne viel zu viel Einsatz. Sie galt als streng und unerbittlich, wenn es um geschäftliche Dinge ging. Was blieb ihr auch anderes übrig? Die Modewelt war schließlich ein Haifischbecken. Und die Affären, die sie sich in den letzten Jahren immer wieder geleistet hatte, endeten zwar normalerweise aus reinen Vernunftgründen, aber das war ja gerade ihr Problem: Liebe war niemals im Spiel gewesen. In der magischen Welt dagegen war jeder davon überzeugt, dass Vivianne nicht nur einem, sondern gleich zwei geborenen Vampiren gehörte, die sich ihre Liebesdienste bis vor kurzem noch brüderlich geteilt hatten. Unter geschaffenen Vampiren – anders als bei ihren geborenen Verwandten – galt ein solcher Karrierestart nicht unbedingt als ehrenrührig. Die unendliche Existenz vieler Vampire hatte damit begonnen, für ein paar Jahrzehnte einem *Paten* zu dienen, bevor sie stark genug waren, für sich selbst zu sorgen. Ein Grund mehr für die Dunkelelfen, auf sie herabzusehen. Obwohl all dies mit ihr abgesprochen und von ihrer Familie geschickt eingefädelt war, ärgerte sie manchmal die Verachtung, mit der ihre Artgenossen sie behandelten. Bei Viviannes vermeintlichen Liebhabern handelte es sich nämlich in Wahrheit um ihre Brüder, und die Verschwiegenheit war der Preis, den sie für ihre Freiheit zahlen musste.

Nur weil sie eingewilligt hatte, diese Scharade mitzuspielen, durfte Vivianne ein unabhängiges Leben genießen. Kieran hätte sie ohnehin am liebsten eingesperrt, und Ashers Großmut durfte nicht darüber hinwegtäuschen, dass auch er sie sofort nach Hause geholt hätte, wenn er irgendwo Gefahr gewittert hätte. Es war für Vivianne ein großes Glück, dass neuerdings lebhafte Partnerinnen das Leben ihrer Brüder durcheinanderwirbelten und meist auch deren ganze Aufmerksamkeit forderten. Sie wollte doch nicht undankbar sein. Sie wusste genau, dass beide Dunkelelfen eher im Kampf gestorben wären, als ihre *kleine* Schwester an irgendeinen machtgierigen Vampir zu verlieren. Die jüngste Tochter des Causantín Clans war von bestem Blut und altem Adel, und wer sich mit ihr verband, würde neben einem Platz im Magischen Rat auch ein einzigartiges Juwel gewinnen. Seit Jahrhunderten war keine Vampirin mehr geboren worden, was besonders angesichts der gemeinsamen Geschichte von Feen und Vampiren äußerst tragisch war.

Sie hatten einst zum gleichen Volk gehört, das durch seinen Hochmut bei den Göttern in Ungnade gefallen und zu Licht- und Dunkelelfen gemacht worden war. Weil immer wieder Einzelne die so manifestierte Feindschaft überwanden und es sogar einen Friedenspakt zwischen ihnen gab, hatten die Götter offenbar weitere Strafen ersonnen. Nicht wenige Vampire fanden ihre Seelenpartnerin unter den Lichtelfen oder deren sterblichen Nachkommen. Doch die meisten Feen suchten sich lieber menschliche Väter für ihren Nachwuchs, als eine Ewigkeit auf *den Richtigen* zu warten. Denn zu dem Schicksal ihres Volkes gehörte es, dass Lichtelfen so gut wie niemals Kinder miteinander bekamen. Selbst aus der Seelenpartnerschaft mit einem Dunkelelf entstand viel zu selten neues Leben. Geschah dieses Wunder aber doch einmal, dann waren es seit Jahrhunderten ausschließlich männliche Nachkommen, von denen man hörte. Und kaum einer von diesen Männern erreichte ein höheres Alter als ein gewöhnlicher Sterblicher. Letzteres lag auch in einer Tradition der Dunkelelfen begründet, die einst dem Schutz der Nachkommen gedient hatte, aber nun zum schleichenden Untergang ihrer Art führte: Es war üblich, dass Eltern ihre Söhne in Pflegefamilien aufwachsen ließen und den Kindern ihre wahre Abstammung verheimlichten. Die Transformation eines geborenen Vampirs begann mit Mitte oder Ende zwanzig und die jungen Männer hatten häufig bereits Familien gegründet. Viele kamen mit ihrer neuen Existenz nicht zurecht oder wurden wegen ihres *dämonischen* Verhaltens von ihren sterblichen Verwandten getötet, bevor sie ihre Kräfte ausreichend entwickeln konnten, um sich zur Wehr zu setzen.

Einige Dunkelelfen blieben trotz allem der Vergangenheit verhaftet und kämpften gegen die langsame Annäherung der einstigen Blutfeinde. Sie hassten das Feenvolk immer noch so sehr, dass sie den sensiblen Frieden zwischen ihren Völkern ständig infrage stellten und auch nicht zögerten, eine geborene Vampirin zu rauben und zu vergewaltigen, um die Auseinandersetzungen mit einer eigenen starken Blutlinie fortzusetzen.

Daher lag es auf der Hand, dass Viviannes Herkunft um jeden Preis geheim bleiben musste und niemand erfahren durfte, wer ihre vermeintlichen Liebhaber in Wirklichkeit waren. Beide standen im Dienst des Magischen Rats und galten als gefährlich und einflussreich. Während der Ältere, Asher, inzwischen ein Bibliothekar und angesehener Hüter uralter Geheimnisse war, sorgte Kieran aktiv als Vengador dafür, dass niemand die Regeln ihrer verborgenen Welt verletzte. Wobei er vehement abstritt, dass er dieser Aufgabe deshalb so leidenschaftlich nachging, weil er nur dabei seine ausgeprägte Jagdlust ungestraft ausleben durfte.

Aus all diesen Gründen tat Vivianne gut daran, weder in der sterblichen noch der unsterblichen Welt Freunde zu haben, die imstande wären, ihr Geheimnis zu entdecken. Nur von Cyrons Existenz hatten ihre Brüder bisher nicht erfahren, und sie war sich sicher, dass er seinerseits auch nicht ahnte, wer sie wirklich war. Vivianne sah sich suchend nach ihm um, aber er schien anderweitig zu tun zu haben. *Dann bis zum nächsten Mal*, dachte sie und machte sich auf den Heimweg.

2

Bereits mehrere Blocks vor ihrer Wohnung fühlte sie dieses unvergleichliche Kribbeln in der Wirbelsäule, das das Herannahen einer unangenehmen Situation zuverlässig voraussagte. Irritiert sah sie sich um, aber niemand folgte ihr. Mit jedem Schritt wurde das Gefühl stärker. Wie die Wellen eines Ozeans rollten dunkle Ahnungen ans Ufer ihres Bewusstseins und kündeten eine aufziehende Sturmflut an. Die schmale Seitenstraße, die sie in diesem Augenblick passierte, kam da wie gerufen. Sie verschwand darin und vermied auf ihrem Weg die wenigen Lichtkegel, die die altersschwachen Laternen bildeten. An einem besonders schlecht beleuchteten Haus probierte sie die Türklinke. Nichts tat sich. Die Tür war verriegelt und mit einem großen Vorhängeschloss zusätzlich gesichert. Wahrscheinlich um Clochards oder jugendliche Vandalen fernzuhalten. Von den früheren Mietern wohnte keiner mehr hinter den blinden Fensterscheiben, ein Schild kündigte bereits den Neubau eines modernen Apartmenthauses an, und die schweren Maschinen bewiesen, dass es bald mit dem Abriss losginge. *Auch gut*, dachte Vivianne und vergewisserte sich schnell, dass es keine Zeugen für das geben würde, was sie plante. Ein gewaltsames Eindringen kam nicht infrage. Es würde zu viel Lärm machen, und sie konnte nicht mit Sicherheit ausschließen, dass eine Alarmanlage installiert war. Also zog sie ihre High Heels aus und steckte sie zusammen mit ihrer Jacke in ihre Handtasche, die sie quer über dem Rücken trug. Welch ein Glück, dass sie darauf verzichtet hatte, eines ihrer Originalkleider aus den zwanziger Jahren zu der heutigen Party zu tragen. Vivianne rieb die Hände aneinander und lockerte sie anschließend, als wolle sie ein kompliziertes Klavierstück spielen. Stattdessen stieg sie schneller als jeder geübte Fassadenkletterer in die Höhe, indem sie sich an Fenstersimsen und Balkonvorsprüngen festhielt und dabei mittels Magie ihre schmale Gestalt vor den Blicken eines möglichen Beobachters so gut es ging verbarg. Der Nagellack war zwar endgültig ruiniert, als sie sich über die Regenrinne auf das Dach zog, aber stolz sah sie von dort oben in die Tiefe. Niemand hatte ihre Kletterei bemerkt. Das beunruhigende Gefühl, dass ihr nur noch wenig Zeit bliebe, bevor etwas Schreckliches in ihrem Zuhause geschähe, erlaubte nicht, den durchaus angebrachten Stolz weiter zu genießen. Eilig ließ sie ihren Blick über die Häuser der Stadt gleiten, um den kürzesten Weg zu ihrer eigenen Wohnung zu finden. Anfangs beunruhigte sie die Entfernung zwischen den Dächern, doch nach ein paar gelungenen Sprüngen begann sie, diese Art der Fortbewegung richtig zu mögen. Lautlos rannte sie auf bloßen Füßen einen Sims entlang, der hier glücklicherweise breit genug war und zudem von einem hüfthohen Gitter gesichert wurde. Sie stieg über das Gitter, sah kurz zum Dach des gegenüberliegenden Hauses und sprang. Schon während des Fluges erkannte Vivianne, dass sie sich diesmal wirklich verschätzt hatte. Ihre Füße verfehlten den Sims knapp, sie rutschte und fand auch keinen Halt an der Dachkante, die von einem glitschigen Belag überzogen war. Vivianne bereitete sich gedanklich schon auf den Sturz vor, der ihr aus dieser Höhe sehr wahrscheinlich ein paar verstauchte Gelenke einbrächte. Das war aber nichts, was nicht binnen eines Tages heilte. Schmerzhaft würde es allerdings trotzdem werden. Doch ihr freier Fall endete viel schneller als erwartet – auf einem Balkon.

„Was …?“, hörte sie eine Männerstimme sagen, und schon

spürte sie Hände um ihre Taille, die ihr auf die Beine halfen. „Bist du verrückt geworden?“ Der Mann sah sie genauer an. „Da laus mich doch der Affe! Hätte ich eher gewusst, was für ein süßer Käfer in der Mansarde wohnt …“

Vivianne wartete nicht ab, was er wohl weiter zu sagen hätte. Sie sprang auf die Balustrade, stützte sich an seiner Schulter ab und zog sich mit Schwung über die Regenrinne.

„Das glaubt mir kein Mensch!“, staunte der Mann. Er sollte recht behalten.

Etwas vorsichtiger sprang sie auf das nächstgelegene Dach. *Vivianne, bleib, wo du bist*, warnte Nabrah.

Auf ihrem Hausdach angekommen, lauschte sie. Nichts. Der Vogel schien ebenfalls verschwunden zu sein – oder er hatte sie bewusst aus seinen Gedanken verbannt. Egal. Einem Schatten gleich glitt sie durch eine Gaube, schlich die Stiege hinab und machte auf dem ersten Absatz halt. Wieder konzentrierte sie sich auf ihre Umgebung. Aber hier oben gab es nichts zu sehen und verdächtige Geräusche waren auch nicht zu hören. Immerhin erfuhr sie, dass jemand in einer der Modelwohnungen geräuschvoll schlief und alle anderen menschenleer waren. *Gut.* Vivianne bewegte sich weiter lautlos Stufe für Stufe abwärts. Ihre zarten Nasenflügel blähten sich, während sie unaufhörlich die Luft einsog und dabei verschiedene Gerüche wahrnahm: Bohnerwachs, das die Stufen des Treppenhauses gefährlich glänzen ließ, und eine Spur Chanel Nr. 5 hing in der Luft, eine ihrer Mitarbeiterinnen bediente sich stets großzügig an ihrer Parfümflasche. Kürzlich hatte offenbar jemand das Rauchverbot im Haus ignoriert und der Geruch billigen Tabaks konkurrierte mit dem Aroma von Lilien, die eine Etage tiefer die Räume ihrer Agentur schmückten. Doch über alledem lag der köstlichste aller Düfte. Ihre Haut spannte sich über harten Gesichtszügen. Anstelle der frischen Weiblichkeit sah man nun, wie dunkle Schatten Viviannes ohnehin hohe Wangenknochen deutlicher modellierten, die vollen Lippen schienen aus blutgetränktem Marmor geformt zu sein, und wäre da nicht der nervöse Puls an ihrer Kehle gewesen, jeder sterbliche Beobachter hätte sie zu Recht für eine dämonische Erscheinung gehalten. Eiskalt berechnend schienen ihre Augen in der Dunkelheit zu glitzern. Doch Vivianne war alles andere als kalt. Sie witterte Blut. Als die Reißzähne auf den Reiz reagierten, zählte sie lautlos bis drei, um ihre Konzentration wiederherzustellen. Es gelang. Völlig geräuschlos glitt sie anschließend durch die Tür in ihre Wohnung – und hätte vor Überraschung beinahe aufgeschrien. Die Szene vor ihr war von erregender Intensität. Vivianne zögerte nicht. Sie stürzte sich auf den Einbrecher, der sich mitten im Raum, in einer schnell größer werdenden Blutlache kniend, über eine Frau beugte. *Der Mann aus den Katakomben!* Vivianne versuchte, ihn von seinem leblosen Opfer wegzuziehen. Als sie ihn aber berührte, schoss eine gewaltige Energie durch ihren Körper. Etwas Derartiges hatte sie noch nie zuvor erlebt. Die Zeit blieb stehen, als auch der Eindringling für Sekunden erstarrte, bevor er ihren Angriff dann allerdings höchst wirksam abwehrte, so als wäre sie nicht mehr als ein lästiges Insekt. Kein Sterblicher wäre zu so etwas in der Lage gewesen.

„Au!“ Vivianne rappelte sich auf. „Lass sie los!“

Mit einer fließenden Bewegung, die sie zu einem günstigeren Zeitpunkt gewiss bewundert hätte, erhob er sich, die blutüberströmte Frau im Arm. Vivianne sah, wie seine Nasenflügel vibrierten, die Haut spannte sich über den länger werdenden Reißzähnen. Sein Hunger war beinahe greifbar. Sie brauchte keinen weiteren Beweis, um zu wissen, dass sie es hier tatsächlich mit einem Vampir zu tun hatte, der zwar geschickt genug gewesen war, seine Identität im Club zu verschleiern, der andererseits aber, wie Cyron bereits angedeutet hatte, seine Blutlust nicht im

Griff zu haben schien. Eine tickende Zeitbombe – und Vivianne wusste Besseres, als ihn zu provozieren. Um ihre eigenen mentalen Schutzschilde machte sie sich keine Sorgen. Die würden schon halten, doch – auch der Eindringling war nicht zu lesen.

„Vergiss es!", grollte er, als habe er ihren Versuch, seine Gedanken zu ergründen, gespürt.

Und während sie noch darüber nachdachte, dass seine Stimme wesentlich tiefer klang, als sie sich diese vorhin im Club vorgestellt hatte, geschah eine bemerkenswerte Veränderung. Er wirkte auf einmal wie die Stille selbst. Auch von der Blutgier war nun nicht mehr als eine Erinnerung geblieben. Sein Wesen wirkte so undurchsichtig wie ein dunkler Moorsee, und die ruhige Gelassenheit, die er zur Schau stellte, führte dazu, dass sich Vivianne nervös und unsicher fühlte. Die Vorstellung, sich in diesem Augenblick, aber nur für Sekunden, im zeit- und dimensionslosen Auge eines Wirbelsturms zu befinden, erregte sie allerdings auch. Was kam als Nächstes? Gefährliche Männer hatten sie schon immer magisch angezogen, und dieser hier war noch dazu zum Niederknien sexy, obwohl er – auch aus der Nähe betrachtet – überhaupt nicht ihr Typ war. Abgesehen vielleicht von den bernsteinfarbenen Augen, in deren Tiefe sich vermutlich jede Frau hätte verlieren können.

„Was hast du hier zu suchen?" Seine Worte klangen streng und ihre Verzauberung machte nun heißem Ärger Platz.

„Entschuldigung?", sie stemmte die Arme in die Taille und funkelte ihn an. „Was auch immer *du* hier tun magst, dies ist *meine* Wohnung!" Ohne seine Antwort abzuwarten, fügte Vivianne hinzu: „Leg sie dorthin." Denn während sie den Fremden mit offenem Mund angehimmelt hatte, war das Leben fast vollständig aus dem Körper der Verletzten entwichen. Sie zeigte auf ihre Couch und schämte sich für die Überlegung, ob sich das Blut wohl jemals wieder aus den Kissen entfernen ließe.

„Sie stirbt. Ich muss einen Arzt rufen!“ Hektisch kramte sie ihr Handy hervor, als ihr eine sehnige Hand das Telefon entwand.

„Warum willst du der Frau helfen? Eine völlig Fremde liegt schwer verletzt in deiner Wohnung.“ Er stand auf. „Oder kennst du sie etwa?“ Er befand sich jetzt viel zu nahe vor ihr, seine Stimme war äußerst hypnotisierend. „Jeder Arzt muss diese Verletzung melden. Hast du eine Ahnung, was die Flics denken werden?“

„Dass du ebenfalls ein Einbrecher und vielleicht sogar ihr Mörder bist?“, fragte Vivianne schnippisch und versuchte, sich von seinem Zauber zu befreien, indem sie einen Schritt zurücktrat. Sie wusste aber längst, dass er recht hatte. *Und trotzdem – man kann sie doch nicht so einfach sterben lassen.*

Der Fremde sah sie schweigend an und musste wohl die Hoffnung in ihrem Gesicht gelesen haben, denn er fragte schließlich: „Also gut, hast du irgendwo Verbandszeug?“

„In der Agentur gibt es einen Erste-Hilfe-Schrank.“ Vivianne war sicher, ihre sterblichen Mitarbeiter hatten erst kürzlich etwas in der Art erwähnt, als sich eines der Models an einem Glas die Hand verletzt hatte. Sie selbst hatte vorgeben müssen, den Anblick von Blut nicht ertragen zu können, so sehr war ihr der Duft damals zu Kopf gestiegen, und jetzt erging es ihr nicht besser. „Ich bin gleich wieder da.“

Den kleinen Kasten fand sie schnell, aber trotz ihrer Sorge um das Menschenleben wagte sie die Rückkehr erst, als sich ihre Reißzähne zuverlässig zurückgezogen hatten. Als Vivianne ihre Wohnung wieder betrat, saß der vermeintliche Einbrecher mit übergeschlagenem Bein in einem Sessel. Sie starrte auf seine Füße, die wohlgeformt waren, leicht gebräunt und erstaunlich gepflegt aussahen. *Er trägt tatsächlich keine Schuhe, wie bizarr!*

Der fremde Vampir ließ kein Detail ihrer eigenen Erscheinung aus, und als sein Blick auf Viviannes Füße fiel, glaubte sie, ein Lächeln über sein Gesicht huschen zu sehen. Da erst fiel ihr ein, dass ihre eigenen Schuhe immer noch in dem Beutel steckten, der vergessen auf dem Boden des Flurs lag. Sie schüttelte den Kopf, um sich aus der merkwürdigen Trance zu befreien, die sie in Gegenwart des Fremden erneut überfallen hatte. Endlich sah sie zum Sofa hinüber: Die Frau lebte nicht mehr und wirkte deutlich blutleer. „Was hast du getan?"

Er wischte sich mit einer nachlässigen Geste über den Mundwinkel. „So ist es eben mit Sterblichen: sie sterben."

Anstelle einer Antwort ließ Vivianne das Verbandszeug fallen und zeigte auf eine geöffnete Schatulle am Boden. „Er ist fort!" Ihre Stimme zitterte. Sie kniete sich nieder und drehte die kleine, mit dunklem Leder bezogene Kiste hin und her, als würde, was auch immer sich darin befunden hatte, plötzlich wieder auftauchen.

„Ist dein kostbarer Tand etwa fort?" Der Vampir klang belustigt.

„Nein." *Doch!* Etwas war gestohlen worden. Sie blickte auf ihre zitternde Hand und versuchte sich zu sammeln. Schließlich antwortete sie: „Es gehörte nicht mir." Tränen schossen in ihre Augen. „Er ist weg …", flüsterte sie immer wieder und schloss die Lider, als könne sie das Unfassbare damit ungeschehen machen.

Nach ihrer Transformation hatte sie, so wie es ihr Recht und auch ihre Pflicht als jüngste weibliche Vertreterin der Familie war, den *Blutkristall* zur Verwahrung erhalten. Er befand sich seit langer Zeit im Besitz der Causantíns und galt als Garant für ihrer aller Sicherheit und Wohlergehen. Das jedenfalls war es, was ihre Mutter immer wieder gesagt hatte. Der blutrote Rubin wäre schon allein wegen seiner Größe und des makellosen sechsstrahligen Sterns, der dem Kristall ein ganz eigenes Feuer verlieh, unermesslich wertvoll gewesen. Doch das Besondere an ihm machten weder der meisterhafte Schliff noch die ungewöhnliche Transparenz aus. Es war die ihm innewohnende Magie, die ihn unersetzlich erscheinen ließ. Alte Aufzeichnungen berichteten davon, wie sich die Lieblingstaube der Liebesgöttin aus Gram in einen Dornbusch gestürzt hatte, weil sie die Entzweiung der Kinder des Lichts und der Dunkelheit, der Feen und Vampire also, nicht ertragen konnte. Ihr Herz sei dabei unverletzt geblieben und zu einem kostbaren Juwel geworden. Dieses wiederum habe die Göttin einer ihrer Kriegerinnen als Zeichen besonderer Zuneigung geschenkt, hieß es weiter.

Kaum ein Wesen, sterblich oder nicht, hatte den Blutkristall jemals zu Gesicht bekommen. Doch viele wussten von seiner magischen Kraft, und nicht wenige hatten im Lauf der Jahrhunderte versucht, in seinen Besitz zu gelangen. Denn es hieß: Wer ihn in seinen Händen halte, stehe unter seinem besonderen Schutz. Und dies war nur eine der wundersamen Fähigkeiten, die ihm zugeschrieben wurden. Doch mit der Zeit hatte sich gezeigt, dass der Stein seine eigene Agenda besaß und nicht so einfach zu erbeuten war. So hatte er sich lange im Besitz der Feen befunden, bevor er bei Viviannes Familie gelandet war. Völlig rechtmäßig übrigens, wie der Rat nach der empörten Beschwerde des Hofes der Lichtelfen befand. Wer immer ihn heute gestohlen haben mochte, kannte auch sein Geheimnis.

Vivianne spürte, wie der Fremde sie vom Boden aufhob und wenig später nicht besonders sanft auf ihr Bett fallen ließ. Der Vampir – natürlich. Wie hatte sie ihn vergessen können? Die Schonzeit war vorbei, glaubte sie in seinem prüfenden Blick zu lesen. Ihm schien nichts zu entgehen: ihre Kleidung aus einem der besten Ateliers der Stadt, ihre blasse, jetzt nahezu transparente Haut und der schlichte Schmuck, dem nur Fachleute seinen ungeheuren Wert ansahen, und er zählte sich offenbar dazu.

Seine Lippen kräuselten sich kaum merklich, und diese winzige Bewegung verriet ihr mehr, als sie wissen wollte: Er kannte ihren Ruf.

Und was er sagte bestätigte gleich darauf, was sie befürchtet hatte: „Da haben wir also die berühmte – Vivianne Cirta. Wo sind denn nun deine … Beschützer?" Der Vampir trat einen Schritt zurück, als wolle er jetzt jeden weiteren Kontakt vermeiden.

Was er aber nicht ahnen konnte: Ihre Brüder waren die Letzten, die sie jetzt zu sehen wünschte. Doch diese Information würde sie gewiss nicht mit ihm teilen. Als sie den Mund zu einer Gegenfrage öffnete, um endlich herauszufinden, wer ihr ungebetener Gast eigentlich war, klopfte es an der Scheibe. Dankbar für diese Störung riss sie das Fenster auf und Nabrah kam herein. „Ich will diese anheimelnde, häusliche Szene ja nicht stören, aber wir haben hier ein Problem!"

Sein mokanter Ton war genau das, was sie brauchte. Vivianne fiel sofort in ihre übliche Routine und fauchte den Vogel an: „Geh von meiner Lampe runter, du bist zu schwer!"

„Ist das deine einzige Sorge?" Lachen erklang in ihrem Kopf. *Hast du mich vermisst?*

„Natürlich nicht!" So recht wollte sich der Ärger über seinen frechen Schnabel dieses Mal nicht einstellen.

Nabrah fuhr sich mit der linken Kralle durchs Gefieder. *Wer ist denn der Kerl? Muss ich eifersüchtig werden?*

Der Vampir stand plötzlich ganz dicht neben Vivianne, fast so, als wolle er sie beschützen. „Ich bin Morgan."

Der Vogel und Vivianne fragten gleichzeitig: „Morgen?" Sie spürte, wie sich ein hysterischer Lachkrampf seinen Weg hinauf in ihre Kehle bahnte.

„Ich wäre sehr dankbar zu erfahren, was hier eigentlich los ist."

Bevor Vivianne etwas entgegnen konnte, fragte Nabrah: *Mit*

welchem Recht will er das wissen? Der Vampir fauchte und ging einen Schritt auf ihn zu, bevor er abrupt wieder stehen blieb. Was auch immer er hatte sagen wollen, es blieb unausgesprochen.

Nabrah krächzte und flog auf eine Stuhllehne.

„Lass gut sein!“ Vivianne erkannte den Hunger in Morgans Gesicht, und sie wusste weitaus Besseres, als ihn zu provozieren. Der Blutgeruch, der aus dem Wohnzimmer herüberwehte, ließ sie ebenfalls nervös werden, und dabei hatte sie heute bereits mehr als ihre übliche Tagesration getrunken. Sie stand auf und ging zum Kühlschrank. Dann drehte sie sich blitzschnell um und warf dem Vampir eine Flasche zu. Seine Reflexe waren ausgezeichnet. Seine Manieren zwar etwas weniger, aber er murmelte immerhin einen Dank, bevor er den Korken mit seinen Zähnen herauszog und gierig trank.

Vivianne schenkte sich den Rest ihres B-positiv ein, setzte sich auf die vordere Kante eines Stuhls und sah Nabrah erwartungsvoll an.

Er schüttelte sein Gefieder und begann dann zu erzählen: „Ich war auf dem Dach und habe eine Weile den Mond angesehen … Was?“, fragte er, als Morgan einen ungläubigen Laut von sich gab. „Darf ein Rabe nicht mehr seiner Natur nachgehen?“

„Weiter!“, verlangte Vivianne, bevor die beiden noch in Streit gerieten.

Der Vogel gab einen merkwürdigen Laut von sich, der beinahe wie ein Knurren klang. „Die Dachluke stand offen. Als ich auf die Straße hinabblickte, sah ich jemanden aus der Tür schleichen. Das hat meinen Verdacht erregt. Also bin ich hinter ihm her, aber plötzlich war er wie vom Erdboden verschluckt. Und das meine ich wortwörtlich. Ich bin seiner Spur in eine Seitenstraße gefolgt, dort hat er einen Kanaldeckel angehoben und ist hineingeklettert.“

Vivianne überlegte. Nicht selten fand sich in der Kanalisation ein Zugang zu den Katakomben, die den Boden unter der Stadt wie ein von Menschen geschaffenes Höhlensystem durchzogen. Schon in der Vergangenheit hatten dort immer wieder Vampire gelebt. Diese geheimnisvolle Unterwelt galt als ihr Revier. Heute allerdings schien es gar nicht ungewöhnlich, wenn Sterbliche nachts einstiegen und den morbiden Grusel alter Beinhäuser genossen. Der Club, in dem sie gewesen war, gehörte ebenfalls zu diesem System, und mindestens eine der verborgenen Türen, die sie bei ihrem Besuch gesehen hatte, führte weiter in das geheimnisvolle Labyrinth hinein. Nicht auszuschließen, dass es auch heute noch bewohnt war. Sehr wahrscheinlich lebten dort herrenlose Streuner. Das waren Vampire, die erst von verantwortungslosen Artgenossen geschaffen und dann ihrem Schicksal überlassen wurden.

Morgans Stimme riss sie aus ihren Gedanken, und zu Viviannes großem Erstaunen erklärte er bereitwillig, was ihn in ihre Wohnung geführt hatte. „Ich war gerade unterwegs, als plötzlich jemand aus dem Haus gerannt kam. Er roch nach Blut. Aber nicht nach seinem. Das hat mich neugierig gemacht und dann bin ich durch die Tür, bevor sie wieder zufiel. Die Frau lag am Boden und …"

„Du hast wirklich von einer Sterbenden getrunken?" Vivianne fand diese Vorstellung abstoßend. Andererseits, die Fremde war in ihre Wohnung eingebrochen und trug demnach wohl auch eine Mitschuld am Diebstahl ihres kostbarsten Besitzes. So gesehen war es für die Frau ein großes Glück, dass sie rechtzeitig an den Messerstichen gestorben war.

„Warum nicht? Sie war nicht mehr zu retten." Morgan stellte die leere Flasche beiseite. „Dieses Zeug ist nicht schlecht, aber kein Vergleich zu einem Schluck direkt aus der Quelle."

„Es ist aber verboten", sagte Vivianne und erinnerte sich an

Cyrons Bemerkung vom früheren Abend. War Morgan tatsächlich einer dieser Vampire, die sich nicht an die Regeln hielten und ihrer Blutlust ungezügelt nachgaben? Vor ihm würde sie sich in Acht nehmen müssen.

„Das Töten ist verboten, nicht das Trinken. – Wie auch immer." Er klang gleichgültig. „Die Leiche muss verschwinden. Das Beste ist, du rufst die Aufräumtruppe."

„Auf gar keinen Fall!" Ihr Entsetzen über diesen Vorschlag war so groß, dass sie sich mit seinem unerhörten Befehlston vorerst nicht auseinandersetzen wollte. Würde Vivianne die Purgatoren des Rats einschalten, so wäre ihre Wohnung anschließend zwar frei von jedweden Spuren, die auf die Anwesenheit der Sterblichen hätten hinweisen können, aber mit der gleichen Sicherheit stünde mindestens Kieran binnen weniger Stunden vor der Tür. Und brüderliche Sorge konnte sie in ihrer Lage gewiss nicht gebrauchen. Vor allem, da seine Anteilnahme im selben Augenblick verflöge, in dem er das Verschwinden des Blutkristalls entdeckte. Dies durfte nicht geschehen. Sie wollte das Vertrauen, das Asher in sie gesetzt hatte, nicht enttäuschen. *Wenn Mutter will, dass sie den Blutkristall hütet, dann soll es auch so sein. Sie werden sich gegenseitig schützen*, hatte er gesagt, und weil er der Älteste der drei Geschwister war, hatte sich Kieran schließlich murrend gefügt.

Vivianne bemerkte, dass Morgan auf eine Erklärung wartete. „Das regle ich allein", sagte sie und erzählte eine frei erfundene Geschichte von kostbarem Brillantschmuck, den ihr eine Freundin samt Schatulle in Verwahrung gegeben habe, damit sie ihn beim Juwelier unten im Haus reparieren ließe. Und weil ihr diese Erklärung selbst etwas fadenscheinig erschien, fabulierte sie rasch noch einen eifersüchtigen Ehemann hinzu.

„Dann lass mich dir wenigstens helfen." Seine Stimme klang so, als wäre er selbst erstaunt über diese freundlich gesprochenen Worte, und Vivianne nahm das Angebot hastig an, bevor einer von ihnen es sich anders überlegen konnte. Obwohl sie nicht sicher war, ob er nur die Leiche entsorgen oder sie auch auf der Suche nach dem Schmuckstück unterstützen würde. Insgeheim wünschte sie sich Letzteres, denn sie hatte überhaupt keine Ahnung, wie sie die Spur des Diebes verfolgen sollte, wenn dies schon Nabrah nicht gelungen war. Wo begann man mit der Suche nach einem Flüchtigen, der in der Kanalisation verschwunden war – am Gullydeckel? Sie mochte gar nicht daran denken. Morgan jedoch schien genau zu wissen, was er tat, denn er begann bereits, die Tote zu durchsuchen.

Vivianne fand diesen Anblick befremdlich. Der Körper war ja noch nicht einmal erkaltet. „Glaubst du etwa, sie ist mit einem Ausweis in der Tasche hier eingebrochen? Ihr Outfit scheint mir jedenfalls recht professionell zu sein."

Seine Augenbraue hob sich, was ihn noch ein wenig mehr wie einen Hollywood-Freibeuter aussehen ließ, und dann fügte sie hastig hinzu: „Nicht dass ich mit der aktuellen Einbrechermode besonders vertraut wäre." Neugierig kam sie näher, als er etwas gefunden zu haben schien. „Und augenscheinlich kenne ich mich auch mit deren Gepflogenheiten nicht besonders gut aus. Was ist das denn?"

„Ein Bonbon." Der Vampir drehte die Leiche, deren Gesicht noch immer von einer Wollmaske bedeckt war, auf den Rücken, um an ihre vorderen Hosentaschen zu kommen.

Vivianne war es unangenehm, dass er eine erst kürzlich Verstorbene derart intim berührte. „Lass mal, ich mache das." Gleich darauf schob sie ihre Hand in die Tasche einer recht eng sitzenden Jeans. Schwarz natürlich und, wie der Rest der Kleidung, von minderwertiger Qualität. Für diese Dinge hatte sie ein Gespür. Erst war da nichts, aber gerade, als sie ihre Hand schon wieder herausziehen wollte, ertastete sie doch etwas, zog es heraus und hielt ein verknicktes Kärtchen hoch, auf dem die Adresse eines Hotels in der Rue Saint Denis stand. „Ist das nicht im Marais?"

„Sag du es mir, ich hab schon eine Ewigkeit nicht mehr in Paris gelebt."

Vivianne hätte ihn gerne gefragt, wie lange dieses *ewig* denn her war. Doch es galt nicht als besonders höflich, einen Vampir nach seinem Alter zu fragen, und ganz gleich, ob sich andere daran hielten, eine Causantín war zu gut erzogen, um die Etikette zu verletzen … meistens jedenfalls. „Es gab dort mal einen ganz netten Club, wenn ich mich nicht irre, und viele Hotels. Die Zimmer werden oft auch stundenweise vermietet." Sie sah Morgan an, als erwartete sie, dass er sich an Details dieser Art erinnerte. Ihre Nase kräuselte sich. „Vielleicht hat sie dort gewohnt."

„Heute ist es zu spät, um mehr herauszufinden." Morgan warf ihr einen langen Blick zu. „Ich bin bei Sonnenuntergang zurück." Er schulterte die Fremde und ging zur Tür. „Ihr bleibt hier!" Er zeigte auf Nabrah. „Und du, mein Freund, passt auf, dass der Prinzessin inzwischen nichts passiert, verstanden?" Damit war er verschwunden.

Nicht schlecht für einen wie ihn, Nabrah spuckte ein Stück glänzende Folie aus.

„Hast du etwa das Bonbon gefressen?" Vivianne strich das Papier glatt, als könne sie mit dieser Geste das brutale Ende der jungen Frau irgendwie erträglicher machen. Sie mochte ja ein Vampir sein, aber ein sinnloser Tod wie dieser musste ihr deshalb trotzdem nicht gefallen. „Dieser Morgan ist ganz bestimmt kein Dunkelelf."

Der Vogel schüttelte sich und marschierte in die Küche.

Zweifellos um seine Keksvorräte zu plündern – aber das war

ihr heute egal. Sollte er sich doch fett fressen! *Keine Antwort ist auch eine Antwort.*

Ein diffuses Gefühl der Unzufriedenheit breitete sich in ihr aus und irritierte sie immer noch, als sie später die Bettdecke bis zum Kinn zog. Dieses Mal duldete sie sogar die Anwesenheit ihres merkwürdigen Leibwächters in ihrem Schlafzimmer. Normalerweise hatte sie nicht den Eindruck, dass der Vogel die Aufgabe, sie zu bewachen, besonders ernst nahm. Manchmal sah sie ihn tagelang nicht und war deshalb auch nicht überrascht, dass Nabrah bereits fort war, als Morgan am nächsten Abend vor der Tür stand.

3

Vivianne hatte darauf bestanden, mit ihrem Wagen ins Marais zu fahren, und nun steckten sie seit einer guten Stunde im dicksten Feierabendverkehr. Morgan starrte wortlos geradeaus. Ihm war anzusehen, dass er sie zum Teufel wünschte. Vivianne trommelte nervös mit den Fingern auf der Armlehne ihres luxuriösen Fahrzeugs, als sie zum dritten Mal die korinthischen Säulen des Börsengebäudes zählte.

„Bist du sicher, dass da kein Toter am Steuer sitzt?", zischte Morgan zwischen seinen Zähnen hervor.

„Ganz sicher!" Sie sog wie zum Beweis den Duft des pulsierenden Blutes ein und musste wider Willen lächeln, als Morgan es ihr nachtat. Er hatte gar nicht unrecht. Der Fahrer war ihr anfangs ebenfalls merkwürdig vorgekommen, und sie hatte immer darauf gewartet, dass er eines Tages zur Begrüßung die Hacken zusammenschlagen würde. Der Mann sprach kaum und bewegte sich so zackig, wenn er den Schlag öffnete oder einen Regenschirm für sie aufspannte, dass sie manchmal geradezu lächeln musste. Er hatte ihre freundliche Miene noch nie erwidert. Bisher hatte sie dieses Verhalten immer auf seine deutsche Abstammung zurückgeführt, die sich in seinem Akzent deutlich niederschlug. Aber wahrscheinlich war er einfach nur ein komischer Kauz, der zu lange beim Militär gedient hatte. An seiner Arbeit gab es nichts zu beanstanden. Er fuhr sie zuverlässig, war immer pünktlich, und für den dichten Verkehr konnte der arme Mensch nun wirklich auch nichts. Endlich ging es voran, und eine Weile sprach niemand mehr ein Wort, bis Vivianne befahl: „Halten Sie hier!“ Der Wagen glitt sofort lautlos an den Straßenrand. Passanten blieben neugierig stehen, um durch die getönten Scheiben zu blicken.

„Auffälliger geht es wohl kaum!“ Morgan war seine Unruhe deutlich anzusehen.

Vivianne ahnte, dass er es längst bereute, sie mitgenommen zu haben. *Nicht meine Schuld!* Schließlich war *sie* bestohlen worden und die Einbrecherin hatte das Blut auf *ihrem* Sofa vergossen, nicht auf *seinem* – falls er überhaupt so etwas besaß. Auf einen weiteren Aufpasser konnte sie wahrlich verzichten. Ihre Brüder führten sich die meiste Zeit wie arrogante Patriarchen auf, und der dämliche Vogel, der jede ihrer Bewegungen vom Dachfirst dort drüben verfolgte, konnte ihr ohnehin gestohlen bleiben.

„Das Hotel ist da vorn.“ Morgan war es gelungen, sich unbemerkt zu nähern. Er stand viel dichter hinter ihr, als es Vivianne recht war.

„Wo?“, fragte sie und trat einen Schritt beiseite. Dann bemerkte sie das flackernde Schild *Hôtel* über der schmalen Tür zwischen einem Imbiss und der heruntergekommenen Bar-Tabac, in der es neben Hochprozentigem auch Zigaretten zu kaufen gab. Durch die geöffnete Tür sah sie einen Mann an der Theke sitzen, der so aussah, als hocke er schon sein ganzes Leben lang dort im Halbdunkel. Er hob sein leeres Glas und wie aus dem Nichts erschien auch schon ein neues vor ihm. Keine Magie, sondern ein erfahrener Barkeeper war vermutlich für diesen Trick verantwortlich. Zwei junge Männer traten eng umschlungen aus dem Sex-Shop nebenan und blinzelten benommen, bevor sich ihre Augen an das Licht der Leuchtreklame gewöhnt hatten. Ein Haus weiter lehnte eine ältere Frau im roten Lackmini im Eingang und musterte Morgan mit professionellem Interesse. Ein Blick in Viviannes Gesicht genügte jedoch, und sie schenkte ihr einladendes Lächeln einem anderen männlichen Passanten, dessen Schritte sich verlangsamten, als überlege er noch, ihr Angebot anzunehmen. Vivianne wandte sich ab, um Morgan in die Absteige der Diebin zu folgen, und fragte sich, was die Pariser am Marais eigentlich so interessant fanden. Das historische Ambiente? Sie konnte sich gewiss nicht dafür begeistern. Wahrscheinlich bedurfte es nicht einmal ihrer vampirischen Fähigkeiten, um zu erkennen, dass keiner hier das Zeug dazu hatte, in ihr magisch gesichertes Apartment einzudringen. Sie folgten dem Schild *Accueil* und gingen eine steile Treppe empor.

Hier oben war es erstaunlich ruhig, die Geräusche der Straße schienen wie ausgesperrt. Auf dem unaufgeräumten Empfangstresen schlummerte eine graue Katze, die nicht einmal erwachte, als Morgan das dicke Register hervorzog und mit dem Finger die Einträge der letzten Tage verfolgte. Schnell legte er es zurück und griff lautlos nach einem Schlüssel, der, mit einem birnenförmigen Holzanhänger ausgestattet, an alte Zeiten erinnerte.

Vivianne verspürte keine Neigung, Morgan näherzukommen als unbedingt notwendig. Deshalb schlich sie hinter ihm her, und zwar bis unter das Dach, wo sich das Zimmer mit der Nummer zweiundfünfzig befand. Morgan hielt inne, und sie hätte ihm sagen können, dass sich außer Nabrah oben auf dem First kein größeres Lebewesen in der Nähe befand. Sie drückte die Klinke herunter, nur um seinen eisernen Griff an ihrem Arm zu spüren, der sie einen Augenblick lang erstarren ließ. Er ignorierte ihr empörtes Zischen und signalisierte, dass sie die Treppe im Auge behalten solle. *Lächerlich!* Vivianne verschränkte die Arme vor der Brust. Als ob sie es nicht sofort bemerken würde, sollte sich ein Sterblicher nähern. Aber vielleicht hatten sich Morgans Kräfte im Lauf seines Daseins auch nicht besonders entwickelt und er war deshalb auf ihre Unterstützung angewiesen. Dieser Gedanke hellte ihre Stimmung sofort wieder auf.

Aus der Mansarde drang kein Laut und schließlich überwältigte sie die Neugier. „Was tust du da?" Vivianne sah durch die Tür: vor ihr lag ein kleines, aber erstaunlich sauberes Hotelzimmer. Zwei ungemachte Betten, Nachttische und gegenüber ein Waschbecken mit Spiegel, das war schon alles. Vivianne schüttelte sich bei dem Gedanken, ohne einen ausgiebigen Aufenthalt im Bad den Tag – oder vielmehr die Nacht – beginnen zu müssen. Sie öffnete mit spitzen Fingern den handtuchschmalen Einbauschrank: leer. Ihr suchender Blick blieb am grellbunten Muster der Gardine hängen, deren spiralförmige Ornamente jeden Betrachter schwindelig werden ließen. Sie wollte sich schon abwenden, da blähte ein plötzlicher Windstoß den Stoff und ein am Boden liegendes Papier flatterte ihr entgegen. Bei genauerem Hinsehen stellte es sich als die Ecke eines Briefumschlags heraus. Schnell bückte sie sich und hob den Fetzen auf. Das Fenster wurde von einer weiteren Böe erfasst und schlug so heftig zu, dass das Glas darin klirrte. Was versprach sich Morgan nur davon, dort draußen herumzusteigen? Sie hörte ihn rumoren und steckte ihren Fund schnell in die Tasche, da sprang der Vampir auch schon leichtfüßig herein.

„Hast du mich erschreckt!" Vivianne ärgerte sich, dass ihm dies überhaupt gelungen war, aber dann entdeckte sie etwas in seiner Hand. „Ist das von dem Einbrecher?"

Morgan hielt ihr ein weiches Tuch aus kostbarem Samt unter die Nase. „Was glaubst du?"

„Es gehört mir." Vivianne wusste ohne jeden Zweifel: liebevoll darin eingewickelt, hatte der Blutkristall in seiner Schatulle geruht. Sie hätte schwören können, dass seine Konturen noch jetzt in dem weichen Material zu sehen waren. Wo befand er sich wohl in diesem Augenblick, in diesem ungeschützten Zustand? Sie rieb den Samt zwischen ihren Fingerspitzen. Neben einem Echo der besonderen Magie des Steins nahm sie nun auch einen Duft wahr, der ihr bereits gestern in ihrer Wohnung aufgefallen war. „Die Frau hat diesen Stoff jedenfalls niemals berührt."

Morgan griff nach einem Kopfkissen. „Richtig. Und hier hat unser Dieb geschlafen." Das billige Betttuch strömte einen süßlichen Geruch aus, harzig und nicht einmal unangenehm.

Sie sprach aus, was sie fühlte. „Aber zurückkommen wird er nicht, er ist mit seiner Beute weitergezogen." Sie hoffte nur, dass er nicht schnurstracks zu seinem Auftraggeber gegangen war. „Hier gibt es nichts mehr zu holen, wir werden den Concierge konsultieren müssen." Eilig lief sie vor Morgan die Treppe hinunter. Als sie um die letzte Ecke vor der Rezeption bog, blickte sie in einen Gewehrlauf.

„Haut les mains!" Der alte Mann stand dort, als sei es das Normalste der Welt, seine Hotelgäste mit einem Sturmgewehr zu begrüßen. „Hände hoch!", verlangte er noch einmal und seine Stimme klang beunruhigend selbstbewusst. Vivianne wäre zwar nicht einmal gestorben, wenn er sein gesamtes Magazin in ihren Körper entleert hätte, aber neben der unerwünschten Aufmerksamkeit, die die Schüsse zweifellos auch in dieser Umgebung erregen mochten, schmerzte eine solche Verletzung ungeheuer. Eine Heilung konnte, selbst wenn sie mit ausreichend Blut versorgt wäre, durchaus einige Tage dauern. Also tat sie das einzig Vernünftige und hob sehr langsam ihre Arme in die Höhe, während sie versuchte, seine Gedanken zu ergründen.

Er hatte in der Fremdenlegion gedient, das war deutlich zu erkennen. Und einen Menschen zu töten war nichts Neues für ihn. Eine aufschlussreiche Erkenntnis: Der Mann wusste also nicht, mit wem er sich gerade anlegte. Dummerweise hörten ihre Einblicke an dieser Stelle auf. Der ehemalige Legionär musste nicht nur durch eine harte Schule gegangen sein, sondern auch ein beachtliches Talent haben, seine Gedanken vor anderen zu verbergen. Vereinzelt gab es Sterbliche, die über diese Fähigkeit verfügten. Er war Einzelkämpfer, hatte Gefangenschaft und Folter im Kongo ertragen, und sein Gehirn war tatsächlich darauf trainiert worden, so wenig wie möglich über sich und seine Kameraden zu offenbaren. Das klang nicht gut. Sie würde ihn töten müssen, wollte sie ihn vergessen machen, dass er eine attraktive Fremde vor der Flinte gehabt hatte, die er liebend gerne hier und jetzt besessen hätte, bevor er sie erschoss. Das Wie und Wo gab er äußerst bereitwillig preis. Seine Augen glitzerten lüstern, wie um diese Fantasie noch zu bekräftigen. Selten war sie einem kaltblütigeren Menschen begegnet, und sie dankte den himmlischen Kräften insgeheim, dass sie ganz gewiss nicht sein Opfer werden würde. Ihr Arm schoss vor – und noch im selben Augenblick stand Morgan hinter dem Sterblichen, um ihn zu überwältigen. Ihre Hände stießen aneinander, ein Schuss löste sich und ihr Gegner ging in die Knie. Morgan warf sich über Vivianne und für Sekunden schien die Welt stehen zu bleiben.

„Au!“ Doch anstatt sich sofort von ihm zu befreien, genoss sie den unerwarteten Kontakt. Die Reaktion ihrer Sinne war zum Glück weniger überwältigend als am vorherigen Abend, obwohl sie ihn da nur ganz kurz berührt hatte. Aber dies mochte daran liegen, dass sie beide gestern nicht nur unter einer noch höheren Anspannung gestanden hatten, sondern auch hungrig gewesen waren. Und trotzdem, der Vampir fühlte sich sogar noch besser an, als sie es auf den ersten Blick vermutet hätte. Morgans Körper wirkte durchtrainiert – und die Wärme, die er ausstrahlte, ließ ihre Wangen erglühen. Es war noch gar nicht lange her, dass er ausgiebig getrunken hatte.

Natürlich fand sie ihn nicht ernsthaft attraktiv. Es war nur die Verzweiflung, die eine geborene Vampirin aus gutem Hause dazu bewegen konnte, seine Nähe zu dulden. Ihr letzter Snack *aus der Quelle*, wie er es recht bildhaft formuliert hatte, lag eine gefühlte Ewigkeit zurück. Dummerweise hielt sie sich nämlich neuerdings an die Vorschriften ihrer Brüder. Nur im äußersten Notfall gestattete sie es sich noch, das warme Blut eines Sterblichen zu genießen. Oder beim Liebesspiel. Dies war nämlich auch erlaubt, wenn beide Partner einverstanden waren und wenn, im Falle eines Sterblichen, gewährleistet war, dass dieser das volle Ausmaß seiner Hingabe anschließend wieder vergaß und dabei keinen Schaden erlitt. Dazu bedurfte es allerdings einer Selbstbeherrschung, die so junge Vampire wie Vivianne selten aufbrachten. Also war ihnen diese höchste Form der Nahrungsaufnahme genau genommen verboten. *Als wenn sich einer daran halten würde. Ich jedenfalls bin schon Ewigkeiten viel zu brav.* Wie lange ihr letzter intimerer Kontakt zu einem Mann wirklich zurücklag, das wussten ihre Hormone augenscheinlich noch besser, als die in diesen Dingen eher subjektive Erinnerung. Viviannes Zähne begannen, sich im Kiefer bemerkbar zu machen. *Diese verdammten Regeln! Ohne sie würde ich jetzt nicht ausgerechnet bei einem Streuner wie diesem Morgan schwach werden.*

Doch es half nichts. Gegebene Versprechen hielt sie ein – so gut es eben möglich war. Das war eine Sache der Ehre. *Ich weiß genau, dass dieser missgünstige Typ von einem Bruder einen Bann über mich verhängt hat!* Ganz bestimmt war es kein Zufall, dass sich in letzter Zeit kein attraktiver Sterblicher mehr mit ihr einzulassen wagte. Sie flirteten zwar, zeigten Interesse und verabredeten sich auch bereitwillig mit ihr zu einem intimen Tête-à-tête. Sobald jedoch der Termin nahte, sagten die Anständigeren von ihnen mit fadenscheinigen Ausreden ab. Andere blieben gleich fort, so wie der nette Schauspieler, dessen Abendessen

Nabrah verschlungen hatte. Vivianne war sich sicher: An ihrem Aussehen konnte es nicht liegen. Sie war zwar nicht eitel, aber sie wusste doch um ihre Attraktivität, die in früheren Jahren für eine durchaus befriedigende Anzahl an Verehrern gesorgt hatte. Außerdem wirkten die meisten Vampire auf Sterbliche außerordentlich anziehend, sobald sie es darauf anlegten. Und das tat Vivianne inzwischen in manchen Nächten sogar bis an die Grenze peinlichster Selbstverleugnung.

Morgan allerdings stand gerade unter keinem Keuschheitsbann. Im Gegenteil, er wirkte, als fände er durchaus Gefallen an ihrer etwas unglücklichen Lage, und beugte sich über ihren Hals, bis sie seine Haarspitzen an der Wange fühlte. Sie drehte ihren Kopf ein wenig und erwartete, gleich auch seine Lippen zu spüren – da sprang dieser unmögliche Vampir doch tatsächlich auf!

Er schüttelte den erschrockenen Schützen, dessen Arm er erstaunlicherweise die ganze Zeit über eisern festgehalten hatte. Statt der zu erwartenden Panik erschien ein verträumtes Lächeln im Gesicht des Sterblichen. Gleich darauf wurde sein Blick aber wieder leer und die Augen rollten nach hinten.

Morgan packte den Mann am Kragen, zerrte ihn in das Büro hinter dem Empfang und warf ihn auf einen Sessel. Das gefleckte Braun seiner Iris war zu einem wirbelnden Grün geworden, und er konzentrierte sich mit einer Intensität auf den ohnmächtigen Mann, die nahezu manisch wirkte. Fast glaubte Vivianne, die ihn fasziniert beobachtete, er wolle ihn auf der Stelle umbringen. Stattdessen senkte Morgan, jetzt wieder ganz in der Rolle des undurchsichtigen Vampirs, in der er sich offenbar gefiel, seine Stimme und sagte eindringlich: „Du wirst dich daran erinnern, wie sich beim Reinigen des Gewehrs ein Schuss gelöst hat. Weil du froh bist, dass nichts weiter passiert ist, wirst du die Waffe sofort bei der nächsten Polizeistation abgeben. Das

Zimmer mit der Nummer zweiundfünfzig steht seit Wochen leer."

Danach wandte er sich Vivianne zu, doch sie löste sich nur langsam aus einer Starre, die nahelegte, dass sie ebenfalls unter seinem Bann gestanden hatte. Aber nein, sie hatte nichts vergessen, auch nicht, wie wundervoll sich sein Körper angefühlt hatte. Auf eben diese Erinnerung hätte sie allerdings lieber verzichtet. Besonders, als Morgan sie hinter sich herzerrte und ein Absatz ihrer nagelneuen Schuhe beinahe an der letzten Stufe hängen geblieben wäre.

„Pass doch auf!" Sie entwand den schmerzenden Arm seinem Griff und rieb vorwurfsvoll ihre brennende Haut. „Was hast du herausgefunden?" Die Frage, warum er den Mann hatte lesen können und sie nicht, behielt sie jedoch für sich.

Morgan blickte verwirrt drein. *Aha! Er hat doch nichts gesehen*, dachte sie erfreut.

„Aber sicher, das habe ich." Seine Worte klangen unangenehm überheblich in ihren Ohren. „Ich kann nur nicht verstehen, warum dieser Einbrecher nichts Besseres zu tun hatte, als bei seiner Ankunft sofort nach einem öffentlichen Badehaus zu fragen."

Da lachte Vivianne laut heraus. Sie vergaß aber trotzdem nicht, ihre mentalen Schutzschilde zu verstärken. Ein schneller Griff an das magische Armband, das an ihrem Handgelenk hing, und sie fühlte sich vor unerwünschten Eindringlingen in ihre Privatsphäre sicher. Hier bewies sich aufs Neue, dass man einen fremden Vampir, selbst einen so zerlumpten wie Morgan, niemals unterschätzen sollte. War es ihm tatsächlich gerade gelungen, ihre Gedanken zu lesen? Oder hatte ihre lebhafte Mimik sie wieder einmal verraten? „Wie lange, sagst du, bist du nicht mehr in Paris gewesen?" Sie zeigte ein süßliches Lächeln. „Unser räuberisches Pärchen wollte wissen, wo die heißeste

Diskothek der Stadt zu finden ist. Zumindest war sie das früher einmal“, fügte sie nachdenklich hinzu. „Ich gehe nicht mehr dorthin, der Club soll jetzt angeblich einem Vampir gehören.“ Genauer gesagt, einem engen Vertrauten des Statthalters von Paris, wenn nicht sogar ihm selbst. Und wo die Mächtigen ihrer Art ein- und ausgingen, da bestand die Gefahr, enttarnt zu werden. Statthalter wurden vom Rat eingesetzt, sie kontrollierten Metropolen, nicht selten sogar ganze Länder. Wenig entging ihrer Aufmerksamkeit. Was zum einen nicht schlecht war, wenn sie dafür sorgten, dass das Gleichgewicht zwischen den Mächten erhalten blieb … andererseits aber erlaubte ihnen diese Position großen Einfluss, den nicht jeder ausschließlich zum Wohl der magischen Welt nutzte.

In Paris residierte ein Dunkelelf. Ein geborener Vampir also – und damit jemand, der wie sie selbst von Adel und aufgrund seines Alters mit beträchtlicher Macht ausgestattet war. Er hatte so lange im Verborgenen gelebt, dass die meisten annahmen, er wäre längst tot, bevor er im achtzehnten Jahrhundert plötzlich in England aufgetaucht war und versucht hatte, London zu übernehmen. Doch der Vampir hatte dort einen ebenbürtigen Gegner vorgefunden und sich zurückgezogen. Von einem Skandal war in diesem Zusammenhang auch schon die Rede gewesen, aber Vivianne wusste darüber nichts Genaues. Nach wenigen Jahren jedoch erhielt dieser Dunkelelf erstaunlicherweise Paris als Protektorat. Viele waren davon überzeugt, er werde seinem Glück ein wenig nachgeholfen haben. Beweisen konnte ihm dies aber niemand.

Natürlich wusste er, dass Vivianne in seinem Bezirk lebte. Wie alle anderen auch hatte sie vorstellig werden müssen, als sie beschloss, ihren Wohnsitz in der französischen Hauptstadt zu nehmen. Persönlich begegnet war sie ihm jedoch nie. Da aber allgemein angenommen wurde, die Causantín-Brüder hätten sie erschaffen und sie deshalb unter ihrem Schutz stand, hatte er sie gar nicht weiter beachtet. Sie wollte es auch in Zukunft dabei belassen. „Ich glaube nicht, dass wir ihn dort finden. Heute ist vermutlich VIP-Nacht, da verkehren Stars und Sternchen dort, die sich mit den schönsten Models dieser Stadt vergnügen wollen. *Les Bains Douches*, das ist der Club, den du meinst. Er ist nur ein paar Straßen von hier entfernt."

„Wo?"

„Willst du dort wirklich hin?" Als er ihre Frage ungeduldig bejahte, bog sie auf den breiteren Boulevard ab und bedeutete ihm, ihr zu folgen. Sie war sich sicher, dass auch ein paar ihrer Models heute dort sein würden. Mit ein wenig Glück, so hofften manche der Mädchen oder Männer, lernte man in der luxuriösen Umgebung einflussreiche Leute aus der Modewelt oder gar einen großzügigen Mäzen kennen. Vielleicht dachte dies auch dieser niedliche Amerikaner, der neu in ihrer Agentur war und bei seinem Antrittsbesuch in Paris nicht nur das Interesse einiger wichtiger Kunden geweckt hatte. Man sagte Vivianne nicht ohne Grund nach, sie habe einen Riecher für Erfolg. Der Junge war wirklich süß und garantiert hetero. Das wisse sie aus erster Hand, hatte die Bookerin seiner Mutteragentur in New York behauptet. Und Viviannes Libido war nach ihrem Zusammenprall mit dem *Vagabond*, wie sie Morgan insgeheim nannte, überaus geweckt. Eine Stippvisite im Club konnte gewiss nicht schaden. Dort gäbe es vielleicht sogar eine Gelegenheit, ihre Gelüste zu befriedigen, wenn auch ohne das Sahnehäubchen in Form eines bis zur Neige sättigenden Schluckes. All das war in der Öffentlichkeit leider viel zu riskant. Bestimmt wollte sie Morgan nicht zurückhalten, wenn er darauf bestand, den Club zu besuchen. Und trotzdem fragte sie: „Warum glaubst du, dass wir auf der richtigen Spur sind?"

„Niemand geht tanzen, wenn er später in der Nacht in eine

der wohl am besten geschützten Wohnungen von Paris einsteigen will, um dort gezielt nach einem einzigen Schmuckstück – oder was auch immer – zu suchen."

Ihm war also aufgefallen, dass die magischen Knoten, die ihr Apartment sicherten, entschlüsselt worden waren. Natürlich, er wäre ja auch kein Vampir, hätte er deren vibrierende Energien nicht bemerkt. Die Frage war nur, wie es den Sterblichen gelungen sein konnte, einen Zauber zu brechen, an dem sich die meisten Vampire ebenso die Zähne ausgebissen hätten wie alle anderen Geschöpfe ihrer Welt. Morgan schien nichts weiter dazu sagen zu wollen, und Vivianne fürchtete, mit einer unbedachten Frage das Ausmaß der Katastrophe erst recht zu enthüllen. Also schwieg sie. Sollte er nur glauben, dass er sie lediglich dabei unterstützte, die Juwelen einer Freundin zu suchen.

Irgendwie war es ja auch ganz süß, dass er ihr dabei half. Offenbar hatten ihm seine Eltern doch ein paar ordentliche Umgangsformen beigebracht. Sie tippte auf verarmten Landadel. Bestenfalls. Vielleicht achtzehntes oder neunzehntes Jahrhundert. Das Alter eines Vampirs war schwer zu schätzen. Englisch, wenn der leichte Akzent sie nicht täuschte. Einige Vampire legten ihre alten Weltbilder nur schwer ab. Und ein Gentleman musste einer Lady eben helfen, so einfach war das. Vivianne hatte überhaupt nichts gegen ein solches Verhalten einzuwenden, und solange er keinerlei Fragen stellte, blieb ihr Geheimnis sicher und sobald sie diesen Dieb ausfindig gemacht hatten, würde sie Morgan höflich danken und in die Wüste schicken. Der Sterbliche allerdings hatte ausgezeichnete Chancen, seinen Größenwahn mit dem Leben zu bezahlen. Kein Gesetz der Welt konnte sie davon abhalten, für all den Ärger, den er ihr jetzt schon bereitet hatte, Rache zu nehmen. Und sie spürte es in ihren Knochen, dass dies erst der Anfang war.

„Dumm, dass ich den Wagen fortschicken musste. Wir hätten

dir sonst noch rasch was zum Anziehen besorgen können." Sie waren in eine schmale Straße eingebogen, wo zahllose Partygänger vor dem hohen Portal warteten, durch das man in den Club kam. Das Haus war hell beleuchtet und zuweilen winkte der Türsteher einige wenige durch oder ließ die Gäste des ebenfalls sehr exklusiven Restaurants passieren.

Morgan trat neben sie und schaute an sich herab. „Soweit ich sehen kann, bin ich nicht nackt."

„Dann hättest du ganz bestimmt bessere Chancen. So lassen die dich nicht einmal rein, wenn du Schuhe tragen würdest."

„Natürlich, die Königin der Nacht beurteilt ihre Umwelt ausschließlich nach Äußerlichkeiten." Morgan gab einen abfälligen Laut von sich. „Du solltest lieber selbst mal in den Spiegel schauen."

„Sehr höflich bist du ja nicht", gab Vivianne zurück und dachte dabei, dass sie mit ihrer Vermutung über seine Herkunft wohl ins Schwarze getroffen haben musste. Bestimmt war er ein jüngerer Sohn gewesen, dessen standesgemäße Ausbildung so viel Geld gekostet hatte, dass er in allen anderen Dingen mit seinen besser begüterteren Schulkameraden nicht hatte mithalten können. Erfahrungen dieser Art prägen die Persönlichkeit eines jungen Menschen, sie schüren Stolz und Vorurteile.

„Du siehst aus, als wärst du gerade erst aus dem Bett gestiegen", unterbrach er ihre Überlegungen und fügte provokant hinzu: „Sicher besser, wenn Mademoiselle ihre Klamotten anbehält."

„Als könnte einer wie du so etwas beurteilen." Viviannes Augen glühten, und sie hatte Schwierigkeiten, ihre Wut zu zügeln. *Er ist eben nur ein geschaffener Vampir*, versuchte sie sich zu beruhigen. Trotzdem folgte sie seinem Rat, sah zur Seite und erblickte in der Schaufensterscheibe eine zerzauste Gestalt. Lange Haarsträhnen hatten sich aus dem weichen Knoten gelöst, der ihre Nackenlinie so vorteilhaft zur Geltung brachte – die Jacke ihres Designerhosenanzugs war schief geknöpft. Wann war ihr dieses Missgeschick bloß unterlaufen? Egal. Solche Kleinigkeiten ließen sich rasch wieder in Ordnung bringen. Sie streifte das edle Stück mit der Anmut einer Burlesque-Tänzerin ab und drückte es dem verwunderten Morgan in die Hand. Die Füße leicht auseinandergestellt, beugte sie sich weit vor und zog die Nadeln aus ihrer Frisur. Mit der jahrelangen Erfahrung einer Frau, die wusste, dass diese Fülle dunklen Haares seine Wirkung niemals verfehlte, verschaffte sie ihm mit gespreizten Fingern neues Volumen, öffnete zwei Knöpfe ihrer Seidenbluse und vergewisserte sich, dass gerade genug von der zarten Spitze ihres Hemdchens hervorlugte, um den Betrachter neugierig auf mehr zu machen. Sie wusste, dass die meisten Männer in der Schlange vor dem Club auf eine Fortsetzung warteten, und ließ sie ein paar Sekunden länger als notwendig zappeln, bis die Spannung deutlich spürbar war. Dann richtete sie sich auf und warf den Kopf dabei mit einer lasziven Bewegung so in den Nacken, dass niemand die seidige Mähne übersehen konnte. Vielleicht war der prüfende Griff nach dem BH sogar eine Spur zu viel des Guten, schließlich wusste sie ja auch so, dass er ihr Dekolleté bestens zur Geltung brachte. Aber die bewundernden Pfiffe belohnten sie für diese kleine Showeinlage. *La Courtisane*, wie sie auch genannt wurde, wusste sich zu inszenieren.

Vivianne brauchte nicht in Morgans Gesicht zu sehen, um zu erkennen, dass er ihr Verhalten missbilligte. „Komm!“, gurrte sie, nahm seine Hand und ging mit schwingenden Hüften auf den Türsteher zu, der mit einem anzüglichen Grinsen den Weg vorbei an den eisernen Gitterstäben, durch das hohe Tor in den Club hinein frei machte. „Manche stehen halt auf Trash!“, zischte eine Frauenstimme aus dem Hintergrund, und auf einmal war sie sich nicht so ganz sicher, wer damit gemeint war.

Sie oder Morgan, der im Schutz der Dunkelheit seine Hand befreite und ihr mit langen Schritten voranging. Viviannes Lächeln verriet ebenso wenig über ihre wahren Gefühle wie das ausdruckslose Gesicht ihres Begleiters. Immerhin hatte ihr Auftritt seinen Zweck erfüllt. Sie folgte ihm bis zur Bar, wo er sich abrupt umdrehte und den Kopf neigte, bis seine Lippen fast ihr Ohr berührten.

„Nach dreihundert Jahren kann ich die Qualität einer Frau sehr genau beurteilen. Und du, Prinzessin ..." Er ließ seine Worte in der Luft hängen, dabei lächelte er mokant. „Du bleibst jetzt ganz brav hier sitzen, bis ich zurück bin!"

Er ist nicht nur fremd in der Stadt, er hat auch keine Ahnung, wie man die Frauen hier behandelt. Vivianne wartete nicht einmal ab, bis sein blonder Schopf hinter einer Säule verschwunden war, bevor sie mit halb geschlossenen Lidern ihren vampirischen Instinkten freien Lauf ließ. Den einzigen Anhaltspunkt bot der typische Duft des Einbrechers. Der war zwar von Millionen anderer Gerüche überdeckt, aber sollte er sich heute hier aufhalten, so würde sie ihn finden. Große Chancen rechnete sie sich jedoch nicht aus, und tatsächlich entdeckte sie keinerlei Spuren von diesem eigentümlich harzigen Geruch, der in ihrer Erinnerung unverwechselbar mit dem Dieb verknüpft war.

Eine winzige Bewegung in der Atmosphäre war die einzige Warnung. Vivianne versiegelte eilig ihre Gedanken und Gefühle, indem sie sich eine Schutzhülle, ähnlich einer zweiten Haut, vorstellte und fast ohne nachzudenken an ihren Armreif griff. In diesem Zustand würde ein Sterblicher sie nicht einmal wahrnehmen, wenn sie ihn berührte. Der Fremde jedoch, der sie quer über die Köpfe der Tanzenden hinweg ansah, schenkte ihr ein kaltes Lächeln und war so schnell verschwunden, dass sie geradezu an eine Erscheinung geglaubt hätte, wäre nicht im selben Augenblick Morgan neben ihr aufgetaucht.

„Komm!“, zischte er ihr zu – und so erschrocken, wie sie war, folgte sie ihm widerstandslos. Draußen entstieg gerade ein bekannter Musiker seiner Limousine, und Morgan stieß sie in den Fond des Wagens, bevor der Chauffeur noch die Gelegenheit bekam zu protestieren. Vivianne hatte keine Ahnung, was Morgan zu ihm sagte, aber Sekunden, nachdem er die Tür hinter sich zugeschlagen hatte, fuhr der Wagen bereits los.

„Bist du verrückt geworden?“

Der Vampir ließ sich zurücksinken. Mit einer merkwürdig anrührend menschlichen Geste wischte er sich über die Stirn. „Hätte ich diese Musik noch eine Sekunde länger ertragen müssen, ich wäre über den DJ hergefallen und hätte ihn bis zum letzten Tropfen ausgesaugt.“

„So sehr liebst du französischen Pop?“ Vivianne hatte sich nach ihrer Londoner Zeit auch nur schwer an den Musikgeschmack der Pariser gewöhnen können, aber es stimmte – heute hatte der Musikmix selbst an ihren Nerven gezerrt. Seine Unverschämtheiten vergab sie ihm nach diesem Geständnis erstaunlicherweise sofort. Wenn sie ganz ehrlich war, hatte sie Morgans mürrische Antworten sogar selbst provoziert.

Am liebsten hätte er seine Begleiterin irgendwo ausgesetzt. Dieses hirnlose Luxusweibchen tat doch wirklich nichts anderes, als sich aushalten zu lassen, und nun versuchte sie zu allem Überfluss auch noch, ihm den Kopf zu verdrehen. Seine unfreundliche Bemerkung von vorhin tat ihm dennoch leid. Morgan war niemand, der Frauen gern beleidigte. Ihre Beschützer mussten alle Hände voll zu tun haben, diese verwöhnte *Prinzessin auf der Erbse* zu bändigen. Vielleicht war aber gerade dies das Reizvolle daran, überlegte er. Jeder ältere Vampir kannte die Langeweile, die eine Aussicht auf ewiges Leben mit sich brachte, und fast alle suchten sich gelegentlich interessante Herausforderungen, um überhaupt wieder etwas zu fühlen. Warum sich die Vengador-Brüder ausgerechnet ein Gör wie Vivianne ausgesucht hatten, darüber hätte er nur rätseln können, wäre da nicht diese ungeheure erotische Anziehungskraft gewesen, die er spürte, sobald er sich in ihrer Nähe befand.

Wo war er hier nur hineingeraten? Ein sprechender Rabe, von dem man nicht sagen konnte, wer oder was in ihm steckte, und eine Novizin mit Tonnen von Make-up im Gesicht, aber einem sinnlichen Mund, wie er ihn seit Ewigkeiten nicht mehr geküsst hatte. Vorhin, als sie so weich und doch so zerbrechlich unter ihm gelegen hatte, wäre es beinahe um seine Selbstbeherrschung geschehen gewesen. Auch jetzt hätte er sie am liebsten an den Haaren gepackt, zu sich herübergezogen und ihren frechen Mund so lange geküsst, bis sie ihn für sinnvollere Dinge eingesetzt hätte, um damit einen Mann zu erfreuen. *Leider keine Option.* Morgan verzichtete darauf, seine Seele nach dem Grund für dieses *leider* zu erforschen. Die Causantín-Brüder würden ihn auf direktem Weg zum Teufel schicken, wenn er sich an ihrem Liebchen vergriff. Diese Vorstellung ernüchterte ihn.

Kieran, von dem man sich erzählte, er habe Macbeth noch persönlich gekannt, war der Jüngere der beiden. Er hatte vor nicht allzu langer Zeit seine Seelenpartnerin gefunden und mit dieser Verbindung den Frieden zwischen den Welten der Vampire und der Feen gesichert. *Weltfrieden – natürlich! Darunter machen solche Leute es nicht.* Dennoch hielt er offenbar weiterhin eine schützende Hand über seine ehemalige Geliebte. Beachtlich, handelte es sich bei ihm doch um einen der rücksichtslosesten und arrogantesten Dunkelelfen, den er jemals getroffen hatte. Und dabei konnte sich Morgan noch glücklich schätzen, denn es hieß doch: Kaum jemand überlebte eine Begegnung mit diesem Vengador lange genug, um von dem Ereignis noch berichten zu können.

Vivianne verhielt sich so, wie man es von einer Bluthure nicht anders erwarten durfte. Die meisten von ihnen waren reich, rücksichtslos und nutzten ihre vampirischen Fähigkeiten ausschließlich zu ihrem eigenen Vorteil. Letzteres konnte er einem Vampir eigentlich nicht einmal guten Gewissens vorwerfen. Es lag ihnen allen gewissermaßen im Blut. Dass ihn Viviannes kleiner Auftritt vor dem Club dennoch nicht unbeeindruckt gelassen hatte, war gar nicht weiter verwunderlich. Wenn sie es darauf anlegte, hätte diese augenscheinlich äußerst erfahrene Kurtisane jeden in ihren Bann gezogen. Und Morgan war gewiss kein Heiliger.

Seine Nachforschungen hatten ergeben, dass man während der sechziger Jahre zum ersten Mal in London von ihr gehört hatte. Allerdings hatte sie sich damals kaum durch irgendwelche spektakulären Auftritte hervorgetan. Wahrscheinlich war die Kleine zu sehr damit beschäftigt gewesen, ihre Herren zu befriedigen, um Unheil anzurichten. Das sah inzwischen ganz anders aus, wie er aus erster Hand hatte erfahren müssen. Eine Novizin, ein frisch geschlüpftes Küken, und er hatte seine Hilfe leichtfertig angeboten. Doch ein Wort war nun einmal ein Wort, und jetzt gab es kein Zurück mehr.

Dass man sie ausgerechnet in seiner ehemaligen Heimatstadt London ihre ersten Schritte hatte tun lassen, überraschte ihn gar nicht. Die Metropole an der Themse bot den passenden Nährboden für jede Form von europäischer Subkultur und ihre Statthalterin handhabte die Gesetze des Rates recht lax. Erstaunlicher fand er, dass es Vivianne schon nach den wenigen Jahren, die sie als Tochter der Nacht erlebt hatte, gelingen konnte, ihre Gedanken so geschickt zu verbergen. Allerdings musste sie sich stark konzentrieren. Ob ihre Schutzmechanismen auch noch funktionierten, wenn sie sich leidenschaftlich unter einem erfahrenen Liebhaber wand? Er würde es nicht erfahren.

Morgan verbannte seine expliziten Fantasien und die damit einhergehende Erregung rasch in den Tiefen seiner Seele. Wahrscheinlich hatte Vivianne die meisten ihrer Fähigkeiten dem Training durch die Vengadore zu verdanken. Die Brüder würden es kaum gutheißen, wenn ihre gemeinsame Geliebte die sexuellen Vorlieben der Vampire unfreiwillig in die Welt hinausposaunte. Himmel, wie hatte sie sich nur auf einen solchen Deal einlassen können. Allein der Gedanke daran ließ eine erstaunliche Wut in ihm aufkochen. Dieser Rabe, der sich bisher aus allem herauszuhalten schien, bedeutete eine weitere Irritation. Morgan zweifelte nicht daran, dass, wer auch immer sich hinter der Maske des Vogels verbarg, seinem eigenen Plan folgte. *Stopp!* Die gekaperte Limousine hielt am Straßenrand. Ein Fenster glitt fast lautlos herab, der Fahrer drehte den Schlüssel im Schloss und blieb so regungslos sitzen, wie Morgan es wollte.

Vivianne, Kannst du mich verstehen? Er wagte kaum, auf eine Antwort zu hoffen.

Was ist denn los?

Er war erleichtert, wenigstens beherrschte sie die lautlose Kommunikation der Vampire nicht nur mit dem seltsamen Vogel zuverlässig. Und dank seiner Umsicht würde niemand, auch kein noch so talentierter Dunkelelf, ihren geheimen Gedankenaustausch verfolgen können. *Das Haus wird beobachtet.*

Irritiert sah sie ihn an. *Ich weiß. Nabrah hat mich schon gewarnt. Wo liegt das Problem?*

Diese dumme Gans! Er nahm sich zusammen und kommunizierte sehr deutlich: *Das Problem, meine Liebe, ist ein Profi, der dort drüben auf dem Dach hockt und sich alle Mühe gibt, nicht entdeckt zu werden. Da der Dieb sehr wahrscheinlich einen kundigen Auftraggeber hatte – sonst hätte er nicht so zielstrebig zugegriffen –, dürfte dies für unseren Freund dort oben ebenfalls gelten.*

Viviannes Mund formte sich zu einem lautlosen „Oh".

Allerdings „Oh!", dachte Morgan. *Ich schlage vor, dass du heute nicht in deinem Apartment schläfst.*

Glaubst du, die haben es auf mich abgesehen?

Das kannst du ja gern ausprobieren!

Vivianne gefiel seine Gleichgültigkeit nicht. Wäre es nicht höflicher gewesen, sie voller Besorgnis zu überreden, sich in Sicherheit zu bringen? Sie hätte sich in diesem Fall ein wenig gesträubt und wäre ihm letztlich doch gefolgt. Natürlich nicht, weil er so überzeugend argumentierte, sondern weil sie fürchtete, er könnte recht haben. Die Schutzzauber, die ihr Apartment umgaben, waren nicht dafür ausgelegt, Sterbliche fernzuhalten. Das hätte eine Alarmanlage übernehmen sollen. Es stimmte zwar, dass sie manchmal vergaß, das Ding zu aktivieren, am Abend des Einbruchs hatte sie jedoch daran gedacht. Zumindest war sie sich ziemlich sicher … Die magischen Siegel, die den Blutkristall schützten, hätten jeden Zugriff vereiteln müssen. Dennoch war es dem Eindringling gelungen, den Rubin zu entwenden. Er musste über Informationen verfügen, die eigentlich niemand außerhalb ihrer Familie besitzen sollte. Und wenn diese Vermutung stimmte, dann steckte wahrscheinlich ein Vampir dahinter. Jedenfalls jemand, der um die Bedeutung und die Magie ihres Familienerbes wusste.

Meinst du, ich könnte ein paar Sachen zusammenpacken? Am liebsten hätte sie diesen Gedanken wieder gelöscht, so jämmerlich hatte er sich angefühlt. *Kann ich bei dir bleiben?* Das klang auch nicht viel besser.

Erschreckt sah Morgan sie an. Er hatte ja mit allem Möglichen gerechnet, aber nicht damit, dass sie bei ihm Unterschlupf suchen würde. Hatte sie denn keine beste Freundin, mit der sie über Mode reden konnte oder was diese Luder sonst noch so besprachen, bis der Sonnenaufgang sie in ihren leblosen Schlaf entführte? Offenbar nicht. Und die Frage war auch, ob sie dort überhaupt sicher wäre. Am besten erschien es ihm, er behielt sie im Auge. Und so viel wusste er von Frauen, dass eine ihres Schlages auch in einer lebensbedrohlichen Situation nirgendwo hinginge, ohne ihren halben Hausstand eingepackt zu haben. Das würde er aber zu vereiteln wissen. *Gibt es einen Hintereingang zu deinem Apartment? Ich glaube, wenn dein Nabrah den Typen ablenkt, könnte ich es wagen.*

„Du?" Vivianne vergaß vor Überraschung, dass sie beobachtet wurden.

Still! Morgan hätte sie am liebsten erwürgt. *Willst du etwa allein gehen und womöglich einem Profikiller direkt in die Arme laufen? Dann nur zu!*

Warum hilfst du mir aber wirklich? Sie musste es einfach wissen.

Er überlegte, welche Antwort sie am ehesten befriedigen würde. Schließlich zuckte er mit den Schultern und sagte: *Warum nicht? Ich habe gerade nichts Besseres zu tun*, und mit einem Blick auf ihren wertvollen Schmuck fügte er noch hinzu: *Und glaub mir, ich tue nichts umsonst.*

Dieser Nachsatz war es, der Vivianne nicht weiter an seinen Absichten zweifeln ließ. Von wegen Adel. Sie hatte sich nicht nur beim Schätzen seines Alters um hundert Jahre vertan. *Zuviel der Ehre.* Der Vampir war nichts als Pöbel, geldgierig und berechnend. Was hatte sie auch anderes erwartet?

Weil sie aber keine Lust hatte, sich mit dem Vampir-Söldner da draußen anzulegen, senkte sie nur unmerklich den Kopf. *Sobald der Schmuck wieder sicher in seiner Schatulle liegt, wirst du deinen Lohn erhalten.*

Kurz flackerte etwas wie Ärger über sein Gesicht, doch wahrscheinlich waren dies nur die Lichter eines vorbeifahrenden

Autos, denn er entgegnete mit ausdrucksloser Stimme: *Dann sind wir also im Geschäft!*

Einverstanden.

Ihre Entscheidung bereute sie allerdings wenig später bereits. Der Vampir telefonierte, und während die gekaperte Limousine sich weiter durch den dichten Verkehr quälte, warf sie einen Blick in ihre Reisetasche, die er von seinem Abstecher in ihre Wohnung mitgebracht und wortlos zu ihr hinübergeschoben hatte. Bei den Dessous hatte er ausgezeichneten Geschmack bewiesen, aber der Rest – das war einfach furchtbar. Warum hatte sie diese Klamotten nicht längst weggeschmissen? *Moment mal.* Ein fremder Kerl hatte in ihrer Wäscheschublade herumgewühlt. Sie sah zu Morgan hinüber. Das Glitzern in seinen Augen verriet, dass ihm nicht entgangen war, wie hastig sie das zarte Spitzenhöschen wieder in die Tasche zurückgesteckt hatte.

Lässig lehnte er sich in die Polster und sprach weiter leise in einer fremdartig klingenden Sprache in sein Handy. *Männer!* Vehement zog sie den Reißverschluss zu.

4

„Ein Privatflugzeug?“ Fassungslos blickte Vivianne durch die Scheiben des Flughafengebäudes. Diese Form kostspieliger Freiheit hätte sie Morgan gar nicht zugetraut.

„Mach dir keine falschen Hoffnungen, es gehört mir nicht.“

Morgans Antwort bewies: Er hielt sie für ein geldgieriges Luder. *Vielen Dank, liebe Familie, manchmal wünsche ich mir, ich wäre als Junge zur Welt gekommen.* Nicht nur, weil sie dann ihr eigenes Leben hätte leben können, sondern weil sie in einer solchen Situation einen Kerl einfach verprügelt hätte. Während der gesamten Fahrt zum Flughafen hatte er kaum gesprochen. Und wenn er doch einmal den Mund geöffnet hatte, dann waren ihm nur Beleidigungen über die Lippen gekommen. Aber während sie durch den stärker werdenden Regen zum Flugzeug liefen, erklärte er immerhin: „Ich arbeite für eine Firma, die unter anderem kostbare Kunstgegenstände versichert. Sobald eines dieser Schätzchen verschwindet, komme ich ins Spiel.“

„Und davon kann man leben?“ Vivianne musste schmunzeln, als sie sich vorstellte, wie er barfuß internationalen Verbrecherbanden hinterherjagte.

„Du würdest es nicht glauben, wenn ich dir erzählte, wie viele Sammler ihr Taschengeld mit einem fingierten Einbruch aufbessern wollen.“ Morgan bot ihr mit einer Geste an, sie beim Erklimmen der kleinen Treppe zum Flugzeug hinauf zu stützen. Vivianne nahm auch ohne seine Hilfe leichtfüßig die Stufen, duckte sich und sah zu, wie ihr der Vampir mit der schweren Reisetasche über der Schulter folgte.

Das könnte euch so passen, mich einfach abzuhängen! Nabrah rauschte durch die Kabinentür, ließ sich auf einer Sitzlehne nieder und gab dabei einen heiseren Laut von sich. Er flatterte kurz, legte dann seine Flügel dicht an den feucht glänzenden Körper und sah beide herausfordernd an. *Guten Abend, mein Herz. Es regnet.*

Morgan verdrehte die Augen und verschwand wortlos im Cockpit.

Vivianne ließ sich auf einen breiten Ledersitz fallen. „Seit wann reisen Vögel wie du in Flugzeugen, anstatt sie zum Absturz zu bringen?"

Nabrah ignorierte ihren Einwurf. *Hast du deinen Lebensretter eigentlich gefragt, wohin die Reise gehen soll?*

„Nein, ich … ach, verdammt! Er spricht kaum mit mir. Und wenn, dann sagt er nur Gemeinheiten", fügte sie kleinlaut hinzu.

Nabrah ließ ein munteres „Kra, kra" hören. *Das mag daran liegen, dass man einer gewissen* Prinzessin *gelegentlich den Mund mit Seife auswaschen sollte.* Schnell flatterte er auf, als sie mit einem Kissen nach ihm schlug. Vivianne ärgerte sich weniger über seine Worte als über sich selbst. War sie Morgan wirklich so blind gefolgt? „Wer hat meine Wohnung beobachtet?"

Ich bin mir nicht sicher. Nabrah gab einen Laut von sich, als seufze er. *Ich konnte ihn nicht deutlich lesen, er hat gute Arbeit geleistet.*

„Was soll ich denn tun?" Vivianne sah sich um, als vermute sie heimliche Zeugen ihres Gesprächs. *Der Blutkristall ist fort, und wenn Asher das erfährt, dann sperrt er mich in eines der Verliese, die er zweifellos irgendwo in diesem unfreundlichen Schottland unterhält.*

Kieran wäre bestimmt entzückt, schließlich hätte er dann recht behalten.

„Wie immer."

Noch einmal: „Kra, kra.“ *Aber glaubst du wirklich, du findest den Dieb allein?*

„Mach mir nur Mut!“

Immer gern, mein Herz. Nabrah spreizte sein Gefieder.

„Hör doch mal auf, mich so zu nennen. Arbeitet Morgan wirklich für eine Versicherung?“

Danach sieht er gar nicht aus, oder?

Vivianne wollte schon fragen, woher Nabrah so gut Bescheid wusste, aber in diesem Augenblick kehrte Morgan zurück und schickte sich gerade an, die Tür zu schließen, da schoss ein schwarzer Blitz durch den Spalt an ihm vorbei. *Pass auf dich auf, mein Herz!* Der Vogel tauchte in die Nacht ein, und Vivianne fragte sich, wie lange er wohl dieses Mal verschwunden bliebe. Das Tier war so undurchsichtig wie sein Federkleid.

Der Vampir legte den Türhebel um, ließ sich in die Polster fallen, streckte seine langen Beine aus und sah aus dem Fenster, ohne den merkwürdigen Besuch zu kommentieren.

„Wohin fliegen wir?“, wollte Vivianne jetzt wissen. Keinerlei Reaktion. Freiwillig gab er offenbar nichts preis. Sie übte sich in Geduld, zählte lautlos bis sechzig und bohrte dabei drei tiefe Löcher ins Sitzpolster. Als er immer noch nicht antwortete, klang ihre Stimme ein klein wenig schrill: „Ich will wissen, aus welchem Grund du dieses verdammte Flugzeug gechartert hast. Antworte mir!“

„Wir folgen den Juwelen.“

„Was?“ Vivianne wäre aufgesprungen, hätte die Schwerkraft sie nicht ausgerechnet jetzt in ihren Sitz gepresst.

Das klumpige Gefühl in ihrem Magen ließ nur langsam nach. Sie versuchte sich unterdessen in ruhiger Logik.

„Was hast du im Bains Douches herausgefunden?“

„Dass sich jemand sehr für den Schmuck deiner Freundin zu interessieren scheint.“

„Ach, was!“ Sie dachte an den Unbekannten, der sie im Club so durchdringend angestarrt hatte. „Darauf wäre ich allein gar nicht gekommen.“

„Warum fragst du dann?“, gab Morgan zurück.

Aber eigentlich hatten sie beide keine Lust zu streiten.

Vivianne fühlte sich matt und schloss die Augen. Angst breitete sich in ihren Eingeweiden aus. Angst vor der Zukunft und vor dem Ausgang dieses Abenteuers. Falls etwas aus dem Ruder geriet, konnte sie zwar jederzeit ihre Familie um Hilfe bitten. Doch damit würde sie auch eingestehen, dass ihre Brüder recht hatten: dass sie nämlich viel zu jung und viel zu unerfahren war, um ihr Leben selbst in die Hand zu nehmen. Eher, so schwor sie sich, würde das Paradies zur Sandwüste werden, als dass sie ihnen die Genugtuung verschaffte, recht zu behalten. Sie musste den Blutkristall einfach wiederfinden. Und dafür würde sie auch die Launen dieses unerfreulichen Vampirs ertragen. Augenblicklich war er ihre einzige Hoffnung – und zur Hölle mit ihm, weil er das auch ganz genau wusste.

„Wir sind da.“

Vivianne sprang auf und rieb sich die Augen. Ihre Lider ließen sich kaum öffnen. *Wo?*, lag ihr auf der Zunge – und weil sie sich, wenn auch nur für Sekunden, nicht erinnerte, in einem Flugzeug zu sitzen, konnte dies nur bedeuten, dass sie inzwischen eingeschlafen sein musste. Schnell sprang sie auf und rempelte beinahe den Piloten an, der seinen Kopf aus der Tür zum Cockpit streckte, um sich mit einem respektvollen Lächeln zu verabschieden „Ich hoffe, Sie haben einen angenehmen Aufenthalt, Madame!“

Auf dem Rollfeld konnte man jede Bodenwelle erkennen, so hell wurde es von scheinbar zahllosen Lichtern erleuchtet. Vivianne lief die steile Gangway hinunter und konnte gerade noch vermeiden, in eine besonders große Pfütze zu treten. Immerhin regnete es nicht mehr und der stürmische Wind, der ihr in Paris die Frisur zerzaust hatte, gebärdete sich hier ganz zahm. Sie schob ihre Überlegungen zur aktuellen Wettersituation, zusammen mit den vorwitzigen Haaren, schwungvoll beiseite. Vom Geruch des Kerosins wirkte die Nachtluft schwer und seltsam bedrückend. Ein Buchstabe der schlichten Leuchtschrift *Schönefeld* flackerte, in der Ferne hörte sie die Geräusche einer Stadt, die niemals richtig schlief. *Wir sind also in Berlin.* Sie holte Morgan ein und hielt ihn am Ärmel fest. „Wohin jetzt?“

Er verlangsamte seine Schritte keineswegs und antwortete lediglich über die Schulter: „Beeil dich!“

Ihr blieb nichts anderes übrig, als weiter hinter ihm herzulaufen, durch ein Tor im Zaun, das sich wie von Geisterhand für sie öffnete, die Straße entlang und schließlich in einen menschenleeren Bahnhof der Stadtbahn hinein. Die Türen des gelbroten Waggons schlossen sich hinter ihnen, sobald sie eingestiegen waren. Eine Stimme vom Band verkündete draußen, man solle zurücktreten, und gleich darauf machte sich die S-Bahn rumpelnd auf ihren Weg.

Sie saßen sich gegenüber, doch Morgan beachtete Vivianne gar nicht. Er schien jeden Winkel des Zuges zu prüfen, bevor er seine Arme vor der Brust verschränkte, die langen Beine ausstreckte und sich zurücklehnte. Dabei zeigte er ein Bild entspannter Lässigkeit, von dem sie ahnte, dass es nur vorgetäuscht war.

Vivianne bemühte sich um eine angemessen blasierte Miene, als gehörten Fahrten mit öffentlichen Verkehrsmitteln zu ihrem Alltag. Doch die Fassade aufrechtzuerhalten fiel ihr immer schwerer, ihr Magen machte sich allmählich bemerkbar. Und sie war froh, dass es außer ihnen beiden nur zwei weitere Mitreisende gab. Einer davon musste Unmengen an Curry gegessen haben und der andere glaubte offenbar, dass sein billiges Eau de

Cologne nicht nur den Geruch von kaltem Rauch übertünchte, sondern darüber hinaus auch verbarg, dass er es mit der Körperhygiene nicht so genau nahm. Beide wirkten, vielleicht zu ihrem Glück, nicht besonders appetitanregend auf Vivianne. Sie besann sich nach einer Weile und hörte auf, die Sterblichen hungrig anzustarren. Beim Umherschauen bemerkte sie eine Grafik aus bunten Linien, Punkten und merkwürdigen Ortsbezeichnungen, und als sie über jeder Tür ein solches Bild entdeckte, wurde ihr allmählich klar, dass dies ein Streckenplan sein musste, den man dort als Orientierungshilfe für die Fahrgäste angebracht hatte. Sie spürte Morgans Blick auf sich und drehte ihren Kopf schnell zur Seite. Über den Durchgängen von einem Wagen zum anderen tanzte jedes Mal eine Schrift, die offenbar die jeweils nächste Station anzeigte. Vivianne verlor sich in der Betrachtung des Spiels von Licht und Bewegung. Die rote Farbe erinnerte an Blut, und sie leckte sich unwillkürlich die Lippen. Unter seinen halbgeschlossenen Lidern hervor schien Morgan sie beobachtet zu haben. Ersticktes Lachen, das schnell in ein Räuspern überging, holte sie aus ihren Fantasien zurück. „Bist du überhaupt schon mal S- oder U-Bahn gefahren?"

„Natürlich!" *Nicht.* Vivianne kreuzte die Arme über der Brust und sah zum Fenster hinaus. Sie kam sich ziemlich dumm vor, denn in den letzten Jahren hatte sie die größeren Strecken in Paris tatsächlich immer in ihrer Limousine zurückgelegt. Und auch zuvor hatte selten die Notwendigkeit bestanden, in einen derart engen Kontakt mit der menschlichen Bevölkerung zu treten. Man ging zu Fuß oder rief den Fahrer. Bei ihren Eltern hatte sie niemals etwas anderes erlebt. Viviannes einzige Erfahrung mit einem Zug war eine nächtliche Fahrt durch den Tunnel nach London gewesen. Damals war sie allerdings in Begleitung gereist und hatte sich um nichts anderes zu kümmern brauchen als darum, hübsch auszusehen. Weitere Strecken zurückzulegen barg stets ein gewisses Risiko und eine längere Reise musste überlegt geplant werden. Sogar uralte Dunkelelfen vermieden es, am hellen Tag zu reisen. Sie hatten Bedienstete, die jeden erforderlichen Ortswechsel zuverlässig organisierten. Die jüngeren unter ihnen konnten natürlich ohne entsprechendes Personal schnell in bedrohliche Situationen geraten. Vivianne erkannte, dass sie Fragen von derartiger Wichtigkeit leichtsinnig ignoriert hatte. Als sei dies nicht schon schlimm genug, wäre ihre Tarnung als geschaffene Vampirin darüber hinaus dahin, sobald bekannt werden würde, dass sie sich in die Dunkelheit retten konnte, anstatt wie alle geschaffenen Vampire ihres Alters im Tageslicht einen schnellen Tod zu sterben. Ihr wurde es allerdings bereits ohne die theoretische Gefahr, entdeckt zu werden, schon bei der Vorstellung ungemütlich, sie könnte wegen eines technischen Defekts womöglich in eine Situation geraten, in der ihr Körper dem Sonnenlicht ausgesetzt sein würde.

Es gab zwar eine Fluchtmöglichkeit: die Zwischenwelt, eine Dimension, in der Vampire schnelle Ortswechsel vornehmen oder sogar ganze Ozeane überqueren konnten. Dort hinein wagte sie sich jedoch noch nicht. Und aus Morgans selbstverständlichem Umgang mit der modernen Technik schloss sie, dass auch er lieber in ein fliegendes Stahlungetüm stieg, als sich den Gefahren einer anderen Dimension auszusetzen. Diese Welt der Schatten und Illusionen war voller Tücke, unerfahrene Reisende konnten darin rasch für immer verloren gehen. Sie blickte ihn prüfend an, aber natürlich konnte man einem Vampir nicht an der Nasenspitze ansehen, ob er Zugang zur Zwischenwelt hatte oder nicht. Morgan, das begann sie allmählich zu begreifen, würde selbst ein weitaus versierterer Beobachter nicht ohne Weiteres entlocken können, wer oder was er eigentlich war.

Vivianne wurde bewusst, dass er seinerseits jede ihrer Bewegungen genau registrierte, obwohl er seine Augen wieder geschlossen hielt.

Das kurze Gespräch war damit ohne Zweifel beendet, also blickte sie weiter in die nächtliche Landschaft, die an ihrem Fenster vorbeizog. Bäume glitten vorüber, schwach beleuchtete Straßen, keine Vorstädte, wie man sie von Paris kannte, sondern kleine Häuser, viele mit Gärten, die zu dieser Jahreszeit kalt und ungemütlich wirkten.

Die S-Bahn hielt alle paar Minuten, manchmal stiegen Menschen ein, müde, selbstvergessen, wahrscheinlich auf dem Weg zur Arbeit oder von dort wieder nach Hause zurück. Vivianne machte sich nicht die Mühe, ihre schläfrigen Gedanken zu ergründen. Morgan schwieg, und in den Scheiben sah sie das Bild von zwei völlig Fremden, die sich nichts zu sagen hatten. Wohin würde er sie bringen?

Der Zug quietschte in den Kurven, jemand berührte ihre Schulter. „Komm, wir müssen aussteigen!"

Wieder hatte er sie überrascht. Dieses Mal wirkte der Bahnsteig belebter. Nachtschwärmer, junge Leute in Gruppen, laut, manche betrunken, irgendjemand trug ein Radio bei sich, drei schwarzhaarige Jungs tanzten zum Rap in den Wagon hinein und lachten.

„Zuuurücktreten!" Der Zug fuhr an und ließ sie auf einem leeren Bahnsteig zurück.

Sie folgte Morgan die Treppenstufen hinab, gemeinsam kreuzten sie eine breite Allee, ein Auto hupte, Scheinwerfer blendeten auf. Jetzt liefen sie Seite an Seite, überquerten eine Brücke, unten im Fluss erkannte man hell erleuchtet einen schwimmenden Pool, Lachen wehte herüber, jemand sprang in blau glitzerndes Wasser. Hausboote schaukelten daneben in schwarzen Wellen. Vor ihnen saß ein Rabe im Lichtkegel einer Straßenlaterne.

Nabrah?

Der Vogel flog auf, ohne Antwort.

Sie fühlte sich wie in einem Traum. Eben noch in Paris und nun in einer völlig fremden Stadt, auf deren Pflaster sie noch nie zuvor einen Fuß gesetzt hatte. Ausgeliefert.

„Wir sind da." Der Vampir stieß gegen ein eisernes Tor, das lautlos aufschwang, sie konnte das Öl an den Scharnieren noch jetzt so deutlich riechen, als sei es erst gestern daraufgeträufelt worden. Er führte sie in den Innenhof einer – ja, was mochte das sein? – einer Manufaktur, hätte man früher vielleicht gesagt. Die Magie, dazu geeignet Sterbliche gleichermaßen zu verwirren und fernzuhalten, prickelte auf ihrer Haut. In einer Ecke stand ein mächtiger Ahorn, rundherum wuchsen Backsteinwände in den Himmel, mit großen Fensterflächen, wie sie Fabriken häufig besaßen, zusammengesetzt aus zahllosen Scheiben, von denen manche zerbrochen, viele vom Staub der Jahrzehnte blind waren.

Er ging weiter voran, über schmale Betonstufen erreichten sie eine Rampe, er schob ein Holztor beiseite, ließ sie eintreten, folgte ihr lautlos und schloss dann das Tor sorgfältig hinter sich. „Die Treppe rauf!", wies er Vivianne an und gab sich keine Mühe, für Beleuchtung zu sorgen.

Die tiefe Dunkelheit verunsicherte sie … und so war seine raue, warme Hand eine willkommene Hilfe. Schlüssel klimperten, einer machte ein – selbst für das geschulte Ohr – kaum hörbares Geräusch, als er im Schloss umgedreht wurde. Dann folgte ein zweites Schloss. Auch hinter dieser Tür gab es keinerlei künstliche Beleuchtung, doch der Nachthimmel warf das Licht der schlaflosen Stadt zurück und schimmerte wie trüber Mondschein durch ungezählte Scheiben. Ein riesiger Raum, grobe Holzdielen, aus denen Säulen wuchsen, die in ihrer eisernen Eleganz längst vergangener Zeiten eigenartig verspielt wirkten. Auf den ersten Blick schien alles leer zu sein, dann entdeckte sie das schiefe Bücherregal an der unverputzten Ziegelwand. Links davon befand sich der Kamin, der in seinem britisch anmutenden Design sehr fremd wirkte. Der Umrandung aus Marmor, einst mit all den Girlanden und Figuren sicher sehr teuer gewesen, fehlte eine Ecke – und rußig war sie außerdem. Niemand hatte die Asche entfernt. *Wahrscheinlich qualmt das Ding und ist nur Dekoration*. Eine alte Decke auf dem verschlissenen Sofa sollte Behaglichkeit vermitteln, am Boden lag vergessen eine leere Flasche. Rot bezogen war dieses Kanapee aus der Gründerzeit, dessen beste Tage noch länger vorüber sein mochten als die des abgenutzten Ledersessels gegenüber … von dem fadenscheinigen Teppich ganz zu schweigen. Vor der Fensterwand waren Löwenfüße zu sehen, auf denen eine Badewanne thronte. Eine gewisse Logik war in der Art zu erkennen, wie man die Möbel angeordnet hatte. Sie bildeten in dem viel zu großen Raum eine Insel. In Viviannes Augen aber waren sie nicht mehr als eine Ansammlung antiken Schrotts, sah man einmal von dem flachen Bildschirm ab, der neben dem Regal schwarz glänzend an der Wand hing. Mitten in der Halle eine Holzleiter, die geradewegs in den Himmel zu führen schien. Vivianne fand den Gedanken beinahe tröstlich. Aber sonst kein Bett, kein Stuhl, kein Tisch. Doch. Dort war noch etwas. Ihre Augen hatten sich an die Dunkelheit gewöhnt. Ganz hinten stand ein großer Holztisch, mit Papieren bedeckt, unter denen ein flaches Notebook vergraben war. Drei Stühle. Daneben kaum sichtbar Türen. Das war alles. Diese Behausung konnte sich offenbar nicht entscheiden, ob sie verwahrlost oder trendgerecht daherkommen wollte. Der monströse Kristallleuchter, der an einer rostigen Kette hängend im Nichts über ihnen befestigt zu sein schien, gestattete auch dem sorgfältigen Betrachter keinerlei eindeutige stilistische Einordnung.

„Wohnt hier jemand?" Vivianne konnte den ungläubigen Unterton nicht aus ihrer Stimme verbannen.

Angemessen geriet seine Antwort: „Ich." Morgan öffnete ein Fenster, dann sah er sie prüfend an. „Du siehst nicht gut aus."

Das war genau die Art von Kompliment, mit dessen Hilfe man jedes Frauenherz eroberte. „Wundert dich das? Die Sonne geht gleich auf." Tatsächlich war es der Hunger, der ihr zu schaffen machte. Aber sie würde jetzt nicht um Blut bitten. Nicht ihn. Vivianne empfand diese vertraute Schwere, die sie vor jedem aufziehenden Morgen erfasste, heute besonders stark, so als seien ihre Knochen plötzlich mit Blei ausgegossen. Je weiter sie sich von Paris entfernt hatten, desto elender war ihr zumute geworden. Zum Streiten war sie inzwischen fast zu müde und hoffte, den Tag nicht in irgendeinem Schrank verbringen zu müssen. Manch ein Vampir schlief sogar im Sarg. Vivianne grauste es bei dieser Vorstellung fast noch mehr als vor den Ratten, die zweifellos den Keller bewohnten, in dem der missmutige Vampir vermutlich den größten Teil seines Daseins verbrachte.

„Es gibt ein Schlafzimmer." Als hätte er ihre Befürchtungen gehört.

„Und wo bleibst du?" Vivianne verstand nicht, warum er die Augen verdrehte.

„Keine Sorge, Prinzessin, du bekommst dein eigenes Bett." Er zeigte im Vorübergehen auf die Wanne. „Dies ist …" Vivianne unterbrach ihn: „Eine Badewanne?"

Jetzt zuckte es in seinem Mundwinkel: „… das Bad."

„Das ist alles?" Ihr blieb der Mund offen stehen, und als er eine der Türen, deren Lage sie zuvor nur erahnt hatte, öffnete, hoffte sie, er habe nur gescherzt.

„Bitte schön." Morgan stellte ihre Tasche neben ein schlichtes Bett, knipste die einzige Lampe an, und als sich Vivianne umdrehte, fiel die Tür bereits ins Schloss. „Schließ ab, dann bist du sicher." Seine Stimme klang dumpf. Sterbliche würden dank des Schutzzaubers, den sie vorhin gespürt hatte, gewiss nicht eindringen, und Morgan schien sich herzlich wenig für sie zu interessieren. Trotzdem drehte Vivianne den Schlüssel zweimal herum. Sie probierte die zweite Tür, aber diese war verschlossen, und so benetzte sie ihr Gesicht mit dem Wasser, das sie in einem Krug fand, und spülte ihren Mund aus. Danach spuckte sie die eisige Flüssigkeit in eine altmodische Waschschüssel. Offenbar hatte er es ernst gemeint. Außer einer Badewanne mitten im Wohnzimmer, wenn man die heruntergekommene Fabrikhalle denn so nennen wollte, gab es in dieser Absteige keinerlei ernstzunehmende Möglichkeit, sich der täglichen Körperpflege zu widmen. Gleich morgen würde sie sich ein Hotelzimmer suchen. Es gab in fast jeder Stadt eines dieser Häuser, die einen besonderen Service für die Geschöpfe der Dunkelheit anboten. Sie brauchte nur Asher anzurufen … *Verdammt!* Ihr Bruder würde ganz sicher sofort misstrauisch werden und nachfragen, warum sie diese Information benötige. Vielleicht ging aber auch seine Seelenpartnerin ans Telefon. Viviannes Schwägerinnen waren unkonventionell und modern. Was vielleicht an ihrem lichten Naturell lag oder einfach daran, dass beide noch keine dreißig Jahre auf dieser Erde weilten. *Bei meinem Glück geht Kieran bestimmt dran*, dachte sie. Keine angenehme Vorstellung. Er würde sofort ahnen, was los war, und in Sekundenschnelle durch die Zwischenwelt zu ihr eilen. Sie stellte sich eine Begegnung zwischen dem strengen Vengador und ihrem Gastgeber vor und fröstelte. *Lieber nicht.* Vivianne stieg ins Bett. Immerhin, der Bezug roch ebenso frisch wie das Leinentuch, mit dem sie sich abgetrocknet hatte. Und so fragte sie sich, welchen Gast Morgan wohl ursprünglich in dieser fensterlosen Klosterzelle hatte beherbergen wollen. Während sie die Decke bis zum Kinn zog, erschien irgendwo da draußen die Sonne hinter dem Horizont und ihr fielen die Augen zu.

Morgan streckte sich zur gleichen Zeit auf einem weit komfortableren Bett aus. Aber er hätte liebend gern auf den Schlaf verzichtet, wenn er damit auch seine Träume losgeworden wäre:

„Morgan!“

Der kleine Junge zuckte zusammen. Was wollte Vater jetzt schon wieder? Der Kamin war gekehrt, das Feuerholz für diesen Tag lag in handlichen Scheiten bereit und in den Scheiben des elterlichen Geschäfts spiegelten sich die Sonnenstrahlen, die es zwischen den Häusern hindurch bis zu ihren Auslagen geschafft hatten. Die Londoner Gesellschaft lag in ihren Betten und vor der Mittagszeit würde sich keine elegante Kalesche sehen lassen.

„Ja, Vater!“, beeilte er sich zu antworten.

„Komm her, Kind.“

Das verhieß nichts Gutes. Morgan war längst auf das Endgültige vorbereitet. Seine Mutter, sanft zu den Kindern und gut organisiert, wenn es um ihren Haushalt ging, wurde seit Monaten verwirrter. Es hatte mit Kleinigkeiten begonnen. Sie vergaß sonst niemals etwas – und plötzlich fehlte der Talg für die Lampen. Dann war es das Ziegenleder, danach das Garn für die kostbaren Stickereien. Vater mochte ein begnadeter Handschuhmacher sein – ohne Mutters Geschäftssinn jedoch hätte das feine schottische Leder, um das sich in der letzten Saison die Ladies und Gentlemen regelrecht geschlagen hatten, niemals den Weg in seine Werkstatt gefunden. Im vergangenen Monat hatten dann die Felle gefehlt, aus denen Vater und seine Gesellen zauberhaft bedruckte Kunstwerke schufen. Das jedenfalls waren exakt die Worte der Herzogin, die in dieser Saison die Mode bestimmte.

„Mutter ist von uns gegangen."

Morgan hätte gern geschrien: „Man hat sie vertrieben – du, Vater, trägst die Schuld!" Aber seine Mutter hatte ihn schließlich ordentlich erzogen. Er wusste, wo sein Platz war, und schwieg. Seine kleine Schwester krähte vergnügt. Und ohne eine Träne zu verschenken begann der kleine Junge, Vorbereitungen für die Beisetzung seiner Mutter zu treffen. Jeder hier wusste, wie so etwas vonstattenging. Der Tod war ein ständiger Begleiter, und jeder konnte sich glücklich schätzen, der in dieser Stadt das Geld hatte, seine Lieben überhaupt ordentlich zu beerdigen.

5

„Ausgeschlafen?“ Morgan drehte sich zu ihr um und schloss dabei das Notebook. Die Papiere vom Vorabend lagen zu einem Haufen zusammengeschoben übereinander. „Setz dich! Das Frühstück ist noch warm.“

Vivianne erinnerte sich an Morgans Bemerkung über seine Vorliebe für Blut, das frisch aus der Quelle sprudelte. Sie sah sich misstrauisch um, aber wenn sie erwartet hatte, dass irgendwo unter der Decke ein wehrloses Opfer hing, dann konnte sie beruhigt sein.

„Geht es dir besser?“ Er reichte ihr eine große Tasse, aus der vermutlich schon einmal jemand Milchkaffee geschlürft hatte, und sie legte beide Hände um das glatte Porzellan. Ein vertrauter Duft stieg auf und mit halbgeschlossenen Augen nippte sie am Blut. Dessen Temperatur war einwandfrei und der Sauerstoffgehalt ebenfalls. Nach wenigen Schlucken fühlte sie sich wie neugeboren. „Gut genug, wenn man bedenkt, dass ich auf einem Brett geschlafen habe.“

„Ich bin dir eine Erklärung schuldig.“

Das war er in der Tat. Vivianne ließ den letzten Schluck genüsslich über ihre Zunge fließen. Für eine Weile würde es reichen, aber in ihrem Alter brauchte ein Vampir regelmäßig größere Mengen Blut. Ihn darum zu bitten verbot ihr jedoch der Stolz. Und so fragte sie lediglich: „Nur eine?“

„Deine Wohnung wurde gestern beobachtet. Wenn der Typ nichts mit dem Einbruch zu tun hatte, dann trinke ich eine Gallone Schweineblut.“

„Und was geht dich das an?“

„Genau genommen gar nichts“, murmelte Morgan. „Hättest du ihn bemerkt?“, fragte er lauter.

„Nein, aber Nabrah ...“

„Okay, er hätte dich gewarnt. Das weiß ich, und was hättet ihr unternommen? Den Jäger nach der Uhrzeit gefragt?“

Vivianne wusste keine Antwort. Also schwieg sie, bis Morgan schließlich zufrieden nickte und weitersprach: „Komm schon, ein ganz normaler Sterblicher bricht in deine Wohnung ein, überwindet offenbar ohne große Schwierigkeiten so gut wie unüberwindbare magische Siegel, sucht gezielt nach einem ganz bestimmten Gegenstand, wiederum bestens gesichert, so möchte ich wetten, und lässt alle anderen Wertsachen unberührt zurück. Wer auch immer dahintersteckt, er weiß genau, was er tut.“

„Nehmen wir einmal an, du hättest recht. Wer könnte so etwas tun?“

„Sag du es mir! Oder noch besser: Frag deine Paten. Das hättest du schon längst tun sollen. Vielleicht hat jemand Stress mit ihnen und lässt das nun an dir aus.“

„Bestimmt nicht.“ Damit meinte sie den Vorschlag, ihre *Paten*, wie er es freundlicherweise so diplomatisch formuliert hatte, zu fragen. Wäre sie nämlich schon früher seinem Rat gefolgt, wie er es sich augenscheinlich gewünscht hatte, so wäre sie nicht nach Berlin gelockt, sondern längst in irgendein sicheres Versteck ihrer Familie verschleppt worden. *Ein guter Grund, um Morgan dankbar zu sein*, dachte Vivianne und bemühte sich um einen versöhnlicheren Ton. „Der Schmuck gehört mir ja nicht einmal. Ich habe keine Ahnung, wer den Einbruch begangen hat. Aber eines weiß ich ganz sicher: Meine Freundin bekommt einen Herzanfall, wenn sie erfährt, dass ihr Collier gestohlen wurde. Und ihr Mann ist ein ziemlich unangenehmer Typ. Ihn kann ich also auch nicht fragen, ob der Diebstahl vielleicht eine persönliche Sache zwischen ihm und einem seiner zweifellos zahlreichen Feinde gewesen ist", schwindelte sie mit einem unnachahmlichen Augenaufschlag.

Morgan sah sie einen Augenblick lang zweifelnd an, dann sprach er mit neutraler Stimme weiter. „Also gut, ich will dir sagen, was ich im Hotel noch herausgefunden habe. Dieser schießwütige Söldner mochte seine Gäste nicht besonders. Er hat sich in ihrem Zimmer ein wenig umgesehen, aber außer einer gültigen Bahnfahrkarte nichts Bemerkenswertes gefunden."

„Nur eine?"

„Das ist allerdings das Merkwürdige: Das Einbrecherpärchen wird sehr wahrscheinlich zusammen dort angekommen sein, aber das Rückfahrticket war nur auf ihn ausgestellt."

„Dann hat er von Anfang an geplant, seine Komplizin zurückzulassen?"

„Vielleicht wollten sie getrennt zurückreisen, um ihre Spuren zu verwischen, und der neugierige Rezeptionist hat die Reiseunterlagen der Frau nicht entdeckt. Jedenfalls hat der Zug Paris pünktlich verlassen und unser diebischer Freund blieb bis zum Berliner Hauptbahnhof brav darin sitzen."

Vivianne wusste, dass er recht hatte. Über den Aufenthaltsort des Blutkristalls konnte sie zwar nichts sagen, aber er befand sich höchstens fünfzig Kilometer entfernt. Sie hatte keine Ahnung warum, aber sie war sich dessen ganz sicher. Leider waren solche Intuitionen nicht geeignet, um sie Morgan anzuvertrauen, ohne ihre Schwindelei zu verraten. Deshalb fragte sie ihn, weshalb er so sicher sein könne, dass der Einbrecher den Zug nicht unterwegs verlassen habe.

„Ich hätte wetten mögen, dass er aussteigen würde", gab er zu. „Aber offenbar fühlte er sich sicher. Ein Freund hat ihn für mich überprüft."

„Das Telefonat?"

„Brillant kombiniert!" Der Kommentar klang nicht einmal sarkastisch.

Offenbar hält er mich für ganz und gar schlicht. Sie hätte zu gern gewusst, welche Freunde ein einfacher Versicherungsdetektiv haben mochte, die tagsüber für ihn arbeiteten. Aber Morgan stand auf und nahm einen langen Mantel von der Stuhllehne. „Willst du so auf die Straße gehen?" Sein Blick glitt über den eleganten Hosenanzug und blieb an ihrer Seidenbluse hängen.

Das Schmunzeln, mit dem er den zusätzlich geschlossenen Knopf quittierte, zeigte, dass er ihre erotische Einlage vor dem Club nicht vergessen hatte.

Vivianne strich mit einer unbewussten Geste den edlen Stoff glatt. Natürlich war seine Frage berechtigt, immerhin hatte sie während des Fluges gestern darin geschlafen. Trotzdem fauchte sie ihn an: „Was ist daran so verkehrt? Sicher wird sich in dieser Gegend niemand an einer ungebügelten Bluse stören. Und darf ich mal raten? Ein Bügeleisen hast du nicht, oder?"

Der freundliche Ausdruck verschwand aus seinem Gesicht und Morgan ging zur Tür. „Dann komm!"

Auf der Straße bewegte er sich selbstbewusst und schien alles gleichzeitig im Auge zu haben. Die Jugendlichen dort auf der Bank, das langsam vorbeifahrende Auto und auch die Frau im afrikanischen Kleid, die ihre Einkäufe auf dem Kopf nach Hause trug. Der Vergleich mit einem Raubtier drängte sich ihr auf. *Cliché*, schalt sie sich. *Er ist nichts weiter als ein Versicherungsdetektiv und daran gewöhnt, seine Umgebung aufmerksam zu betrachten.* Es war nicht einfach, mit ihm Schritt zu halten, und Vivianne musste sich stark konzentrieren, damit ihre dünnen Absätze nicht in der schrecklich unebenen Pflasterung des Trottoirs hängen blieben. Gerade wollte sie sich erkundigen, welches Ziel sie eigentlich hatten, da blieb er zwischen zwei geparkten Autos stehen und überquerte gleich danach die Straße. Ohne sich nach ihr umzusehen, lief er eine schmuddelige Treppe hinauf, nahm zwei Stufen auf einmal … und Vivianne stöckelte eilig hinterher. Oben fuhr bereits ein Zug ein. „Schon wieder S-Bahn?"

„U-Bahn", war die knappe Antwort.

„Ein ‚U' für Untergrund?", fragte sie spöttisch.

Morgan zog die Doppeltüren auf. „Nach dir."

Sie fuhren nur eine Station weiter, und Vivianne fragte sich, ob sie es wohl ihrem Schuhwerk zu verdanken hatte, dass sie diese kurze Strecke fahren durfte. Sie biss sich auf die Unterlippe, damit ihr kein unbedachtes Wort des Dankes entschlüpfte. Wenn er ein Kavalier gewesen wäre, hätte er mindestens ein Taxi bestellt und sie nicht im Zickzack zwischen all den Leuten durch die Straßen gehetzt. Morgan steuerte auf eine Eckkneipe zu, deren massive Eingangstür ein gemein grinsender roter Teufel zierte. Geschmacklos. Sie verkniff sich ihre Freundlichkeiten endgültig und folgte ihm zögernd. Da ertönte ein Pfiff. Vivianne sah sich um und bemerkte auf der anderen Straßenseite zwei junge Männer, die zu ihr herüberstarrten und sich dabei offenbar köstlich amüsierten.

„Na, Muttern, haste dir verlaufen?", grölte der eine, und sein Kumpel machte eine obszöne Geste.

Das reicht. Sie stand so schnell vor ihm, dass er erst gar nicht begriff, was geschehen war. Vivianne packte ihn an seiner Jacke und schob mit der anderen Hand den giftgrünen Schopf aus seinem Gesicht, der an guten Tagen sicher ein imposanter Iro war. „Sieh mich an!", befahl sie und starrte in seine vor Schreck geweiteten Pupillen. Sie würde dem Flegel eine Lektion erteilen.

„Jungs, die Lady ist heute nicht zu Späßen aufgelegt."

Sie hatte es nicht für möglich gehalten, aber das Entsetzen im Gesicht des Punks wurde noch größer.

Morgan legte Vivianne eine Hand auf die Schulter. *Willst du hier auf offener Straße eine Szene machen?*

Sie fuhr herum. „Ich muss mich nicht beleidigen lassen!"

„Sie haben doch nur gefragt, ob du dich verlaufen hast." Morgans Blick auf ihre zu Krallen gebogenen Nägel, von denen sich Lacksplitter lösten, sprach Bände.

Mit einer schnellen Bewegung schüttelte sie seine Hand ab und ging mit hoch erhobenem Kinn zurück. „Wo bleibst du?"

Ein kleines Schild an der Tür informierte sie, dass der Eintritt in den *Limbus* auf eigene Gefahr erfolge, und darunter las Vivianne den Namen des Besitzers: Per Obscurus. *Na, toll!* Die Außenwerbung hatte nicht zu viel versprochen, innen mangelte es auf den ersten Blick an angemessener Beleuchtung, die Fensterscheiben waren schwarz gestrichen und eine Luft zum Schneiden gab es noch gratis dazu. Auch die Gäste wurden dem Anspruch des Inhabers gerecht. Obskur wirkten sie tatsächlich, und jeder Einzelne von ihnen hatte seinen Platz im Vorhof zur Hölle garantiert sicher, nahm Vivianne an. Die Männer trugen seltsame Bärte und Tätowierungen, die Körper der Frauen waren ebenfalls mit farbigen Mustern überzogen, dazu schmückten sie zahllose Piercings im Gesicht und jede zweite hatte ihrem Haar die Farbe frischen Taubenbluts in den unterschiedlichsten Schattierungen gegeben. Bekleidet waren sie mal mehr, mal weniger vollständig, aber unbedingt in Schwarz.

Zur Bar. Morgan machte nicht einmal einen Versuch, den infernalischen Lärm zu übertönen, der aber niemanden außer Vivianne weiter zu stören schien.

Mit dem Barkeeper verständigte man sich offenbar in einer Art Zeichensprache. Zumindest hörte Vivianne keinerlei Bestellung, doch binnen Sekunden hatte jeder von ihnen ein Glas vor sich stehen, aus dem ein wohlbekannter Duft emporstieg. Sie sah Morgan mit gehobener Augenbraue an. *Ist es wirklich das, was ich vermute?*

„A-negativ, gut abgehangen. Auf das Leben!" Er trank einen Schluck, stieß sich von der Tresenkante ab und beugte sich über sie. „Ich bin gleich wieder da." Sein Atem streifte warm ihren Hals, doch Vivianne fröstelte noch immer.

Wider Willen sah sie ihm hinterher und registrierte jede seiner Bewegungen. Der Vampir durchquerte den Raum mit den geschmeidigen Bewegungen eines geborenen Jägers. Allmählich kam ihr der Verdacht, dass sie ihn unterschätzt hatte. Er mochte einst ein Sterblicher gewesen sein, wie diejenigen, die ihm nun wie Schilfhalme den Weg freigaben. Doch davon war zumindest augenblicklich nichts zu spüren. Er besaß, so erschien es ihr, die absolute Kontrolle über jeden Einzelnen. Am Ende dieser magischen Furt stand eine Frau, deren Mähne in Flammen zu stehen schien. Vivianne sah ihr einladendes Lächeln, als Morgan das rote Haar beiseiteschob und offenbar ohne Umschweife zur Sache kam. Sie konnte den unverwechselbaren Geruch frischen Blutes bis hierher riechen, ihre Nasenflügel bebten und eine Sehnsucht erwachte in ihr, die sie ängstigte. Rasch trank sie einen Schluck ihres Blutcocktails, der aber plötzlich schal schmeckte. Sie hätte lieber ausgiebig frühstücken sollen. Dies waren die ersten Einflüsterungen des unersättlichen Hungers. Einmal geweckt konnte er jeden Vampir ins Verderben stürzen. Besonders wenn man ihm zu spät nachgab und in einen gefürchteten Blutrausch verfiel, anstatt sein Verlangen mithilfe einer Blutkonserve zu lindern. Und noch schlimmer: Sehr junge Vampire waren ebenso gefährdet, die Kontrolle zu verlieren, wie diejenigen ihrer Art, die schon seit Jahrhunderten auf dieser Erde wandelten. Wie lange lag Morgans Transformation wohl tatsächlich zurück?

Ein irres Lachen ertönte. Von Morgan konnte es nicht kommen, dessen Zähne steckten noch immer im Hals der willigen Lady. Es beschlich sie das Gefühl, dass jeder sie anstarrte. Vivianne schob sich eine Haarsträhne aus dem Gesicht, wie sie es immer tat, wenn sie nervös war. Drei Frauen imitierten ihre Geste gleichzeitig. Eine steile Falte erschien zwischen ihren Augenbrauen und nun legten weitere Gäste in einer Parodie ihrer Verwirrung ihre Stirn in Falten. Sie griff nach ihrem Getränk und überall wurden Gläser sichtbar. *Morgan!* Zu ihrem Verdruss klang dieser Gedanke deutlich nach dem, was er war: ein mentaler Hilferuf.

Der Vampir drehte sich um, las das Spiegelbild ihrer Besorgnis in den Gesichtern der anderen und murmelte etwas Unverständliches. Sofort verloren die Sterblichen das Interesse an ihr und kümmerten sich um ihre eigenen Angelegenheiten, als hätten sie niemals etwas anderes getan. Unerfahren konnte er wahrlich nicht sein, wenn es ihm gelang, eine ganze Meute im Handumdrehen zu manipulieren. Morgan kam zum Tresen zurück, nahm ihre Getränke und bedeutete Vivianne, ihm zu folgen. Suchend sah sie sich um, aber von der rothaarigen Sirene war nichts mehr zu sehen. Stattdessen ging eine neue Energie von ihm aus, die, kleinen Spinnenfüßen gleich, über seine Haut zu huschen schien. Im Nebenraum stellte er beide Gläser ab. Hier war die Lautstärke erträglicher, obwohl die Musik immer noch in ihren Ohren schmerzte.

„Teufel, was war das denn?"

„Nahe dran, ma puce." Nicht Morgan antwortete ihr, sondern ein hochgewachsener Mann, der wie aus dem Nichts aufgetaucht zu sein schien. Weiße Haare flossen über seine Schultern, als hätten sie ihren eigenen Willen. Sein Gesicht war das aus Marmor geformte Antlitz eines Engels, und seine Augen gaben nur preis, was er andere sehen lassen wollte. Einen Wimpernschlag lang glitzerten sie dunkelrot. „Weißt du nicht, wo du bist?" Und an Morgan gewandt fuhr er fort: „Was denkst du dir eigentlich dabei, sie hierher zu schleppen?"

„Hätte ich sie vielleicht allein zu Hause lassen sollen?"

Vivianne, die es, ebenso wie die meisten anderen Geschöpfe, nicht sehr schätzte, wenn *über sie* und nicht *mit ihr* gesprochen wurde, mischte sich ein: „Cyron!" Ihr Unterbewusstsein registrierte, was ihr noch nie zuvor aufgefallen war: den netten Barkeeper, der ihr schon manch fade Stunde in Paris versüßt hatte, kannte sie ausschließlich in der Uniform seines jeweiligen Arbeitgebers. Und immer stand er bei ihren Begegnungen hinter dem Tresen, die Haare zusammengebunden, meist mit einem weißen Hemd, aber stets mit Schürze. Jener Cyron war niemals zuvor so präsent gewesen wie heute. „Was tust du denn hier?" Vivianne blinzelte erstaunt. Schon bei ihrer ersten Begegnung war sie seinem Charme erlegen. Anders konnte sie sich auch gar nicht erklären, warum sie ausgerechnet ihm – als einzigem Mann – erlaubte, den Kosenamen *Ma puce* zu verwenden, was so viel wie *mein kleiner Floh* hieß. Etwas, das sich aus dem Mund ihres Bruders herablassend angehört hätte, ließ sie sich von ihm ganz gern gefallen.

Das typisch französische Schulterzucken beherrschte Cyron auch in ungewohntem Gewand meisterhaft. „Eine gewisse junge Dame hat meine Warnungen in den Wind geschlagen. Was blieb mir also anderes übrig, als nachzusehen, ob dich der Verrückte da", er zeigte auf Morgan, „auch angemessen behandelt. Schön übrigens, dass du wenigstens meinem Rat gefolgt bist und Paris endlich verlassen hast. Haben wir diese Einsicht etwa der reizenden Hortense zu verdanken?"

„*L'imbécile?* Nein, leider gibt es einen weit wichtigeren Grund für meine Abreise als den peinlichen Auftritt dieser Idiotin."

„Ihr kennt euch näher?"

Irrte sie sich, oder war Morgan tatsächlich ein wenig verunsichert?

Doch im nächsten Satz klang er so undurchsichtig wie üblich. „Eigentlich sollte mich das nicht weiter überraschen. Der Cocktail-König von Paris und die Dame von Welt. Mich wundert nur, dass Fräulein Vornehm überhaupt mit dir spricht."

Cyron störte sich nicht an dem feindseligen Ton. „Du kennst sie eben nicht." Dann wurde sein Gesicht aber ernster und er nahm Morgan beiseite. „Warum ziehst du sie da mit rein? Dir muss doch klar sein, dass wir es hier nicht mit einem ganz gewöhnlichen Einbruch zu tun haben? Und dazu kommt noch: Wer auch immer der Typ sein mag, auf den du mich da angesetzt hast, irgendetwas scheint ihn zu schützen."

Morgan sah fragend zu Vivianne hinüber, die der leisen Unterhaltung zwar gelauscht hatte, jetzt aber so tat, als interessiere sie sich brennend für die durchaus innovativen Darstellungen körperlicher Vereinigung an den weißen Wänden.

Nicht hier! Laut sagte Morgan dann aber: „Und wo ist unser Freund jetzt?"

„Gar nicht weit. Er hat sich in einer leer stehenden Wohnung eingerichtet." Cyron zwinkerte ihm zu. „Und ich dachte, die Zeiten der Hausbesetzungen seien vorbei."

Vivianne gab ihr vorgetäuschtes Desinteresse auf. „Worauf warten wir denn noch?" Diese Geplänkel zwischen den beiden machten sie nervös. Sie eilte zur Tür.

„Du gehst nirgendwo hin!" Morgan ergriff ihren Arm.

„Au! Spinnst du?" Ihre Augen wurden schmal und die langen Zähne erschwerten ärgerlicherweise das Sprechen.

Er ließ sie wieder los und hob beschwichtigend die Hände. *Wir sind nicht allein.*

„Er hat recht." Cyron berührte ihre Schulter, und sofort spürte sie, wie ihre Anspannung nachließ. „Es könnte eine Falle sein. Überlass das Morgan, schließlich wird er dafür mit einer ansehnlichen Summe bezahlt – von deiner Versicherung." Er sah von einem zum anderen. „Wie habt ihr zwei euch eigentlich so schnell gefunden?" Ein eigenartiges Glitzern erschien in seinen Augen.

„Das ist jetzt nicht wichtig", antwortete der Vampir, bevor Vivianne ausplaudern konnte, dass er schon am Tatort gewesen war, als sie überhaupt noch nichts von dem Diebstahl ahnte. Und weil das Fortschaffen einer unbekannten Leiche aus ihrer Wohnung besser nicht an die große Glocke gehängt wurde, hielt sie ausnahmsweise den Mund.

„Wenn du mir sagst, wo der Einbrecher zu finden ist, werde ich ihn mir vorknöpfen." Morgan war nicht anzumerken, ob er ihr Schweigen guthieß oder nicht.

„Ich komme mit." Vivianne wollte sich nicht so einfach übergehen lassen.

„Meinetwegen. Aber du bleibst bei Cyron, während ich in die Wohnung gehe, verstanden?"

Sie verzog das Gesicht und wandte sich um. „Ist dein Freund immer so charmant?"

Mit der Hand umfasste Cyron sein Kinn und legte die Stirn theatralisch in Falten: „Lass mich überlegen. Ich glaube, das war das kultivierteste Gespräch, das ich jemals mit ihm geführt habe. *Viens, ma puce.* Während unser Held hier die Brillanten aus dem Feuer holt, werden wir beide uns in dunklen Hauseingängen herumdrücken. Das wollte ich immer schon mal tun. Besonders mit dir." Er ignorierte Morgan, nahm gut gelaunt Viviannes Hand, die sie ihm trotz des frivolen Untertons, den sie so bisher gar nicht von Cyron gekannt hatte, keineswegs entzog.

Sie verließen die Kneipe. Draußen nahm kaum jemand von ihren Begleitern Notiz, während sie selbst gelegentlich abschätzig gemustert wurde, was gewiss nicht an ihrem Nagellack lag, der von dem Wutanfall ganz ruiniert war. Morgan wirkte ganz wie der Vampir, der er ja auch war: angsteinflößend, finster, unnahbar. Einen nicht weniger einschüchternden Eindruck machte ihr Freund aus Paris – noch unergründlicher und jenseitiger. Sobald sie genauer hinsah, schien er sich ihrer Aufmerksamkeit zu entziehen. Eben noch hätte sie schwören können, dass Cyron in schwarzes Leder gekleidet war, da erschien er ihr als arktische Kreatur in frostigem Silbergrau. Sie blinzelte – und die Polarlichter verschwanden. *Ach, was soll's?* Zwei attraktive Männer an ihrer Seite, was wollte sie mehr?

Cyron hakte sich bei ihr unter und dann tanzten sie im Gleichschritt die Straßen entlang. Morgan folgte schweigend. Auf einmal blieb er stehen. Cyron tat es ihm nach, als habe er nur darauf gewartet. Er lauschte in die Ferne. „Sehr ordentliche Instinkte", lobte er. „Siehst du den Torbogen dort? Unser Freund hat den Tag in einer Dachwohnung im zweiten Hinterhof verbracht. Du kannst den Eingang gar nicht verpassen, da fehlt nämlich die Haustür."

Morgan ging nicht geradewegs auf das Gebäude zu, sondern schlenderte die Straße entlang, blieb vor einem Gemüseladen stehen, dessen Besitzer gerade begonnen hatte, seine Auslagen hineinzutragen. Zu Viviannes großer Überraschung kaufte der Vampir einen Apfel und plauderte kurz mit dem Mann, bevor er weiterspazierte und um die Hausecke verschwand.

„Ey, kiek ma die beeden!", flüsterte ein kleines Mädchen ihrer Freundin zu. Cyron grinste. „Komm, wir fallen hier nur auf. Dort drüben ist ein Café, da können wir auf unseren Meisterdetektiv warten."

Wenig später nippte Vivianne an einem stillen Wasser, von dem ihr Körper zumindest einige wenige Schlucke tolerieren konnte, und sah dabei gedankenverloren aus dem Fenster. Hier sah alles so anders aus als zu Hause. Das mehrstöckige Mietshaus gegenüber war erst kürzlich renoviert worden, im Vorbeigehen hatte sie noch die frische Farbe riechen können. Es sah richtig gepflegt aus, aber am Sockel prangten bereits schwarze Zeichen, von denen vermutlich nur die Eingeweihten wussten, was sie zu bedeuten hatten. Während ihrer Fahrt in der S-Bahn hatte sie aber weit Besseres gesehen. Originelle Comics, witzige Figuren. Dies hier war nicht mehr als ein hässliches *Ich war auch hier*. So etwas tat jeder Hund.

Natürlich gab es in Paris auch Graffiti, in manchen Stadtteilen sogar nicht zu knapp, aber eben nicht in ihrer Umgebung. Selbst die Mutigsten wagten so etwas selten, denn sie wurden schwer bestraft, und bis zum nächsten Morgen hatte man ihre Spuren meist gelöscht. In Viviannes Nachbarschaft kleideten sich die Damen und Herren elegant, bevor sie auf die Straße gingen. Sie hätte nicht sagen können, wo sich der nächstgelegene Supermarkt befand. Wo ihre Haushälterin die Kekse für Nabrah oder die Möbelpolitur kaufte, war ihr gleich.

Hier hingegen schien es zum guten Ton zu gehören, dass ein jeder für sich selbst sorgte und dabei so schräg wie möglich aussah. In ihrem ganzen Leben war sie noch nie in einer Kneipe wie dem Limbus gewesen, und wenn es nach ihr ginge, dann blieb der heutige Besuch auch eine einmalige Angelegenheit. Aber damit nicht genug: Diese Stadt schien einem ganz anderen Rhythmus zu folgen als ihr geliebtes Paris. Tatsächlich waren ihr einige weit auffälligere Sterbliche begegnet als ihre beiden gewiss nicht zu übersehenden Begleiter. Und allmählich begann Vivianne zu erkennen, dass sie selbst es war, die nicht in diese urbane Umgebung passte, während sich Morgan und sogar Cyron bestens in das Straßenbild einfügten.

„Sieht eigentlich die ganze Stadt so aus?“, fragte sie, als drei Jungs vorbeischlenderten, von denen einer bis zum Hals tätowiert war. Ehrensache, dass er den Rest der Welt ebenfalls mit seinem Körperschmuck erfreuen wollte und deshalb trotz des kühlen Abends nur eine viel zu kleine Lederweste über dem mächtigen Oberkörper trug.

„Kreuzberg ist seit Jahren schon in der Szene beliebt, daran hat sich auch nach dem Fall der Mauer nicht viel geändert, obwohl die Straßen und viele Häuser renoviert wurden. Wer es schicker will, der zieht in den Osten zum Prenzlauer Berg. Dort ist es aber inzwischen ziemlich teuer. Kreuzberger Mieten sind immer noch niedrig und dementsprechend wohnen hier auch viele ärmere Leute, Studenten und junge Künstler."

Das erklärte einiges. „Woher weißt du so viel darüber?"

„Ich habe in den zwanziger Jahren schon einmal in Berlin gewohnt und die Stadt von Anfang an geliebt. Deshalb bin ich auch später oft hierher zurückgekommen. Und jetzt bin ich ja auch wieder da."

„Was für ein Zufall."

„Was denkst du?" Er lachte. „Hier gibt es die besten Clubs, Kneipen und Bars, neue Galerien, und viele junge Leute aus aller Welt ziehen her. Eine treffliche Tarnung für jemanden wie mich. Schade, dass ich mir einen anderen Job suchen muss."

„Warum?"

„Seit die Menschen so überaus mobil sind, läuft man leicht Gefahr, wiedererkannt zu werden. In einem anderen Zusammenhang passiert das nicht so schnell."

Vivianne sah skeptisch auf sein gruftiges Styling. „Was du da trägst, ist aber weder brandneu noch besonders unauffällig. Was willst du machen? Beerdigungen ausstatten?"

„Keine schlechte Idee! Ich weiß noch nicht. Vielleicht werde ich auch Gärtner."

„Dürfte schwierig werden, bei deinen Arbeitszeiten."

„Ah, aber ich habe einen grünen Daumen", lachte Cyron und steckte sich gedankenverloren einen Keks in den Mund. Er winkte dem Kellner, der ihm sofort einen weiteren Cappuccino servierte. „Möchtest du auch noch etwas?"

Vivianne schüttelte automatisch den Kopf und der Kellner verschwand. Erst jetzt erinnerte sie sich, dass Cyron seine Tasse komplett ausgetrunken hatte. Fasziniert starrte sie ihn an und erwartete jeden Augenblick die ersten Anzeichen von Übelkeit oder doch zumindest einen Hustenanfall. Sie hatte noch nie zuvor einen Vampir essen sehen. Selbst ihre Brüder nahmen ausnahmslos Flüssiges zu sich. Cremiger Milchschaum gehörte ganz gewiss nicht dazu. Wasser war kein großes Problem, sogar Champagner hatte sie selbst schon probiert. Den Alkohol spürte sie kaum, aber das feine Perlen auf der Zunge war eine willkommene Abwechslung zu ihrer sonst sehr einseitigen Diät. Viviannes Neugier wurde schließlich so übermächtig, dass sie ihre gute Erziehung vergaß und herausplatzte: „Wie machst du das?"

Cyron rührte in seiner Tasse. „Du weißt es wirklich nicht, oder?"

„Ich hatte bis vor wenigen Minuten nicht den geringsten Zweifel, dass du ein Dunkelelf bist, so wie …" Sie machte eine vage Handbewegung. Beinahe hätte sie sich verplappert. „… ich meine, im Gegensatz zu Morgan." Das war es eigentlich nicht, was Vivianne hatte sagen wollen. Sie zeigte auf den Keks in seiner Hand. „Du isst!"

„Höre ich da etwa einen sehnsüchtigen Unterton?"

„Unfug! Also, was bist du?" Sie nahm sich zusammen.

„Elf ist schon richtig. Ich hoffe, du bist nicht zu geschockt, wenn ich dir sage, dass wir verwandt sind."

„Wie … wieso verwandt?", fragte sie, und dann ging ihr ein Licht auf. „Was?"

„Nicht so laut!" Cyron wirkte trotz dieser Warnung nicht so, als kümmerten ihn die anderen Gäste in diesem Café besonders.

Es war ihm gleich, ob sie etwas von ihrem Gespräch mitbekamen oder nicht.

Vivianne senkte ihre Stimme trotzdem, bis kein Sterblicher sie mehr verstehen konnte. „Du bist ein Lichtelf? Aber ich dachte …“ Feentöchter, die Nachkommen weiblicher Lichtelfen, waren ihr nicht unbekannt, doch bisher hatte sie wenig über deren männliche Verwandte gehört. Außerhalb des Feenreichs, so hatte sie immer angenommen, lebte kein Lichtelf.

„Überraschung.“ Er lehnte sich zurück und verschränkte die Arme vor der Brust.

„So hab ich das nicht gemeint. Es ist nur … Ich habe noch nie von einem Lichtelf gehört, der in dieser Welt …“

Cyron sah in die Ferne und schwieg. Als sie schon nicht mehr damit rechnete, antwortete er doch noch: „Ich lebe gern unter den Sterblichen.“

Dafür hatte Vivianne Verständnis. „Aber ausgerechnet als Barmann?“

„Warum nicht? Ein Beruf ist so wertvoll wie der andere, wenn man ihn mag.“ Cyron tippte ihr auf die Nasenspitze. „Du bist ein kleiner Snob, weißt du das eigentlich? Keine sehr nette Eigenschaft für jemanden aus gutem Hause.“

Panik wallte in ihr auf. Hatte sie ihm etwa irgendwann versehentlich ihre wahre Herkunft verraten oder verfügte er womöglich sogar über die Fähigkeit, ihre wohlgehüteten Gedanken zu erraten? Sie wusste so gut wie gar nichts über die männlichen Lichtelfen und befand sich auf unbekanntem Terrain. Einen von ihnen in der Welt der Sterblichen zu treffen, das war vermutlich ebenso wahrscheinlich, wie einer ungebundenen geborenen Vampirin zu begegnen.

„Keine Sorge, dein Geheimnis ist bei mir sicher.“

O Himmel! Er weiß es. Vivianne zitterte. Cyron berührte ihren Handrücken mit seinen Fingerspitzen, und sofort wurde sie ruhiger. Er hatte diese Wirkung auf sie, wahrscheinlich war es eine seiner lichten Gaben.

„So ist es", bestätigte er ihre Überlegungen.

Ihr fielen unglaublich viele Dinge ein, die sie ihn fragen wollte. Warum half er ihr eigentlich – und warum lebte ein Elf unerkannt unter Sterblichen? Sie stellte die erste Frage, die ihr in den Sinn kam: „Wie reagieren Vampire, wenn sie herausfinden, was du bist?"

„Die meisten wollen mich töten."

Vivianne schämte sich dafür, aber sie war jetzt auch etwas erleichtert, denn unter diesen Bedingungen würde Cyron sie gewiss nicht verraten. Ob Morgan wusste, wer sein Freund wirklich war?

„Er weiß es. Und was die anderen betrifft – die wenigsten ahnen, mit wem sie es zu tun haben, und falls doch, dann ist es zu spät." Kaum hatte er diese Worte ausgesprochen, da sank die Temperatur schlagartig. Neben ihr manifestierte sich ein Krieger aus Licht und Eis. Mit erhobenem Schwert stand er da, bereit seinen tödlichen Schlag auszuführen. Vivianne erbebte unter einer niemals zuvor gekannten Furcht. Doch bevor sie über Flucht oder Gegenwehr nachdenken konnte, war der Spuk ebenso schnell, wie er gekommen war, wieder vorüber. Und der Mann, den sie seit Jahren für einen liebenswerten Barkeeper gehalten hatte, saß entspannt neben ihr und löffelte den Schaum von seinem Cappuccino. Im Augenwinkel sah sie einen Gast das Café betreten, der die Hände aneinanderrieb und dem Kellner zurief: „Ist das kalt geworden. Langsam Zeit, die Heizung anzuschmeißen, mein Alter."

Vivianne wusste, was er meinte. Ihr schien es, als sei ihre Seele in den wenigen Sekunden der Machtdemonstration des Lichtelfs eingefroren. Sie sehnte sich nach einem großen Schluck Blut, am besten wäre jetzt eine ganze Badewanne, bis zum Rand gefüllt mit dem Lebenssaft in exakt siebenunddreißig Grad Körpertemperatur. „Ich sage nichts." Ihre eigene Stimme wirkte fremd, unsicher räusperte sie sich.

„Natürlich nicht." Cyron klang, als habe er weniger Zweifel an ihrer Verschwiegenheit als sie selbst.

Kein Wunder. Bis ich den Mund aufgemacht habe, um ihn zu verraten, bin ich längst tot. Und meine Gedanken kann er auch noch lesen. Aber Vivianne hätte den Elf selbst ohne die beeindruckende Demonstration seiner Macht nicht verraten, denn er war ihr über die Jahre wirklich zu einem Freund geworden. *Wahrscheinlich war er der einzige.*

Cyron hatte ihr Mienenspiel beobachtet und war mit dem, was er darin las, zufrieden. Er beugte sich vor und drückte ihr eine Münze in die Hand.

Ratlos blickte Vivianne ihn an. Sie fühlte sich noch ein wenig schwindlig von der Erkenntnis, wie nahe sich Licht- und Dunkelelfen in Wahrheit waren. Beide gehörten zu einem Volk von Kriegern, mit einer langen Tradition des Tötens. Genau so wie es die alten Geschichten überlieferten. Sie wollte gar nicht so genau wissen, welche Folgen eine Schlacht zwischen ihren Völkern in der heutigen Zeit haben würde. Immer noch erschüttert, aber zumindest mit ruhiger Hand nahm sie das edle Metall entgegen und betrachtete es. Sonne und Mond waren darauf abgebildet. Zwei winzige Sterne standen für den Morgen- und den Abendstern, den Rand zierte ein filigranes Muster aus endlos verschlungenen Linien. Sie sah dieses Symbol nicht zum ersten Mal. „Woher …?"

„Sieh her", unterbrach Cyron sie. Er nahm den Zuckerstreuer, schraubte ihn auf, ließ den Inhalt vor sich auf den Tisch rieseln und zog anschließend eine Linie hindurch. Dann zeichnete er genau darüber mit dem ausgestreckten Zeigefinger eine liegende Acht. Dabei sagte er: „Das Leben ist wie dieses Symbol der Ewigkeit, und ebenso verhält es sich mit allem, was uns lieb und teuer ist. Mal ist es unter der Oberfläche verborgen …“, sein Finger folgte einem unteren Bogen und stieg dann auf, bis er die Linie kreuzte, „… und dann wieder strebt es dem Licht zu und erfreut uns mit seinem Glanz.“ Er sah Viviannes ratloses Gesicht und lachte. „Verzeih! Unsere Art zu denken, ist eine andere als die der Sterblichen, mit denen du normalerweise Umgang pflegst. Lange vor unserer Zeit haben Künstler aus dem Feenreich diese Amulette entworfen. Wann immer du meine Hilfe brauchst, reibe daran – und du wirst mich finden.“

Vivianne erinnerte sich, wie ihre Mutter ihr davon erzählt hatte. Nach der Herkunft dieser Talismane hatte sie aber niemals gefragt. Jetzt hätte sie gern noch mehr erfahren, aber Cyron wischte den Zucker mit einer entschiedenen Handbewegung beiseite, als wolle er ihr bedeuten, das Thema sei buchstäblich vom Tisch. Sie warf einen letzten Blick auf die Münze, bevor sie sie in die Tasche steckte.

Cyron folgte jeder ihrer Bewegungen und nickte dann. „Vivianne, du musst verstehen, dass der Blutkristall nicht in falsche Hände gelangen darf. Er ist wichtig, nicht nur für deine Familie, sondern auch für mein Volk.“

„Aber warum hast du ihn dem Dieb denn dann nicht abgenommen?“

Er lehnte sich auf seinem Stuhl zurück und schob den langen Vorhang silberner Haare beiseite, der sein Gesicht fast verdeckte. Trotz der kühlen Miene, die er zur Schau stellte, wirkte er verdrossen. „Ich kann mich nicht einmischen.“

Deshalb also hatte er vorhin nicht verraten, dass er genau wusste, was der Dieb entwendet hatte. Als sie ihn nur wortlos anstarrte, beugte er sich zu ihr herüber, bis seine Lippen fast ihr Ohrläppchen berührten. „Du solltest Morgan unbedingt sagen, wonach er tatsächlich sucht.“

„Das finde ich auch!“

Morgan. Vivianne zuckte zurück. Er hatte sich ihnen völlig unbemerkt nähern können. Zumindest sie fühlte sich überrumpelt, Cyron dagegen zeigte keinerlei Überraschung. Allmählich begann sie zu zweifeln, ob es tatsächlich klug gewesen war, sich hauptsächlich in der Gesellschaft von Sterblichen zu bewegen, anstatt ihre vampirischen Sinne zu schärfen, wie ihre Brüder es immer wieder verlangt hatten. Ihre beiden derzeitigen Begleiter waren ihr haushoch überlegen. Andererseits wären sie dies wahrscheinlich ohnehin gewesen. Morgans Transformation lag wesentlich länger zurück als ihre Geburt, und über Cyrons Alter wollte sie lieber nicht spekulieren. Doch mit den beiden an ihrer Seite standen ihre Chancen vielleicht gar nicht so schlecht, den Stein zurückzugewinnen.

„Also gut. Mir ist kein Collier gestohlen worden.“ Sie sah Morgan erwartungsvoll an. Er wirkte zwar ärgerlich, aber so, wie er Cyron betrachtete, hätte man annehmen können, dass dieser die Schuld an seiner schlechten Laune trug.

Vivianne schob diese Beobachtung jedoch zunächst beiseite, sie hatte jetzt andere Sorgen. „Der Einbrecher hat den Blutkristall gestohlen!“

Morgan ließ sich auf den Stuhl neben ihr fallen, und Vivianne glaubte ein *Na endlich!* zu hören. Aus seinem Mund kam jedoch ein ganz anderer Kommentar: „Ich will gar nicht wissen, warum sich etwas so Wertvolles in deinem Gewahrsam befunden hat.“

Mit dieser Reaktion hatte sie nicht gerechnet. Besonders überrascht schien er nicht zu sein, eher ärgerlich, dass sie die Wahrheit so lange zurückgehalten hatte. Doch bevor sie etwas Unüberlegtes sagen konnte, griff Cyron ein.

„Ich finde die Tarnung gar nicht so dumm. Schließlich hätte niemand den Blutkristall bei ihr vermutet.“ Er warf Morgan einen seltsamen Blick zu.

„Irgendjemand hat es aber doch getan, und das wirft neue Fragen auf!“ Kaum hatte Morgan diese Worte ausgesprochen, da veränderte sich sein Gesichtsausdruck. Er wirkte jetzt jünger, geradezu verletzlich. Dieser Zustand hielt jedoch nur einen Wimpernschlag lang an, und Vivianne dachte, sie müsse sich geirrt haben, als er zusammenhangslos weitersprach. „Unser Vögelchen ist ausgeflogen.“

Cyron zwinkerte ihr zu. War der plötzliche Themenwechsel sein Verdienst? Aber er hatte doch eben noch beklagt, dass er sich nicht einmischen dürfe.

Das gilt nicht für unbedeutende Kleinigkeiten.

Voller Verwunderung hörte sie sein Lachen in ihrem Kopf. Bewusstseinskontrolle bei einem Vampir war also eine Kleinigkeit? Doch Vivianne fühlte sich so erleichtert über Morgans plötzliches Desinteresse an ihrer Person, dass ihr ein Fluch entschlüpfte, anstatt näher auf Cyrons Auslegung bestehender Regeln einzugehen. Kaum bewegte sie sich in einer ungewohnten Umgebung, da schienen ihre gepflegten Manieren sie schon im Stich zu lassen. Auch darüber würde sie später nachdenken. Morgan rutschte ungeduldig auf seinem Stuhl herum, und sie beeilte sich zu erklären: „Er kann noch nicht weit sein. Ich wüsste es, wenn der Kristall die Gegend verlassen hätte.“ Neben den Umgangsformen schien sich auch ihr gesunder Vampirverstand zu verabschieden. Was redete sie denn da?

Cyron hustete, als wolle er sie warnen, doch dieses Mal ließ sich Morgan nicht beirren. Er wirkte aufgebracht. „Du kannst ihn spüren und hast nichts gesagt? In welche Richtung bewegt er sich?“

„Ich bin ein Vampir, kein Spürhund!“

„Wo ist er jetzt?“ Morgan hatte sie gar nicht gehört.

„Ich weiß es nicht“, sagte sie kläglich. „Seit ich ihn aufbewahre, habe ich mich noch nie weiter als ein paar Kilometer von ihm entfernt."

„Du bist also sogar mit diesem Ding gereist?" Jetzt klang er fassungslos.

Sie nickte nur.

„Na wunderbar, das hilft uns wirklich weiter." Er trommelte auf dem Tisch herum. Zwar zeigten sich dabei keine Krallen, aber seine harten Fingernägel verursachten ein unangenehmes Klacken, das die anderen Gäste dazu brachte, nervös zu ihnen herüberzusehen. Morgan kümmerte sich gar nicht darum. Er sah aus dem Fenster, als spräche er zu niemand Bestimmtem. „Wenn ich etwas hätte, was dem Sterblichen gehört, dann könnte ich ihn vielleicht finden. Aber in seinem Unterschlupf war nichts Persönliches. Vermutlich hat er dort nur geschlafen. Wann hast du ihn da gesehen, Cyron?"

„Am späten Nachmittag. Offenbar ahnte er, dass die Nacht nicht seine Freundin ist, und verschwand nach Einbruch der Dunkelheit. Spricht für ihn, würde ich sagen."

„Und legt die Vermutung nahe, dass sein Auftraggeber jemand ist, der vorwiegend nachts unterwegs ist."

„Du glaubst also auch, dass er nur ein Handlanger ist?", mischte sich Vivianne ein. „Du warst es doch, der ihn im Zug beobachtet hat, oder?"

Cyron sah in Morgans Richtung, als wolle er sagen: *Siehst du, sie ist nicht dumm!*

Vivianne bohrte weiter. „Warum hast du ihm dann nicht einfach den Blutkristall abgenommen?"

Morgan antwortete für ihn. „Weil dein sonnenanbetender Freund hier ein Philanthrop ist." Er klang verächtlich.

„Jetzt übertreib mal nicht. Bloß weil ich nichts gegen die Sterblichen habe, muss ich sie noch lange nicht lieben. Dich sollte eher interessieren, wer hinter dem Raub steckt."

„Ihr denkt also beide, es geht um etwas Größeres." Viviannes Worte klangen wie eine Feststellung, nicht wie eine Frage.

„Das glaube ich mehr denn je, seit ich weiß, was wirklich gestohlen wurde." Morgan sah sie dabei nicht an. „Höchst unwahrscheinlich, dass Sterbliche ein Interesse an dem einzigartigen Charme des Blutkristalls haben. Sie sind doch nur scharf darauf, ihn meistbietend zu verkaufen. Ihnen erschließt sich seine Magie mit Sicherheit nicht." Er wirkte verwirrt. „Irgendetwas habe ich übersehen. Aber ich komme noch drauf!"

Vivianne sah alarmiert zu Cyron hinüber.

Der Elf lächelte sie beruhigend an. „Morgan hat recht. Hinter dem Diebstahl steckt – mal wieder, wenn ich mir die Bemerkung erlauben darf – ein Vampir. Wir sollten herausfinden, wer es ist, bevor sein unwürdiger Komplize die Beute abgibt."

Damit erhob er sich, nickte ihnen zu und verließ mit langen Schritten das Café.

„Unwürdig?" Morgan sah ihm nachdenklich hinterher.

Vivianne beschäftigte jedoch etwas anderes. „Hast du ein Problem mit seiner Herkunft?" Sie konnte sich diese Frage nicht verkneifen.

„Du meinst, weil er Franzose ist? Keineswegs. Ich rede doch auch mit dir." Seine Augen funkelten.

Dieser Kerl schien wirklich gar nichts ernst zu nehmen. Vivianne runzelte die Stirn, bereit ihm zu erklären, was sie von seiner Antwort hielt.

„Du willst meine Meinung hören? Er ist ein manipulativer Schönling, der sich aus allem heraushält und so ziemlich jeden, der das Missvergnügen hat, ihm über den Weg zu laufen, erfolgreich an der Nase herumführt. Warum sollte ich also etwas gegen ihn haben?"

„Das klingt nach einer tiefen Freundschaft. Ich nehme an, ihr kennt euch schon länger?"

„Kann man sagen, ja." Wieder einmal blieb Morgan in seinen Antworten unbestimmt.

Vivianne hätte am liebsten die Schicksalsgöttin verflucht, die ihr ausgerechnet diesen Vampir zur Seite gestellt hatte, um den Blutkristall wiederzufinden. Er sah ja nicht einmal wie ein richtiger Vampir aus, mit seinem blonden Strubbelschopf. Und schon wieder trug er keine Schuhe. Selbst ein Lichtelf wie Cyron wirkte in der Rolle des tödlichen Finsterlings überzeugender. Schon wollte sie eine Bemerkung zu dem fehlenden Schuhwerk machen, da winkte Morgan der Bedienung. „Zahlen, bitte."

„Ich kann meine Rechnungen selbst begleichen!" Was bildete er sich bloß ein!

„Tatsächlich? Und wie lange soll dein Taschengeld reichen, wenn du weder Kredit- noch EC-Karten benutzen kannst, ohne deine Paten auf unsere Spur zu locken?"

Zu gerne hätte sie ihm widersprochen. Weil ihr aber keinerlei vernünftige Gegenargumente einfielen, knurrte sie schließlich: „Ich verdiene mein eigenes Geld und zahle dir alles zurück!"

„Ich bitte darum." Morgan schob den Stuhl zur Seite und stand auf. „Es besteht wohl nicht die Möglichkeit, dass du in meiner Wohnung auf mich wartest, während ich Erkundigungen einziehe?"

„Auf gar keinen Fall!"

„Das hatte ich befürchtet. Also dann – los."

6

Während jedermann annahm, Vampire wären hart im Nehmen, war genau das Gegenteil der Fall. Ihre Lebenserwartung mochte zwar gegen unendlich gehen und ihre Sinne arbeiteten besser als bei jedem anderen Lebewesen, Lichtelfen einmal ausgenommen, aber sie alle waren deshalb auch sensibler als gewöhnliche Sterbliche, und besonders die Vampire – zumindest nahmen sie dies für sich in Anspruch – spürten eine sinnliche Begegnung tausendmal stärker als beispielsweise ein Mensch. Dies galt ebenso für Schmerzen aller Art. Nur jahrhundertelanges Training erlaubte es geschaffenen Vampiren und Dunkelelfen nahezu jede der ihnen zugefügten Qualen wortlos zu ertragen. Sie überlebten Misshandlungen und Folter, schlimmer als ein menschliches Hirn sie sich ausdenken konnte, durchwanderten die Jahrhunderte in Einsamkeit und nicht selten auch in Furcht. Doch statt zu zerbrechen, wurden die meisten von ihnen nur immer härter, gerissener und leidensfähiger.

Vivianne war weder alt noch hatte sie nach ihrer ungewöhnlich früh beginnenden Transformation jemals wieder einen Grund gehabt, Schmerzen ertragen zu müssen. Und während ihre männlichen Altersgenossen meist ihrem Schicksal überlassen wurden, hatte Viviannes Familie alles getan, um der einzigartigen Tochter den Übergang von dem jungen, sterblichen Mädchen mit den Genen der Dunkelelfen zum unsterblichen Geschöpf der Nacht so weit wie möglich zu erleichtern. Gewiss, die Wandlungsphase war unangenehm gewesen, doch daran erinnerte sie sich kaum noch.

Während sie neben Morgan Berlins Trottoirs entlanghetzte, wünschte sie sich allerdings etwas mehr Übung im Zähnezusammenbeißen. Nachdem er sie durch die halbe Stadt und in ein Dutzend Cafés und Bars geschleppt hatte, hätte sie am liebsten ihre eleganten Pumps ausgezogen und in den nächsten Mülleimer gestopft. Nur war es unwahrscheinlich, dass Morgan irgendwo anhielte, damit sie sich in Ruhe ein Paar bequemere Schuhe kaufen konnte. Geeignete Geschäfte hätte es schon gegeben. Allein die unangenehme Vorstellung, ebenfalls barfuß über die holprigen Bürgersteige – war das nicht der korrekte Begriff in einer post-revolutionären Demokratie? – laufen zu müssen, gab ihr die Kraft durchzuhalten. Ihrer Meinung nach mussten die Berliner verrückt sein. Ihre – wie auch immer man sie nennen mochte – *Fußwege* waren mit großen, rechteckigen Platten gepflastert, wie man sie eher im alten Rom erwartet hätte. Und wie um diese antike Großzügigkeit wieder zurückzunehmen, hatte man rechts und links davon einen Streifen mit winzigen Granitquadern angelegt, die fast wie ein einfarbiges Mosaik wirkten. Zusammen ergab das eine Art *Highway to Hell*. Jedenfalls für ihre Pumps. Fast schon angenehmer sah da die festgetretene Erde um jeden der Bäume herum aus, die, in regelmäßigen Abständen aufgereiht, die meisten Straßen säumten. Gerne wäre sie darauf ausgewichen, aber angesichts der großzügig verteilten Hundehäufchen empfahl sich das sicherlich nicht.

Morgan nahm keinerlei Rücksicht auf ihre Schwierigkeiten.

Und ehe sie begriff, was geschah, war sie auch schon ausgeglitten.

Blitzschnell fasste er ihren Ellenbogen.

„Igitt!" Angeekelt hob sie den Fuß, um ihre Schuhsohle zu inspizieren, und wollte plötzlich gar nicht mehr so genau wissen, was sie so aus dem Gleichgewicht gebracht hatte. Es war braun, schmierig und endete nur wenige Millimeter vor den nagelneuen Strümpfen, die sie erst ein paar Tage zuvor ein kleines Vermögen gekostet hatten. „Hast du mal ein Taschentuch?" Vivianne hasste es, ihn um etwas bitten zu müssen. „Ach, lass ruhig. Es geht schon." Sie humpelte zur Bordsteinkante und streifte den Dreck daran ab. „Das stinkt zum Himmel. Keine Ahnung, was dieser Köter gefressen hat. Außerdem muss er mindestens die Größe eines ausgewachsenen Zerberus gehabt haben."

„Still!" Morgan zog sie in einen Hauseingang, und kurz darauf hörte sie ein Rauschen, ähnlich dem Flügelschlag eines großen Vogels.

„Was war das?", flüsterte sie aufgeregt und dachte an Nabrah. Doch den Raben hatte sie zuletzt in Paris gesehen, und wie er plötzlich hier auftauchen sollte, war ihr ein Rätsel.

„Das wüsste ich auch gern." Ärgerlich schüttelte Morgan den Kopf, zumal er andere Sorgen hatte. „Es ist sinnlos. Niemand scheint den Dieb gesehen zu haben, vielleicht hatte Cyron ja mehr Glück."

Das hoffte Vivianne auch, und ehe sie es sich versah, standen sie vor dem Eisentor, das Morgans Revier von der Außenwelt abgrenzte. *Endlich!* Sie konnte es nicht erwarten, ihre schmerzenden Füße in warmem Wasser zu baden. „Und wenn ich dafür in diese exponierte Badewanne steigen muss – meinetwegen, mir ist alles gleich", murmelte sie verdrossen.

Morgans breiten Schultern war nichts anzusehen, als er vor ihr die unbeleuchteten Treppen zu seiner Wohnung hinaufstieg, aber sie hatte den Verdacht, dass er sie auslachte.

Immerhin ließ er ihr genügend Privatsphäre, damit sie sich wenig später unbeobachtet in einen herrlich dichten Schaum sinken lassen konnte. Kaum zu glauben, dass dieser Purist, der da inzwischen schon wieder ganz konzentriert auf den Bildschirm seines Laptops starrte, über derart wohlriechende Badezusätze verfügte.

Vivianne genoss das Bad und scherte sich nicht darum, ob jemand aus dem Haus gegenüber sie vielleicht beobachtete. Viel würde ein Spanner ohnehin nicht zu sehen bekommen. Das warme Wasser umschmeichelte ihren Körper, ein angenehmer Duft hüllte sie ein, und wenn sie heute schon im Limbus geweilt hatte, dann war hier ein nahezu paradiesischer Zustand eingetreten. Sie ließ sich tiefer ins Wasser gleiten, während im Hintergrund eine leise Musik erklang.

Träge wandte sie den Kopf und durch den Vorhang dichter Wimpern beobachtete sie, wie Morgan auf dem Tisch saß, in eine Melodie vertieft, während seine Finger mühelos die Saiten einer Gitarre zupften.

Kurz darauf musste sie eingeschlummert sein, denn plötzlich befand sich Vivianne gar nicht mehr in Berlin, sondern in einer vollkommen anderen Welt. Nicht ganz fremd und doch nicht vertraut. Sie drehte sich einmal um sich selbst. Ja, die Sprache kannte sie, die Architektur ebenfalls, die Gerüche aber – einfach grauenvoll. Das sollte ihr London sein? Dieser Ort glich so überhaupt nicht der britischen Metropole, in der Vivianne vor ihrem Umzug nach Paris gelebt hatte.

Das London, in dem sie sich jetzt befand, war alt, schmutzig und nahezu farblos. Suchend bewegte sie sich durch die Gassen, sah in erschöpfte Gesichter, die vor ihrer Zeit gealtert sein mussten. Erst allmählich begann sie zu erkennen, dass es die Hoffnungslosigkeit war, die alle Farbe aus dem Leben der Menschen getilgt hatte.

London. Die Kinder bemühten sich nach Kräften, den Haushalt in Ordnung zu halten. Schwielen an ihren kleinen Händen und schmerzende Rücken waren Zeugen ihres unermüdlichen Einsatzes. Niemand half ihnen dabei, die ungewohnten Arbeiten zu verrichten, die Magd war längst fort. Sie hatte bei jemandem eine Anstellung bekommen, der ihr wenigstens regelmäßige Mahlzeiten und einen warmen Platz vor dem Herd bieten konnte. Aber sie hatte die Kinder trotzdem nicht vergessen.

Beide waren dankbar, wenn sie gelegentlich vorbeikam, einen Happen unter der Schürze, den sie bei ihrem neuen Arbeitgeber gestohlen hatte. In jenen Zeiten war dies Grund genug, jemanden aufzuhängen oder in die Kolonien verschiffen zu lassen. Das wusste jeder. Aber sie war von der Mutter der Kinder immer anständig behandelt worden und bemühte sich nun nach Kräften zu helfen. Für den Hausherrn konnte sie allerdings ebenso wenig tun wie seine Kinder.

Die Geschäfte liefen nicht nur schlecht, sie liefen gar nicht mehr. Neuerdings bevorzugten die eleganten Damen andere Werkstätten oder ließen ihre kostbaren Accessoires gleich beim Schneider fertigen. Handschuhmacher waren nicht mehr gefragt und ein unzuverlässiger, der schon morgens nach Schnaps roch, schon gar nicht.

Selbst wenn der Vater noch die Energie gehabt hätte, ohne seine Frau weiterzumachen, wären die Zeiten hart geworden. Bald drückten die Schulden so sehr, dass ihm die Deportation drohte. Er kaufte sich jedoch frei und sie verloren ihr Zuhause. Der neue Besitzer wurde *der geile George* genannt und war in der Gegend gut bekannt. Eine Art Immobilienhai des achtzehnten Jahrhunderts. George selbst führte allerdings gerne das Adjektiv *großzügig* im Namen, und um dieser Bezeichnung auch Ehre zu machen, duldete er die drei abgerissenen Gestalten fortan immerhin in der kleinsten Dachkammer, wo früher nicht einmal die Lehrlinge hatten hausen müssen. Dort lebten sie nun ohne Kamin und Bett, aber selbstverständlich gegen eine gehörige Neuverschuldung und das Versprechen, sich tagsüber nicht sehen zu lassen. Dabei hatte ein Haus in dieser Lage zwischen gutgehenden Läden weiterhin einigen Wert. Ein wenig Farbe und neue Scheiben im Erker, in dem schon der Großvater die elegantesten Handschuhe der westlichen Welt gezeigt hatte – und ein ordentlicher Korsettmacher oder eine Modistin hätten genügend Miete eingebracht, um der kleinen Familie zumindest das Überleben zu garantieren. Aber George hatte andere Pläne, und Vater hockte ohnehin nur in der Taverne ums Eck, wo es Gin für wenige Schillinge und immer noch auf Pump gab. Und dort hatte er selbstverständlich auch den Verkauf des Hauses begossen.

Eigenartigerweise beobachtete Vivianne die unglücklichen Ereignisse wie durch die Augen eines Jungen. Sie spürte, die kleine Schwester brauchte ihren Schutz – und sie litt mit den Kindern, als sie allmählich begriff, welches Drama sich in dem Haus abzuspielen begann. Eines Abends hielt sie ihr Ohr an die Tür zur Stube gedrückt: „Der Bengel ist zwar ins Kraut geschossen, aber für ein Jahr oder zwei taugt er noch als Kaminkehrer. Und deine Kleine", hier wurde Georges Stimme butterweich, „sie kann mir zur Hand gehen, wenn du weißt, was ich damit meine." Er lachte und musste gleich darauf husten.

„Der Bengel" – damit war offenbar der Lauscher gemeint. Er hoffte, Vater würde nur ein einziges Mal das Richtige tun und dem Schwein an die Gurgel gehen, um ihn zu erwürgen. Doch dann hörte er ein leises „Einverstanden!". George lachte erneut, Schulterklopfen war zu hören und das Öffnen einer weiteren Flasche.

Vivianne wandte sich ab, um die heißen Tränen zu verbergen, die über ihre Wangen liefen.

„Sauber?", fragte Morgan und ließ ihr keine Zeit zu antworten. „In einer halben Stunde geht die Sonne auf."

Das Wasser war kalt, vom Schaum nicht mehr viel übrig. Sie blies über die fast klare Wasseroberfläche und bemühte sich, ihre Gedanken ins Diesseits zurückzuholen. Schließlich stand sie aber auf. „Ich habe geträumt!"

Morgan hob eine Augenbraue, verhielt sich jedoch ausnahmsweise wie ein Gentleman und bemühte sich, sie nicht anzustarren, während er ihr ein Badehandtuch entgegenhielt. Sie hüllte sich in das kuschelige Tuch, das zu ihrem größten Erstaunen vorgewärmt war, und drehte sich zu ihm um. Nicht bedacht hatte sie dabei, dass Morgan so verflixt dicht vor ihr stünde. Und überraschend war auch die Reaktion ihres Körpers auf seine Nähe. „Was willst du?" Viviannes Stimme klang nicht im Mindesten so forsch wie erhofft.

Dich!, wäre die passende Antwort zu seinem Gesichtsausdruck gewesen. Atemlos erwartete sie seine Berührungen. Er hob eine Hand, als wolle er über Viviannes Wange streichen. Ließ sie dann aber sinken, fasste sie an den Schultern, drehte sie um und gab ihr einen sanften Stoß. „Geh schlafen. Wir haben morgen viel zu tun." Sie ging, die ersten Schritte noch zögernd, dann rascher in ihr Zimmer. Die Tür fiel laut ins Schloss. Bald darauf krochen die Sonnenstrahlen über den Horizont und draußen begann ein neuer Tag.

Nach dem Aufwachen erwartete sie keine häusliche Szene, so wie noch am Vorabend. Nur ein Zettel lag auf dem Tisch:

Guten Abend!
Geh nicht allein los.
Bin bald zurück.
M.

Ich soll hier bleiben? „Was bildet der sich ein!" Wäre da nicht sein – wenn auch spartanischer – Gruß gewesen, sie hätte Lust gehabt, die ganze Wohnung kurz und klein zu schlagen. Stattdessen bewegte sich Vivianne mit betont ruhigen Schritten in Richtung Kühlschrank. Alles sprach dafür, dass sie heute ausreichend Zeit für ein ausgiebiges Frühstück haben würde. Nur hatte sie gar keine Lust darauf, sondern wollte lieber etwas unternehmen. Ihre geschundenen Füße waren wie neu und der Blutkristall immer noch nicht aufgespürt. *Was haben wir denn da?* AB-negativ war geradezu unerschwinglich? *Wunderbar!* Sie schob die Blutkonserven aus billigem Plastik beiseite, griff nach der kostbaren Flasche, setzte sie an ihre trockenen Lippen und trank das Blut im Gegenwert von mehreren Hundert Euro, ohne Luft zu holen. Die Flasche landete im Müll. Morgan würde bald Nachschub besorgen müssen, wenn er sie bei Laune halten wollte. Angeekelt sah sie an sich herab: ausgeleiertes T-Shirt, viel zu kurz, bloße Füße. Am Fußende ihres Bettes wartete ein Ensemble, das sie gewiss nicht noch einen Tag lang tragen würde. Vivianne warf dem Kleiderhaufen einen abschätzigen Blick zu und wühlte in ihrer Reisetasche. Wie befürchtet gab es darin kein einziges brauchbares Kleidungsstück. Ob Morgan mit Absicht ihre längst aussortierten Klamotten eingepackt hatte? Sehr wahrscheinlich. Sie überlegte sich ein paar Foltermethoden, mit denen sie sich beizeiten für seine Gemeinheit rächen würde, und lehnte sich schließlich befriedigt zurück. Ähnliche Fantasien hatten ihr noch über jeden Ärger hinweggeholfen. Morgan käme gewiss nicht ungestraft davon – andererseits, was konnte man schon von einem schlichten Gemüt wie dem seinen erwarten? Modisches Gespür gewiss nicht. Obwohl er gestern eigentlich nicht schlecht ausgesehen hatte. Sein bodenlanger Mantel bewegte sich bei jedem Schritt, ledernen Flügeln gleich, die sich träge im Wind blähten. Sie hatte so etwas schon einmal in einem Roman gelesen und fühlte sich bei Morgans Anblick daran erinnert. Einer großen Vorstellungskraft hatte es nicht bedurft, um sich seinen gut trainierten Körper unter der Jeans und dem ausgewaschenen T-Shirt vorzustellen. „Lecker", hätte Hortense gesagt, als sie noch Marie Marchand war. Sie hatte Viviannes Begeisterung für die Eleganz eines erstklassig sitzenden Businessanzugs von Anfang an nicht teilen können. Im Gegensatz zu ihr schwärmte die Sterbliche ganz offen für verwegene Typen, und wenn Vivianne anmerkte, ihre Freunde würden zuweilen etwas streng riechen, dann lachte sie nur: *Das sind die Pheromone*, und leckte sich genießerisch über die Lippen. Vivianne verbannte die unerwartet schmerzliche Erinnerung aus ihren Gedanken. Hortense hatte sich nach ihrer Heirat nicht zum Vorteil verändert. Ihr Mann trug zwar maßgeschneiderte Anzüge, ihre Liebhaber aber nicht.

Viviannes Laune war auf dem Tiefpunkt angekommen. Angewidert hielt sie eine transparente Bluse hoch. Es war eine Sache, nicht dem Anlass entsprechend gekleidet zu sein, aber ganz gewiss würde sie nicht in einer Kleidung herumlaufen, die vor Jahrzehnten modisch gewesen war, auch wenn sie einst der beste Designer der Stadt für Vivianne persönlich entworfen hatte. Sie wühlte weiter und zog einen hauchzarten BH hervor. Morgan hatte lange gebraucht, um die Tasche aus ihrer Wohnung in Paris zu holen, und an seiner Auswahl an feiner Wäsche war nichts auszusetzen. Der Gedanke, dass er sich ihre Höschen genauer angesehen haben könnte, weckte anstelle des zu erwartenden Gefühls der Demütigung eher ein sehnsüchtiges Verlangen in ihr. Wie es wohl wäre, wenn seine Hände jedes Dessous an ihrem Körper begutachteten, um es ihr dann in mühsam unterdrückter Leidenschaft auszuziehen? Sie würde seinen Blicken ausgeliefert sein, den Rücken biegen, die Hüften anheben und langsam die Beine spreizen … *Das ist ja lächerlich!* Niemals würde sie etwas mit einem wie ihm anfangen. Wenn überhaupt, dann wäre Cyron schon eher ihr Typ. Dumm nur, dass die Berührungen des Elfs sie beruhigten, statt angenehme Schauer über ihren Körper zu jagen, wie es allein schon der Gedanke an Morgan fertigbrachte.

Sie warf ihre restliche Unterwäsche und ein T-Shirt, das immerhin als Nachthemd dienen konnte, auf das Bett, nahm die Reisetasche und stürmte aus dem Loft. Gestern war ihr ein Secondhand-Laden ein paar Häuser weiter auf der anderen Straßenseite aufgefallen. Auf diesen steuerte sie nun zu. Dank der fortgeschrittenen Jahreszeit hatte er auch jetzt noch, nach Sonnenuntergang, geöffnet und die Inhaberin, die sie freundlich empfing, war genau nach ihrem Geschmack. Die junge Frau erkannte sofort die Qualität von Viviannes Angebot.

Nach einigem Hin und Her hatte sie freie Auswahl, und als auch der Designeranzug, den sie nun schon den dritten Tag trug, seinen Besitzer wechselte, erhielt sie obendrein wertvolle Tipps in dem frechen Dialekt der gebürtigen Berlinerin. Es stellte sich heraus, dass sich Vivianne nicht ganz vergeblich so lange in den modischsten Kreisen von London und später von Paris bewegt hatte. Rasch erkannte sie die Details des hiesigen Stils.

Die Ladeninhaberin zeigte sich beeindruckt, begann schließlich ebenfalls neue Looks auszuprobieren – und schließlich verabschiedeten sich die beiden Frauen nach zwei vergnüglichen Stunden als Freundinnen. „Du kannst deinen Kleiderschrank gern jederzeit bei mir erleichtern."

Vivianne sah nachdenklich die Straße entlang und erkannte, dass dies womöglich der Start in ein neues Leben war. Sie beschloss gerade, das Schicksal so zu nehmen, wie es sich ihr anbot – da öffnete sich noch einmal die Ladentür.

„Dieser Zettel war in deiner Hosentasche."

Erstaunt nahm sie das zerknitterte Stück Papier entgegen, das sie im Hotel in Paris hinter dem hässlichen Vorhang entdeckt, anschließend aber völlig vergessen hatte. Eine Berliner Adresse war darauf notiert. „Weißt du, wo das ist?"

Die Frau warf einen kurzen Blick darauf: „Am Wannsee." Auf Viviannes ratlosen Blick hin ergänzte sie mit einem Schulterzucken: „Wo die Schönen und Reichen wohnen. Nicht meine Welt."

Vivianne zupfte an ihrem bereits in die Jahre gekommenen T-Shirt, das exakt oberhalb eines silbern glänzenden Totenkopfes endete, der ihren neuen breiten Ledergürtel schmückte. Eine Villengegend war nach diesem Kleidertausch auch nicht mehr der passende Aufenthaltsort für sie. Das hätte ihr Kopfzerbrechen bereiten sollen, doch ganz unerwartet fühlte sie sich sogar regelrecht erleichtert, als hätte sie mit der eleganten Garderobe auch eine große Last von ihren Schultern gestreift. Dabei war der fast bodenlange Mantel, den sie jetzt trug, keineswegs aus minderwertigem Material, dazu hervorragend geschnitten, und er fühlte sich federleicht an.

„Danke!" Sie warf die wieder prallgefüllte Reisetasche über ihre Schulter. Morgan würde Augen machen. Sie hätte wetten mögen, dass er ihr niemals im Leben zutraute, sie könne sich in einem Secondhand-Laden neu einkleiden und dabei sogar noch etwas Bargeld bekommen. Sie freute sich schon auf sein erstauntes Gesicht. Beflügelt von ihrem Erfolg beschloss sie, mehr über die Adresse auf dem Zettel herauszufinden. Sie war also keineswegs auf die Hilfe eines unfreundlichen Vampirs angewiesen. Außerdem gab es da ja auch noch Cyron, dessen Talisman sie in ihrer Hosentasche spürte.

Vivianne überlegte. Was sie bisher von dieser Stadt gesehen hatte, verführte kaum dazu, sich über die Qualität der nobleren Viertel Illusionen zu machen. Vermutlich lag deren Exklusivität bestenfalls hinter morbiden Fassaden verborgen und nährte sich von der Erinnerung an bessere Zeiten. Ganz anders war das als in Paris, der Schönen, wo sich der Glanz großer Epochen bestens mit dem Komfort eines modernen Lebens verbinden ließ. Vorausgesetzt natürlich man hatte das notwenige Kleingeld für einen solchen Lebensstil. Das Heimweh hielt sie einen Herzschlag lang im Griff, dann schüttelte sie ihre finsteren Gedanken ab und kehrte in Morgans Behausung zurück, um dort mithilfe des Stadtplans, den sie am Kiosk an der Straßenecke gekauft hatte, diesen *Wannsee* vorab zu erkunden. Sollte er doch ruhig dem Dieb hinterherjagen, sie würde den Kerl mit ein wenig Glück in seinem Unterschlupf erwarten.

Auf den Stufen, die zum Loft hinaufführten, nahm sie plötzlich einen appetitlichen Duft wahr. Blut. Gleich darauf hörte sie jemanden sprechen. Morgan war offenbar zurückgekehrt. Auf Zehenspitzen schlich Vivianne näher und maskierte ihre Präsenz so gut es ging.

„Ich habe Hunger – und was bringst du mir?"

Das war eine warme Frauenstimme, aber mit dem typischen Akzent des Londoner Eastends längst vergangener Tage. So etwas passte zu ihm.

„Lass die Finger von dem Mädchen!" Die männliche Stimme hatte den gleichen eigentümlichen Singsang angenommen, sie klang allerdings bedrohlich. War das wirklich Morgan? Aber ja, bei den folgenden Worten schmolz die Strenge und bekam einen wärmeren Ton: „So ist es gut, komm her, mein Engel!" Sie glaubte, ein leises Wimmern zu hören. Dann war Stille, bis die Frau stöhnte: „Gib mir mehr, ja!"

Vivianne schäumte. Als gäbe es nichts Wichtigeres zu tun als ein Rendezvous mit einer Vampirschlampe. Kaum verließ sie das Haus, hatte er offenbar ihre Probleme und den Blutkristall vergessen und vergnügte sich mit seiner Geliebten. Wenn Vivianne nur daran dachte, dass Morgan eben noch eine wichtige Rolle in ihren erotischen Fantasien gespielt hatte, wollte sie sich am liebsten vor Abscheu schütteln. Stattdessen aber hielt sie sich ganz ruhig und lauschte weiter. Doch kein Ton war zu hören, außer dem leisen Schlagen einer Tür. Sie fühlte sich wie ein Voyeur, wagte sich minutenlang nicht zu bewegen, machte schließlich doch kehrt und lief die Stufen hinab, geradewegs in Morgans Arme. Sie fragte sich, wie es wohl kam, dass er plötzlich nicht mehr in der Wohnung war, wollte aber auch nicht verraten, dass sie gelauscht hatte.

„Du solltest doch auf mich warten!"

Zu ärgerlich, er hatte ihre Abwesenheit also bemerkt. Dabei müsste er eigentlich doch froh sein, dass sie ihm während seines Schäferstündchens nicht im Weg gewesen war. Natürlich bestand auch die Möglichkeit, dass sie sich verhört und Morgan tatsächlich soeben erst wieder das Haus betreten hatte. Sie entwand sich seiner Umarmung und lief vor ihm die Stufen zur Wohnung hinauf. Dabei bedauerte sie es sehr, dass er ihre zweifellos verführerischen Kurven in der Dunkelheit und unter dem Mantel nicht ausreichend würdigen konnte. Gewiss hatte sie doch mehr zu bieten als diese ordinäre Person.

Auf dem Treppenabsatz schob der Vampir sie beiseite, um die Tür aufzuschließen, und dabei berührten sich unabsichtlich ihre Hände.

Vivianne entschlüpfte ein heiseres Fauchen. Jede Zelle ihres unsterblichen Körpers verlangte nach mehr. Mehr Blut, mehr Berührungen, mehr Morgan.

Er verharrte mitten in seiner Bewegung, und sie bereitete sich auf das Unvermeidliche vor, senkte die Lider und erwartungsvoll schoss ihr die Zunge über die Lippen.

„Kommst du?" Er hielt die Tür weit geöffnet, und sie warf ihm einen wütenden Blick zu, als sie an ihm vorbei hineinging. Sie hatte Besuch erwartet, aber das Loft war leer. Nicht einmal mehr den Blutgeruch nahm ihre empfindliche Nase wahr. Wahrscheinlich sollte sie ihm erzählen, dass sie jemanden in seiner Wohnung gehört hatte, aber Vivianne konnte sich schon sein Gesicht vorstellen, wenn sie ihm von merkwürdigen Stimmen berichtete, von der sie eine ihm zugeordnet hatte. Verwirrt schüttelte sie den Kopf, aber ihre Gedanken ließen sich dadurch auch nicht besser sortieren. *Also lieber nicht. Er hält mich sowieso schon für nicht besonders scharfsinnig.*

Und das störte sie, obwohl ihr sonst völlig gleichgültig war, was die Leute von ihr dachten. *Natürlich nur so lange, wie niemand glaubt, ich bin schlecht gekleidet,* dachte sie in einem Anflug von Selbstkritik und blickte – wohl aus alter Gewohnheit – in den stumpfen Spiegel, der in Morgans Unterschlupf hing. Sie sah sich zum ersten Mal in ihrer neuen Identität. Cyron hatte gesagt, man müsse nicht nur die Stadt, sondern auch sein gesamtes Umfeld, den Stil und seinen Beruf ändern, um Spuren zu verwischen. Ihre Reise nach Berlin schien die beste Gelegenheit für diesen Schritt zu sein. Was die Schicksalsgöttinnen an Überraschungen bereithielten, wusste wirklich niemand.

„Kannst du den Stein noch fühlen?" Morgan schien nicht viel Sinn für ihre modische Verwandlung zu haben.

Wahrscheinlich hatte er nicht einmal bemerkt, dass sie etwas unerhört Anderes trug als während der letzten zwanzig Jahre. Rasch schob sie diesen Gedanken jedoch beiseite und öffnete sich der Magie ihrer Umgebung, bis die Nervenenden an ihren Fingerspitzen vibrierten. Tausend Schicksale, angstvolle Schreie, Tod, alles konnte sie fühlen. Und dazwischen den Blutkristall. Er war nicht weit. Seine Kraft rief nach ihr, und Vivianne gelang es, die anderen Eindrücke zu dämpfen. *Wo bist du?* Sie hatte ganz bestimmt keine Antwort erwartet und rang nach Atem, als eine dunkle Stimme ertönte: *Komm zu mir, meine dunkle Fee!*

„Vivianne?" Morgan berührte ihre Schulter. „Was ist los?"

Wie sollte sie ihm erklären, dass da draußen jemand auf sie lauerte. Jemand, der wusste, wer sie wirklich war. *Unmöglich!*

Vivianne schüttelte diesen beklemmenden Gedanken wieder ab. „Der Dieb hat die Beute noch nicht ausgehändigt", flüsterte sie. Trunken von der Magie des Blutkristalls wollte der Mann offenbar ein Stück des Glücks für sich selbst.

„Das ist doch gut."

„Aber ich bin sicher, er kann die Magie spüren und steht unter ihrem Schutz."

Morgans Augen wurden schmal. „Dann wird er den Stein behalten wollen. Verdammt! Wir sollten ihn schleunigst finden." Er holte eine Schüssel hervor und stellte sie auf den Tisch. „Setz dich." Mit einer Handbewegung löschte er alle elektrischen Lichter in der Wohnung. Lediglich die sieben Kerzen auf dem schweren schmiedeeisernen Leuchter, die er entzündet hatte, zauberten mit ihren warmen Flammen eine gespenstische Atmosphäre. Der Vampir goss eine Flüssigkeit in die Schale, deren Duft sich wie eine schwere Daunendecke über Vivianne ausbreitete. Die feinen Linien auf der Oberfläche glätteten sich allmählich, bis sie in einen dunklen Spiegel blickte. Morgan sah sie an und legte einen Finger auf seine Lippen, als würde er ihre brennenden Fragen kennen.

Also gut, sie wollte vorerst schweigen.

Zufrieden schloss er kurz die Augen, wie um sich zu konzentrieren, breitete die Hände über der Schale aus und murmelte in einer fremdartigen Sprache eigentümlich ergreifende Verse: „Tá mé i mu shuí …"

Fasziniert beobachtete sie, wie sich die Gesichtszüge des Vampirs veränderten, als glitte eine sorgsam gepflegte Maske herab. Schließlich lächelte Morgan sogar. Aufmerksam folgte sie seinem Blick in den magischen Spiegel, den er hier so meisterhaft zu beschwören wusste. Wolken eilten, wie von orientierungslosen Winden getrieben, über das tiefe Schwarz. Unvermutet gaben sie ihre Reise auf, als gehorchten sie Morgans sanfter Stimme, türmten sich zu einem einzigen Gewittergebirge auf, ein Blitz ging nieder und – da war er: der Blutkristall! Der rote Stein glitzerte in der Hand eines Mannes, der beinahe liebevoll mit einem Tuch über seine strahlende Oberfläche strich. „Schenk mir deine Magie", flüsterte der Unbekannte und ein Lichtstrahl tauchte die Szene für Sekunden in helles Licht. Unwillkürlich streckte Vivianne ihre Hand aus und sofort verschwand das Bild wieder, als habe sich ein Vorhang geschlossen. Ein Windstoß löschte alle Kerzen. Morgan stieß einen Fluch aus.

„Es tut mir leid!"

Er trug die Schüssel zur Badewanne und entleerte sie.

Vivianne fand sich plötzlich spießig, weil sie darauf wartete, dass er hinterherspülen würde. Er tat es aber nicht. Ihre Entschuldigung wollte er offenbar auch nicht hören, sein Profil wirkte verschlossen, sie fragte mit leiser Stimme: „Weißt du, wo er sich versteckt?"

Der Vampir stellte die Schüssel ins Regal zurück, und bevor er noch etwas antworten konnte, klingelte sein Handy. Er sprach nicht, hörte nur zu. Wieder war es diese fremde Sprache, da half auch Viviannes gutes Gehör nichts. Morgan klappte das Telefon zu. „Wir haben uns geirrt. Er will nicht seine Macht. Er versucht, den Blutkristall zu verkaufen."

„In Wannsee?" Sie erinnerte sich an ihren Fund aus dem Hotel.

„Was?" Seine Stimme klang scharf.

Hastig zog Vivianne den Zettel hervor und schob ihn über den Tisch.

„Woher hast du das?"

Ihr blieb nichts anderes übrig, als ihm zu erzählen, wie ihr das Papier zugeflogen war und dass sie es dann in ihrer Tasche vergessen hatte. „Ich habe nicht mehr daran gedacht, ehrlich!"

Morgan sah nicht so aus, als glaube er ihr. Er machte eine wegwerfende Handbewegung. „Egal. Hast du überhaupt eine Ahnung, wer dort wohnt?"

„Der Auftraggeber?"

Morgan sah sie nachdenklich an. „Möglich wäre es. Oder ein Konkurrent. In jedem Fall ist es keine gute Nachricht. Das hier ist die Adresse des Statthalters von Berlin. Jeder weiß, dass Milovan Juwelen liebt. Ich vermute, unser Dieb ahnt nicht einmal, auf wen er sich da eingelassen hat."

„Und wenn dieser Milovan ebenfalls hinter dem Blutkristall her ist?"

„Das kann ich mir nicht vorstellen. Er ist zwar gierig, aber nicht wahnsinnig genug, um sich ausgerechnet mit dem Causantín-Clan anzulegen. Hier hegt jemand offenbar einen ausgeprägten Todeswunsch. Zwei so mächtige Parteien wie den Statthalter und seinen Auftraggeber, der zweifellos weiter an dem Juwel interessiert ist, gegeneinander auszuspielen, das ist doch heller Wahnsinn. Selbst wenn er nicht ahnt, mit wem er es zu tun hat, dieser Typ muss verrückt sein." Dann erschien ein kalkulierender Ausdruck auf seinem Gesicht. „Ich stehe bei Milovan nicht gerade ganz oben auf der Gästeliste, aber du …"

„Ich muss mich ohnehin bei ihm melden, nicht wahr?" Alle Vampire taten gut daran, die jeweiligen Statthalter des Rates zu informieren, wenn sie planten, sich länger als nur ein paar Stunden in deren Hoheitsgebiet aufzuhalten. Wollte sich jemand niederlassen, so musste er in der Regel um eine persönliche Audienz ersuchen und um Erlaubnis bitten. In Paris hatten ihre Brüder dies für sie geregelt. Plötzlich war ihr ein wenig bange. Was, wenn jemand herausfand, wer sie wirklich war? „Kommst du mit?"

„Nie im Leben würde ich mir diese Gelegenheit entgehen lassen." Er ging zur Tür. „Und wenn wir uns beeilen, dann sollten wir sogar noch vor unserem lebensmüden Freund dort eintreffen."

Draußen wartete schon ein Taxi. Vivianne hatte noch nicht ganz die Wagentür zugeschlagen, da raste es bereits mit quietschenden Reifen los. Der Fahrer kam ihr bekannt vor. „Kommt der nicht aus dem Limbus?", fragte sie leise. Offenbar aber nicht leise genug, denn der Kerl sah sich um. „Kluges Mädchen, deine neue Schnecke!" Er lachte dröhnend, bis ihn Morgan ermahnte: „Sieh nach vorne, Per!"

7

Das Grundstück wirkte auch schon ohne die dezent angebrachten Kameras gut gesichert. Auf der hohen Mauer war zusätzlich noch ein Drahtzaun angebracht, und wenn sich Vivianne nicht sehr täuschte, dann war es der Strom in den Drähten, der das hohe Summen erzeugte, das eine eigenartige Beklemmung in ihr auslöste. Und das lag nicht nur daran, dass es nicht nach einem harmlosen Weidezaun klang. Sie konnte sich vorstellen, dass der Statthalter noch ganz andere Vorkehrungen getroffen hatte, um seinen Garten vor unerwünschten Besuchern zu schützen. Und tatsächlich vibrierte die Luft von all der Magie, die man darauf verwendet hatte. Hier würde sich gewiss niemand unbemerkt einschleichen.

In diesem Augenblick verwehrte ein Wachmann ihrem Taxi die Zufahrt sogar ganz offiziell. Die mächtigen Eisentore blieben geschlossen und sie wurden zu einem Seiteneingang dirigiert.

Morgan schien nichts anderes erwartet zu haben. *Lass mich reden und sei auf alles gefasst. Sollte der Statthalter seine Finger da im Spiel haben, bist du hier in größter Gefahr und wir müssen so schnell wie möglich wieder verschwinden.* Damit half er ihr aus dem Wagen.

Hinter einer gesicherten Scheibe saß eine attraktive Pförtnerin in knapper Uniform und erkundigte sich ausgesucht höflich nach ihren Wünschen. Der Vampir neben ihr bekam allerdings ein Zucken unter dem linken Auge, als er Morgan erkannte. Der tat, als bemerke er nichts von alledem, und erhob mit einem nasalen Akzent seine Stimme. „Mademoiselle Cirta aus Paris möchte ihre Aufwartung machen."

Vivianne spürte, wie jemand versuchte, in ihre Gedanken einzudringen. Doch es dauerte nicht länger als einen Herzschlag, da ließ der Druck schon wieder nach und die Pförtnerin schenkte ihr ein anerkennendes Lächeln. „Willkommen, Mademoiselle!" Sie sprach in zackigem Befehlston etwas in ein Mikrofon an ihrem Revers und blickte dabei auf ihren Bildschirm. Offenbar entdeckte sie dort nichts Nachteiliges, denn ihr Lächeln vertiefte sich. „Wir sind erfreut, Sie in unserem Département begrüßen zu dürfen. Möchten Sie länger bleiben?"

Vivianne sah zu Morgan hinüber, der ihr aufmunternd zublinzelte. „Das hängt ein wenig von den Umständen ab."

Der Empfangsdame war dieser kurze Austausch nicht entgangen und sie runzelte die Stirn. „Sie wohnen im Hotel Nodal, nehme ich an." Dies war die erste Adresse der Stadt, das wusste selbst Vivianne. Neu war ihr jedoch, dass es sich dabei um einen so genannten *sicheren Hafen* handelte. Also um eines jener Hotels weltweit, die sich auf die Beherbergung von Vampiren und anderen nachtaktiven oder zumindest magischen Kreaturen spezialisiert hatten. Vivianne lächelte freundlich, sagte aber nichts.

„Ich verstehe. In diesem Fall steht Ihnen natürlich ein Zimmer in unserem Haus zur Verfügung, bis Sie entsprechende Arrangements getroffen haben."

„Herzlichen Dank! Wenn Sie jetzt noch die Güte hätten, mich anzumelden." Vivianne legte gerade die Portion Ungeduld in ihre Stimme, die sich ein Protegé der gefürchteten Causantín-Brüder erlauben durfte. Insgeheim war sie allerdings heilfroh, dass offenbar niemand ihre Anreise vor zwei Tagen protokolliert hatte. Aber sie hatte tatsächlich einfach vergessen, sich beim Statthalter anzumelden. Dass Morgan sie auch nicht daran erinnert hatte, überraschte sie allerdings nicht, schien er es mit der Etikette doch ohnehin nicht so genau zu nehmen.

Während des Gesprächs flogen die Finger der uniformierten Vampirin unentwegt über die Tastatur, und Vivianne hatte keinerlei Zweifel, dass ihr Datenblatt neue Einträge erhielt.

„Sie werden bereits erwartet, Mademoiselle." Die Pförtnerin reagierte wie gewünscht. Ihr Französisch klang gut, nur winzige Abweichungen in der Betonung wiesen überhaupt darauf hin, dass sie diese Sprache in einem anderen Jahrhundert gelernt hatte. „Wünschen Sie, dass Morgan Llwchmynydd of Anglesey Sie begleitet?"

Vivianne hätte beinahe einen Lachanfall bekommen. So konnte doch nicht wirklich jemand heißen? „Ähm, ja", war dann alles, was sie einigermaßen kultiviert hervorbringen konnte.

Der Wachmann mit den nervösen Augen ging voran. Seite an Seite folgten sie ihm einen elegant geschwungenen Weg entlang, bis das Hauptgebäude schließlich zwischen hohen Bäumen auftauchte. Alle Räume im Erdgeschoss waren erleuchtet und die Auffahrt säumten Fackeln. Es sah sehr festlich aus. Was dort mitten in einer gepflegten, weitläufigen Parkanlage stand, ähnelte schon eher einem verspielten Lustschlösschen als einer Villa, fand Vivianne. Und sie konnte das gut beurteilen, immerhin war sie in einem echten Schloss aufgewachsen.

„Vivianne Cirta und Begleitung", wurden sie angekündigt, und Morgans Hand auf ihrer Taille versprach Sicherheit. Was ihr nicht unwillkommen war, denn die hohen Türen öffneten sich und gaben den Blick auf einen Thronsaal frei, den sie gleich darauf auch betraten. Am anderen Ende saß ein ungeheuer hässlicher Vampir in seinem goldenen Sessel und ließ sich gerade ein Tablett mit gefüllten Gläsern reichen. Ein vertrauter Geruch wehte herüber, vom Duft kostbarer Räuchereien schlecht kaschiert, der aus mächtigen Schalen aufstieg. Es war nicht viel Fantasie nötig, um sich vorzustellen, was der Herrscher dieses eigentümlichen Szenarios verkostete. *Dekadent!* Morgans Gedanke kreuzte sich mit den ihren, und in dieser Sekunde fühlte sie sich ihm auf nahezu intime Weise verbunden.

Der Statthalter winkte sie mit einer fleischigen Hand heran, und sie folgten der Einladung mit nicht ganz ehrlichem Selbstbewusstsein – jedenfalls galt dies für Vivianne.

„Da haben wir also die kleine Maitresse der Causantíns."

Eine Beleidigung war das, denn diese Dinge sprach man einfach nicht aus. Vivianne behielt diese Gedanke jedoch für sich und ließ ihn nicht merken, wie verärgert sie war.

„Sehr hübsch. Und du möchtest dich umorientieren, ja?" Er lachte anzüglich. Der Mann neben ihm, offenbar sein Assistent, beugte sich herab und flüsterte ihm etwas ins Ohr. „Natürlich, zwanzig Jahre in Paris, das ist auch ein wenig lang. Die Jugend macht immer die gleichen Fehler."

Jetzt hätte sie ihn am liebsten angesprungen – und hätte Morgan den Druck seiner Hand nicht ein klein wenig verstärkt, ihre Antwort wäre weit weniger freundlich ausgefallen. „Ich sehe mich nach einer neuen Residenz um", sagte sie kühl und war ihrem Begleiter für seine Unterstützung äußerst dankbar. „Meine Entscheidung ist noch nicht gefallen." Ihrer kühlen Stimme war nichts von dem inneren Aufruhr anzumerken.

Der Statthalter ignorierte ihren Einwurf, stattdessen warf er Morgan einen abschätzenden Blick zu, bevor er sie weiter befragte: „Wissen deine Paten, welchen Umgang du neuerdings pflegst, oder ist ihnen das inzwischen ganz egal?" Seine Augen wurden schmal. „Vermutlich haben sie keine Ahnung, nicht wahr? Aber wenn man den Gerüchten Glauben schenken darf, dann haben sie mit ihren Feen ohnehin alle Hände voll zu tun." Das Wort *Fee* spuckte er wie eine widerliche Medizin aus.

Vivianne war an Beleidigungen, die ihr selbst galten, durchaus gewöhnt, doch sie vertrug es nicht gar gut, wenn jemand ihre Familie angriff. Unwillkürlich verlangsamte sich ihr Herzschlag und alles in ihr begann sich auf den kommenden Kampf vorzubereiten, da hörte sie Morgan lautlos sagen: *Lass dich nicht auf einen Streit ein, er will dich nur testen*. Natürlich hatte er recht. Schon ganz andere hatten versucht, sie zu provozieren.

Konzentration!, dachte sie daher und ging über Milovans Unverschämtheiten einfach hinweg. Sie zwang sich zu einem Lächeln, straffte die Schultern und säuselte: „Verehrter Statthalter, habe ich die Genehmigung, mich im Distrikt Berlin aufzuhalten?“ Nur wer ganz genau hinhörte, konnte eine Spur der Abneigung heraushören, die sie gegen diesen widerlichen Vampir und seine Leute empfand.

Der Statthalter schien allerdings nichts davon zu bemerken. „Aber natürlich, mein Kind!“

Der Vampir neben ihm war aufmerksamer. Er sah sie scharf an, bevor er dem Zeichen seines Herrn gehorchte und näherkam. „Dies ist mein Assistent Carl, er wird dir helfen, falls du neue Papiere benötigst.“

Vivianne hätte schwören können, dass dieser Carl es in Wahrheit war, bei dem die Fäden der Macht in diesem Haushalt zusammenliefen. Vor ihm musste man sich hüten. „Vielen Dank, ich …“

Der Statthalter ließ sich offenbar nicht gerne unterbrechen und fiel ihr gereizt ins Wort: „Und weil ich ein so großes Herz habe, wirst du vorläufig bei mir residieren. Schließlich können wir nicht erlauben, dass dir in meinem Distrikt noch etwas passiert, nicht wahr?“ Er sah Morgan an. „Dein Freund mag ebenfalls hier bleiben oder auch verschwinden – ganz wie es ihm beliebt.“ Sein Finger bewegte sich suchend über den mit Blut gefüllten Gläsern, bis er sich schließlich für eines entschieden hatte und es an die Lippen setzte. Er schlürfte vernehmbar und bewegte das Blut in seinem Mund, als verkoste er einen wertvollen Wein. Anschließend schmatzte er zufrieden. „Sehr gut, das kommt heute auf den Tisch." Er sah auf. „Ich erwarte euch später zum Empfang. Ihr könnt jetzt gehen!"

Vivianne wollte schon auf dem Absatz kehrt machen, aber Morgan zwang sie, sich mit ihm zusammen rückwärts aus dem Saal zu entfernen. Dabei kam sie sich dämlich vor und hatte zudem die ganze Zeit über Angst, gegen irgendetwas zu stoßen, aber ihr Begleiter bewies in dieser Form des höfischen Rückzugs ein außerordentliches Geschick. Und endlich schlossen sich die großen Flügeltüren vor ihnen.

Vivianne fuhr herum. „Was war das denn?"

Still! Er hätte beim Anblick ihrer ärgerlichen Miene beinahe gelächelt. *Ich erklär es dir später.* Und als sie noch zögerte: *Versprochen!*

Ein Räuspern brachte sie schließlich in die Gegenwart zurück. „Wenn Sie mir bitte folgen möchten?"

Als die Tür ihres Zimmers endlich hinter ihnen ins Schloss gefallen war, erinnerte sich Vivianne nur noch an Treppen und endlose unterirdische Gänge. „Wo sind wir hier?"

„In einem der Gästehäuser am See. Immerhin weiß Milovan, was er deiner Herkunft schuldig ist." Zur Erklärung fügte er hinzu: „Die meisten Zimmer liegen unter der Villa, dies sind die Apartments für besondere Gäste."

„Klingt doch nett."

Das wird man noch sehen. Bleib bitte für einen Augenblick, wo du bist. Während er die Räume durchsuchte, blieb von Morgan nur ein Schatten. Er kehrte mit einer Hand voller Kabel zurück, stand ganz nahe bei Vivianne und schob ihr Haar beiseite. Sein Atem streichelte ihren Hals. *Küss mich!*

Sie zögerte.

Bitte! Seine Stimme klang weniger sehnsüchtig als drängend. Und als sich ihre Lippen berührten, wusste sie plötzlich, dass über dem Eingang und auch im Wohnbereich Kameras installiert waren. Sie würden also niemals unbeobachtet sein. *Die Terrasse ist einigermaßen sicher*, erklang seine warme Stimme in ihrem Kopf. *Und im Bad und im Schlafzimmer habe ich auch für Ruhe gesorgt. Ein wenig Unterhaltung müssen wir ihnen aber schon bieten!* Sein Kuss wurde nun weniger unpersönlich, und Vivianne genoss die lange vermissten Zärtlichkeiten.

Das zaghafte Klopfgeräusch riss sie aus dem wunderbaren Wohlgefühl. Ein junges Mädchen stand in der Tür. Nicht zuletzt der seidene Schal um ihren Hals verriet dem erfahrenen Beobachter, dass sie eine Blutsklavin war. „Ich …", sie löste das Tuch. *Himmel! Muss das sein?*, dachte Vivianne und sagte laut: „Nein, danke!"

Morgan strich der jungen Frau über die Wange. „Ein ander Mal, Schätzchen." Ihr hoffnungsvoller Blick sprach Bände – und er lächelte. „Geh jetzt."

„Natürlich." Sie wandte sich zur Tür, drehte sich aber noch einmal um. „Verzeihung, Mylord." Sie hatte nur Augen für Morgan. Vivianne schien überhaupt nicht zu existieren. „Sollten Sie Wünsche haben, läuten Sie bitte jederzeit nach mir." Sie wies auf das Telefon. „Natürlich sind Sie zu unserem Jahresfest eingeladen."

„Wann soll das stattfinden?", fragte Vivianne.

Das Mädchen sah sie erstaunt an, als bemerke sie gerade zum ersten Mal, dass es Vivianne überhaupt gab. Vielleicht fand sie ihre Frage aber auch absurd. „Heute natürlich." Sie knickste und fügte entschuldigend hinzu: „Ich vergaß, Sie sind mit unseren Traditionen nicht so vertraut." Ein weiterer Knicks. „Passende Garderobe finden Sie dort im Schrank. Es wird erwartet, dass sich alle Hausgäste um einundzwanzig Uhr im Ballsaal einfinden." Mit diesen Worten drehte sie sich endgültig um, dann schloss sich die Tür lautlos hinter ihr.

Vivianne sah auf die Uhr, die ziemlich kitschig in poliertem Messing über dem Kaminsims glänzte. Milovan hatte seine Apartments im maritimen Stil einrichten lassen, da fehlte nicht einmal der antike Schwimmkompass mitten im Raum. Für einen Augenblick beunruhigte sie die Aussicht auf eine Tagesruhe in schaukelnden Hängematten. Aber so weit würde das Oberhaupt einer Stadt wie Berlin gewiss nicht gehen. Oder doch? Da sie nicht plante, hier zu schlafen, gab es ohnehin drängendere Probleme. „Um neun, das ist ja schon in einer Stunde. Und ich habe nichts anzuziehen mitgebracht. Warum hast du nichts gesagt?" Morgan hätte doch wissen müssen, dass sein Statthalter für heute ein Fest geplant hatte. Selbst einer wie er sollte sich an gesellschaftliche Ereignisse dieser Wichtigkeit erinnern können, wenn sie einmal im Jahr wiederkehrten.

Ohne große Erwartungen betrat sie das Schlafzimmer, um in den Schrank zu sehen, auf den das Mädchen hingewiesen hatte. Das Bett wirkte übrigens ganz normal – ob der Statthalter womöglich ein Wasserbett installiert hatte? Nein, Vampire, so behaupteten die Überlieferungen, überquerten fließendes Wasser äußerst ungern. Da würde doch niemand von einem Traditionalisten verlangen, direkt darüber zu schlafen. Ihre Laune hellte sich deutlich auf. Sie kicherte. Als sie allerdings gleich darauf die Schranktür aufschob, waren diese Überlegungen vergessen. Vivianne stieß einen kleinen Schrei aus und Morgan eilte mit besorgter Miene herbei.

Sie dagegen war entzückt. „Sieh mal, hier gibt es auch etwas für dich." Er antwortete nicht, und sie nahm einen eleganten Abendanzug heraus. „Der müsste dir passen."

„Kümmere dich nicht um mich", grollte er, drehte sich auf

dem Absatz um und inspizierte gleich darauf den Kühlschrank. Misstrauisch roch Morgan an jeder einzelnen Flasche, bevor er sie wieder zurückstellte. Endlich öffnete er die letzte, prüfte sie und füllte zwei Gläser mit dunkelrotem Blut. Vivianne, hin- und hergerissen zwischen den wunderbaren Kleidern und dem nicht minder attraktiven Anblick seines Hinterns in der gut sitzenden Hose, schämte sich, als er sich umdrehte, ihren Gesichtsausdruck bemerkte und ihr mit wissendem Lächeln ein Glas reichte. Gemeinsam gingen sie auf die Terrasse und sahen über den See, der dunkel und geheimnisvoll vor ihnen lag.

„Trink, du wirst nachher noch alle Selbstbeherrschung benötigen, die du aufbringen kannst. Du darfst auf keinen Fall etwas von dem Blut annehmen, das dort ausgeschenkt wird. Es ist nicht sicher."

„Ist nicht diese ganze Veranstaltung sehr riskant, so mitten unter den Sterblichen?" Vivianne war erstaunt. Natürlich gaben die französischen Vampire auch Partys. Der Statthalter war zwar über die Landesgrenzen hinweg für seine extravaganten Bälle bekannt, aber man zog sich dafür stets in eines der abgelegenen Schlösser zurück, von denen es in Frankreich trotz der Revolution noch erstaunlich viele gab.

„Warum?", fragte Morgan, und der verächtliche Unterton in seiner Stimme war nicht zu überhören. „Die halbe Stadt feiert mit."

„Sie laden ganz normale Menschen ein?"

„Und nicht alle von ihnen werden den morgigen Tag erleben. Das kannst du mir glauben."

„So etwas müsste dir doch gefallen." Unwillkommen drängte sich ihr die Erinnerung auf, wie er im Limbus vor aller Augen von der rothaarigen Frau getrunken hatte. Und sie fragte sich, ob sie ihm zum Opfer gefallen wäre, hätte Vivianne nicht nach ihm gerufen. Diese Überlegung wühlte sie auf, ebenso wie die erotischen Bilder jener Nacht.

Mühelos las er ihre Gedanken. *Das war etwas anderes.* Laut sagte Morgan: „Natürlich hast du recht, es ist riskant, Sterbliche so nahe an uns heranzulassen. Du wirst heute mit eigenen Augen sehen können, was sich diese geborenen Vampire inzwischen alles herausnehmen. Ihre unglaubliche Arroganz ist unfassbar, und dabei scheint es ihnen völlig gleichgültig zu sein, dass sie uns damit alle in Gefahr bringen. Sie glauben, über allem zu stehen, aber das wird eines Tages noch ihr Untergang sein." Er sah sie aufmerksam an. „Du tust gut daran, dies niemals zu vergessen, wenn du dich weiter mit ihnen einlässt." Es hätte nicht viel gefehlt – und der Vampir hätte ausgespuckt.

Aha, daher weht der Wind, dachte Vivianne. Die Dunkelelfen waren also das Problem. Gut, dass Morgan nicht ahnte, dass er hier gerade mit dem *Klassenfeind* sprach. Dennoch hatten seine Worte sie nicht kalt gelassen. Eine Blutorgie war das Letzte, was sie in dieser Nacht erleben wollte. „Können wir nicht einfach wieder verschwinden?"

„Hast du denn schon vergessen, warum wir hier sind?"

Bevor sie ihm eine schnippische Antwort geben konnte, erschien ein dunkler Schatten am Nachthimmel. Vivianne blickte überrascht auf, als sich ein Rabe auf einem Ast über ihnen niederließ. Gerade noch weit genug entfernt, dass sich ein heimlicher Beobachter nichts dabei denken würde. *Salut, Nabrah. Sag bloß nicht, dass du den ganzen Weg aus Paris geflogen bist.*

Bonsoir, mein Herz. Paris ist ohne dich so fad. Er gab ein keckerndes Geräusch von sich. *Der Dieb ist eingetroffen. Er sitzt da mit wenig kleidsamen Handfesseln vor einem Vampir namens Carl und redet sich um Kopf und Kragen.*

Hat er ihn dabei? Vivianne konnte sich nicht vorstellen,

dass der Mann so leichtsinnig sein würde. Nabrah legte seinen Kopf schief, und sie beeilte sich zu sagen: *Morgan weiß Bescheid.*

Sehr vernünftig, mein Herz. Ob er ohne den Blutkristall hier ist? Ich würde darauf wetten. Andernfalls wäre er längst tot und der Stein verloren. Bevor sie weitere Fragen stellen konnte, breitete Nabrah seine Schwingen aus und ließ sich vom Baum fallen, bis ihm der Wind unter die Flügel griff und er sich mit wenigen Flügelschlägen in die Luft erhob, um sich von einer Bö davontragen zu lassen.

Vivianne hätte gern gewusst, was er mit der letzten Bemerkung gemeint hatte. Doch Morgan sah zur Uhr, und sie stellte das unberührte Glas ab. Kostbare Zeit war vergangen, und sie tat gut daran, sich zu beeilen, wollten sie nicht zu spät kommen.

Lässig lehnte er am Tresen der kleinen Küchenzeile, als sie endlich die Tür des Schlafzimmers öffnete, wo sie die letzte Dreiviertelstunde verbracht hatte. Und sie freute sich, dass der Vampir sie anstarrte, als habe er eine Erscheinung.

„Ist es nicht angemessen?" Vivianne fühlte sich von seinem ausdauernden Schweigen schließlich ganz verunsichert. Sie hatte nach kurzer Überlegung eine tiefrote Kreation gewählt. Wenn diese Provinzler sie schon für eine Kurtisane hielten, dann sollten sie ruhig sehen, wie so jemand in Paris auftrat. Der raffinierte Schnitt des langen Kleides zeigte wenig Haut, aber die matt glänzende Seide glitt wie die Hände eines Liebhabers über ihren Körper. Dieses Kleid offenbarte mehr, als es verbarg, und ein Schlitz zeigte gerade so viel Bein, dass es eben noch schicklich war. Die Farbe tat das ihrige, um den Betrachter zu faszinieren, und ließ Viviannes Teint wie frisch gefallenen Schnee leuchten. Dazu balancierte sie auf schwindelerregend hohen Sandalen und hatte außer dem schmalen Armreif, den sie immer trug, als einzigen Schmuck ihr dunkles Haar mit einem schlichten Hornkamm hochgesteckt. Nur sie allein wusste, dass zusätzlich eine winzige Prise Glamour ihren Zauber entfaltete. Glamour, das war Feenstaub, der sie wahrscheinlich auch dann unwiderstehlich gemacht hätte, wäre sie so hässlich wie eine alte Vettel gewesen. Die Lichtelfen waren für solche Tricks berüchtigt, aber wer würde dies bei einer einfachen Vampirin erwarten? „Bist du soweit?“

Morgan schien aus seiner Starre zu erwachen. „Donnerwetter!“, sagte er, und das klang in seiner altmodischen Art so ehrlich, dass sie laut lachte und sich bei ihm unterhakte.

„Schön, dass es dir gefällt. Lass uns gehen.“

Gefallen war nicht der Begriff, der Morgan bei ihrem Anblick in den Sinn gekommen war. Natürlich hatte er sie von Anfang an attraktiv gefunden, außerordentlich attraktiv sogar, wenn er ehrlich war. Aber dieses sündige Kleid machte sie zu einer Göttin, die ihresgleichen suchte, und er begriff allmählich, warum ihre Paten auch jetzt noch eine schützende Hand über sie hielten. Dabei konnte Morgan nur hoffen, dass er sie nicht mit offenem Mund angestarrt und sich dabei völlig zum Idioten gemacht hatte. Das Wasser war ihm beim Anblick dieser personifizierten Verlockung ganz bestimmt im Mund zusammengelaufen. Ein solches Juwel hätte nicht einmal ein Wahnsinniger länger unbeaufsichtigt gelassen, und Morgan fragte sich, wann wenigstens einer der Causantíns auftauchen würde, um seinen Besitz zurückzufordern.

Eine kalte Dusche wäre ihm jetzt durchaus willkommen gewesen. Aber Morgan riss sich zusammen und versuchte sich wieder auf die bevorstehenden Aufgaben zu konzentrieren.

Dieses Mal durchquerten sie auf ihrem Weg zum Haupthaus den Garten oberirdisch. Fackeln erleuchteten die gepflegten Wege. Ihre Flammen flackerten in der leichten Brise, die vom

See herüberwehte und den Geruch von dunkler Erde und Spätherbst mit sich brachte.

Um auch ganz sicher zu sein, dass ihm ihre gesamte Aufmerksamkeit galt, berührte er Viviannes Hand. „Sobald der offizielle Teil vorbei ist, werde ich mich mal genauer in der Villa umsehen. Ich glaube kaum, dass Carl den Dieb so ohne Weiteres gehen lassen wird."

Von der Aussicht, den Vampiren der Stadt allein entgegentreten zu müssen, war sie gar nicht begeistert. Dies zuzugeben wäre ihr jedoch nicht einmal im Traum eingefallen. „Ich verstehe immer noch nicht, warum er so leichtsinnig war, hierherzukommen."

„Vielleicht ist er ja größenwahnsinnig geworden. Immerhin hat ihn der Blutkristall bisher beschützt. Er konnte sich unserer Überwachung mehrfach entziehen und auch Cyron war nicht dazu zu bewegen, Hand an ihn zu legen."

„Ich dachte, dein Freund ist so ein friedliebender Zeitgenosse." Vivianne blieb überrascht stehen.

Morgan gab ein trockenes Lachen von sich. „So friedliebend, wie ein Elf eben sein kann, dem es seit Jahrhunderten gelingt, sich der Kontrolle der Feenkönigin zu entziehen."

Vivianne mochte jetzt nicht über die verborgenen Seiten ihres Freundes nachdenken. „Apropos Jahrhunderte. In welchem Zeitalter ist unser Statthalter denn eigentlich stecken geblieben?"

Jetzt klang Morgans Stimme amüsiert. „Absolutismus, würde ich vermuten. Und man tut gut daran, seine Spielregeln zu beachten."

Die unausgesprochene Warnung hinter seinen Worten entging ihr nicht. Dennoch sagte sie: „Fein, du scheinst dich mit den höfischen Sitten ja ganz gut auszukennen, aber ich habe darin wenig Erfahrung. Das ist ein bisschen rückständig … wenn du weißt, was ich meine.“

„Mach dir keine Sorgen, ich bin ja bei dir. Und ich könnte schwören, so wie du heute aussiehst, wird sogar unser Patriarch über den einen oder anderen kleinen Fauxpas hinwegsehen.“

Erfreut nahm Vivianne sein überraschendes Kompliment entgegen. Es hatte ehrlich geklungen, und das gab ihr die Zuversicht, mit seiner Hilfe den Abend durchstehen zu können, ohne in eine der Fallen zu treten, die es immer gab, wenn mächtige Vampire aufeinandertrafen.

Gemeinsam betraten sie schließlich den Festsaal. Die Luft knisterte von all den unterdrückten Gefühlen und der Magie der Gäste. Vorerst waren nur wenige Sterbliche anwesend. Vermutlich Blutsklaven, so wie das Mädchen, das ihnen vorhin seine Dienste angeboten hatte. Sie war erstaunt gewesen, dass Morgan abgelehnt hatte, aber als sie dann länger darüber nachdachte, erkannte sie, dass es nicht zum bisherigen Verhalten ihres Begleiters gepasst hätte. Morgan machte keineswegs den Eindruck, zu den Vampiren zu gehören, die Geschmack daran fanden, sich an einer Bluthure zu vergehen, die vermutlich in ihre Dienste gepresst worden war. Seine Körpersprache verriet zwar nichts, aber das dekadente Ambiente, das der Statthalter geschaffen hatte, gefiel ihm gewiss nicht, so gut glaubte sie ihn schon zu kennen. Dies war nicht seine Welt, und merkwürdigerweise fühlte sich auch Vivianne, die elegante Bälle normalerweise liebte, selbst unter ihresgleichen heute nicht recht wohl.

An ihrer eigenen Kleiderwahl konnte das nicht liegen, damit war sie sehr zufrieden. Dennoch wünschte sie sich plötzlich, ein Cape oder zumindest ein Schal möge ihre freien Schultern bedecken, obwohl sich an diesem Abend viele Damen dazu entschieden hatten, tief dekolletierte Kleider und große Roben zu tragen. Gläser klirrten und junge Frauen in einer merkwürdigen Verkleidung servierten Getränke. Über dem Raum lag der Geruch von Blut, und Viviannes Knie zitterten. Morgan hielt ihre Hand und murmelte fremdartige Worte, die eine beruhigende Wirkung zu haben schienen. Sie straffte sich und zwang ein verhaltenes Lächeln auf ihre Lippen. Sie wusste, wie sie in diesem Augenblick aussah: jung, verletzlich, aber mit einer aristokratischen Aura, die ihr einfach in die Wiege gelegt worden war. Vereinzelt verstummten Gespräche. Blicke bohrten sich in ihren Rücken, einige musterten sie auch ganz offen. Eine Blondine öffnete den Mund, zweifellos, um etwas Unfreundliches zu sagen, verstummte aber wieder, als ihr Begleiter ihr etwas zuflüsterte. Der Vampir lächelte dabei und ließ seine Reißzähne sehen.

Morgan, der sich nicht die Mühe gemacht hatte, seine Kleidung zu wechseln, provozierte damit zahlreiche abfällig klingende Kommentare. Er schritt jedoch mit derselben Noblesse an all den elegant gekleideten Gästen vorbei wie Vivianne. Eben so, als prange kein verwaschener Totenkopf auf seinem T-Shirt und als bestehe sein langer Ledermantel aus purpurnem Samt. Beinahe, so überlegte sie, gab er sich wie ein geborener Vampir, dessen lange Ahnenreihe außergewöhnlicher Dunkelelfen bis in die Anfänge der Zeit zurückverfolgt werden konnte. Vivianne empfand einen eigenartigen Stolz auf ihren Begleiter und glitt mit hoch erhobenem Kinn wie eine Königin an seiner Seite durch den Saal.

Beide reihten sie sich schließlich in die Schlange Wartender ein, die dem Statthalter nacheinander präsentiert wurden. Carl, der in makelloser Abendgarderobe neben dem Thron stand, musterte sie mit kalten Augen.

War das etwa die Marseillaise, die Morgan da summte, als sie an die Reihe kamen und auf ein Zeichen des Majordomus hin vortraten? Vivianne sank in ihren ersten – und hoffentlich dennoch angemessenen – Hofknicks, wie sie es bei den anderen Damen gesehen hatte.

Zu Hause hatte ihre Mutter vergeblich versucht, ihr diesen Teil des Zeremoniells beizubringen. Es war nämlich nichts Ungewöhnliches, wenn es bei feierlichen Zusammenkünften der magischen Gemeinde formell zuging. Vampire mochten sich äußerlich an die veränderten Lebensgewohnheiten der Menschen anpassen, im Herzen aber blieben nicht wenige noch immer der Epoche verhaftet, in der sie ihre ersten Jahre erlebt hatten. Also musste geübt werden, entschieden ihre Eltern. Vivianne, damals noch sterblich und ein Mädchen von kaum zwölf Jahren, verlor immer wieder das Gleichgewicht. Und schließlich lagen sich Mutter und Tochter laut kichernd in den Armen, sodass der Vater hereingeschaut hatte, um nachzusehen, was da los war. Sie hatte, anders als ihre Brüder, die ganz traditionell in Pflegefamilien aufgewachsen waren, eine wunderbare und behütete Kindheit gehabt.

Heute gelang der Knicks einwandfrei. Vivianne senkte bereitwillig ihren Kopf und verbarg dabei ein Schmunzeln.

Der Statthalter blinzelte überrascht, als er ihre Verwandlung zum Vamp bemerkte, und grinste dann, als wäre dies sein Verdienst. „Willkommen in unserem Haus, mein Täubchen!“ Morgan warf er einen ärgerlichen Blick zu, sagte aber nichts. Carl entließ sie mit einer ungeduldigen Handbewegung, und schon trat der nächste Besucher vor.

Endlich war die Audienz beendet, und die großen Flügeltüren öffneten sich zu einem weiteren Saal, in dem bald darauf die ersten sterblichen Gäste eintrafen. Eine Band spielte, das Buffet war opulent bestückt, und nur die Vampire hielten sich naturgemäß zurück, als dieses nach einer kurzen Ansprache des Gastgebers offiziell eröffnet wurde. Ihnen wurden allerdings neben exzellenten Weinen auch weiterhin Blutcocktails angeboten. Vivianne entschied sich für ein Glas Champagner. Sie war sich inzwischen sicher, dass der Rat nicht wusste, wie man im Berliner Département seine Partys feierte. Ihre Brüder, daran glaubte sie fest, würden niemals an Vampirfesten teilnehmen, zu denen Sterbliche geladen waren, die nichts von der Existenz ihrer Welt wissen durften. Hier musste etwas geschehen, und zwar bald. Sobald die Jagd nach dem Blutkristall hinter ihr lag, würde sie ein ernstes Wort mit Kieran sprechen.

Trotz allem fühlte sie sich allmählich in Berlin wohl. Dieser Ort hatte ein gewisses Flair, und die Vorstellung, die nächsten Jahre hier zu leben, erschien ihr gar nicht mehr so abwegig wie noch vor zwei Tagen. Aber Morgan hatte recht, der Statthalter gefährdete alle Vampire, die unter seinem Schutz standen, und sie verstand gar nicht, warum sie sich dies gefallen ließen.

Jetzt berührte er – Morgan – sachte ihren Arm. *Ich bin bald wieder da, amüsier dich gut.* Das verabredete Zeichen. Danach verschwand er in der Menge, und Vivianne gesellte sich zu einer Gruppe von Sterblichen, die den Darbietungen chinesischer Artisten gebannt zusah. Bald begann sie sich zu langweilen. Morgan würde gewiss noch eine Weile fortbleiben, also stellte sie ihr leeres Glas ab und schlenderte durch die Räume. Bluttrinker wie Sterbliche plauderten angeregt miteinander, und Vivianne traute ihren Augen nicht, als sich ein Vampir über den Nacken seiner entrückt lächelnden Tanzpartnerin beugte und ihr hier vor aller Augen in den Hals biss!

Als ob er ihr erschrockenes Starren spürte, sah er auf. Ihre Blicke trafen sich, und der Vampir besaß die Frechheit, ihr zuzuzwinkern, bevor er mit einem Zungenschlag die Wunde schloss und sein Opfer im Takt der Musik wiegte, bis sie beide durch die hohen Fenster in der Nacht verschwunden waren.

„Gefährlich, nicht wahr?“ Vivianne fuhr herum und verfluchte ihre Unaufmerksamkeit. Hinter ihr stand ein Vampir mit zwei

Champagnergläsern. „Ich habe die Audienz *leider* verpasst – schrecklich, diese Zeremonien der alten Welt." Er lächelte. „Bei mir zu Hause sind wir inzwischen deutlich weniger formell." Er musterte sie aufmerksam, und Vivianne spürte seinen Versuch, ihre Gedanken zu ergründen. Sie runzelte ihre Stirn und er zog sich zurück. „Ah, vergebt mir. Schrecklich unhöflich diese Neugier. Und vorgestellt habe ich mich auch noch nicht." Er machte eine elegante Verbeugung. „Gestatten, Rochester. Und ich habe das Vergnügen mit …?"

„Vivianne." Sie nahm den angebotenen Champagner – davor hatte Morgan sie ja nicht gewarnt –, trank einen Schluck und musterte ihn dabei über den Rand ihres Glases hinweg. Das Wappen auf dem Siegelring erkannte sie. Er gehörte also einer stolzen Familie von Dunkelelfen an. Kein Wunder, dass er seine Identität so unerschrocken preisgab. *Vermutlich*, überlegte sie, *kannte ihn hier ohnehin jeder.* Der Earl of Rochester war in seinem Abendanzug die Eleganz selbst. Aristokratische Geschmeidigkeit bis in die manikürten Fingerspitzen. Nichts verriet seine wahre Natur, wenn er, wie in diesem Augenblick, ihren prüfenden Blick mit treuem Augenaufschlag erwiderte. Irgendetwas an der Art, wie er eine dunkle Haarsträhne aus dem Gesicht schob, weckte ihre Erinnerung, aber sie kam nicht darauf. Es würde ihr gewiss wieder einfallen, jetzt waren alle ihre Sinne gefragt. Doch auch so wusste sie schon, was von ihrem Gegenüber zu halten war. Er gab zwar bis zum Akzent eine gute Vorstellung als gelangweilter New Yorker, tatsächlich war er jedoch Brite und stammte aus Oxfordshire, wenn sie sich recht erinnerte. Sollten die Gerüchte stimmen, dann befand sich dieser Dunkelelf auf der Suche nach einer Seelengefährtin, und dabei ging er nicht gerade zimperlich vor. Es hieß, er sei ehrgeizig und bereit zu erzwingen, was ihm die Schicksalsgöttinnen bisher vorenthalten hatten. Genau die Sorte Mann also, vor der ihre Brüder sie ganz besonders gewarnt hatten. Fände er heraus, wer sie wirklich war, würde er sich nehmen, was er für sein gutes Recht hielt. Und Vivianne war keineswegs erpicht darauf, als Zuchtstute eines Größenwahnsinnigen zu enden. Wäre die Verbindung zwischen ihr und einem geborenen Vampir erst einmal besiegelt, dann hätte selbst ihre Familie keinerlei Handhabe mehr, den Bund für die Ewigkeit zu lösen. Natürlich blieb immer noch die Möglichkeit, dass sie ihren Gatten tötete, aber damit wäre nicht nur ihr eigenes, sondern das Schicksal der gesamten Familie Causantín besiegelt. Der Rat reagierte auf Verstöße gegen die Regeln wenig verständnisvoll und machte in diesem Fall auch keinerlei Unterschied zwischen ganz gewöhnlichen Vampiren und lang gedienten Vengadoren. Zudem, so tuschelte man in der vampirischen Welt, besaß und vermehrte Rochester nicht nur diverse britische Adelstitel, er beherrschte darüber hinaus auch die schwarzen Künste.

Sie würde sich in Acht nehmen müssen. Andererseits konnte es nicht schaden, einen mächtigen Begleiter an ihrer Seite zu haben, bis Morgan wieder auftauchte. Der Statthalter, da war sie sich sicher, würde sich ein Loch in den dicken Bauch ärgern. Außerdem, das war ebenfalls klar, wären früher oder später ohnehin alle Schürzenjäger hinter ihr her. Und dies hatte nicht einmal etwas mit ihrer Herkunft zu tun, sondern einfach damit, dass sie neu in der Stadt war. *Frischfleisch*, wie Cyron es so ungalant formuliert hatte, als sie sich vor langer Zeit bei ihm darüber beklagt hatte.

Als vorübergehender Begleiter war er also nicht die schlechteste Wahl. Sie wollte den Kontakt zu ihresgleichen so gering wie möglich halten, und er lebte in einer anderen Stadt. Mit ein bisschen Glück reiste er bald wieder ab und hatte sie vergessen. Noch war es aber nicht so weit, seine Augen glitzerten sie ja geradezu an.

„Vivianne Cirta?", unterbrach er ihre Gedanken. „Ah, die schöne Französin! Der ganze Hof spricht schon von dem entzückenden Neuzugang." Er schlug sich theatralisch an die Brust. „Welch ein Glück, dass ich als Erster deine Bekanntschaft machen darf!"

Vivianne musste trotz ihres Misstrauens lachen und drohte ihm spielerisch mit dem Zeigefinger. „Ich habe von Ihnen gehört, Lord Rochester."

„Ach Gott, jetzt ist es heraus. Ich bin es. Der, wenn ich mir die Bemerkung erlauben darf, völlig zu Unrecht diskreditierte Graf von Rochester. Wie jede anständige junge Dame bist auch du vor mir gewarnt worden, fürchte ich!" Er seufzte. „Sag nichts! Ich kann es in deinen Augen lesen. Aber nenn mich bitte Sebastian."

So schlimm konnte jemand mit diesen Manieren doch nicht sein. Eine Stimme allerdings warnte sie davor, auf die glatten Worte hereinzufallen, die schon am Hof von Charles II. gefürchtet gewesen waren. Sie würde vorsichtig sein müssen. „Also gut, von mir aus: Sebastian. Ich schlage dir einen Deal vor. Ich sehe über deinen Ruf hinweg, wenn du mir die Blutsauger vom Hals hältst." Vivianne lachte übermütig. „Und jetzt möchte ich gerne wissen, ob dieser *Hof* etwas Schockierenderes zu bieten hat als ein paar außergewöhnlich talentierte Akrobaten."

„Eine Frau – ganz nach meinem Geschmack. Du wirst deine Entscheidung nicht bereuen!" Er fasste ihre Hand, und sie ließ es geschehen. *Für den Moment*, beruhigte sie sich.

„Schließ deine Augen!"

Vivianne zögerte.

„Bitte."

Das Zauberwort. Die Vampire in ihrer Umgebung gaben ihr sonst nur Befehle. Das war eine angenehme Abwechslung. Sie tat also, was er wollte, und sofort spürte sie eine verwirrende

Leichtigkeit. Als sie ihre Augen wieder aufschlug, waren die verführerischen Herzschläge der Tanzenden auf einmal bedeutungslos. Zwei Welten hatten sich übereinander geschoben. Sie waren zu Grenzgängern geworden, lebten in ihrem eigenen Universum mitten unter den ahnungslosen Gästen. Sie sah sich genauer um und bemerkte erstaunt, dass einige wenige Sterbliche die dünnen Trennlinien offenbar nach Belieben überschreiten konnten. „Nicht nach Belieben", erklärte Sebastian schmunzelnd. „Das sind Blutsklaven. Sie verzehren sich danach, uns zu dienen, und damit sie ihr kleines Geheimnis bewahren, bekommen sie einen Tropfen Vampirblut und sind damit an ihren Herrn gebunden – in ewiger Treue."

Dieses Vampirblut war magisch behandelt, das wusste Vivianne. Und ihr war auch bekannt, dass es heute noch weiter verbreitet war, als man annehmen würde, sich Sklaven zu halten. Es schauderte ihr bei der Vorstellung, in einer solchen Abhängigkeit leben zu müssen.

„Glaub mir, es gefällt ihnen. Bist nicht auch du freiwillig zu einer von uns geworden?"

Erstaunt hob sie eine Augenbraue, ganz nach aristokratischer Manier und sah Sebastian fragend an.

„Bitte entschuldige. Das kann man natürlich nicht vergleichen!" Er machte eine beschwichtigende Handbewegung.

Vivianne ließ sich nicht täuschen. Er verachtete sie und hätte dies wahrscheinlich selbst dann getan, wenn sie die leibliche Tochter Ludwig XV. gewesen wäre. Eine Prinzessin also, von der sie zufällig wusste, dass sie noch heute glücklich mit ihrem Paten zusammenlebte, der sie in einem Anfall von Sentimentalität vor dem Schafott gerettet hatte, weil er sich unsterblich in ihre grünen Augen verliebt hatte.

Da Sebastian sie offenbar leichter zu lesen vermochte, als es ihr lieb sein konnte, berührte sie kurz ihr Armband, dessen

Energie sofort dafür sorgte, dass ihr größtes Geheimnis gewahrt blieb. Dabei schenkte sie ihm ein strahlendes Lächeln, um die Magie zu verbergen, die von dem schlichten Schmuck ausging. „Es ist wunderbar!“ Sie beschloss, mitzuspielen und eilte durch den Saal.

Sebastian folgte ihr, überrascht davon, dass die kindliche Begeisterung seiner neuesten Eroberung sein Herz zu berühren vermochte.

Anstelle der Akrobaten sahen sie nun kaum bekleidete Tänzer auf den Podesten. Sie rieben sich wollüstig aneinander, leckten oder bissen sich, und es war gar nicht zu übersehen, dass sie die schamlosesten erotischen Fantasien auslebten. Vivianne fand dieses Zurschaustellen intimster Details anfangs noch etwas befremdlich. Doch bald ließ sie sich von der knisternden Atmosphäre einfangen, bis ihr Atem schneller ging – ein Relikt aus alten Zeiten, das seine Wirkung auf Männer, sterblich oder nicht, niemals verfehlte.

Sebastian erging es offenbar nicht anders. Er stand ganz nahe bei ihr, so als hoffte er, auf diese Weise an ihrer Erregung teilhaben zu können. „Gefällt es dir? Sieh genau hin, dies ist unsere Welt.“ Er legte seine Hände auf Viviannes Schultern, schob sie vor sich her, dichter an ein kopulierendes Paar heran. Sex lag in der Luft – der schwüle Duft war widerlich und doch voll süßer Versprechungen.

Vivianne war ein sinnliches Geschöpf, jede Faser ihres Körpers reagierte auf diese eindeutigen Reize. „Wie ist das möglich?“ Ihre Stimme klang fremd.

Sebastian lächelte – eine Novizin. Aber immerhin: mit der Fähigkeit zu leidenschaftlicher Hingabe. Und da waren Geheimnisse. Gut. Je stärker sich eine Frau ihm widersetzte, je länger es dauerte, bis sie sich seiner Macht ergab, desto köstlicher war der Sieg. „Es ist doch nur ein Spiel. Sieh genau hin: ein harmloses Vergnügen, nichts weiter", flüsterte er, und seine Lippen berührten dabei beinahe ihren Hals.

Sebastian drängte sich näher an sie heran, und Vivianne wusste, dass sie mit dem Feuer spielte. Es war nicht richtig, was sie hier tat, und sie sollte lieber wieder in die Sicherheit ihrer Welt zurückkehren. Doch was war denn Wirklichkeit, was Trug, und warum gab sie nicht einfach ihren Instinkten freien Lauf? Sein Körper fühlte sich so gut an und gab ihr Halt, und sie war doch schwach, ihre Glieder gehorchten ja nicht einmal mehr ihrem Willen. Sie konnte spüren, wie ihre mentalen Barrieren unter seinen Händen zu schwinden begannen, eine nach der anderen wurde durchsichtiger, bis sie es kaum noch erwarten konnte, dass endlich jemand ihr wahres Ich erkannte. *Nein!* Ein kurzer Schmerz am Handgelenk. Die Tore zu ihrer Seele schlugen so kraftvoll zu, dass ein leichtes Beben durch ihren Körper ging, als die schweren Riegel, geschmiedet aus unsichtbarer Magie und jahrelanger Disziplin, einrasteten. Erschrocken riss sie die Augen auf. Beinahe hätte sie einen möglicherweise tödlichen Fehler begangen. Dieser Sebastian war gefährlich, umso mehr, als er es sich nicht anmerken ließ, wie sehr es ihn ärgerte, dass sein erster Verführungsversuch gescheitert war. Nur eine kurze Reaktion seines Körpers, ein Innehalten in der Bewegung hatte ihr verraten, dass sein Ego empfindlich getroffen sein musste. Er würde es wieder versuchen, daran zweifelte sie nicht. Solche Männer gaben niemals auf. Doch nun war Vivianne gewarnt und würde auf der Hut sein.

Vor ihnen kämpften zwei Vampire miteinander, und sie ahnte – entgegen der Beteuerungen ihres nun wieder charmant flirtenden Begleiters –, dass es um Leben und Tod ging. Nichts anderes, das war ihr klar, würde die blutdürstige Meute um sie herum befriedigen.

Die Kämpfer bewegten sich, als habe die Schwerkraft keinerlei Bedeutung für sie. Einer war komplett in Rot, der andere in Weiß gekleidet. Sie mussten etwa gleich groß sein und standen sich in nichts nach, was ihre eleganten, präzisen Bewegungen betraf. Bis plötzlich der Rote ausholte und seinem Gegner mit einem präzisen Schnitt die Kehle durchtrennte. Ein Blutschwall besudelte das weiße Hemd, Viviannes Hand fuhr zum Mund und neben ihr keuchte eine Sterbliche entsetzt auf. Völlig verroht waren die Blutsklaven also nicht. Doch schon sprang das vermeintliche Opfer von der Bühne, verbeugte sich – und die Kämpfer verschwanden Arm in Arm in der Dunkelheit. Ein treibender Beat versetzte die Zuschauer immer weiter in Ekstase, als ein neuer Darsteller erschien: Carl, die rechte Hand des Statthalters. In seinem Anzug wirkte er wie ein Börsenmakler, kühl, konzentriert und unantastbar. Er ließ den Blick über das blutrünstige Tier gleiten, zu dem die Menge geworden war. Voller Verachtung hob er sein Kinn ein wenig höher und schien dort, weit hinter Vivianne, jemandem zuzunicken. Es war kein freundliches Lächeln, das seine Mundwinkel kaum sichtbar hob. Doch das Publikum kümmerte es nicht. Auch Viviannes Reißzähne glänzten längst feucht im Licht der Kandelaber und ihre Augen glühten in der Dunkelheit. Die Blutlust begann die Macht zu übernehmen. Es schien auf einmal viel einfacher, ihren Instinkten nachzugeben, sich treiben und tragen zu lassen: von einer Welle lang unterdrückter Emotionen. Zwischen Sebastian und ihr schien es nur noch die dünne Seide ihres Kleides zu geben, sie spürte seine Erregung und genoss ihre Macht, die noch größer wurde, als sie begann, sich katzengleich an ihm zu reiben.

Der Vampir auf der Bühne sprach dröhnende Worte, die endlich auch in ihr Bewusstsein drangen: „… ein ganz besonderer Abend", sagte er, „vor allem für unseren Freund, der bedauerlicherweise bis heute darauf bestanden hat, eigene Wege zu gehen." Seine Augen schienen etwas zu suchen, fanden es schließlich auch – und Vivianne fühlte seine Magie wie eine heiße Welle, die sie fortzureißen drohte. Sie stöhnte, Sebastian zog sie an sich, der Kontakt brach wieder ab und Carl lachte dort oben auf der Bühne, bis ihr das Blut in den Adern gefror. *Sebastian, mein Freund, willst du nicht mit uns teilen?* Der Saal wurde ganz still, und einer nach dem anderen wandte seinen Kopf in ihre Richtung. Sie wollte fliehen, doch Sebastian hielt sie in einem eisernen Griff. *Sie sind wie Wölfe. Wenn du jetzt davonläufst, kann niemand mehr etwas für dich tun!*

Sie erstarrte und ließ die tödliche Ruhe zu, die Generationen von Vampiren vor ihr meisterhaft zu beherrschen gelernt hatten und die sie zu den gefährlichsten Jägern dieser Welt machte.

Carl applaudierte lautlos. *Das Rehlein hat seine Lektion gelernt. Glückwunsch, meine Liebe!* Und an Sebastian gewandt: *Ich hoffe, du weißt, was du tust!* Dann stieß er einen schrillen Pfiff aus, das Publikum johlte und der Druck ihrer Aufmerksamkeit entließ sie aus seinen Klauen. Vier bullige Kerle, von denen Vivianne lieber gar nicht wissen wollte, welcher magischen Familie sie angehörten, schleppten einen Mann herein. Sein Hemd hing in Fetzen von den Schultern, blutige Risse klafften in der ausgewaschenen Jeans, keine Schuhe an seinen Füßen.

Vivianne schrie auf. „Nein!" Die Hand auf ihrer Schulter wurde zur Klaue und schärfte ihren Blick. Erleichterung glitt wie lindernder Honig über ihre Angst. Nicht Morgan. Es war nur ein Vampir, der ihm ähnlich sah.

„Fahr zur Hölle!" Seine Lippen waren brüchig, die Stimme klang trotz aller Qualen stolz.

Zeit für Gerechtigkeit! Vivianne fragte sich, woher dieser Gedanke kam.

Neben ihr skandierten die Zuschauer: „Blut! Blut! Blut!"

Ihr wurde von der aggressiven Energie ganz übel, sie schwankte leicht. Sebastian aber gab ihr Halt, die Hände auf ihren Solarplexus gepresst durchflutete seine Energie ihr Sein. *Blut!* Sie konnte das warme Elixier des Verräters in ihrem Mund spüren!

Carl, der teuflische Majordomus, machte ein Zeichen und seine Schergen banden den Vampir an ein Kreuz. *Welche Ironie!*, dachte Vivianne und vermochte doch nicht, ihren Blick abzuwenden, so sehr sie es auch versuchte. Überall begegnete ihr das Gesicht des Gefolterten.

„Du!" Carl zeigte ins Publikum, und eine brünette Schönheit warf ihre Arme in die Luft, als habe man ihr soeben Millionen versprochen. Als die Bodyguards sie dann auf ihrem Weg zur Bühne begleiteten, wehte ein Hauch frischen Blutes herüber, und Vivianne wusste, dass die junge Frau eine erst kürzlich transformierte Vampirin sein musste. Das Publikum machte bereitwillig Platz, und nicht wenige leckten sich hungrig die Lippen, als sie vorüberschritt. Der Gefangene am Kreuz fauchte und versuchte sich loszureißen. Sie alle konnten seinen stillen Schrei hören: *Nein! Nein, nicht sie!*

Nur das Mädchen, vermutlich seine Freundin, nahm ihn nicht einmal wahr. Die Männer hoben sie auf die Bühne und im Nu stand sie vor Carl, der die theatralischen Bewegungen eines Las-Vegas-Magiers nachahmte. Irgendjemand hatte ihm sogar ein Cape umgelegt, das er elegant zurückschlug, während er seine Beute lauernd umkreiste. Schließlich griff er nach ihrer Hand und drehte sich zum Publikum: „Begrüßt meine neue Assistentin!" Die Leute lachten, als hätte er einen Scherz gemacht, einige applaudierten höflich – und dann lag eine Anspannung in der Luft, die Vivianne Böses ahnen ließ.

Carl beugte sich über den behandschuhten Arm seiner *Assistentin*, die albern kicherte und einen Knicks machte, als er ihre Hand küsste. „Zeig mir, was du gelernt hast!" Er schnippte mit den Fingern und ließ dabei ein gemeines Lächeln sehen. Musik setzte ein … und dann begann die Frau mit einem burlesken Striptease. Die Temperatur im Saal schien um einige Grad zu steigen. Schweiß, Blut und Sex vermengten sich zu einer explosiven Mischung. Vivianne fühlte sich wie in einem Dschungel aus schwüler Leidenschaft und tödlicher Gefahr.

Sie ist gut. Das war jetzt Sebastians Stimme in ihrem Kopf.

Tatsächlich besaß die Tänzerin alle erforderlichen Kurven, um die meisten Männer zu bezaubern. Was hatte der Vampir dort oben mit ihr vor?

Die Antwort ließ nicht lange auf sich warten. Plötzlich hob Carl seine Hand, etwas Böses huschte auf die Bühne und umkreiste die Ahnungslose, bis sie kaum noch zu sehen war.

Vivianne kannte dieses Gespenst. Es war der *Hunger*, der sie alle zu willenlosen Kreaturen machen konnte.

Immer noch tanzte die junge Vampirin selbstvergessen zu der längst verstummten Musik, als auf ein Zeichen ihres neuen Herrn hin der grauenhafte Schatten hungrig über den rosigen Körper herfiel und ihm in Sekunden Hunderte winziger Wunden zufügte.

Der Duft ihres Blutes machte die Menge wild, er wehte auch zu Vivianne hinüber, und hätte Sebastian nicht ihre Handgelenke festgehalten, sie wäre nach vorn gestürzt, um das Werk des blutlüsternen Nachtmahrs zu vollenden. Das unmenschliche Fauchen um sie herum bewies, dass sie in ihrer tödlichen Lust nicht allein war. Und sie hätte schwören können, dass sie sah, wie Carl in der Energie, die um ihn herum zischelte, badete. Seine Macht wuchs, bis sie zum Greifen schien. Und genau da fiel ihm offenbar eine neue Folter ein. Er ließ die bleiche Schöne ins Publikum tragen, und jeder, der wollte, durfte einen Schluck ihres süßen Blutes kosten.

Schon beugte sich Vivianne vor, die Lider halb geschlossen und bereit für den köstlichen Happen, da wollte eine strenge

Stimme wissen: *Ist es dein freier Wille?* Sie trat zitternd zurück und sogleich verlor der Hunger seine Macht über sie. Gleich nach ihrer Transformation war Vivianne durch eine gnadenlose Schule gegangen, um die stets präsente Blutlust auch in schwierigen Situationen zu beherrschen. Ihre Lehrer hatten dafür gesorgt, dass sie nach diesem Training selbst in den verlockendsten Momenten noch die Kontrolle behielt. So nah an einem Versagen wie heute war sie seither niemals gewesen.

Unterdessen ließ Carl die junge Frau zurückbringen. Nackt stand sie vor ihm, schon so gut wie für das Diesseits verloren und vielleicht deshalb noch begehrenswerter als jemals zuvor. Die Bodyguards mussten die Menge zurückdrängen, damit sie nicht die Bühne stürmte. Der Schwarzmagier sorgte mit einer Handbewegung für Ruhe. Er warf seinen Umhang ab. Dann breitete er ihre Arme aus, bis sie wie ein Engel mit gebrochenen Flügeln dastand. Beinahe väterlich strich er über das lange Haar, hob es an und ließ sich ein weißes Gewand reichen, um ihre Blöße zu bedecken. Blutige Flecken zeichneten schnell eine bizarre Karte darauf, einige Vampire im Publikum stöhnten, Reißzähne glitzerten im fahlen Licht … sonst war nichts zu hören. Es schien, als warteten sie alle auf ihre Erlösung.

Carl hob das wehrlose Geschöpf auf eine Liebesschaukel, die sich lautlos von der Decke gesenkt hatte. Erschöpft lehnte sie sich zurück, während er ihre Beine spreizte, Schlaufen um ihre Knöchel schloss und ihre Arme mit ledernen Bändern über ihrem Kopf fixierte. „Sieh mich an!"

Sie gehorchte entrückt, und jeder Vampir im Saal konnte gleich darauf ihre wachsende Erregung schmecken.

„Meine Königin!" Carl öffnete seinen Hosenschlitz und vergewaltigte sie. Dabei ließ er den verzweifelten Gefangenen nicht eine Sekunde lang unbeobachtet.

Vivianne hatte das Gefühl, sich übergeben zu müssen, und

sie wusste: Hätte sie nicht wie die meisten anderen Zuschauer auch unter einem mächtigen Zauber gestanden, es wäre ihr vollkommen gleich gewesen, ob sie sich damit selbst gefährdet hätte oder nicht, sie wäre eingeschritten.

Als wenn Sebastian ihren Kampf gegen die lähmende Magie spüren konnte, wurde der Griff fester, mit dem er sie an sich gedrückt hielt. Ihr wurde klar, dass Carl dieses Spektakel in erster Linie inszenierte, um den vor Schmerz fast wahnsinnigen Vampir zu quälen. Dafür war ihm offenbar jedes Mittel recht. Sie fragte sich, was der Mann wohl getan hatte, um so grausam bestraft zu werden.

Das Mädchen bemerkte von alldem nichts und stöhnte stattdessen wollüstig, während die Menge sie anfeuerte. Ein treibender Beat brachte die Stimmung erneut zum Sieden. Carl bewegte sich immer schneller, packte mit langen Krallen ihre weißen Schenkel und gab plötzlich einen scharfen Befehl, der seine Gespielin aus ihrer Trance riss. Verwirrt öffnete sie die Augen, begriff im selben Augenblick, was mit ihr geschah, und begann zu schreien. Das Publikum jubelte, der Vergewaltiger stieß noch ein letztes Mal zu, und Vivianne glaubte zu hören, wie die Knochen der Bemitleidenswerten splitterten. Carl beugte sich über sein Opfer und trank, was noch an Blut geblieben war, und endlich versank die Szene in barmherziger Dunkelheit.

Sebastian klatschte ebenso begeistert wie die anderen Zuschauer. „Wunderbare Schauspieler. Sie wissen, was sie tun. Niemand ist zu Schaden gekommen!“, fügte er noch wie zu ihrer Beruhigung hinzu.

Nach diesem Wechselbad der Gefühle war Vivianne nicht sicher, ob ihre Beine sie überhaupt noch tragen würden. Aber Sebastian blieb an ihrer Seite, legte einen Arm um ihre Schultern und führte sie hinaus. Während hinter ihnen ein neues Spektakel auf der Bühne inszeniert wurde, kehrten sie gemeinsam in eine andere, lichtere Welt zurück, in der zahllose Kerzen in glitzernden Lüstern die Gäste mit ihrem warmen Schein umschmeichelten und Geplauder zu gedämpfter Musik von einem gelungenen Abend kündete.

Es tat so gut, nach all der Zeit endlich wieder die Aufmerksamkeit eines Mannes zu spüren. Ein Mann, der ihr das Gefühl gab, nur Augen für sie zu haben; der sie beschützt hatte, als sie schwach und verletzlich gewesen war. War das, was sie eben erlebt hatte, eine vollendete Illusion gewesen – oder etwa die wahre Welt der Vampire, vor der sie bisher stets ihre Augen verschlossen hatte? Vivianne spürte die Trauer des Raubtiers in ihrer Seele, das sich – wieder an die Kette gelegt – nach einem neuen Ausflug in diese bedenkenlose Freiheit sehnte. Doch sie wollte nichts mehr davon wissen. „Komm, lass uns tanzen!"

Wie erwartet führte Sebastian sie in vollendeter Eleganz über das Parkett, und Vivianne vergaß die beunruhigenden Erinnerungen und Gefühle zugunsten der Harmonie ihrer Körper. Morgan hatte gewiss auch irgendwann in seinem Dasein tanzen gelernt, aber ihn konnte sie sich beim besten Willen nicht vorstellen, wie er sich zu schmeichelnden Melodien im Kreis drehte. Sebastian aber war ein Gentleman, er machte amüsante Bemerkungen über andere Gäste und ließ dabei auch den Statthalter nicht aus. Schon bald glaubte sie, das grausame Spektakel nur geträumt zu haben. Man erkannte den erfahrenen Charmeur, der Jahrhunderte Zeit gehabt hatte, seine Manieren zu kultivieren. Sie störte das nicht. Dennoch blieb die Anspannung, das Bewusstsein, jede Sekunde aufmerksam sein zu müssen. Eine Anspannung, die sie in dieser Form in Morgans Gesellschaft bisher nicht ein einziges Mal gespürt hatte. Sie mochte sich mit dem unmöglichen Vampir streiten und seine ruppige Art verachten, aber bisher hatte sie sich in seiner Gegenwart immerhin jederzeit sicher gefühlt. Sebastians Geplauder bewies, wie sehr er sich seiner Herkunft bewusst war. Von Adel – keine Frage – und gewiss aus einer der besten Familien, erweckte er den Eindruck, man müsse sich geehrt fühlen, von ihm beachtet oder gar umworben zu werden. Morgan schien die Herkunft anderer gleichgültig zu sein. Immerhin war er mit einem Lichtelf befreundet, von etwas Ähnlichem hatte sie noch nie gehört. Ihr Wohlstand schien ihn überhaupt nicht zu beeindrucken. Und während ihre Brüder fanden, dass sie es nicht nötig habe, ihr eigenes Geld zu verdienen, störte ihn offenbar, dass sie nicht arbeitete. Dabei tat sie dies sehr wohl. Ihre Agentur war ihr wichtig, und sie gab sich große Mühe, nicht nur erfolgreich zu sein, sondern auch eine verantwortungsvolle Arbeitgeberin. Aber dies nahm er bequemerweise gar nicht erst zur Kenntnis, weil es nicht in sein Bild passte. Für ihn war sie allem Anschein nach nichts weiter als ein lästiges Küken, eine Novizin, der man aus Galanterie half, weil sie allein den Gefahren des dunklen Daseins nicht gewachsen zu sein schien. Dann erinnerte sie sich an seine abfälligen Bemerkungen über Dunkelelfen, und auf einmal war sie sich sicher: Morgan wäre nicht begeistert, wenn er ihr Geheimnis herausfände. Im Gegenteil, sie war ziemlich überzeugt, dass er sich von ihr abwenden würde. Überrascht begriff sie, dass er sich eher mit einer Bluthure, für die er sie hielt, abgab als mit einer Dunkelfee. Dieser Gedanke schmerzte sie völlig unerwartet. Vivianne wünschte, er würde sie nehmen, wie sie war.

„Woher kommt der finstere Blick?“, unterbrach Sebastian ihre Überlegungen und winkte einen Kellner herbei. Er nahm ein Glas vom Tablett und reichte es ihr. „Trink! Das wird dich aufheitern.“

Die Musik umschmeichelte ihre Sinne, und Sebastian zog sie an sich, um ihr belanglose Kleinigkeiten ins Ohr zu flüstern. Sie hörte eine Frau lachen und stellte fest, dass sie selbst es war. Gedankenverloren nahm sie einen Schluck aus ihrem Glas.

Es war Blut.

Ehe sie reagieren konnte, schoss eine Hand vor und entriss ihr das Glas. Einige Tropfen landeten auf ihrem Kleid. Vivianne, abrupt aus ihrem schmeichelnden Kokon herausgerissen, fuhr herum: „Sieh, was du angerichtet hast!"

„Ist es so schwer, nur *ein*mal zu tun, was ich dir sage?" Morgans Stimme klang vor unterdrückter Wut ganz dunkel.

„Wie es aussieht, kommst du zu spät. Diese junge Dame möchte den Abend schon mit mir verbringen." Sebastians britischer Akzent war auf einmal unüberhörbar.

„Du!" Die beiden Vampire standen so dicht voreinander, dass sich ihre Nasenspitzen berührt hätten, wäre einer von ihnen noch eine halbe Fußlänge weiter vorgetreten. Man drehte sich bereits nach ihnen um. Gewalt lag in der Luft.

„Jungs, wenn ihr euch schlagen möchtet, dann tut das doch bitte draußen. Es ist sportlicher und die Möbel bleiben auch unversehrt." Diese näselnde Upperclass-Nummer hatte nicht nur Sebastian drauf, der ihr auch prompt für ein paar Sekunden seine Aufmerksamkeit gönnte. *Fein.* So rasch, wie neuerdings jeder zu glauben schien, war sie aber nicht in eine Schublade zu stecken. Zufrieden mit sich sah sie die beiden an. Raubtiere mochten die beiden Vampire im täglichen Leben sein, jetzt aber waren sie Bestien. Lange Reißzähne glitzerten im Kerzenlicht und das tiefe Grollen aus ihren Kehlen besaß nichts Menschliches mehr. Irgendwer, sie selbst war es ganz gewiss nicht, hatte die Geistesgegenwart besessen, diese peinliche Szene vor den Augen der Sterblichen zu verbergen. Nur einige Vampire warteten neugierig auf den Ausgang der Konfrontation. Sich in der vampirischen Gesellschaft bedeckt zu halten, das sah gewiss anders aus, und Vivianne wurde allmählich ebenfalls wütend. Und ihre Wut erzeugte die notwendige Energie, ihre magischen Kräfte zu fokussieren. Federleicht landete ihre Hand auf Morgans Arm. „Viens, mon vieux! Ich fürchte, meine Migräne raubt mir den Verstand.“ Es sprach für seine Selbstbeherrschung, dass er sie nicht sofort anfiel. *Sieh mich doch an, du Idiot! Merkst du nicht, dass wir eine prächtige Posse zum Besten geben?* Morgan wandte tatsächlich seinen Kopf in ihre Richtung, und in diesem Augenblick legte sie alle Magie, die sich in dieser kurzen Zeit heraufbeschwören ließ, in ihren Blick. *Komm zu mir!* Vielleicht war sie selbst am meisten überrascht, als er ohne zu blinzeln ihrem Befehl folgte. Geschmeidig hakte sie sich bei ihm unter, damit er ihr nicht doch noch entwischen konnte, und verließ mit schwingenden Hüften und einem willenlosen Vampir am Arm den Ballsaal.

Am Ausgang angekommen sah sich Vivianne noch einmal über die Schulter nach ihm um. Ihre Blicke trafen sich. Und jetzt wusste sie auch, wo sie Sebastian zum ersten Mal gesehen hatte. Er war der Unbekannte im Bains Douches gewesen.

Sebastian sah ihnen über die Köpfe der Tanzenden nach. Die Aufgabe, die ihn nach Europa geführt hatte, nahm eine interessante Wendung. Er hatte nicht erwartet, Morgan auf einem Fest des hiesigen Statthalters zu treffen, zumal in solch reizender Begleitung. Er beschloss zu beobachten, was es mit der Verbindung zwischen den beiden auf sich hatte.

8

In ihrem Apartment angekommen, warf sich Morgan auf das elegante Sofa. Seine Begleiterin zog die Schuhe aus und ließ sie achtlos fallen.

Moment mal – achtlos? Aha. Sie hob die teuren Gebilde aus Riemchen, messerscharfen Stilettos und einer hauchdünnen Sohle auf und ging ins Schlafzimmer. Zweifellos in der Absicht, sie zwischen zartem Papier in ihren Karton zu betten. Erstaunlich für eine Luxusgöre, die zu Hause gewiss Personal hatte, das sich um solche Dinge kümmerte.

Morgan konnte sich nicht helfen, er fand es süß, wie sie auch ohne ihre hohen Absätze immer noch auf Zehenspitzen ging und ihn trotzdem an ein Entchen erinnerte, das zum Teich watschelte. Am liebsten wäre er ihr ins Schlafzimmer gefolgt. Aber für erotische Abenteuer hatten sie dummerweise überhaupt keine Zeit, denn dem Dieb ging es gar nicht gut. Er hing in der Remise des Herrenhauses, da half auch kein Blutkristall – sein Bewacher war absolut unempfänglich für dessen Schutzmagie.

Trotzdem konnte Morgan seinen Blick nicht von Vivianne wenden, während sie zurückkam und ihn dabei nicht einmal ansah, als sei es selbstverständlich, einen dreihundert Jahre alten Vampir mühelos in ihrem Bann zu halten. *Arrogantes Luder!* Aber so gefiel sie ihm. Sehr sogar, und er wollte gar nicht wissen, wie sein Freund Professor Freud dies kommentiert hätte. Vivianne ging zum Kühlschrank. Inzwischen hatte sie wieder zu ihrer üblichen Haltung zurückgefunden, als wäre sie von Jugend an daran gewöhnt, eine wichtige Rolle zu spielen. Er beobachtete, wie sie trank: direkt aus der Flasche. Ein Blutstropfen blieb an ihren Lippen hängen. Für das Privileg, der Einzige zu sein, der dieses glitzernde Nass fortküssen durfte, hätte er ohne zu zögern getötet. *Träum weiter!*, ermahnte er sich jetzt. Die Circe fuhr sich mit der Zungenspitze über den Mund ... er keuchte.

„Oh, du bist ja wach!", sie drehte sich langsam um, ihre Nasenflügel bebten. „Sehr wach", gurrte sie und kam auf ihn zu.

Gott, was habe ich getan, um dieser Folter ausgesetzt zu werden? Gewiss mehr als der Dieb, der vielleicht gerade eben sein Leben aushauchte. Hoffentlich ohne den Verbleib des Blutkristalls preisgegeben zu haben. Morgan sprang auf. Das Juwel durfte nicht verloren gehen.

Ich habe ihn gefunden!

Sie riss die Augen auf und sah sich orientierungslos um. „Wen hast du gefunden? Den Heiligen Gral?" Sie lachte und kam noch näher.

Nein, den Dieb. Mit einem Blick unter die Zimmerdecke, wo die kleine Kamera versteckt war, versuchte er sie daran zu erinnern, dass sie überwacht wurden.

„Ach so, natürlich! Welchen Dieb ...?"

„Was, zum Teufel, ist mit dir los?" Morgan kannte die Antwort. Ihr Blick wirkte nicht besonders fokussiert, außer vielleicht auf seine plötzlich unangenehm enge Jeans, und er machte einige Schritte zurück, wobei er sich inständig wünschte, dass sie diesen verführerischen Hüftschwung nicht so vollendet beherrschen möge, mit dem sie ihm folgte. Vivianne war offenbar von dem Blutcocktail betört, den man bei den hiesigen Festen gerne ausschenkte, um sich auf Kosten unerfahrener Vampire zu amüsieren. Sebastian, der verhasste Name blieb ihm fast im Hals stecken, Sebastian gehörte genau zu der Sorte von Dunkelelfen, die ihre Freude an manipulativen Spielchen dieser Art hatten.

„Vivianne!" *Hast du mich nicht verstanden? Ich weiß, wo der Dieb steckt. Wir müssen ihn da rausholen, bevor jemand herausfindet, welche Art von Edelstein er tatsächlich anzubieten hat.*

Sie drehte sich auf dem Absatz um und verschwand im Schlafzimmer. Morgan sah ihr verständnislos nach. *Sie konnte doch jetzt nicht* … Erotische Visionen tauchten ungefragt vor ihm auf. Und in jeder einzelnen war sie die Hauptdarstellerin.

Also los! Laut sagte Vivianne: „Wolltest du mir nicht den See zeigen?" Dabei zwinkerte sie ihm unauffällig zu.

Morgan gefiel, wie der dünne Stoff ihres T-Shirts die Kurven betonte und einen Streifen Haut zeigte. *Sie ist eine Gefahr für jeden Mann. Eigentlich müssten mich ihre Paten fürstlich dafür entlohnen, dass ich ihre Aufgaben übernehme!* Aber es kam ihm gar nicht in den Sinn, Vivianne zu hintergehen und ihren Beschützern zu verraten, wo sie sich zurzeit befand – und vor allem warum sie in seiner Obhut war.

Zum Glück zeigte sie keinerlei Anzeichen mehr für eine Vergiftung. Offenbar war es ihm gelungen, sie rechtzeitig am Trinken von mehr als nur ein paar Tropfen des Drinks zu hindern, der zweifellos mit Aphrodisiaka oder noch schlimmeren Giften versetzt war.

Sie griff nach ihrem Mantel. Woher sie den hatte, war ihm schleierhaft. Ein solches Kleidungsstück passte eher zu einer Großstadtkriegerin als zu dem verwöhnten Weibchen, das er in Paris kennengelernt hatte.

Obwohl Vampiren kühles Wetter nichts ausmachte, war es ihnen zur Gewohnheit geworden, sich der Jahreszeit entsprechend anzuziehen, um in der menschlichen Gesellschaft nicht aufzufallen. Sie musste seine Abwesenheit genutzt haben, um alle Kleidung, die er in Paris für sie eingepackt hatte, gegen etwas anderes umzutauschen. So viel Kreativität hatte er ihr gar nicht zugetraut – und ebenso wenig die Fähigkeit, sich nicht nur im Kleidungsstil ihrer neuen Umgebung anzupassen. Die kleine Hexe hatte mehr Ressourcen, als er anfangs angenommen hatte, und er würde gut aufpassen müssen, damit sie ihn nicht wie einen willigen Tanzbären an der Nase herumführte. Morgan versuchte ein Lächeln zu verbergen. Niemals hatte er gedacht, dass ihm die Jagd nach dem Blutkristall dermaßen viel Spaß machen würde – und diesen Wildfang würde er auch noch zähmen.

Gerade hatten sie die Terrassentür hinter sich zugezogen, da ertönte der Vibrationsalarm seines Handys. „Nicht jetzt!" Morgan ließ einen herzhaften Fluch hören, der ihr gewiss die Schamröte ins Gesicht getrieben hätte, wenn sie auch nur ein Wort davon verstanden hätte. Er zog den elektronischen Störenfried hervor und warf einen Blick auf das Display.

„Ist etwas geschehen?"

Ihre Stimme hörte er nur durch einen Schleier.

„Bitte …", er sah ihr in die Augen, „bitte bleib im Apartment. Ich bin so schnell wie möglich zurück!" Ehe sie fragen konnte, was eigentlich geschehen war, verschmolz seine Gestalt mit den Schatten. „Morgan?", hörte er ihre Stimme aus der Dunkelheit. Sie klang unsicher, und er wäre am liebsten sofort wieder umgekehrt. Hoffentlich tat sie, worum er sie gebeten hatte. Widerstrebend schüttelte er seine Sorge um Vivianne ab und trat in die Zwischenwelt ein. *Jeder Vampir besitzt besondere Fähigkeiten*, hatte sein Lehrmeister und einstiger Freund erklärt, als er erschrocken berichtet hatte, wie leicht es ihm nach wenigen Versuchen gefallen war, durch diese Dimension zu reisen. Morgan wollte sich nicht beklagen, denn dieses Talent war durchaus eine praktische Sache, zumal es ihm niemand zutraute. Auch Ednas Kerkermeister hatte den Fehler gemacht, ihn zu unterschätzen, und dies beinahe mit seinem ewigen Leben bezahlt. Mit einem grimmigen Lächeln materialisierte er sich in den Tiefen des Fabrikgebäudes, das er sich mit Bedacht als Wohnsitz ausgesucht und zu einer Bastion ausgebaut hatte. Binnen Sekunden erkannte er, dass Ednas Kräfte größer waren als gedacht.

Sie ist nicht mehr die Frau, die du früher einmal gekannt hast. Morgans Freund hatte ihn immer wieder eindringlich gewarnt, doch seine Treue war größer gewesen als seine Vernunft. Als er nach fast drei Jahrhunderten durch Zufall herausgefunden hatte, dass sie an jenem schrecklichen Abend in London nicht gestorben war, hatte Morgan alles daran gesetzt, Edna zu befreien. Eines Tages würde er ein Heilmittel finden, das ihm die heitere unbeschwerte Gefährtin seiner Jugend zurückgab, so hatte er vollmundig geschworen und sich schließlich sogar darüber mit Sebastian überworfen. Der Freund war daraufhin nach New York gegangen, Morgan nach Berlin. Und heute hatten sie sich das erste Mal nach ihrem Zerwürfnis wiedergesehen. Wie es aussah, war die Kluft zwischen ihnen unüberbrückbarer denn je. Sebastian machte den Eindruck, als täte er nichts lieber, als Morgan auf der Stelle zu töten. Warum sein ehemaliger Freund allerdings einen solchen Hass empfand, blieb für ihn rätselhaft. Vielleicht war es Eifersucht, und er hatte dessen Gefühle all die Jahre falsch eingeschätzt. Es gab Zeiten, da waren sie einander sogar Liebhaber gewesen, doch beide fühlten sich stärker zu Frauen hingezogen als zu ihrem eigenen Geschlecht. Und so hatten sie im Laufe der Zeit auch manch eine Sterbliche gemeinsam verführt. Durch die Jahrzehnte war die erotische Seite ihrer Freundschaft jedoch allmählich verblasst. Dennoch gab es selten Streit zwischen ihnen, und eine tiefe Freundschaft verband die beiden Vampire bis zu jenem Tag, als Morgan erfuhr, dass Edna noch am Leben war.

Sebastians Warnungen zum Trotz hatte er sie befreit und anfangs lief es auch gut mit ihr. Sie war zwar unselbstständig und auf Morgans Hilfe angewiesen, machte aber schnell Fortschritte und zeigte normale Reaktionen. Und dann auf einmal, fast so, als hätte man einen Schalter umgelegt, wurde alles komplizierter. Es gab Fluchtversuche, hysterische Anfälle und sogar Attacken gegen Morgan. Danach folgten wieder ruhigere Phasen, und er schöpfte erneut Hoffnung, dass sie sich von ihrer jahrhundertelangen Gefangenschaft erholen möge. Aber da waren dann immer wieder neue Rückschläge erfolgt.

In letzter Zeit war sie besonders aktiv gewesen, fast so als wolle sie das Schicksal herausfordern, ihrem Martyrium ein Ende zu setzen. Anfangs, also kurz nach ihrer Befreiung, war Edna höchstens alle vier Wochen, meist um Neumond herum, erwacht und Morgan hatte jedes Mal bereitgestanden, um ihr Blut einzuflößen. Ganze Nächte hatte er dagesessen und sie in seinen Armen gehalten, bis die schlimmsten Anfälle vorüber waren. Sie besaß den Körper eines zarten Vögelchens, aber die Kraft einer Tigerin, und diese Nächte erschöpften ihn zunehmend. Ihr komagleicher Schlaf endete inzwischen immer früher, und irgendwann war dann das Unvermeidliche geschehen. Genau so, wie er es die ganze Zeit über insgeheim schon befürchtet hatte. Morgan kam eines Abends zu spät und sie war verschwunden. Schnell hatte er ihre Fährte aufgenommen – und was er dann entdeckt hatte, übertraf selbst die Vorstellungskraft eines erfahrenen Vampirs wie Morgan, der die Grausamkeiten von drei Jahrhunderten miterlebt hatte. Edna war in eine Wohnung nur wenige Straßen weiter eingedrungen, wo sie ein Blutbad angerichtet hatte. Zwei kräftige Männer lagen schon tot am Boden, als er sie gerade noch von einer Schwangeren fortreißen konnte. Mit weit aufgerissenen Augen hatte die Bedauernswerte auf die Teufelin starrte, die sich anschickte, ihr den Leib aufzureißen, um das ungeborene Leben, das darin reifte, zu vernichten.

Nach diesem Zwischenfall begann er zu begreifen, warum Ednas Kerkermeister sie so tief unter der Erde, hinter armdicken Gittern gefangen gehalten hatte.

Sein Zuhause glich bald danach ebenfalls einer magischen Festung, doch als er in dieser Minute aus der Zwischenwelt in sein Loft trat, konnte er kaum glauben, was sich vor seinen Augen abspielte. Edna saß in einer frischen Blutlache und hielt ein kleines Bündel fest umschlungen. Als er näherkam, sah sie auf und lächelte ihn verträumt an. „Mein Püppchen", flüsterte sie.

Morgan hatte nie zu den Vampiren gehört, die aus Freude mordeten, und Kinder waren für ihn immer tabu gewesen. Vielleicht weil er es oft bedauert hatte, keinen Sohn oder keine Tochter hatte aufwachsen sehen zu dürfen. Er hätte ihnen eine glücklichere Kindheit geschenkt, auch in den harten Zeiten, die während seiner Jugend für seinesgleichen geherrscht hatten – und heute ohnehin. Für das Baby in Ednas Armen gab es keine Hoffnung mehr. Aber von ihm konnte das viele Blut nicht stammen, das in die Bodendielen einsickerte. Argwöhnisch blickte er nach oben – und da hing sie.

Er betete längst nicht mehr. Aber jetzt flehte er die Götter an, dass die Mutter schon tot gewesen war und nicht hatte erleben müssen, wie Edna ihr Kind aussaugte. Morgan wandte den Blick ab und bemühte sich, nichts von seinen Gefühlen erkennen zu lassen.

Doch die Vampirin spürte, dass er nicht glücklich mit ihr war. Sie legte das Kind beiseite, als bette sie es zur Nacht, und sprang dann plötzlich mit ausgefahrenen Krallen auf Morgan zu. „Alles ist deine Schuld", kreischte sie. Er konnte sich ihres Angriffs kaum erwehren. Immer wieder kam Edna auf ihn zu und versuchte ihn zu verletzen. Schließlich bekam er sie an ihrem dicken Zopf zu fassen und schleifte die wild um sich Schlagende durch seine Wohnung, zurück in ihr verborgenes Verlies. Dort erlahmte Ednas Kampflust so plötzlich, wie sie gekommen war. Er nahm sie auf den Arm, strich eine feuchte Strähne aus ihrem Gesicht und legte sie behutsam in ihren steinernen Sarkophag zurück. Sie lächelte ihn an und schloss die Augen. „Geliebter!" Sekunden später war alles Leben aus ihr gewichen, und selbst für einen Vampir wirkte sie erstaunlich still. So still, dass ein anderer sie für tot gehalten hätten.

Aus Erfahrung wusste er, dass Edna nach einer solchen Nacht wenigstens ein paar Tage ruhen würde. Hoffentlich. Womöglich war es auch ein Fehler gewesen, Vivianne unter diesen Umständen hier übernachten zu lassen, doch er hatte ja keine andere Wahl gehabt. Vielleicht, wenn er geahnt hätte, dass sie mit Cyron bekannt war. Ein schöner Freund, dieser Elf, der ihm nicht einmal erzählt hatte, dass er seit Jahren auch einen Unterschlupf in Berlin besaß.

Morgan begann aufzuräumen. Später würde er die Purgatoren des Rats holen müssen, damit diese die letzten Spuren des Massakers entfernten. Das wahre Ausmaß seiner häuslichen Katastrophe brauchte er ihnen nicht unbedingt vorzuführen. Die Chefin der europäischen Niederlassung hatte ohnehin einen scharfen Blick, und es würde bestimmt nicht mehr lange dauern, bis sie sich nicht länger von seinem Charme einwickeln ließ, sondern eine Erklärung verlangte. Es wurde also Zeit, dass er etwas unternahm.

Vivianne war versucht, Morgans Bitte nachzugeben und in den komfortablen Gästebungalow zurückzukehren. Doch es gab wichtige Dinge zu tun. Sie prüfte ihre Umgebung mit allen Sinnen, die sich jetzt klarer anfühlten als ein eisiger Gebirgsbach. Am Seeufer promenierten Gäste. Morgan und sie waren offenbar keineswegs die Einzigen, die es nicht länger im Ballsaal gehalten hatte. Den Paaren folgten in angemessenem Abstand jeweils Sicherheitsmitarbeiter. Noch mehr Security war im Park postiert, seltsamerweise konnte sie darunter aber keine Vampire spüren. *Vielleicht werden die alle im Herrenhaus benötigt.* Vivianne maskierte ihre Gegenwart auf die gleiche Weise, wie sie es von ihren Brüdern gelernt hatte. *Von wegen Anfängerin!*, dachte sie und schlich lautlos zum Wirtschaftstrakt der Villa, der gut versteckt hinter hohen Büschen lag. Und auf einmal erschien vor ihr, was sie ganz kurz in Morgans Erinnerung hatte aufblitzen sehen, bevor er diese wieder komplett vor ihr verborgen hatte: ein eingeschossiger Ziegelbau, der früher vielleicht einmal ein Pferdestall gewesen war. Sie prüfte mit ihrer empfindlichen Nase die Luft. Ja, der Duft der ehemaligen Bewohner war unverkennbar, aber jetzt beherbergte das lang gestreckte Gebäude nur einen Gast und bei diesem handelte es sich nicht um einen Vierbeiner. Irgendwo hier saß der Dieb. Vermutlich gut gesichert, aber weil er *nur* ein Sterblicher zu sein schien, standen die Chancen nicht schlecht, dass man ihn mit keinem besonderen Aufwand bewachte. Sie wusste, dass es klüger wäre auf Morgans Rückkehr zu warten. Er war schließlich der Detektiv, und sie hatte nicht die geringste Ahnung, was sie tatsächlich in dem alten Stallgebäude erwartete. Aber sie fühlte sich stark und mehr denn je wie eine Vampirin, die endlich ihr eigenes Schicksal in die Hand nehmen sollte – und dies auch konnte. Immerhin hatte der Kerl dort drinnen es gewagt, ihren Rubin zu stehlen. *Das tut niemand ungestraft mit einer Causantín!* Ihre Reißzähne glitten ein Stück hervor. *Noch nicht!*, beruhigte sie die wütenden Stimmen in ihrer Seele, die sein Blut forderten. *Erst brauche ich den Kristall zurück, dann werden wir uns etwas ganz Besonderes für ihn ausdenken*, versprach sie. Vivianne legte ihr Ohr an die raue Ziegelwand. Im Inneren hörte sie den Herzschlag von zwei Lebewesen. Das leichte Kribbeln unter ihrer Haut reichte als Warnung. Jemand näherte sich dem Gebäude. Lautlos glitt sie tiefer in die Dunkelheit und versuchte ihre Präsenz zu verschleiern, bis hoffentlich niemand mehr etwas davon bemerken würde. Dann wartete sie ab. Die Vorahnung hatte sie nicht getäuscht. Schritte kündigten den Besucher an, und kurz darauf tauchte im Kegel der Hoflaterne ein Mann auf. Er machte sich offenbar keine Gedanken darüber, ob ihn jemand hören konnte.

Vivianne hatte bereits an seiner Art sich zu bewegen den Vampir erkannt. Die Aura, die ihn umgab, war unverwechselbar. Besonders erfahren konnte er nicht sein, sonst hätte er seine wahre Natur sicherlich besser verborgen, doch für einen menschlichen Gefangenen mochte sein Talent ausreichen. Sie beobachtete aus ihrem Versteck heraus, wie er eine alte Holztür öffnete und dahinter verschwand.

„Du kannst eine Pause machen", sagte jemand mit osteuropäischem Akzent. Das musste der Vampir sein. Ein Mann mittleren Alters erschien in ihrem Blickfeld – und gleich darauf hörte sie, wie seine Schritte eilig in der Ferne verhallten. Offenbar war er nicht besonders scharf darauf, sich mit dem Neuankömmling unter einem Dach zu befinden. Möglicherweise eine kluge Entscheidung.

„Hast du es dir inzwischen überlegt?" Die Worte klangen weit harmloser als der Ton, in dem sie gesprochen wurden.

Vivianne stellte sich auf Zehenspitzen, ein Weißdornzweig kratzte über ihren Arm, aber sie ignorierte den kurzen Schmerz, da sie durch die trüben Scheiben eines kleinen Fensters sehen konnte, mit wem er sprach. Ein Mann war an die Wand gekettet. Eisenbänder hielten seine Gelenke, die wirkten, als habe man sie aus irgendeinem mittelalterlichen Verlies mitgehen lassen. Dafür glänzten sie bei genauerem Hinsehen allerdings eine Spur zu sehr. Wahrscheinlich war er nicht der Erste, den man hier gefangen hielt. Er stand aufrecht, das dunkle Haar fiel ihm in die Stirn, auf der eine frische Verletzung zu sehen war.

Das getrocknete Blut vermochte Vivianne auf ihrem verborgenen Beobachtungsposten glücklicherweise nicht besonders gut zu riechen. Sie konnte jetzt keine Ablenkung gebrauchen.

Der Gefangene bemühte sich, dem Blick des Vampirs auszuweichen, der nun dicht vor ihm stand. *Ich hätte diesem aalglatten Kerl niemals vertrauen dürfen.* Seine Gedanken kamen klar und deutlich bei ihr an, und sie hätte sich vor Schreck beinahe verraten. Falls er Carl meinte, konnte sie ihm nur beipflichten. Vom schnellen Erfolg beflügelt versuchte Vivianne mehr zu erfahren, doch da stieß sie gegen eine Mauer des Schweigens. Merkwürdig. Es gab nur wenige Sterbliche, die ihre Gedanken so gut zu verbergen wussten wie dieser hier. Sie machte einen neuen Versuch, schlich sich gewissermaßen durch die Hintertür hinein und wurde endlich fündig. Einiges erschien so klar, als habe er es laut ausgesprochen: Er war der unbekannte Einbrecher. Dies hatte ihr aber schon sein Geruch verraten, den sie sofort wiedererkannt hatte. Nun erfuhr sie auch seinen Namen. Salai Caprotti lebte seit längerer Zeit in Berlin, stammte allerdings aus einem Stadtteil im Norden Londons. Er liebte Apfelkompott und das Hinterteil seiner Freundin, das den Früchten im unverarbeiteten Zustand glich. Sie war gerade auf Reisen und fehlte ihm. Dies alles war weit mehr, als Vivianne wissen wollte – und weniger, als sie wissen musste. Die wichtigste Information aber, nämlich wo er ihren Rubin verborgen hielt, gab er nicht preis, so sehr sie sich auch bemühte. Dabei hätte sie fast schwören können, dass sich der Stein irgendwo in der Nähe befand. Hatte man ihm das Juwel bereits abgenommen?

Womöglich wäre Morgan an ihrer Stelle erfolgreicher gewesen. Sie erinnerte sich daran, wie problemlos er den ebenfalls sehr verschlossenen Rezeptionisten in Paris gelesen hatte. Aber natürlich gab es für ihn Wichtigeres als ihre Probleme, und so war sie eben auf sich allein gestellt. Ihr mochte seine langjährige Erfahrung ja vielleicht fehlen, was sie aber erkannte, war, dass dieser Salai eine Stärke besaß, die weit über das hinausging, was man von einem Sterblichen erwarten durfte. Und dies konnte nur eines bedeuten: Die Magie des Blutkristalls schützte ihn. Diesem verdammten Ding schien tatsächlich ein eigener Wille innezuwohnen. Dies war im Übrigen auch eines der zahlreichen Argumente gewesen, die ihr Bruder Kieran hervorgebracht hatten, als es darum ging, ob man ihr den Kristall anvertrauen sollte. Inzwischen bewahrte sie ihn nun schon seit mehr als zwanzig Jahren auf – und es hatte niemals Probleme gegeben. Für Vivianne war dies ein eindeutiger Beweis, dass er zu ihr gehörte.

Der Vampir trat ganz dicht an den Gefangenen heran. Sie wagte einen kurzen Blick in seine Gedankenwelt und hätte beinahe ein erleichtertes Seufzen von sich gegeben. Carl hatte bisher nicht herausfinden können, was es denn eigentlich war, das der Dieb verborgen hielt. Seine Verhaftung stellte sich als ein zufälliges Missgeschick heraus. Salai war hier nicht unbekannt, und als ihn Wachleute dabei erwischten, wie er durch den Garten des Statthalters spazierte, hatten sie angenommen, der Dieb sei gekommen, um Hehlerware anzubieten. Sie waren schon dabei gewesen, ihn wegen der geplanten Party wieder fortzuschicken, als ihr Chef aufgetaucht war. Es war Salais eigentümliche Aura gewesen, die Carl veranlasst hatte, den Dieb gefangen zu setzen. Heute mochte er zu beschäftigt sein, um sich um seinen Gast zu kümmern. Doch das, so hatte er angedroht, würde er nachholen.

Von dem Vampir, der seine Gedanken kaum verschleiert hatte, erfuhr sie weitere nützliche Details. Es war nicht unüblich, dass Carl Geschäfte auf eigene Rechnung abwickelte. Häufig nahm er dabei mit einem Foto der Ware vorlieb, verhandelte die Preise und beauftragte seine Leute, sie später an einem sicheren Ort zu übernehmen. Darin lag kein Risiko, denn niemand betrog einen so mächtigen Mann, wie es der einflussreichste Mitarbeiter des Statthalters nun einmal war. Und sollte es doch einmal jemand versuchen, dann tat er dies gewiss kein zweites

Mal. Mit seinem überheblichen Auftreten hatte er zwar viele gegen sich aufgebracht, aber bisher wagte niemand den offenen Aufstand.

Vivianne erinnerte sich an den gefolterten Vampir, dessen Freundin Carl vor seinen Augen geschändet hatte. Wenn dies seine Art war, Aufsässige mundtot zu machen, dann wunderte es sie nicht, dass sich ein jeder, den sie bisher beobachten konnte, ihm gegenüber ungewöhnlich höflich und respektvoll verhielt.

Darüber hinaus fand sie auch eine gehörige Portion Ärger. Der Vampir hatte gute Lust, den Grund seines Hierseins notfalls aus diesem lächerlichen Sterblichen herauszusaugen. Sein Chef, das hoffte er zumindest, würde ihn dann nicht mehr so schlecht behandeln.

Du darfst das nicht zulassen!

Vivianne zuckte zusammen. Doch obwohl sie sich prüfend umsah, konnte sie niemanden sehen. In der Ferne hörte sie den Ruf eines Raben. *Nabrah, bist du das?* Keine Antwort. *Wie stellst du dir das vor? Soll ich etwa einfach hineingehen, den Vampir niederschlagen und mit dem Dieb verschwinden?*

Wieder krächzte ein Vogel, dieses Mal schien er in den Bäumen über ihr zu sitzen. Und plötzlich wurde ihr klar, dass dies die Chance war, auf die sie lange gewartet hatte. Nämlich zu beweisen, dass sie kein Püppchen war, das von mächtigen Vengadoren beschützt werden musste und das bei jeder Schwierigkeit zu ihren Brüdern rannte. Vivianne machte einen Plan und erhob sich lautlos, um ihn in die Realität umzusetzen.

„Hey!“ Sie schwankte über das holprige Pflaster vor dem Stalltor. „Kann mir mal jemand sagen …“

Der Vampir war bei ihr, bevor sie den Satz beendet hatte. „Was hast du hier verloren?“ Seine Stimme klang scharf, und sie musste ihn gar nicht erst ansehen, um zu wissen, dass seine Reißzähne gut sichtbar wären, sobald er den Mund öffnete.

Kichernd machte sie einen Schritt auf ihn zu. „Hallo, mein schöner Ritter. Du kommst mir ja wie gerufen." Dabei ließ sie sich gegen ihn fallen und legte einen Arm um seinen Hals, bevor er sich gegen sie wehren konnte. „Du bist so stark!", nuschelte sie und hoffte dabei, dass ihre Vorstellung von einer jungen Vampirin auf einem Blut-High überzeugend genug war. Das Spiel fiel ihr nicht schwer, denn schon nach einem Schluck des Blutes, das ihr Sebastian vorhin angeboten hatte, hatte sie die magische Wirkung des Cocktails gespürt und in Morgans Nähe beinahe die Selbstbeherrschung verloren. Sie hatte sich früher selbst gelegentlich solche Drinks gemixt, bis zu dem Tag, da sie im Überschwang einen sterblichen Liebhaber fast getötet hätte. Das erfolgreiche Model sollte sich niemals wieder von dieser Nacht mit seiner Chefin erholen und war fortan für die Welt verloren. Kieran hatte einen Wutanfall bekommen, wie sie ihn zuvor noch nie erlebt hatte. Im Anschluss an diesen peinlichen Zwischenfall, der kurz nach der Sache mit dem herzkranken Liebhaber passiert war, musste er sie mit dem Bann belegt haben, der jeden Mann, ob sterblich oder nicht, in die Flucht schlug, sobald sie sich für ihn zu interessieren begann. Jedenfalls nahm sie dies an. Aber auch ohne diese überzogene Bestrafung hätte sie das Zeug niemals wieder angerührt. Wenn Vivianne eines hasste, dann war es, fremdbestimmt zu werden. Und diese Drogen hatten ihr die Kontrolle über ihre Freiheit weit mehr geraubt als ihre dominante Familie.

Doch jetzt war sie ganz wach und musste sich auf ihre Aufgabe konzentrieren. Sie lehnte sich an den Vampir, der freundlicher aussah, als er sich bisher gegeben hatte. Ihr Atem beschleunigte sich, und als er nicht sofort darauf reagierte, unterstrich sie ihr Anliegen mit ein paar eindeutigen Hüftbewegungen. Dieser Ganzkörpereinsatz verfehlte seine Wirkung nicht.

„Komm her, Mädchen!“ Sein Arm glitt um ihre Taille. Dann versuchte er, sie an die Hauswand zu pressen und zu küssen.

Vivianne öffnete die Lippen, ihre Augenlider flatterten. Ihre Erregung war jetzt nicht mehr gespielt. Sie schenkte dem Vampir ein Lächeln und stieß zu. Er sackte lautlos zusammen. Erleichtert stieg sie über den dunklen Haufen zu ihren Füßen und zog den kleinen Dolch aus der Wunde, die sich sofort wieder zu schließen begann. Dennoch blieb ihr Opfer bewegungslos liegen. Kieran hatte nicht zu viel versprochen, als er ihr die Wirkung dieser unscheinbaren Waffe erklärt und sie gebeten hatte, niemals ohne sie aus dem Haus zu gehen.

Der betäubende Effekt hielt jedoch nicht lange vor, also musste sie sich beeilen. Vivianne zerrte ihr Opfer ins Gebüsch, lief flink in das Stallgebäude und sah dem Einbrecher tief in die Augen. Eigentlich hätte er ihrer Suggestion gehorchen und sofort einschlafen sollen. Stattdessen verfolgte er jede ihrer Bewegungen mit großem Interesse.

Also gut. „Hallo! Hier kommt dein freundlicher Rettungsdienst. Dankschreiben können später noch verfasst werden.“ Sie erwartete keine Antwort und wurde nicht enttäuscht. Die eisernen Fesseln stellten nur ein unbedeutendes Problem dar, Vivianne hatte sie schnell geknackt. „Komm!“ Sie hielt Salai am Arm und wollte ihn hinter sich herziehen, aber er zeigte eine bemerkenswerte Stärke und widersetzte sich. Wütend drehte sie sich um. „Der Typ da draußen wird nicht ewig schlafen, und wenn er aufwacht und uns beide hier entdeckt, dann sind wir Schaschlik!“

„Warum hilfst du mir?“

Weil sie ihm den Grund dafür schlecht sagen konnte, zog sie noch einmal an seinem Arm, aber er bewegte sich nicht vom Fleck. „Komm schon!“ Warum wollte sich der verdammte Kerl nicht retten lassen und stattdessen lieber diskutieren? Draußen glaubte sie ein Geräusch zu hören, der Vampir kam wieder zu sich. Jetzt war Eile geboten. Kurzerhand warf sie Salai über die Schulter, wo er wie ein Kartoffelsack hing und glücklicherweise auch den Mund hielt. Sie rannte hinaus, über den Vorplatz und dann den Weg entlang zu ihrem Bungalow. Dummerweise hatte sie sich vor ihrer spontanen Aktion nicht genau überlegt, was nach der Gefangenenbefreiung geschehen sollte, aber eine Flucht durch die gut bewachten Tore des Anwesens war ausgeschlossen und in ihrem Apartment konnte sie erst einmal in Ruhe zu Ende überlegen.

Nur ein kaum hörbares Pfeifen kündigte die Attacke des Vampirs an. Salai flog unter dem Aufprall in ein Gebüsch und hatte genug Verstand, um dort reglos liegen zu bleiben. Vielleicht war er ja auch wirklich ohnmächtig. Vivianne blieb jedoch keine Zeit, darüber zu spekulieren. Lange Krallen bohrten sich in ihre Schulter. Sie fuhr herum. „Hallo, Süßer! Wieder wach?" Die Frage war allerdings eher rhetorisch gemeint. Das Gesicht des Vampirs hatte sich zu einer mordlüsternen Fratze verzogen, Geifer tropfte von seinen Zähnen und seine Augen leuchteten blutunterlaufen in der Dunkelheit. „Himmel, das ist ja so unästhetisch!" Vivianne holte aus und versetzte ihm einen Stoß, der ihn nach hinten taumeln ließ. Leider erholte er sich schnell von seiner Überraschung und sprang sie erneut an. Sie nutzte den Schwung seiner Bewegung mit einer raschen Drehung aus und ließ ihn ein weiteres Mal sein Ziel verfehlen.

Doch der Vampir war nicht vollkommen unerfahren. Hatte er bisher geglaubt, leichtes Spiel mit ihr zu haben, nahm er nun offenbar, die Auseinandersetzung persönlich. Grollend umrundete er Vivianne, deren Erfahrung im Kampf sich auf ein paar Übungsstunden mit Kieran beschränkte. Nicht dass ihr Bruder ein schlechter Lehrmeister gewesen wäre, sie hatte nur keinen Sinn darin gesehen, sich mit ihm zu prügeln. Und bei dieser Meinung war sie auch geblieben, als ihre Schwägerin sie zur Seite nahm, um ihr eindringlich zu versichern, dass jeder Vampir, der mehr als nur ein paar Jahrzehnte überleben wollte, gut daran tat, sich in Selbstverteidigung zu üben. Vivianne hatte nur gelacht und gesagt, dass sie sich, anders als ihre Verwandten, nicht für die Welt der Schatten interessierte. Einen Sterblichen konnte selbst der schwächste Vampir besiegen, ohne sich dabei auch nur einen Fingernagel abzubrechen. *Möglicherweise war das etwas voreilig*, dachte sie und biss ihrem Angreifer in den Arm, den er gerade um ihre Gurgel legen wollte. Sie hatte seinen Sprung nicht einmal kommen sehen. Er fauchte, aber sie ließ nicht los, und schließlich lockerte sich sein Griff. Vivianne drehte sich blitzschnell um und trat ihm zwischen die Beine. Er taumelte zurück und genau in diesem Augenblick fiel ein Schwarm schwarzer Vögel vom Himmel. Im Nu hatten sie ihn mit gespenstischer Lautlosigkeit eingehüllt. Ein Flügelschlag, ein Krächzen. Mehr war nicht zu hören, und Vivianne wusste nicht, ob der erstickte Laut aus ihrer Kehle oder von ihrem Opfer herrührte. Unerwartet hob sich das gefiederte Leichentuch und ließ nur eine Handvoll Asche zurück, die vom Flügelschlag der tödlichen Kreaturen in alle Himmelsrichtungen geweht wurde. Starr vor Entsetzen sah Vivianne den Tieren nach, wie sie immer höher in den Himmel stiegen und irgendwann der letzte Vogel von der Nacht verschluckt wurde.

„Ma puce, was, um Himmels willen, tust du hier?“

„Cyron?“ Die wesentlich passendere Frage, wie es ihm eigentlich gelungen war, sich ihr unbemerkt zu nähern, kam nicht über ihre zitternden Lippen. „Hast du das gesehen?“ Sie zeigte auf die Stelle, an der eben noch ein gefährlicher Gegner gestanden hatte.

„Was meinst du?“ Dabei beugte er sich vor und zog Salai aus

dem Gestrüpp. „Ah, ich verstehe. Wen haben wir denn hier? Wenn das nicht unser diebischer Freund ist."

Vivianne konnte es dem Mann nicht verdenken, dass er seinen Leib fest umschlungen hielt und dabei wie ein heilsames Mantra wiederholte: „Das kann nicht sein, das kann doch nicht wahr sein!" Dabei wiegte er sich im Takt zu den geflüsterten Worten.

Cyron berührte Salais Stirn mit seinem Daumen und sofort wurde er ruhiger, schlug endlich die Augen auf und sah sie beide mit klarem Blick an. „Wer seid ihr?"

Da kommt jemand! Schritte näherten sich, und Vivianne nahm an, dass die sterbliche Wache zurückkehrte, die der Vampir fortgeschickt hatte. Cyron schien ihn auch zu hören. Er ergriff ihren Arm und zerrte beide, Vivianne und den Dieb, hinter sich her. „Wohin bringst du uns?"

„Zum See. Oder möchtest du herausfinden, was passiert, wenn der Wachmann gleich Alarm schlägt und unser lieber Statthalter erfährt, dass du mit dem Dieb durchgebrannt bist?"

Vivianne hatte allerdings keine Lust dazu und beschleunigte ihre Schritte. Dennoch fragte sie: „*Unser* Statthalter?"

Cyron lachte nur und gab Salai einen Stoß, sodass er in ein Boot stolperte, das am Ende eines Steges auf den Wellen schaukelte. Elegant sprang er hinterher und reichte Vivianne die Hand. „Immer neugierig. Deine Fragen kannst du später stellen, komm! Venez, Mademoiselle."

Gerade hatten ihre Füße die Planken berührt, da blähten sich bereits die dunklen Segel und sie glitten lautlos auf den See hinaus. Wenig später waren die Lichter am Ufer kaum noch zu sehen. Ihr Gefangener kauerte am Boden, wo er unsanft gelandet war, und rührte sich nicht. Vivianne hatte das Gefühl, inmitten eines unendlichen Nichts dahinzuschweben, und nur das leise Rauschen des Windes in ihren Ohren bewies, dass zumindest eines der vier Elemente noch vorhanden war.

„Wohin fahren wir?"

„Leise. Stimmen tragen recht weit über einem See wie diesem." Cyron navigierte geschickt am Ufer entlang, bis ein Steg vor ihnen auftauchte. Das Holz protestierte knarrend, als sie an den Anleger stießen. Vivianne, die während des letzten Teils der Überfahrt gestanden hatte, ging leicht in die Knie, um die unruhigen Bewegungen unter sich auszugleichen.

Der Elf sprang an Land, zog sie zu sich auf den Steg und für Sekunden verharrte sie an seine Brust gelehnt und genoss die Stärke und Sicherheit, die von ihm auszugehen schien.

„Ma puce!"

Einen Augenblick lang glaubte sie, er könne diese pulsierende Energie ebenfalls spüren, die ihre Knie so weich werden ließ, wie es zuvor nicht einmal die Folgen des ungewohnten Kampfes geschafft hatten. Offenbar hatte sie sich aber getäuscht, denn Cyron strich ihr mit einer väterlich wirkenden Geste über die Wange und trat einen Schritt zurück. Seine Stimme klang ebenso kühl wie immer, als er Salai aufforderte auszusteigen. Er sah nicht einmal zurück, um sich zu überzeugen, ob ihnen der Dieb wirklich folgte.

Vivianne allerdings vergewisserte sich lieber und war erfreut zu sehen, wie bemüht er sich zeigte, mit ihnen Schritt zu halten. Weniger erfreulich fand sie ihre plötzliche Neigung, sich irgendwelchen Männern an den Hals zu werfen. Sebastian, Morgan – und jetzt sogar Cyron. Sie unterdrückte einen Seufzer und durchquerte an der Seite des Lichtelfs einen Park, der gewiss schon bessere Zeiten gesehen hatte. Vivianne aber mochte den Anblick der alten Bäume. Ihr gefiel es, wie sich die kahlen Zweige über ihren nächtlichen Besuchern bogen. Dazwischen glitzerten vereinzelt Sterne, die aussahen, als habe sie jemand zum Schmuck dort hingehängt, um die winterlichen Riesen für den vorübergehenden Verlust ihrer Blätter zu entschädigen. Sie umrundeten eine etwas aus der Fasson geratene Hecke, und dann zog sich vor ihnen die früher einmal gewiss gut gepflegte Rasenfläche in einem sanften Bogen einen Hügel hinauf, dessen Kuppe vom ehemaligen Herrenhaus gekrönt wurde. Sie stiegen ein paar Stufen empor, Cyron öffnete einen hohen Fensterladen und schob die dahinterliegende Terrassentür auf. Die staubige Luft der Vergangenheit bedrängte sie, und Vivianne wehrte sich gegen ihre tragischen Erzählungen, bis ihr nur noch der Geruch von altem Mauerwerk und Staub in den Salon folgte, wo Cyron auf ein Sofa zeigte.

„Setz dich!“

Bevor sie protestieren konnte, ließ sich Salai auf den zerschlissenen Stoff fallen und eine Wolke üblen Geruchs schlug ihr entgegen. „Was jetzt?“

Der Elf entzündete eine Kerze und wandte sich um. In diesem Augenblick sah sie Cyron wahrhaftig in einem völlig neuen Licht. Zum ersten Mal begriff sie wirklich, warum der Pakt zwischen Licht- und Dunkelelfen so außerordentlich bedeutend war. Obwohl sie es – spätestens seit Cyron seine wahre Identität enthüllt hatte – eigentlich besser wissen sollte, hielt Vivianne das Feenvolk insgeheim noch immer für eine Bande flatterhafter Wesen, deren Vorfahren unter Bäumen gehaust hatten, die wie Heilige verehrt wurden. Durchaus magisch begabte Erdgeister, dabei aber mit seltsamen Ohren versehen und irgendwie zerbrechlich, die bestenfalls einen harmlosen Schadenzauber zuwege brachten. Was aber jetzt vor ihr stand und das Gesicht ihres langjährigen Freundes trug, war ein furchterregendes und gleichzeitig wunderbares Geschöpf, komponiert aus Nordlichtern in den Farben des Regenbogens und den Strahlen der Wintersonne, die mit ihren glitzernden Speeren aus Feuer und Eis tief in die Seelen verborgener Welten drang. Und mittendrin schlug sein Herz. Einem blutroten Kristall aus den Tiefen der

Mutter Erde gleich glühte es auch ohne das flackernde Licht der Kerze und drohte sie zu versengen. Regungslos verharrte Vivianne in der Bewegung, bis seine Hand sie erlöste. Cyron berührte ihre Schulter, und die Vision verschmolz mit den Schatten einer Nacht, deren verlässliche Dunkelheit ihr niemals willkommener gewesen war. „Vivianne …“, hob er an, doch dann erstarrte er in der Bewegung und lauschte. „Sie suchen ihn bereits. Glaubst du, du kannst allein zurücksegeln?“

„Über den See?“ Sie konnte die Panik nicht vollständig aus ihrer Stimme verbannen.

„Ich fürchte, es muss sein. Wenn du zur gleichen Zeit verschwindest wie unser Freund hier, könnte man auf dumme Gedanken kommen. Hast du Spuren hinterlassen?“

Sie dachte an den Dornenzweig, der sie verletzt hatte.

Cyron wartete eine Antwort gar nicht erst ab. „Morgan wird schon bald wieder da sein. Bitte versuch doch, in eurem Gästeapartment zu bleiben, bis er zurückgekehrt ist. Er wird dir helfen.“

„Glaubst du?“ Wärme breitete sich in ihrem Bauch aus, obwohl sie wusste, dass Morgan ihre Befreiungsaktion nicht gutheißen würde. Immerhin war aber Cyron nach eigener Aussage schon seit ewigen Zeiten mit Morgan befreundet, warum sollte er sie also belügen? *Dafür gäbe es viele Gründe*, flüsterte ihr Unterbewusstsein, aber sie weigerte sich, der missgünstigen Stimme weiter zu lauschen. „Ich kann nicht segeln“, gab sie stattdessen leise zu.

„Das ist kein Problem. Du musst nur das Boot drüben am Steg anbinden und sofort in den Bungalow gehen.“

Einem Impuls folgend wollte sie von ihm wissen: „Kennst du meine Paten?“

Cyron warf einen Blick auf Salai, der ihnen wortlos zuhörte, und lachte. „Natürlich. Und glaub mir, ich habe auch keine Lust auf ein Massaker, sollte dir etwas zustoßen. Mach alles so, wie ich es dir gesagt habe, und nichts wird geschehen."

Vivianne hatte ihm nicht mit der Rache ihrer Brüder drohen wollen und schämte sich jetzt ein wenig für diesen plumpen Versuch. Sie drehte sich wortlos um, verließ das halb verfallene Haus und lief zum Seeufer zurück. Das Boot schaukelte scheinbar harmlos auf den Wellen. Sie fasste sich ein Herz, sprang hinein und zog an dem Tau, das Cyron um einen Pfosten am Steg geschlungen hatte. Kaum war der Knoten gelöst, da schossen die beiden Segel den Mast hinauf und das kleine Schiffchen nahm überraschend schnell Fahrt auf, sodass Vivianne ihr Gleichgewicht verlor und ziemlich heftig auf dem Hintern landete. Überrascht beobachtete sie aus dieser Perspektive, wie eine unsichtbare Hand das Ruder zu bedienen schien – und plötzlich fiel ihr die *Herrin vom See* ein. Mancherorts *Viviane* genannt – und somit ihre Namensvetterin –, war diese Sagengestalt allgemein als Fee bekannt. Ein Kichern sprudelte aus der Tiefe zu ihr herauf, und das Boot flog über das dunkle Wasser, bis das Rauschen des Windes in ihren Ohren alles war, was sie noch hören konnte. Vivianne begann gerade, sich an die rasende Fahrt zu gewöhnen, da verlor ihr Gefährt schon wieder an Geschwindigkeit. Es tauchte in sein Element ein, und sie glitten nunmehr lautlos über das Wasser, bis sie den kleinen Hafen des Statthalters erreichten. Die Segel glitten den Mast hinab, Holz stieß auf Holz, Wasser gluckerte und ihr geheimnisvoller Steuermann machte das Boot zwischen zwei weit größeren fest. Vivianne sprang heraus und lief den Steg entlang, dann drehte sie sich noch einmal um und winkte. *Vielen Dank!*

9

„Was machen Sie hier?“ Eine schwere Hand landete auf ihrer Schulter. Aber die Wellen plätscherten beruhigend, Vivianne war nicht unvorbereitet und sah den Wachmann freundlich an. „Ich war auf dem See.“

„Warum denn?“ Er schien verwundert. „Es ist mitten in der Nacht.“

„Hab ich etwas falsch gemacht? Der Statthalter sagte, uns stünden alle Annehmlichkeiten seines Hauses zur Verfügung.“

„Lass sie!“ Das war die Stimme eines Vampirs. Wieder hatte sie ihn erst in letzter Sekunde kommen hören. „Mademoiselle Vivianne, nicht wahr?“, fragte er, da hob sie ihr Kinn ein wenig höher, bevor sie ihm antwortete: „Ganz recht. Was ist hier los?“

„Nur ein Sicherheitscheck.“ Sie spürte, dass er versucht war, ihre Gedanken zu lesen. Doch rasch ließ der Druck in ihrem Kopf nach. Hin- und hergerissen zwischen der erforderlichen Etikette und der dringenden Notwendigkeit, seinen Job zu erledigen, entschied er sich schließlich für die Höflichkeit und fragte: „Ist Ihnen etwas Ungewöhnliches aufgefallen?“

„Außer dem da?“ Vivianne machte eine vage Handbewegung und sofort zog sich der Wachmann zurück. „Man hat mir versichert, der Statthalter von Berlin biete ein absolut sicheres Refugium.“ Sie legte genau die richtige Mischung aus Beunruhigung und Ärger in ihre Stimme. „Gibt es Anlass zur Sorge?“

„Auf gar keinen Fall!“ Jetzt war der Vampir deutlich bemüht, sie zu besänftigen. Offenbar wusste er von ihren guten Beziehungen zum Magischen Rat und seiner Exekutive. „Darf ich Sie zur Villa bringen?“

Um Himmels willen, bloß nicht! Diese Worte lagen ihr zwar schon auf der Zunge, aber Vivianne riss sich noch einmal zusammen und hauchte stattdessen: „Wenn Sie so freundlich wären, mich zu meinem Apartment zu begleiten? Wasser ist nicht mein Element.“ Das war die Untertreibung des Jahrhunderts. Ihr war von der Überfahrt immer noch ein wenig übel. Vampire mochten eben keine Gewässer, fließend oder auch nicht fließend.

„Selbstverständlich! Bestimmt wird Morgan Llwchmynydd Sie bereits vermissen.“ Vivianne war nicht sicher, ob es ein frivoler Unterton war, den sie da herauszuhören glaubte, oder ob der Vampir unterstellte, dass Morgan etwas mit dem Verschwinden des Diebs zu tun hatte und eben nicht auf sie wartete. Sie erinnerte sich an Morgans Bemerkung, dass er beim Statthalter nicht wohlgelitten sei, und tatsächlich war die Begrüßung wenig herzlich ausgefallen. Fast so, als würde er lediglich als ihr Begleiter geduldet werden.

Mit einem sinnlichen Blick legte sie ihre Hand auf den dargebotenen Arm und ließ sich zu ihrem Gästehaus begleiten. Unterwegs schickte sie diverse Stoßgebete gen Himmel, Morgan möge inzwischen, wie von Cyron prophezeit, zurück sein. Glücklicherweise schwieg der Vampir an ihrer Seite, und auf diese Weise blieb ihr ausreichend Zeit, diverse Fluchtszenarien zu entwerfen und sich logisch klingende Erklärungen zu überlegen, sollte Morgan nicht wie erhofft an der Tür ihres Bungalows auf sie warten. Sie übte gerade diese Version: *Wie konnte ich das vergessen, er hatte doch noch eine Verabredung mit Sebastian, ähm, dem Earl of Rochester?*, da klopfte ihr Begleiter an die Tür des Gästehauses. Tödliche Stille. Was das bedeutete, konnte sie sich bestens vorstellen. Kein Leben war im Inneren zu spüren. Bevor die Panik von ihr Besitz ergreifen konnte, begann Vivianne ihre Muskeln zu lockern, um auf das, was nun kommen würde, gut vorbereitet zu sein. Der Vampir hob erneut die Faust – da öffnete sich die Tür.

Morgan lehnte lässig – und ebenso leicht bekleidet wie nass – im Türrahmen, als käme er gerade aus dem Bad. Tatsächlich wehte ihr der Duft eines teuren Duschgels entgegen, und das Handtuch, das er um seine schmalen Hüften geschlungen hatte, drohte jederzeit herunterzurutschen.

„Chérie! Da bist du ja endlich." Er lachte. Es klang überaus verlockend, und sogar sie nahm ihm diese Szene beinahe ab. „Ich dachte schon, du wärst im See ertrunken." Erst jetzt schien er den Vampir an ihrer Seite wahrzunehmen. Seine Augen weiteten sich erschrocken. „Ist etwas passiert?"

Vivianne wollte gerade zu einer Erklärung ansetzen, aber Morgan sprang schon vor, packte ihren erschrockenen Begleiter am Hals und zischte: „Was hast du ihr angetan?" Seine Hand schloss sich so fest um die Kehle des Mannes, dass dieser kein einziges Wort hervorbringen konnte.

„Morgan, mon Chou", flötete sie mit aufgesetztem französischen Akzent. „Nichts ist geschehen. Der gute Mann hat mich doch nur sicher nach Hause begleitet."

„Warum sollte das notwendig sein? Wir befinden uns im Garten des Statthalters." Morgan schüttelte den Vampir. „Red schon!"

„Routine", sagte dieser und hustete, bis er wieder ausreichend Luft bekam.

„Unfug." Morgan starrte ihn an. Es dauerte nicht lange und er hatte alle wichtigen Informationen in den Gedanken seines Gegenübers entdeckt. Der Vampir war noch jung, keine zehn Jahre lebte er in ihrer Welt. An und für sich war dies ausreichend Zeit, um die wichtigsten Regeln zu lernen, sollte man meinen. Er aber war niemals in den Genuss einer umfassenden Ausbildung gekommen. Der Mann wirkte sowohl attraktiv als auch sympathisch. Er war bei seiner Transformation gut in Form gewesen, offenbar hatte dies auch Carl gefallen, sodass er ihn länger als üblich zu seinem persönlichen Gespielen gemacht hatte. Jetzt gab es allerdings einen anderen, der den Platz des jungen Vampirs eingenommen hatte, und er war froh, diesen Job im Haushalt des Statthalters bekommen zu haben. Andere aus Carls Harem hatten weniger Glück gehabt und das Tageslicht lange vor ihrer Zeit gesehen. Beinahe tat es Morgan leid, ihn so unter Druck zu setzen. Der Mann würde dafür bezahlen müssen, wenn er etwas ausplauderte, was besser ungesagt geblieben wäre. Doch hier ging es um Wichtigeres. Cyron hatte ihn gewarnt, aber in der Eile keine Details verraten können. Nun wusste Morgan, dass er in letzter Sekunde zurückgekehrt war. Hoffentlich noch rechtzeitig, um Vivianne vor größeren Schwierigkeiten zu bewahren. Er versuchte es erst einmal in freundlichem Ton. „Aha! Jemand ist entkommen …“

„Mylord, bitte, ich darf nichts sagen!“

Morgan lockerte seinen Griff und stellte den Unglücklichen wieder zurück auf die Füße. Er blieb bei seiner Strategie, in dieser Posse den eifersüchtigen Liebhaber zu geben. „Meinetwegen. Aber wenn Mademoiselle in Gefahr ist, reisen wir unverzüglich ab!“

„Es besteht kein Anlass zur Sorge. Der Statthalter möchte nicht, dass irgendjemand sein Refugium verlässt.“

„Ach so? Dann würdest du sicher gern persönlich für ihre Sicherheit bürgen? Etwas leichtfertig, finde ich. Vielleicht sollten ihre Paten erfahren, dass Mademoiselle Vivianne gefangen gehalten wird, obwohl entlaufene Häftlinge die Gegend unsicher machen …“ Er ließ die letzten Worte wie eine Drohung in der Luft hängen, und nun wurde der Vampir grün im Gesicht. Der arme Kerl tat Vivianne ehrlich leid, andererseits genoss sie

Morgans Inszenierung zu sehr, um ein gutes Wort für den Grünschnabel einzulegen. Aus seiner unangenehmen Lage würde ihn ihr Eingreifen ohnehin nicht befreien können, mutmaßte sie. Schließlich tat ihr selbst ernannter Beschützer nichts ohne Grund.

„Ich darf doch niemanden gehen lassen", flehte der Vampir. Seine Angst war deutlich zu schmecken.

Da klopfte es.

Erschrocken blickte Vivianne zu Morgan hinüber. Der lächelte ihr zu und öffnete erneut die Tür, den Vampir immer noch fest im Griff. Draußen standen zwei Abgesandte des Statthalters, die deutlich anderen Kalibers waren. „Mademoiselle Cirta, Lord Morgan, der Statthalter wünscht euch zu sehen."

Morgan ließ seinen Gefangenen wie einen Schuh fallen. „Sicher wird er es begrüßen, wenn ich angemessen gekleidet bin." Damit schlug er den verwunderten Vampiren die Tür vor der Nase zu. „Fünf Minuten!", kam es von draußen, und es bestand kein Zweifel, dass sie kaum eine Chance zu Flucht haben würden. Von Privatsphäre konnte vermutlich auch nicht die Rede sein. Und deshalb sagte Morgan deutlich: „Dann wollen wir uns mal nett zurechtmachen." Er lächelte sie beruhigend an, und Vivianne bemühte sich, nicht hinzusehen, als das Handtuch schließlich doch der Schwerkraft nachgab. Dennoch entging ihr nicht, wie Morgan kurz darauf den Reißverschluss seiner Hose behutsam schloss. Wenn sie der kurze Blick nicht getäuscht hatte, dann gab es da eine Menge zu schützen, und sie wäre die Letzte gewesen, die zugelassen hätte, dass so viel erfreuliche Männlichkeit womöglich durch eine ungeschickte Bewegung Schaden nähme. Er streifte ein T-Shirt über, auf dem neben Totenköpfen und scheußlichen Fratzen auch Spuren von Blut waren. Von frischem Blut. Sie sah ihn fragend an und erhielt nicht zum ersten Mal die Antwort: „Das erklär ich dir später!"

Wenn ich daran bloß glauben könnte!

Vertrau mir. Und lass um Himmels willen niemanden deine Gedanken lesen! Morgan nahm sie bei der Hand, öffnete die Tür und schenkte ihren beiden Wächtern – als solche erschienen sie Vivianne zumindest – ein offenes Lächeln.

Sie wurden zum Herrenhaus und durch einen Seiteneingang bis in den Thronsaal eskortiert. Gelächter wehte aus den angrenzenden Räumen herüber, dazu kamen noch der Duft erregter Menschen und die melodischen Klänge des Orchesters. Das Fest war noch längst nicht zu Ende.

„Wir haben euch vermisst!"

Vivianne fragte sich, ob der Statthalter tatsächlich so vermessen war, im Pluralis Majestatis von sich zu sprechen. Ausreichend voluminös war er allerdings, sodass man leicht zwei aus ihm hätte machen können. Diese Überlegung hellte ihre Laune deutlich auf. Morgan drückte ihre Hand und sie beschloss, ihm das Reden zu überlassen. Er kannte sich mit diesem Hofzeremoniell ohnehin besser aus. Wieder stieg ein Glucksen ihre Kehle hinauf. Sie räusperte sich und erntete dafür einen verächtlichen Blick von Carl, dem Majordomus, der früher am Abend schon äußerst beleidigend zu ihr gewesen war. Vivianne hob eine Augenbraue. Als Antwort zeigte er eine Reihe spitzer Zähne, die nicht gerade durch ihre helle Farbe beeindruckten. Konnten sich diese Vampire nicht wenigstens den Anschein geben, wie gepflegte Kreaturen zu wirken? Sie wandte ihren Blick ab und verschränkte die Arme. Dabei berührte sie wie beiläufig ihren Armreif, dessen Schutz sie trotz Morgans Versprechen, sie habe nichts zu befürchten, gut gebrauchen konnte.

Morgan wirkte konzentriert. Mit seiner lässigen Kleidung und der Sonnenbrille – *wo kam die denn plötzlich her?* – sah er allerdings eher so aus, als habe er mit diesem Look Generationen von Hollywood-Stars beeinflusst.

Noch einmal vergewisserte sie sich, dass er der Einzige war, der mental mit ihr kommunizieren konnte. Wie immer stellte sie sich zu diesem Zweck das Bild einer wehrhaften Burg vor. Alle Zugänge waren verschlossen, besonders die oft vernachlässigten Hintertüren und Seiteneingänge. Nur ein Fenster zum Turmzimmer ließ sie geöffnet, allerdings nicht ohne es gemeinsam mit einem besonders grausigen Höllenhund zu bewachen. Der Statthalter warf ihr einen giftigen Blick zu und sie spürte, wie der Druck in ihrem Kopf nachließ, der daher gerührt hatte, dass jemand versucht hatte, ihre Gedanken zu erkunden. Erst jetzt bemerkte sie, dass nicht nur Carl, sondern auch der Statthalter seit ihrem Eintreffen damit beschäftigt gewesen sein musste, ihre mentalen Schilde zu durchbrechen. Dass es ihnen nicht gelungen war, erfüllte sie mit Stolz, barg gleichzeitig aber auch eine Gefahr. Würde man ihr glauben, dass sie eine besondere Begabung besaß, oder schöpfte jemand Verdacht und bezweifelte ihre Herkunft?

„Wenn ihr jetzt so freundlich wärt, eure Aufmerksamkeit wieder mir zu schenken!“ Der Statthalter unterbrach ihre Überlegungen, und dabei klang er wenig amüsiert.

„Mylord!“ Morgan deutete eine Verbeugung an. „Ich höre, es ist Euch etwas abhanden gekommen. Wie können wir zur Aufklärung beitragen?“

„Woher …? Ach, verdammt! Natürlich weißt du, dass wir einen Gefangenen vermissen. Hast du selbst ihn verschleppt?“

„Nein.“ Morgans Stimme klang jetzt ganz flach, und Vivianne war froh, ihm das Reden überlassen zu können. Dies gab ihr die Gelegenheit, sich umzusehen und nach möglichen Fluchtwegen Ausschau zu halten. Leider konnte sie vorerst keinen entdecken.

„Wo warst du zwischen Mitternacht und ein Uhr?“ Carl stand auf einmal unangenehm dicht vor Morgan. Dabei gelang es ihm, ihr einen so triumphierenden Blick zuzuwerfen, als wüsste er genau, dass auf diese Frage keine zufriedenstellende Antwort zu erwarten war.

„Zu Hause."

„Selbstverständlich. Wo auch sonst solltest du dich aufhalten, während deine kleine Freundin hier", Carl legte seine Hände auf Viviannes Schultern, sodass sie vor Ekel ganz steif wurde, „ungeschützt durch die Parkanlagen streift."

Morgan gab ein warnendes Knurren von sich.

Carl fauchte zwar, ließ dann jedoch von ihr ab. Sein zahnreiches Grinsen allerdings blieb. *Was willst du dagegen tun, wenn ich sie mir hier und jetzt nehme?*, schien seine gesamte Körpersprache zu fragen.

Morgan starrte ihn ausdruckslos an, und man konnte das Ticken der Uhr hören, die am Arm eines der sterblichen Wachleute glänzte. Vampire würden etwas derart Verräterisches niemals tragen. Schließlich wandte er sich an den Statthalter, als habe er mit Carl nichts abzumachen. „Fragt doch die Purgatoren, wenn ihr mir nicht glaubt."

Milovan gab Carl ein Zeichen, und dieser nahm seinen Platz neben dem Thron wieder ein. „Das werden wir. Zu gegebener Zeit. Verlass dich darauf." Sein Arm schnellte vor und alle Blicke waren plötzlich auf Vivianne gerichtet. „Aber sie hat kein Alibi!"

„Wofür sollte ein junges Reh wie Mademoiselle Cirta denn ein Alibi benötigen?"

Vivianne fuhr herum. Durch die große Doppeltür schritt Sebastian auf den Statthalter zu und heftete seinen Blick dabei auf Carl, der sichtlich Mühe hatte, Ruhe zu bewahren. Bemerkenswert bei einem Vampir, der es offensichtlich liebte, seine Magie und Macht bei jeder sich bietenden Gelegenheit zu demonstrieren. Sebastian starrte ihn regungslos an, und Vivianne drängte sich das Bild vom Kaninchen und der Schlange auf. Carl war zweifellos eine giftige Viper, jetzt aber fand er sich in der undankbaren Rolle des Kaninchens wieder. Vielleicht nicht gerade verängstigt, aber auf jeden Fall in die Enge getrieben.

„Die Sache geht Euch nichts an, Rochester!", fauchte Carl, schon fast auf dem Sprung, um den unwillkommenen Besucher in seine Schranken zu verweisen. Doch der Statthalter hob die Hand, und er sank, nachdem er deutlich gezögert hatte, schließlich in seinen Sessel zurück.

Bekümmert schüttelte Sebastian den Kopf. „Natürlich tut es das!" Er hatte Vivianne inzwischen erreicht, ergriff ihre Hand und führte sie zu einem Handkuss an seine Lippen. „Unser Ausflug auf den See war ein unvergessliches Erlebnis, ma belle!"

Carl hatte sichtlich Schwierigkeiten, Ruhe zu bewahren. „Eine gemeinsame Bootstour also", fauchte er, „und warum haben wir sie dann ganz allein aufgegriffen?"

Sebastian ignorierte ihn, und seine Miene zeigte deutlich, dass es nicht zu seinen Gewohnheiten gehörte, sich von Dienstboten befragen zu lassen. Dem blasierten Ton nach zu urteilen, den er anschlug, schien er dem Statthalter kaum mehr Wertschätzung entgegenzubringen. „Mein lieber Freund, ich weiß nicht genau, was diese Aufregung zu bedeuten hat. Aber sicher wirst du mir anvertrauen, warum dein Hofstaat wie ein entflohener Schwarm von Teufeln da herumschwirrt." In derselben Sekunde stand er neben dem Thron, beugte sich hinab und flüsterte vernehmlich: „Ich habe heute eine Menge Dinge gesehen, die den Rat brennend interessieren würden."

Der Statthalter lief rot an. Eine Ader schwoll an seinem Hals, während er brüllte: „Was ist das hier? Ein verdammter Taubenschlag, wo jeder kommen und gehen kann, wie er will?" Er sprang auf ohne Sebastian weiter zu beachten und ballte die Fäuste.

Seinem Blick folgend wandte sich Vivianne zur Eingangstür um, die in dieser Sekunde von einer Dominatrix aufgestoßen wurde. Sie war gut einen Meter achtzig groß, hatte feuerrote, taillenlange Haare und ihr Catsuit aus farblich korrespondierendem Lack ließ wenig Raum für Mutmaßungen über die vollkommene Figur der Master-Purgatorin. Flankiert wurde sie von zwei etwas kleineren, aber mit den schwarz glänzenden Anzügen nicht weniger aufreizend gekleideten Frauen. Eine trug ihr Haar nachtschwarz und kurz geschnitten, die Mähne der anderen war schlohweiß, ähnelte ansonsten aber der Frisur einer Achtziger-Jahre-Schönheit unter Strom, so sehr standen die stacheligen Strähnen in alle Himmelsrichtungen ab. Der Statthalter griff nach seinem goldenen, mit Edelsteinen verzierten Becher, nahm einen Schluck daraus und wischte sich den Mund mit dem Handrücken ab. Dann ließ er sich in seinen Thronsessel fallen und bemühte sich um einen freundlichen Gesichtsausdruck. Niemand konnte es sich leisten, die Purgatoren zu verärgern. Aber dafür schien es jetzt bereits zu spät, denn die Rothaarige ging mit langen Schritten auf ihn zu und sah dabei nicht gerade glücklich aus. „Was fällt dir ein, uns hierher zu zitieren, als gehörten wir zu deiner jämmerlichen Gefolgschaft?"

Der Statthalter wollte schon etwas entgegnen, doch sie ließ ihn nicht ausreden. „Weißt du nicht, dass wir Stillschweigen geschworen haben und lediglich der Rat – und auch nur auf einstimmigen Beschluss – Näheres über unsere Einsätze erfahren darf?" Dann entdeckte sie Morgan. „Du!" Ihr Blick wurde jetzt eine Spur milder. Aber vielleicht hatte sich Vivianne auch getäuscht. Diese kaum merkliche Veränderung dauerte nur wenige Sekunden.

Morgan lächelte spitzbübisch und wirkte kaum beeindruckt von den drei Furien. „Carl", er zeigte auf den Assistenten des Statthalters, „möchte wissen, ob es stimmt, dass ich den Abend in meiner Wohnung verbracht habe."

„Und deswegen werden wir von unserer Arbeit abgehalten?"

Sie musterte Carl. „Tu das nie wieder!“ Ihre beiden Begleiterinnen machten einen kleinen Schritt nach vorn, und Vivianne hätte schwören können, dass sein ohnehin weißes Gesicht nun noch eine Spur bleicher wurde, sofern man dies bei Vampiren überhaupt mit Gewissheit sagen konnte. Fast hätte sie gegrinst, aber die Purgatoren animierten nicht unbedingt zur Fröhlichkeit. Umso erstaunter war sie, als die Rothaarige verkündete: „Wir haben in der fraglichen Zeit Whist gespielt.“ Damit drehten sich alle drei auf dem Absatz um und ließen eine Gruppe sprachloser Vampire zurück.

Sebastian fasste sich als Erster wieder, er klopfte Morgan jovial auf die Schulter, als wären sie noch die Freunde von einst. „Alle Achtung, macht ihr so was öfter?“

Auch Vivianne hatte große Schwierigkeiten, sich die drei Furien bei einem netten Spieleabend mit Morgan gewissermaßen als Hahn im Korb vorzustellen. Und dann ausgerechnet Whist. Dieses Spiel kannten doch heute höchstens noch ältere Damen mit getönter Lockenfrisur unter dem Namen Bridge.

Morgan dagegen schien nichts Ungewöhnliches an diesem Zeitvertreib zu finden. Er trat einen Schritt beiseite und stand nun wieder näher bei Vivianne. „Gelegentlich. Wir treffen uns zuweilen, wenn sie gerade nichts Besseres zu tun haben. Du weißt ja, dass ich einem guten Kartenspiel niemals abgeneigt bin. Und wer würde diesen drei wunderbaren Damen schon einen Wunsch abschlagen können?“

„In der Tat“, entgegnete Sebastian und erlaubte sich ein feines Lächeln.

Morgan nickte ihm zu und sah zum Statthalter hinüber. „Nun, da die Angelegenheit jetzt aufgeklärt ist, würden wir uns gern zurückziehen. Gewiss habt Ihr Wichtigeres zu tun.“

Der Statthalter entließ sie mit einer ungeduldigen Geste.

Vivianne widerstand auf dem Rückweg durch die Gärten der

Versuchung sich umzudrehen. Sie wunderte sich über Morgans Gelassenheit. Denn zweifellos wusste er ebenso gut wie sie, dass Sebastian ihnen folgte. Vor dem Eingang des Gästehauses wuchsen Nadelbäume, hohe Eiben, deren Geruch nicht verriet, wie giftig sie waren. Als beide um die dichten Büsche herumgingen, sahen sie den Vampir vor ihrer Tür stehen.

„Was willst du?“ Zu behaupten, dass Morgan wenig erfreut klang, Rochester dort zu sehen, wäre eine Untertreibung gewesen. Doch obwohl er dieses Mal nicht gleich auf den anderen Vampir lossprang, konnte sie den Ärger ihres Begleiters deutlich spüren. Irgendwie war es Morgan gelungen, sich unbemerkt zwischen Vivianne und Sebastian zu positionieren, und nun wartete er ungeduldig auf eine Antwort.

„Na ja, erst einmal wäre es vielleicht ganz nett, wenn du deiner reizenden Begleiterin die Gelegenheit geben würdest, sich zu bedanken.“

Vivianne wollte schon den Mund öffnen, denn obwohl sie nicht wusste, warum er für sie gelogen hatte, war sie ihm tatsächlich dankbar.

Doch Morgan schnitt ihr rüde das Wort ab. „Wofür denn? Dass du segeln warst, oder dafür dass du herkommst, um deinen Preis von ihr einzufordern?“

Sebastian sah ihn verletzt an und wollte gerade eine passende Antwort geben. Dann schien er sich aber an den ursprünglichen Grund für sein Auftauchen zu erinnern. Er machte eine hilflose Geste. „Wir haben beide Fehler gemacht. Es wird Zeit, die Angelegenheit wie Gentlemen zu klären.“

„Gentlemen!“ Morgan lachte bitter. „Warst du es nicht, der mich ständig an meine Herkunft erinnert hat? Ich höre dich noch heute sagen: *Du musst dir immer deines Standes bewusst sein. Ein geborener Vampir ist alles, ein geschaffener ein Nichts.*“ Dabei imitierte er Sebastians Tonfall bühnenreif.

„Das ist mehr als zweihundertfünfzig Jahre her, wir waren beide jung, und ich wusste nicht …“, er machte eine Handbewegung, als wolle er die Erinnerung an seinen damaligen Snobismus vertreiben. „Wir haben das doch längst geklärt. Für diese albernen Streitereien habe ich heute keine Geduld mehr.“ Sebastian trat ganz dicht an Morgan heran. „Auch wenn du es nicht glauben willst, mir hat unsere Freundschaft etwas bedeutet. Du warst es, der sie weggeworfen hat. Und wofür?“ Aus seiner Kehle trat ein seltsames Geräusch. Fast hätte man ihm glauben können, dass er über echte Gefühle sprach. „Ich habe einen großen Fehler gemacht. Aber wenn du jetzt nicht mit mir sprechen willst, dann vielleicht später. Glaub mir, eines Tages wirst du mir für alles danken.“

„Ich scheiß auf deinen Großmut.“

„Du bist und bleibst ein Prolet, Morgan Llwchmynydd!“ Und damit war er verschwunden.

Morgan schloss mit einem Fluch die Tür auf, und Vivianne hütete sich, nach einer Erklärung zu fragen. Er würde ihr noch erzählen müssen, was hinter dieser bitterbösen Auseinandersetzung steckte, aber nicht jetzt. Sie wollte sich abwenden, um ihm den nötigen Freiraum zu geben … und auch, weil sie ihre Sachen zusammenpacken musste. Da zog er seinen Mantel aus, warf ihn über einen Stuhl, ließ sich auf das Sofa fallen und – sie konnte es kaum fassen – schaltete den Fernseher ein.

„Willst du etwa hier bleiben?“ Sie sah ihn ungläubig an.

Er zappte durch die Kanäle, bis er irgendwo einen Musiksender fand, und drehte die Lautstärke höher. „In einer halben Stunde geht die Sonne auf. Das reicht niemals, um bis nach Hause zu kommen. Es sei denn, du kannst durch die Zwischenwelt reisen …?“

Natürlich wusste er, dass sie zu jung war, um ein solches Risiko einzugehen. Vivianne hob die Stimme, um gegen den Lärm anzukommen, den ein paar mittelmäßig begabte Jünglinge auf dem Bildschirm machten. „Es gibt nur ein Bett."

Er sah sie nicht einmal an. „Ich *beiße* nicht, Prinzessin. Oder hast du Angst vor mir?"

„Ich habe vor niemandem Angst!" Vivianne verschwand ins Bad und knallte die Tür hinter sich zu. *Prinzessin!* Eine Frechheit. Sie hatte doch gerade erst bewiesen, dass sie aus ganz anderem Holz geschnitzt war. Sie war es doch gewesen, die den Dieb befreit und in Sicherheit gebracht hatte. Zugegeben, nicht vollständig ohne fremde Hilfe, und es hatte sich auch noch keine Gelegenheit ergeben, ihm von ihrem heldenhaften Einsatz zu berichten. Aber er war schließlich nicht ohne Grund auf das Auftauchen der Sicherheitsleute vorbereitet gewesen, also musste Cyron ihn rechtzeitig informiert haben, dass es Schwierigkeiten gab.

Sie lehnte sich gegen die kalten Fliesen der Dusche und dachte an ihren Kampf mit dem fremden Vampir. Probleme hatte sie sich allerdings eingehandelt. Allein, das musste sie sich eingestehen, wäre ihr die Befreiung nicht gelungen. Vielleicht war es besser, Morgan nicht zu viel darüber zu berichten, was sie in seiner Abwesenheit erlebt hatte. Obwohl es sie danach drängte, mit jemandem über den Angriff der Raben zu sprechen. War ihr Nabrah mit einer gefiederten Armee zu Hilfe gekommen? Vielleicht hätte sie Cyron fragen sollen. Feen und Raben verband zumindest der Überlieferung nach eine lange Freundschaft. Doch sein Auftauchen schien im Nachhinein ebenso überraschend wie die Lüge, mit der ihr Sebastian aus der Bredouille geholfen hatte.

Sie drehte den Hahn auf, und als das heiße Wasser über ihren Körper lief, beruhigte sie sich allmählich. Eigentlich sollte sie die Aussicht, das Bett nach so langer Zeit wieder mit einem Mann zu teilen, ein wenig aufmuntern. Aber die Wahrscheinlichkeit, dass Morgan ihr näherkäme, war eher gering. Er mochte sie ja nicht einmal besonders. Vivianne dachte an seinen Kuss am früheren Abend – und ihr Herz machte einen kleinen Hopser. Küssen konnte er. Schade, dass es nur ein Trick gewesen war, um mögliche heimliche Beobachter zu täuschen. *Da gibt es nichts zu bedauern. Der Mann passt nicht zu mir*, erklärte sie ihrer Libido, drehte das Wasser ab und griff nach einem der vorgewärmten Handtücher. *Und viel zu alt ist er auch.* Sie wollte gerade ins Schlafzimmer zurückgehen, da öffnete Morgan die Tür. „Endlich, ich dachte schon, du wolltest nie wieder herauskommen!" Er trat ein – und Vivianne, die auf keinen Fall halb nackt in dem engen Raum mit ihm bleiben wollte, versuchte gleichzeitig hinauszugehen. Sie stießen zusammen und verharrten erschrocken in der Bewegung. Lust breitete sich wie ein Flächenbrand in Viviannes Körper aus, und bevor sie nachdenken oder fliehen konnte, stellte sie sich auf die Zehenspitzen und biss in Morgans Unterlippe. *Das habe ich schon die ganze Zeit tun wollen! Was für ein seltsamer Gedanke.* Kaum benetzte sein Blut ihre Zunge und weckte ungeahnte Sehnsüchte in ihr, da hatte er sie auch schon an den Türrahmen gepresst. Das scharfkantige Holz drückte sich in ihren Rücken, doch statt dass es sie ernüchterte, genoss sie den Schmerz sogar. Morgan befreite sich von ihrem Biss und küsste sie hart und fordernd, fast brutal verlangte er ihre ganze Aufmerksamkeit, eroberte ihren Mund, bis sie glaubte, ein Feuer durchströme sie. Er schmeckte nach ungehobelter Wildheit: heiß, süß und – einfach zum Anbeißen. Und dann, ganz plötzlich, war er fort. Der Verlust von Wärme und Leidenschaft ließ sie frösteln.

„Es ist spät. Geh zu Bett, Prinzessin." Mit diesen Worten war Morgan verschwunden und die Tür fiel leise ins Schloss. Blind für ihre Umgebung starrte Vivianne hinter ihm her, bis drinnen das Wasser der Dusche zu rauschen begann und sie widerwillig seinem Rat folgte. In wenigen Minuten würde die Sonne ihre ersten Strahlen über den Horizont schicken … und dann lag sie besser reglos und für die Schönheiten der Welt verloren, wie man es von einer geschaffenen Vampirin erwarten würde, unter der Bettdecke. *Prinzessin! Also wirklich, fällt ihm nichts Besseres ein?* Doch die Erinnerung an seine Stimme, dunkel und samtig vor unterdrückter Leidenschaft, versöhnte sie mit diesem lächerlichen Spottnamen. Er hatte dieses Mal jedoch ausnahmsweise nicht abfällig geklungen. *Vielleicht mag er mich doch. Wenigstens ein ganz kleines bisschen.* Erschöpft von einer ereignisreichen Nacht hieß sie den Schlaf willkommen und ahnte mehr, als dass sie es bewusst wahrnahm, wie er bald darauf neben ihr unter die Decke glitt.

Vivianne erwachte bei Einbruch der Dunkelheit. Mit leichtem Bedauern sah sie die Erinnerung an einen ungewöhnlich realistischen Traum in den Abend entschwinden. Die rauen Hände eines begnadeten Liebhabers waren sogar jetzt noch auf ihrem Körper zu spüren – und sein Atem in ihrem Nacken.

„Schon wach, Prinz …?“ Weiter kam er nicht. Vivianne drehte sich blitzschnell um und erkannte sofort ihren Fehler. Hoffnungslos verlor sie sich in den Tiefen der bernsteinfarbenen Augen, die schnell dunkler wurden und schließlich das satte Grün tiefer Seen und Wälder annahmen. Mehr brauchte es nicht, um sie zu betören, und entgegen aller guten Vorsätze schlang sie einen Arm um seine Schultern, um ihn näher an sich heranzuziehen. Morgan reagierte wie ein Löwe, der sich seiner Beute sicher war. Mit einer lasziven Eleganz richtete er seinen Oberkörper auf, drehte Vivianne auf den Rücken und hielt sie unter sich gefangen. „Willst du wirklich mit dem Feuer spielen?“, grollte er und hielt ihre Hände fest, um sie daran zu hindern, ihn zurückzustoßen. Vivianne wollte nicht spielen, sie wollte erobert werden: endlich einmal einen Mann spüren, dessen Kräfte den ihren gewachsen waren und dem sie sich nach Lust und Laune unkontrolliert hingeben konnte, anstatt ständig darauf achten zu müssen, in keinem Augenblick des Beisammenseins ihre wahre Natur preiszugeben. Morgan war kein schwerer Mann, sein Gewicht reichte aus, um sie auf eine ungemein erregende Weise in die Kissen zu drücken. Der Mann war ein Leckerbissen, wie sie selten einen gesehen hatte … und das sollte in ihrem Job etwas heißen. Die leicht gebräunte Haut spannte sich glatt über einen Körper, der nicht besser hätte trainiert sein können. Offenbar hatte er vor seiner Transformation viel Zeit im Freien verbracht – und sein Leben dürfte auch nicht ungefährlich gewesen sein, zeugten doch zahlreiche Narben von gewaltsamen Auseinandersetzungen. Sprachlos bestaunte sie, wie exotische Ornamente seine Muskeln an Brust und Armen auf erregende Weise betonten. Zum ersten Mal fiel ihr auf, wie meisterhaft diese Arbeit ausgeführt war. „Du bist tätowiert!"

Er hielt in seiner Bewegung inne. „Stört dich das?"

„Im Gegenteil!" Vivianne hatte immer davon geträumt, eines Tages einem romantischen Freibeuter in die Hände zu fallen, und jetzt schienen ihre Fantasien endlich Wirklichkeit zu werden. Sie zog ihn zu sich herab und übersäte sein Gesicht mit flatternden Küssen, als wäre dies der einzige Weg, ihn niemals wieder hergeben zu müssen. Morgan ließ sich nicht zweimal bitten. Fordernd verschaffte sich seine Zunge Zugang zu ihrem Mund. Sie wehrte sich spielerisch und fachte sein Feuer damit nur noch mehr an. Er war grob. Beinahe wütend versuchte er, ihren vorgetäuschten Widerstand zu brechen. Die heimliche Lust daran, sich hilflos ausgeliefert und gleichzeitig begehrt zu fühlen, öffnete Tore in ihr, von deren Existenz sie bisher überhaupt noch nichts gewusst hatte. Es gibt Situationen, in denen eine Frau einfach nur ein reizendes Weib sein will, und diese gehörte dazu. Vivianne fühlte das Echo ihres Herzschlags in

Regionen ihres Körpers, die sie schon viel zu lange nicht mehr auf diese Weise gespürt hatte. Ungeduldig zerrte sie an ihrem Hemd. Morgan hielt einen Augenblick lang inne und betrachtete sie mit einem merkwürdigen Ausdruck in seinem Gesicht. „Nicht so schnell, Prinzessin!“

Wie Verhungernde kosteten sie einander, und mit Genugtuung sah Vivianne, wie seine Muskeln vor unterdrückter Lust zu zittern begannen. O ja, er wollte sie beißen, von ihrem heißen Blut kosten, ebenso wie sie es bei ihm getan hatte, und Vivianne, die sich niemals freiwillig einem Befehl unterwarf, gehorchte sofort, als er verlangte: „Zeig mir deinen Hals!“ Seine Hand schnellte vor und drückte ihren Kopf tief in das Kissen. Aus den Augenwinkeln sah sie noch die langen Reißzähne, den gefährlich weit aufgerissenen Mund, und dann spürte sie nichts weiter als diesen exquisiten Schmerz, nach dem sie sich ein Leben lang gesehnt hatte. Dunkelheit umgab sie und Vivianne erlebte die vollendete Ekstase.

Ich liebe Turteltauben – besonders zum Frühstück! Wie zwei ertappte Teenager fuhren sie auseinander.

10

Morgan sah aus, als wolle er zum Mörder werden. Nur langsam fand er zu sich selbst zurück und wischte sich mit sehr kontrollierten Bewegungen Viviannes Blut vom Kinn.

„Nabrah, verschwinde!“, sie schrie fast vor Enttäuschung. Der Vogel krächzte, es klang wie ein Lachen. Die Läden waren zwar noch fest verschlossen, aber sie hörte ihn dennoch wegfliegen.

Die Stimmung war dahin. Deshalb stieg sie aus dem Bett, wickelte sich dabei das Betttuch um und verschwand im Bad, ohne sich umzudrehen. Der Spiegel offenbarte ihr, was sie am liebsten verdrängt hätte. Einen Moment lang hatte es sich so angefühlt, als risse ein Tier im Blutrausch ihre Kehle heraus. Doch das war ihr noch vor wenigen Augenblicken vollkommen gleichgültig gewesen. Der Schaden war geringer als befürchtet, zumindest der körperliche. Anstelle einer großen Verletzung sah sie nur zwei harmlose Wunden an ihrer Kehle. Vivianne stützte sich auf den Waschbeckenrand, um den Biss genauer zu betrachten. Morgan wusste offensichtlich ganz genau, was er tat. In keiner Sekunde schien er die Kontrolle über sich verloren zu haben. Anderenfalls sähe ihr Hals jetzt anders aus, das kannte Vivianne aus eigener Erfahrung. Ihr war es bei den Gelegenheiten, bei denen sie selbst aus der Quelle getrunken hatte, selten gelungen, ihr Opfer in ähnlicher Weise und so überaus präzise zu beißen. Was nicht weiter dramatisch war, denn im Speichel eines jeden Vampirs befand sich eine Substanz, die kleinere Wunden wie diese in Sekundenschnelle verschwinden ließ. Normalerweise genügte es, nach dem Biss einmal mit der Zunge darüberzulecken. Dazu hatte Morgan jedoch keine Gelegenheit gehabt, und Vivianne war nicht wenig beeindruckt von der Größe seiner Zähne, deren Spuren sie nun mit den Fingern nachzeichnete.

Es schien ihr nicht gerade klug, sich mit ihm eingelassen zu haben. Durch ihr ständiges Beisammensein war das Risiko, entdeckt zu werden, ohnehin nahezu unkalkulierbar groß geworden. Doch dann kam die Erinnerung zurück, wie sie übereinander hergefallen waren. Diese Leidenschaft und Erregung hatte sie noch nie zuvor gespürt, aber immer gesucht. Ihre Hand zitterte, als sie ihre Haut an der Stelle berührte, an der Morgans Lippen meisterhaft und sehr erfahren den zweiten Biss vorbereitet hatten, bevor er schließlich von ihrem Blut getrunken hatte, als wäre es das vortrefflichste Elixier des Universums. Er habe noch nie etwas Vergleichbares gekostet, hatte sie ihn in ihrem Kopf raunen hören, und dieses Kompliment hätte sie ihm ohne Weiteres zurückgeben können. Schon dieser eine Tropfen, den sie ihm gestern während des leidenschaftlichen Kusses dort an der Tür gestohlen hatte, war ihr wie Ambrosia vorgekommen. Seither sehnte sie sich nach mehr. Erschrocken legte sie die Fingerspitzen auf ihre bebenden Lippen. Das durfte nie wieder geschehen, es sei denn, sie planten, sich nach alter Vampirtradition aneinander zu binden: Drei Mal kosteten Seelenpartner voneinander, dann war der Bund für die Ewigkeit geschlossen. Erleichtert lehnte sie sich an die Wand. Daran war natürlich nicht zu denken. Morgan konnte nicht ihr Seelenpartner sein, schon allein deshalb nicht, weil er ein geschaffener Vampir war. Und überhaupt: Sie mochten sich doch nicht einmal wirklich. An der schwindelerregenden Anziehungskraft, die sie in seiner Nähe zu spüren glaubte, trug gewiss ihre monatelange Abstinenz Schuld. Würde nicht jede Frau ohne einen ordentlichen Liebhaber auf merkwürdige Gedanken kommen? Rasch verdrängte sie, dass eine ewige Verbindung zwischen Vampiren unter gewissen Umständen auch dann zustande kommen konnte, wenn die Beteiligten keine Seelengefährten oder unterschiedlicher Abstammung waren.

Eine heiße Dusche, sonst ihr Allheilmittel in allen Lagen des Lebens, trug dieses Mal wenig dazu bei, ihr Unbehagen zu vertreiben. Weil es irgendwann im Bad nichts weiter zu tun gab, als das eigene Spiegelbild eingehend zu betrachten, kam sie schließlich zögernd heraus.

Der Fernseher lief wieder. Morgan flegelte sich auf dem Sofa, Füße gegen den Tisch gestemmt und eine Flasche Whisky in der Hand. Was das Wasser auf ihrer Haut nicht geschafft hatte, gelang diesem Anblick spielend. *Du bist und bleibst ein Prolet*, hatte Sebastian zu ihm gesagt. Wie recht er hatte! *Wenn mich die Götter schon nicht vor der unauflösbaren Verbindung mit einem solchen Mann bewahren, dann werde ich dafür sorgen, dass meine Brüder es tun!*

Aber es gab ja gar keinen Grund sich darüber Sorgen zu machen. Sobald sie den Blutkristall wieder sicher in ihrer Schatulle eingeschlossen hatte, würden sie sich niemals wiedersehen. *Zur Feier des Tages werde ich die größte Party meines Lebens geben*, schwor sie sich. Dieser unmögliche Typ war wirklich der Letzte, mit dem sie eine Ewigkeit zusammenleben wollte. Die wenigen Tage, die ihr gemeinsames Abenteuer noch dauern mochte, reichten vollends aus, sie für immer von romantischen Ideen über Piraten und andere Gesetzlose zu kurieren. Sollte es jemals einen Seelenpartner für sie geben, dann käme dieser Mann aus einem guten Haus, wäre unglaublich reich und trüge – Schuhe! Ihre Stimme klang ein klein wenig schrill, als sie Morgan ansprach: „Na wunderbar. Alkohol am frühen Abend. Geht's noch?" Warum trank er das Zeug überhaupt, wenn es doch kaum mehr brachte als schlechten Atem?

Morgan ließ sich Zeit damit aufzustehen und den Fernseher auszuschalten. So sorgfältig wie ein wirklich Betrunkener stellte er die fast leere Flasche ab. „Meine Zahnbürste ist da drin", nuschelte er und zeigte auf die Badezimmertür.

„Fein, und da spülst du dir eben die Zähne mit Whisky. Alte Gewohnheiten sterben langsam, zweifellos bist du seit frühester Jugend an Alkohol gewöhnt."

„Und wenn es so wäre, was kümmert es dich?"

Mit ihrer Bemerkung hatte sie offenbar einen Nerv getroffen. Vivianne musste unwillkürlich an ihre Träume denken. Darin hatte dieser Säufer sein Kind für Schnaps verkauft. Widerlich!

Wer weiß, welch ein Leben Morgan geführt hatte. Sie mochte sein heutiges Benehmen ja kritisieren, aber sie besaß tatsächlich nicht das Recht, über seine Vergangenheit zu urteilen. Deshalb fragte sie nun mit ruhigerer Stimme: „Und warum siehst du dir ausgerechnet die hiesigen Abendnachrichten an?"

„Schon mal überlegt, dass dieses Programm über alle möglichen außergewöhnlichen Ereignisse des Tages berichtet? Wo sonst erfährt man, was die Sterblichen beunruhigt?"

Vivianne fühlte sich wie in der Vampirschule. „Im Internet?" Dann begriff sie, dass die Frage rhetorisch gemeint war. „Ja, klar. Und dann kommt der mächtige Vengador und alles wird wieder gut!"

„Wenn es mal so wäre! Vengadore töten, Probleme lösen sie nicht. Deshalb bin ich gern darüber informiert, was um mich herum geschieht. Hast du nicht gesehen, wie *verantwortungsbewusst* unser Statthalter ist?" Er machte eine Geste, als sei das Thema damit für ihn erledigt. „Außerdem stimmt mit dem Blut im Kühlschrank etwas nicht."

„Ich dachte, du hättest alles geprüft?" Sie erinnerte sich noch an sein demonstratives Schnuppern am Vorabend. Dann blickte sie an die Stelle, wo eine der Überwachungskameras hing. Gehangen hatte. Zwei Kabel ragten an ihrer Stelle aus der leicht lädierten Wand.

„Jemand war hier. Wahrscheinlich während du dir die Sterne mit Sebastian angesehen hast. Aber das ist jetzt auch ganz egal, wir gehen!"

„Hör mal ..."

Morgan rollte mit den Augen, und sie klappte ihren Mund wieder zu. Später, wenn garantiert niemand mehr zuhörte, konnte sie immer noch richtigstellen, dass es keine romantische Laune gewesen war, die sie auf den See geführt hatte, sondern dass sie tatsächlich – auch wenn er so etwas nicht für möglich halten mochte – dabei gewesen war, eine beachtliche Befreiungsaktion durchzuziehen. Cyron schien nichts verraten zu haben, und sie war nicht einmal sicher, ob sie sich darüber freuen sollte. Selbst über ihre guten Taten zu sprechen lag ihr nicht. Vivianne warf ihre wenigen Habseligkeiten also in die Handtasche und ging zur Tür. „Kommst du?"

Wie viel verkorkster konnte ein Tag eigentlich noch beginnen? Der Gedanke an das, was ihr durch Nabrahs Eingreifen erspart geblieben war, *ehrlicherweise sollte ich* entgangen *sagen*, sandte ein merkwürdiges Zittern durch ihren Körper. Dachte Morgan jetzt schlecht von ihr? *Unsinn!* Sie waren doch ein ideales Team gewesen. *Willkommen in Ihrem persönlichen Purgatorium, Fräulein Wankelmut.*

So war sie immer von ihrem Kindermädchen genannt worden. Doch diese ausnahmsweise mal selbstkritische Einschätzung änderte nichts daran, dass die Erinnerung Vivianne für köstliche Sekunden in ihrem Bann hielt und sie sich dicht an Morgans Seite wiederfand. Ein kurzer Blick in sein Gesicht bestätigte, dass sie mit dem Tumult aus Gefühlen in ihrem kribbelnden Magen nicht allein war. Da konnte er sich so streng geben, wie er wollte. Die grün schimmernden Augen verrieten doch, was seine Gedanken nicht preisgaben, und Vivianne nahm zufrieden die Schultern zurück, während sie an Morgans Seite selbstbewusst den Park des Statthalters durchquerte. Sie war gespannt, ob er oder einer seiner Spießgesellen sich ihnen in den Weg stellen würde. Die Pförtnerin nickte ihnen jedoch lediglich zu und widmete sich dann wieder dem Bildschirm.

Draußen wartete bereits ein heruntergekommenes Taxi, dessen metallene Hülle im Takt tiefer Bässe vibrierte. Den muskulösen Arm, der trotz des herbstlich kühlen Tages unbekleidet aus dem Fenster ragte, kannte sie bereits, und merkwürdigerweise vermittelte ihr dieser Anblick ein Gefühl von Sicherheit. *Klar, der Typ betreibt die Vorhölle*, versuchte sie sich zur Ordnung zu rufen. Aber alles war besser als das Gomorrha, das hinter ihnen lag. Rasch kletterte sie auf den Rücksitz, Morgan folgte ihr, offenbar bemüht sie nicht zu berühren. „Nach Hause, Per!" Er hatte kaum die Tür hinter sich geschlossen, da quietschten die Reifen des Fahrzeugs schon auf und sie schossen die ruhige Straße entlang, an hohen Hecken und imposanten Eingangstoren vorbei, bis die Vorstadt erreicht war, wo sie dem beständig dichter werdenden Verkehr gehorchen mussten.

Vivianne sah Morgan an. „Wegen vorhin …"

„Später!"

Sie schloss ihren Mund wieder und funkelte Per wütend an, der ihr durch den Rückspiegel einen mitleidigen Blick zuwarf. Sie musste sich nicht besonders anstrengen, um seine Gedanken zu lesen: *Na, ist ja klar. Wenn der die Schicksen immer so behandelt, dann darf er sich nicht wundern, dass die nicht lange bleiben.*

Kaum hatten sie ihr Ziel erreicht, da riss sie die Wagentür auf. Zwei Augenpaare bohrten sich in ihren Rücken und Vivianne hob ihr Kinn noch ein wenig höher, während sie die Eisentür zum Fabrikhof aufstieß, sodass der Stahl gegen das Mauerwerk schlug und ein roter Ziegelstein genau vor ihren Füßen landete. *Zum Teufel mit den Regeln!*, fluchte sie lautlos und befand sich in Lichtgeschwindigkeit vor der Wohnung.

„Bonsoir, ma puce." Sie hatte gerade überlegt, ob sie versuchen sollte, die Tür mit einem gezielten Tritt aufzusprengen, da stand Cyron im Rahmen. Er verbeugte sich formvollendet. „Hast du einen guten Tag verbracht?"

„Los, rein – alle beide!" Morgan klang nicht gerade amüsiert. Instinktiv suchte Vivianne Schutz bei Cyron, was die Stimmung des Hausherrn auch nicht besserte.

„Wo ist er?"

„In Sicherheit." Cyron legte zur Beruhigung eine Hand auf Viviannes Schulter. „Ich habe ihn gut untergebracht." Dabei sah er nach oben. Sie tat es ihm gleich und erstarrte. Unter der hohen Decke hing ein mittelalterlicher Eisenkorb, den Cyron an einem Seil nach oben gezogen hatte. Und darin saß Salai.

Der Elf lachte, als er ihren Gesichtsausdruck bemerkte. „Vom Regen in die Traufe. Es mag ein wenig altertümlich auf dich wirken, aber eine solche Aufbewahrung schadet niemandem. Keine Sorge, ma puce. Ihm geht es gut. Noch." Er zündete einen Holzspan an und warf ihn in die Schale, die dicht unter dem Käfig stand. Sofort loderte ein Feuer auf. Salai wich in die äußerste Ecke seines Gefängnisses zurück, als die Flammen unter seinen Füßen züngelten.

Morgan ignorierte Vivianne, die fassungslos ein paar Schritte zurückwich, und auch für den Gefangenen und dessen Ängste hatte er wenig mehr als einen kurzen Blick übrig. Stattdessen wandte er sich an Cyron: „Ich hoffe, dir ist niemand gefolgt." Als der Elf ihn daraufhin voll milder Ironie ansah, berichtete er trotz seiner offensichtlichen Verärgerung leise von den Ereignissen im Haus des Statthalters, ließ interessanterweise aber die anschließende Begegnung mit Sebastian aus. Vivianne fragte sich, warum er dies tat. Zumindest verzichtete Morgan dieses Mal darauf, die eigenartige Sprache zu verwenden, die er sonst gern benutzte … wahrscheinlich nur, damit sie ihn nicht verstand. Im Gegenzug erhielt er von Cyron eine Zusammenfassung der Ereignisse des Vorabends. Der hatte während der Erzählung des Vampirs zunehmend abwesender gewirkt. Jetzt zeigte er auf den Dieb, der ihn angstvoll anstarrte. „Unser Langfinger hat mächtig Glück gehabt. Mit dem Statthalter ist nicht zu spaßen und noch weniger mit seinem unangenehmen Assistenten." Er blickte nach oben. „Nicht wahr, du bereust deine Tat inzwischen?" Der Gefangene nickte eifrig und in seinem Gesicht zeigte sich ein Hauch von Hoffnung. Das Grollen aus Morgans Kehle sorgte jedoch sofort dafür, dass er sich wieder angstvoll in seine Ecke kauerte.

Cyron hob eine Augenbraue und sah Morgan an. „Normalerweise würde ich das nicht fragen, aber in diesem Fall … habe ich dein Wort, dass du ihn am Leben lässt?" Offenbar machte er sich weniger Gedanken über Viviannes naturgemäß latenten Hang zu Gewalttätigkeiten. Oder er verließ sich darauf, dass sie sich zum Wohl des Blutkristalls zusammennahm. „Niemand anders darf ihn richten als seinesgleichen."

Vielleicht hatten die beiden Freunde unbemerkt miteinander kommuniziert, jedenfalls nahm er Morgans Zustimmung ganz offenbar als gegeben hin, denn er wandte sich mit einem zufriedenen Lächeln ab. Cyron blies Vivianne einen Abschiedskuss aus der Hand hinüber, und bevor die Tür endgültig hinter ihm ins Schloss fiel, hörte sie das Klacken seiner Absätze auf der Treppe ganz plötzlich nicht mehr.

„Ich hasse es, wenn sich diese Feen derartig undurchsichtig geben." Vivianne fand, es könne nicht schaden, sich bei dieser Gelegenheit vom Elfenvolk, ob nun dunkel oder dem Licht zugewandt, zu distanzieren. Gleichgültig, was Morgan von Cyron hielt, auf die Dunkelelfen war er bestimmt nicht gut zu sprechen. Daraus hatte er auch bisher wahrlich keinen Hehl gemacht, und die Inszenierungen des Statthalters und seines Assistenten – beides Dunkelelfen – trugen gewiss nicht dazu bei, ihn milder zu stimmen. Von Sebastians merkwürdigen Auftritten einmal ganz abgesehen. Sie hätte zu gern gewusst, was die beiden in der Vergangenheit verbunden hatte. Doch wie so vieles musste auch diese Frage vorerst ungeklärt bleiben.

Es gab drängendere Probleme. „Und was nun?" Sie blickte unentschlossen von Morgan zum Eisenkorb. Wenn sie Salai schon nicht beißen durfte, dann sollte man das inzwischen zusammengesunkene Feuer vielleicht neu entfachen, um ihm die Zunge zu lösen. Bevor sie diesen Vorschlag aber machen konnte, packte Morgan ihren Oberarm und zerrte sie durch den gesamten Raum. Als er gegen die Tür ihres Schlafzimmers trat, die mit einem lauten Krachen aufschlug, regte sich ihr Widerstandsgeist schließlich. „Hey, lass mich los! Bist du noch ganz sauber?" Sie hielt sich im Türrahmen fest. Auf keinen Fall ließ sich eine Causantín so behandeln.

Der Protest half jedoch nichts, Morgan gab ihr einen Stoß, und sie flog im hohen Bogen auf das schmale Bett. Blitzschnell drehte sie sich um, bereit einen Angriff abzuwehren, der jedoch nicht erfolgte. „Hat uns dieser Salai eben etwa mit vollem Ernst *Viel Spaß!* gewünscht?", versuchte sie die Situation aufzulockern.

Der erhoffte Erfolg blieb jedoch aus. Morgan schien sie nicht einmal zu hören. Er schloss die Tür und lehnte sie gegen den Rahmen. Dabei vermied er jeden Blickkontakt und fuhr sich durch sein ohnehin schon strubbeliges Haar, bis es in alle Himmelsrichtungen abstand. Sie beobachtete jede seiner Bewegungen, immer bereit sich zur Wehr zu setzen, sollte dies denn erforderlich sein. Schließlich blieb er stehen. „Was hast du dir dabei gedacht, den Idioten da draußen selbst befreien zu wollen?“, schnauzte er sie an. „Hast du eigentlich eine Ahnung, mit welchen Mächten du dich da anlegst?“

Aus Erfahrung wusste sie, dass man tobende Männer lieber ausreden ließ. In dieser Stimmung waren sie vernünftigen Argumenten ohnehin nicht zugänglich. Morgan stieß sich vom Türrahmen ab und ging mit langen Schritten zum Fenster. Jetzt, da sie annehmen durfte, dass er nicht mehr gewalttätig werden würde, nutzte sie die Gelegenheit, ihn genauer anzusehen. Dies war also der Mann, dem sie noch vor kurzem ganz bereitwillig mehr als nur ein paar heiße Küsse erlaubt hatte. Er mochte nicht zu ihr passen, und ihre Familie würde vermutlich durchdrehen, wenn sie jemanden wie Morgan als ihren neuen Freund vorstellte. Ein erfreulicher Gedanke, der ihre Stimmung sofort aufhellte. Zugegeben, gerade eben hatte sie eine Verbindung noch nicht einmal in Betracht gezogen. Und das tat sie auch jetzt nicht. Aber sie fand den Gedanken an eine Affäre mit Morgan plötzlich sehr erregend. Besonders, wenn seine Stimmung so stürmisch war wie augenblicklich, wirkte er unwiderstehlich. Mit Mühe verkniff sie sich ein Lächeln. Der infrage kommende Kandidat schien nämlich momentan nicht zu Scherzen aufgelegt zu sein. Aber er war dermaßen sexy, dass sie ihm sogar mögliche Grobheiten nachsah. Sein raubtierhafter Gang, die absolute Präsenz – einfach alles an ihm schien sie herauszufordern. Er war nicht kultiviert, kein Gentleman. Auch wenn er gelegentlich aristokratisches Flair verströmen mochte, so schien dies doch eher der Charme eines ruppigen Landadligen zu sein als die geschmeidige Eleganz eines Salonlöwen wie Sebastian. Wenn die beiden Vampire wirklich einmal enge Freunde gewesen sein sollten, dann wäre dieser Gegensatz gewiss für mehr als nur eine Lady unwiderstehlich gewesen. Morgans Stimme, dunkel, melodisch und mit der Spur eines seltsamen Akzents, reichte bereits aus, eine Frau zu umgarnen. Von den bernsteinfarbenen Augen ganz zu schweigen, die eine nicht vorhandene Sanftheit so trügerisch vorzutäuschen verstanden. Oh nein, dieser Vampir – einst sterblich, jetzt ein erbitterter Gegner des Vergänglichen – hatte nicht ohne Grund Jahrhunderte überlebt. Er war ein Kämpfer, wild und ungezähmt. Mit anderen Worten: Morgan besaß die idealen Voraussetzungen für eine heiße Affäre, deren Ausgang niemand vorhersagen konnte. *Zur Hölle mit meinen guten Vorsätzen!* Sollte er tatsächlich herausfinden, wer sie war und dies auch noch gegen sie verwenden, so wäre das ein Fehler, den er schnell mit seinem Leben bezahlen würde. Sie alle konnten auf die eine oder andere Art den Kopf verlieren. Entgegen der landläufigen Meinung galt besonders für Vampire die Warnung: „Nichts ist für die Ewigkeit." Vivianne dachte aber nicht an den Tod, sondern an die Erregung, die ihr der Tanz auf dem Vulkan bringen mochte. Ihr lief das Wasser im Mund zusammen, und sie leckte sich nervös über die Lippen.

„Hörst du mir überhaupt zu?" Ärgerlich sah Morgan sie an. Er hatte sich umgedreht und offenbar irgendetwas Wichtiges gesagt.

Nein. „Natürlich." Sie lächelte und ließ zu, dass ihr T-Shirt ein wenig höher rutschte.

Morgans Adamsapfel bewegte sich, als müsse er schlucken. „Der Typ da draußen hat eine Armada von Vampiren auf den Fersen, und ich habe diese Wohnung nicht so lange geheim gehalten, damit sie jetzt wegen dir auffliegt. Erzähl mir genau, was passiert ist!"

Spielverderber. Vivianne fasste die Ereignisse konzentriert zusammen, darum bemüht, einen möglichst guten Eindruck zu machen. Sie verschwieg dabei allerdings das unheimliche Ende des Vampirs, der mit ziemlicher Sicherheit Nabrah und seinen Artgenossen zum Opfer gefallen war. Der Rabe nahm es ihr gewiss nicht übel, wenn sie sich mit seinen Federn schmückte. Es war für einen guten Zweck, und wer wusste schon, wann sie seine unheimlichen Talente erneut benötigte.

„Und weiter?" Morgan klang, als erwäge er ernsthaft, jedes Detail der Geschichte aus ihr herauszuschütteln. Es war unübersehbar, dass er es ernst meinte.

Deshalb beeilte sie sich, auch den Rest zu berichten. „Nichts weiter. Dann tauchte plötzlich Cyron auf. Alles andere dürfte er dir ja bereits erzählt haben."

„Allerdings, das hat er getan. Und es gefällt mir gar nicht, dass dieser Vampir, mit dem du dich da angelegt hast, noch irgendwo herumgeistert und dich womöglich identifizieren kann."

„Darüber mach dir mal keine Sorgen. Der erzählt nichts mehr." Schnell verdrängte sie die Bilder vom Tod des Vampirs aus ihrem Gedächtnis und bemühte sich um einen neutralen Gesichtsausdruck. Besser, der genaue Hergang blieb weiterhin im Verborgenen. „Was machen wir denn nun mit dem Lebensmüden dort in seinem Käfig, und wie finden wir heraus, wo er den Blutkristall versteckt hat?", fügte sie schnell hinzu, als er sie ungläubig ansah. *Aha, das hättest du einer* Prinzessin *wohl nicht zugetraut*, dachte sie zufrieden.

Glücklicherweise ließ Morgan es dabei bewenden und fragte nicht weiter nach. „Ich habe vor, genau das herauszufinden." Damit kehrte er in den Wohnraum zurück, löste das Seil, das Cyron nachlässig um einen Pfeiler geschlungen hatte, und ließ den Käfig samt Inhalt herunter.

„Hey, Vorsicht!" Der Dieb hielt die Gitterstäbe krampfhaft umklammert, als sich sein Gefängnis nicht gerade langsam dem Boden näherte und schließlich unsanft aufschlug. „Mann, Mann, Mann!" Er wischte sich den Schweiß von der Stirn. „Hätte ich gewusst, was das für ein verfluchter Job werden würde, ich hätte das verdammte Ding nie geklaut." Salai blinzelte und starrte

Vivianne an. Offenbar erkannte er sie erst jetzt als die Besitzerin des gestohlenen Juwels. „Oh, Shit! Herzlichen Dank für die Befreiung! Mein Herr, das war ein ganz beeindruckender Stunt, den ihre Lady da abgeliefert hat. Sie können stolz sein." Und an Vivianne gewandt fuhr er, ohne Luft zu holen, fort: „Dass ich Ihr Dingens da geklaut habe, das war nichts Persönliches. Ein Mann wie ich muss auch von was leben, und der Typ hat gesagt, es geht ganz einfach. Nur ein bisschen Budenzauber." Er sah sie vorwurfsvoll an. „So etwas Wertvolles sollte auch wirklich besser gesichert sein. Die Alarmanlage war nicht mehr auf dem neuesten Stand. Und der Rest … beeindruckend, ja, aber nicht unüberwindlich. Falls Sie mal einen Sicherheitsexperten brauchen …" Er deutete eine Verbeugung an. „Stets zu Diensten, Schönste aller Schönen!"

Anstelle einer Antwort sah Vivianne zu Morgan hinüber. Der erstickte Laut, den sie gehört hatte, beunruhigte sie. Sein rechter Mundwinkel zitterte ganz leicht, und sie lachte befreit los. „Ob der immer so viel redet?", brachte Vivianne endlich hervor und wischte sich über die Augen.

„Das ist die Angst", vermutete Morgan schmunzelnd.

„Hey, ich bin noch hier." Der Dieb rüttelte an den Gitterstäben.

Morgan wurde wieder ernst und trat dichter an den Käfig heran. „Wer hat dir den Auftrag gegeben?"

Salai gab seine seltsame Förmlichkeit auf und klang nun ganz wie der kleine Ganove, der er vermutlich auch war. „Lass mich raus und wir können einen Deal machen."

„Salai – nicht wahr, das ist doch dein Name?"

„Warum?"

„Jetzt hör mir mal gut zu, Salai. Du hast etwas gestohlen, was uns gehört, und der Deal ist ganz einfach. Du gibst uns den Rubin zurück und beantwortest meine Fragen. Und wenn ich mit dem, was du mir erzählst, zufrieden bin, dann – und nur dann – lasse ich dich vielleicht am Leben. Haben wir uns verstanden?"

„Ich glaube nicht, dass es so läuft." Salai wirkte überhaupt nicht eingeschüchtert, und dabei hatte Morgans Stimme selbst Vivianne einen eisigen Schauer über den Rücken gejagt.

Blitzschnell schoss Morgans Hand durch die Gitter, packte den Gefangenen grob am Hals und zog ihn ganz dicht zu sich heran. „Und wie, glaubst du, wird es dann laufen?"

Salais Augen wurden groß. „Heilige Sch-ande! Das war aber schnell."

Vivianne mischte sich ein. „Das führt doch zu nichts, lass ihn los." Sie sah Morgan durchdringend an. *Der Blutkristall schützt ihn, und ich glaube, er weiß das auch. Wir müssen verhandeln.*

Morgan fiel es sichtbar schwer, ihr zuzustimmen, aber schließlich tat er ihr den Gefallen und Salai taumelte zurück. Er rieb sich seinen Hals, an dem ganz deutlich die Abdrücke von Morgans Fingern zu sehen waren. „Seid bedankt, Lady!" Suchend sah er sich um. „Gibt es hier auch was zu essen? Ich hab richtig Hunger, wisst ihr?"

Vivianne ging zum Kühlschrank und sah hinein. Natürlich nicht, weil sie glaubte, etwas Essbares für ihren Gefangenen zu finden, sondern weil der Geruch seines Blutes sie nervös machte. Sie hatte in den letzten Tagen viel erlebt, aber nicht genug getrunken – und zahlte jetzt den Preis für diesen Leichtsinn. Vor ihren Augen verschwammen die Gitter in dem leeren Kühlschrank zu einem weißen Nichts.

Morgan war im Nu bei ihr. „Was ist denn?" Ein Blick genügte und er wusste: *Du brauchst Blut!* Er nahm ihr Handgelenk und zerrte sie zur Wohnungstür. Vivianne fühlte sich zu schwach, um zu widersprechen.

„Und was ist mit mir?" Salais Stimme hallte jämmerlich durch das Treppenhaus.

Wenig später brausten sie so schnell auf Morgans Motorrad über den regennassen Asphalt, dass Vivianne spätestens jetzt schwindlig geworden wäre. Sie hatte noch nie auf einer vergleichbaren Höllenmaschine gesessen und klammerte sich auch dann noch Halt suchend an Morgan, als der Motor schon blubbernd verstummt war.

„Wir sind da, du kannst mich jetzt wieder loslassen." Er klang belustigt, und Vivianne öffnete vorsichtig die Augen, die sie vorsichtshalber unterwegs fest zugekniffen hatte. Sie standen vor dem Limbus, der Kneipe ihres teuflischen Taxifahrers, der beide Gäste kurz darauf begrüßte, als seien sie alte Freunde. Nach einem kurzen Blickwechsel mit Morgan nickte er, und der Vampir führte sie in das Hinterzimmer, das sie schon von ihrem ersten Besuch kannte. Ihre Knie zitterten. Vivianne war nicht ganz sicher, ob das von ihrer ersten Fahrt mit einem Motorrad oder von dem Blutmangel herrührte, aber als sie wenig später die erste Flasche geleert hatte, ging es ihr deutlich besser.

„Salai hat recht, wir können ihn doch nicht so einfach da in dem Käfig sitzen lassen."

„Ich kann mir Schlimmeres vorstellen. Schon vergessen, der Typ, den du da gerade bemitleidest, ist bei dir eingebrochen, hat dich bestohlen und dir als Andenken eine Tote hinterlassen, die er sogar sehr wahrscheinlich eigenhändig umgebracht hat."

Per Obscurus – *welch ein merkwürdiger Name* – kehrte noch einmal zurück und brachte eine prall gefüllte Plastiktüte mit, die er Morgan in die Hand drückte. „Sieh zu, dass du nächstes Mal rechtzeitiger Nachschub bestellst", riet er. „Die restliche Lieferung kommt morgen. Das Beste ist, ihr nehmt den Hinterausgang, es muss ja nicht jeder Bescheid wissen, wer hier illegal einkauft. Dein Motorrad steht schon dort." Die beiden Männer verabschiedeten sich, indem sie eine für Vivianne schwer nachzuvollziehende Reihenfolge von Handschlägen absolvierten, die darin gipfelte, dass sie sich an den Armen fassten, als wollten sie eine Blutsbrüderschaft eingehen. Dabei zwinkerte ihr Per über Morgans Schulter hinweg zu und verschwand.

„*Was* ist dein Freund eigentlich?"

„Nicht hier."

Vivianne fühlte sich stark und mutig, das Blut war rein und von der allerbesten Qualität gewesen. „Deine beliebteste Ausrede. Ich will mich aber nicht länger vertrösten lassen!"

„Später. Komm schon."

„Wie ich euch Machos hasse", grollte sie, als Morgan sie bis zu einer Stahltür vor sich herschob. Kurz darauf startete er sein schwarz lackiertes Motorrad. Sie flogen praktisch über den Bürgersteig, machten eine scharfe Kehrtwendung und rasten anschließend die Straße hinab. Sein halsbrecherischer Fahrstil, registrierte Vivianne benommen, hatte nichts mit ihrem akuten Blutmangel zu tun gehabt. Vor einem Imbiss hielt er kurz an, aber bevor sie begriff, was Morgan da eigentlich tat, hockte sie schon wieder auf dem Sozius und verfluchte die Männer im Allgemeinen, und von diesen die motorradfahrende Spezies im Besonderen.

Sie ging mit den Taschen vor, während Morgan noch sein Motorrad in einem Schuppen abstellte. Was hatte er da bloß gekauft, Rattengift etwa? Als sie ihre Nase in das knisternde Plastik steckte, bekam sie einen Hustenreiz. Doch dann hörte Vivianne etwas und verstummte. Behutsam stellte sie die Taschen ab und schlich weiter die Treppen hinauf. Irgendetwas stimmte hier nicht und tatsächlich … die Tür war nur angelehnt. Bevor sie allerdings mehr herausfinden konnte, spürte sie Morgan hinter sich. *Bleib zurück!*

Aber Vivianne war es so leid, seinen Anordnungen blind folgen zu müssen. Genauso gut hätte sie gleich ihre Brüder rufen und das Problem von ihnen lösen lassen können. Hier ging es um sie selbst, um ihre Ehre. Niemand stahl den Blutkristall aus ihrer Obhut und kam ungestraft davon. Morgan hatte mit seinem animalischen Charme ihre Sinne verwirrt. Sie war eben unerfahren, was Vampire betraf, und hatte sich von ihm einwickeln lassen. Privatleben und Geschäft sollte man wirklich strikt voneinander trennen. Jetzt war es Zeit für ernsthaftes Business, und was immer jenseits seiner Wohnungstür lauerte, würde ganz schnell begreifen, dass mit ihr nicht zu spaßen war. Bevor sie ihre Vorsätze allerdings umsetzen konnte, stürmte Morgan an ihr vorbei, und wenige Sekunden später beobachtete sie sprachlos die Szene, die sich wie in Zeitlupe vor ihren Augen abspielte.

Da stand sie nun, ihre Hose in schwere Stiefel gestopft, mit nicht viel mehr als einem knappen, rauchfarbenen T-Shirt und dem Mantel einer so viel größeren Vorbesitzerin bekleidet, dass der Saum fast über den Boden schleifte. Und diese vampirartige Sirene in Abendrobe, die sie beide mit einem strahlenden Lächeln erwartete, warf sich Morgan an den Hals, küsste ihn, und er legte ihr – für Viviannes Geschmack viel zu vertraut – einen Arm um die zerbrechlich wirkende Taille. Sie kannte diesen Typ. Solche Frauen wirkten zwar zart und beschützenswert, aber ihr Herz war aus Stahl geschmiedet, genauso übrigens wie ihr Wille, sobald sie sich etwas in den Kopf gesetzt hatten. Es war nicht zu übersehen, was dieses Biest im Sinn hatte, sie rieb sich wie eine rollige Katze an Morgan. „Geliebter!"

Na bitte, ich habe mit meiner Vermutung also recht.

„Warum machst du mir neuerdings so unbrauchbare Geschenke? Wusstest du denn nicht, dass der Blutsack verhext war?"

Was meint sie damit? Alarmiert sah sich Vivianne um und entdeckte den geöffneten Käfig, vom Dieb jedoch gab es keine Spur. Die unverschlossene Tür! Er musste unmittelbar vor ihrer Ankunft entkommen sein, Vivianne erinnerte sich, dass sie kurz geglaubt hatte, ihn im Treppenhaus zu spüren. Sollte er sich unbemerkt in einer Nische verborgen gehalten haben, so stellte dies sowohl Morgan als auch ihr ein Armutszeugnis aus. Sie wollte gerade den Mund öffnen, um eine entsprechende Bemerkung zu machen, da stand Morgans Gespielin vor ihr. Sie war schnell, das musste man ihr wirklich lassen. Die zierliche Kindfrau schaffte es spielend, bedrohlich zu wirken, als sie Viviannes Kopf mit dem ausgestreckten Zeigefinger ins Profil schob. Sie sah Vivianne von dort unten aus an und legte ihren Kopf schräg, als könne sie so besser sehen, was Morgan ihr mitgebracht hatte. Seine Stimme warnte Vivianne in ihrem Kopf: *Beweg dich nicht!*

Offenbar hatte die Vampirin nichts gehört, denn sie lächelte weiter. „Sie ist hübsch. Auf eine ausgefallene Art recht nett anzusehen."

Vivianne fühlte sich unter dem prüfenden Blick wie gelähmt, und dass sich die Vampirin ihr gegenüber lustvoll über die Lippen leckte, machte die Situation auch nicht angenehmer. Das Glitzern in ihren Augen wirkte wenig vertrauenerweckend, um nicht zu sagen, dass es einer Wahnsinnigen recht gut zu Gesicht gestanden hätte. Ihr eben noch neugieriger Blick verfinsterte sich. So schnell, wie sie gekommen war, hatte sie Vivianne nun mit dem Rücken zur Wand in ihrer Gewalt, bevor diese überhaupt eine Bewegung wahrgenommen hatte.

Definitiv wahnsinnig. Vivianne hatte ja schon einiges erlebt. Sobald Frauen – wenn auch nicht immer zu Unrecht – glaubten, sie wolle ihnen in die Quere kommen, verwandelten sich die friedlichsten Lämmchen zu Tigerinnen. Sie war schon geschubst worden, mitten im Gespräch abgedrängt – und einmal hatte eine Konkurrentin sie sogar mit einem Drink übergossen. Was allerdings dazu geführt hatte, dass der dazugehörige Mann mehrmals um Pardon gebeten, Vivianne schließlich sogar nach Hause gefahren hatte und schließlich – über Nacht geblieben war. Er war nicht nur ein außerordentlicher Liebhaber gewesen, sondern hatte ihr auch noch als Entschuldigung für das Verhalten seiner nun Ex-Verlobten ein großzügiges Geschenk gemacht. Aber diese Megäre hier übertraf an Stutenbissigkeit alles, was Vivianne jemals widerfahren war. Außerdem hatte sie es jetzt mit einer Vampirin zu tun, da war Vorsicht angebracht. Dumm nur, dass sie nicht einmal ihren kleinen Finger bewegen konnte. Sie war dem Biest tatsächlich ausgeliefert. Und dieses Weibsstück wollte eindeutig Blut sehen. Als sie sich zu Morgan umwandte, flog der Geifer aus ihrem Mund, die langen Reißzähne machten es außerdem schwer, sie zu verstehen. „Du hast mir geschworen, sie sei nicht wichtig."

„Und habe ich dich schon einmal angelogen?" Morgan machte einen Schritt auf sie zu. „Edna, es gibt wirklich keinen Grund, eifersüchtig zu sein." Seine Stimme klang sanft, geradezu liebevoll, und schien darauf ausgelegt zu sein, die zornige Geliebte nicht weiter zu verärgern. Aber in dem Maße, wie seine Worte allmählich die Rage aus ihrem Gesicht fortschmeichelten, wuchs in Vivianne der Ärger. Sie nahm sich jedoch zusammen, und die Empörung half ihr, sich aus dem magischen Bann ihrer Gegnerin zu befreien und diese gut drei Meter auf Abstand zu bringen. Wie konnte er denn behaupten, sie sei nur eine Geschäftspartnerin? „Und was war das dann gestern?", platzte sie heraus. „Hast du etwa die Stirn zu behaupten, du hättest mich nicht gewollt?"

„Vivianne!" So etwas wie Panik schwang in seiner Stimme mit. Aber sie war frei und inzwischen so wütend, dass sie nicht weiter darauf achtete und fauchte: „Für mich hat sich das jedenfalls danach angefühlt." Und zu Edna gewandt fuhr sie fort: „Er küsst wirklich sensationell, das muss man deinem Freund lassen."

Dann allerdings lächelte sie böse. „Aber sag, ist er nicht viel zu sehr ein Mann für so einen Zwerg wie dich?“ Sie lachte wissend, und Morgan warf ihr einen erstaunten Blick zu. Diesen Augenblick der Unaufmerksamkeit nutzte Edna, die er mit seinem Blick bisher in Schach gehalten hatte, und flog mit Fingern auf Vivianne zu, die zu tödlichen Klauen gebogen waren. Morgan warf sich zwischen sie. Er zerrte Edna fort, und das Vampirpärchen rollte über den Boden, während es miteinander rang.

Vivianne war insgeheim heilfroh, dass er sie vor dem Angriff gerettet hatte. Einem Catfight fühlte sie sich ja vielleicht noch gewachsen, aber Edna wollte sie ohne Zweifel tot sehen. Das war etwas weitaus Persönlicheres. Vivianne hatte andere Pläne für ihre Zukunft. Während Morgan noch damit beschäftigt war, seine wild um sich schlagende Geliebte niederzuringen, wobei er es eindeutig vermied, sie ernsthaft zu verletzen, drehte sich Vivianne auf dem Absatz um. Sie hätte dem Biest kurzerhand den Hals umgedreht. Aber es war ziemlich klar, worauf diese entwürdigende Szene hinauslief. Und sie wollte auf keinen Fall Zeugin einer stürmischen Versöhnung zwischen zwei Liebenden werden.

Morgan drehte Ednas Arme auf den Rücken und zischte ihr ins Ohr: „Wenn du nicht stillhältst, leg ich dich so lange in Ketten, bis du zu schwach bist, jemals wieder solch eine Szene zu machen.“ Er wusste, dass Vivianne fort war. Doch wohin konnte sie schon gegangen sein? Zuerst einmal musste er seine Edna zur Ruhe bringen. „Komm schon, sag mir, dass ich jetzt loslassen kann.“

Ihr blieb nicht viel Bewegungsfreiheit. Seine Hände lagen wie Schraubzwingen um ihre zarten Handgelenke, und sie konnte sich noch gut daran erinnern, wie es sich anfühlte, Tag und Nacht die schweren Eisen zu tragen, bis die Hände erst kalt wurden, später kribbelten und schließlich so schmerzten, dass die darauf folgende Phase einer Gnade gleichkam, weil sie nun nicht einmal mehr wusste, wem die leblosen Klumpen gehörten, die einst wie zarte Vögelchen über die Körper ihrer Liebhaber gehuscht waren. Wieder und wieder hatte der Mann, der ihr einst ewige Treue geschworen hatte, sie so gedemütigt. Sie drehte den Kopf. „Wer bist du?"

Er gab einen Laut von sich, der sehr nach einem verzweifelten Seufzer klang, und hob sie langsam hoch, bis beide wieder auf sicheren Füßen standen. „Ich bin Morgan, erkennst du mich nicht?"

„Ich will zu meinem Mann."

Er brachte es nicht übers Herz ihr zu sagen, dass der Mann, nach dem sie rief, die Schuld an ihrem jetzigen Zustand trug. Morgan hatte niemals herausgefunden, wer für dieses schreckliche Schicksal verantwortlich war, erinnerte er sich doch sonst an jede Einzelheit, als wäre es erst gestern und nicht vor fast dreihundert Jahren geschehen …

Weil der Tag schon so nah war und seine Natur ihn zwang, den geheimen Unterschlupf – fern von Licht und Wärme – aufzusuchen, hatte er nichts unternehmen können, als ein fremder Vampir sich ihrer bemächtigte, um sie zu seiner Braut für eine Nacht zu machen. Edna hatte seine Warnungen in den Wind geschlagen, sich nicht mit seinesgleichen einzulassen. Wer der Bluttrinker gewesen war, an den sie ihr Herz verloren hatte, hatte sie ihm nie verraten. Sie war jung gewesen – und dazu frisch verliebt, gewiss auch ein wenig ehrgeizig, nachdem sie es so weit gebracht hatte. Das einfache Hausmädchen, umworben von einem geheimnisvollen Edelmann, der ihr alles versprach und nichts davon halten wollte. Solche Schicksale gab es damals zu Hunderten. Zwischen Morgan und ihr war immer häufiger

Streit entstanden. Längst kannte sie sein Geheimnis und wollte so sein wie er.

„Du hast alles, was ich mir wünsche!“, warf sie ihm vor und verlangte, dass er sie zu einer Tochter der Nacht machte. Aber selbst wenn Morgan gewusst hätte, wie die Wandlung zu bewerkstelligen gewesen wäre, er hätte es nicht getan. Und das sagte er ihr auch. Sie sollte ein anderes Leben führen, als es das Schicksal für ihn bestimmt hatte. Wenige Wochen zuvor hatte er ein kleines Cottage gekauft, mit einem Garten und Obstbäumen. Ideal für eine alleinstehende Frau, um mit der entsprechenden Apanage ein friedliches Leben zu führen. Sie fand diese Aussicht langweilig, er aber versuchte immer wieder, ihr zu erklären, wie viel besser ein solches Leben sein würde als seine eigene, unwürdige Existenz. Als es jedoch wirklich darauf ankam, halfen ihm weder die Schnelligkeit noch das Geschick eines talentierten Diebs und Mörders, zu dem er inzwischen geworden war. Er hatte versagt. Für mehr als zweieinhalb Jahrhunderte glaubte er sie verloren.

Irgendwann, nicht zuletzt dank seiner Freundschaft zu Sebastian, hatte er dann gelernt, mit ihrem Tod und seiner Schuld zu leben.

Und als er nach all der Zeit ihres unvorstellbaren Martyriums von seinem fürchterlichen Irrtum erfuhr und sie aus der Gefangenschaft befreite, war alles zu spät gewesen. Alleine, nur von einem grausamen Söldner bewacht, ohne Liebe oder wenigstens Mitleid, ausgehungert und bitter enttäuscht, war sie längst dem Wahnsinn verfallen. Er hatte sie verraten und sich selbst amüsiert, während sie in feuchten Verliesen litt. Dafür würde Morgan ewig in einer Hölle schmoren, die schlimmer war, als die perfidesten Dämonen sie sich erdenken konnten: in seiner ganz persönlichen Hölle, die mit Schuld und Scham gefüllt war. Er hatte gebetet, geschrien und geflucht, nach jedem Strohhalm gegriffen, jeden noch so absurden Zauber angewandt, alles nur mit dem einen Ziel: ihre Seele zu retten. Doch vergeblich. Jetzt gab es nur noch eine einzige Hoffnung. Und Morgan hatte gelobt, auch wenn dies sein Ende bedeutete, er würde alle Todsünden begehen, alle Gebote und Regeln brechen, ja selbst an einem Freund Verrat üben, nur um ihr dieses sagenhafte Heilmittel zu beschaffen. Das Schicksal hatte sich nicht milde gezeigt, sondern ihm eine weitere Last auferlegt, so als wolle es die Ernsthaftigkeit seiner Motive ergründen. *Ich habe alles gegeben*, flehte er lautlos. Doch er kannte die Antwort bereits. Die Götter planten, ihm das Kostbarste zu nehmen. Lange hatte er geglaubt, dass es für ihn keine Liebe gäbe. Jetzt, da die Hoffnung zu seiner größten Versuchung geworden war, ahnte Morgan, dass eben diese Liebe der Preis für Ednas Freiheit sein würde.

„Wo bist du, mein Geliebter?“ Edna.

Nicht zum ersten Mal verspürte er den Wunsch, sie zu schlagen. Seine Fantasie ging noch weiter, gaukelte ihm vor, wie er mit einem einzigen Schwertstreich ihrem und damit auch seinem eigenen Martyrium ein Ende setzte. Doch der Wunschtraum zerplatzte wie eine Seifenblase. Morgan riss sich zusammen, er hatte kein Recht auf ein Glück, das *ihr* verwehrt geblieben war, und zwar nur, weil *er* versagt hatte.

Edna sah sich mit glasigem Blick um und wollte sich seinem Griff schon erneut entziehen. Leise begann er, ein altes Wiegenlied zu singen, wie er es immer tat, seit er durch einen Zufall herausgefunden hatte, dass diese einfache Hirtenweise ihre arme Seele so sehr zu beruhigen vermochte wie nichts anderes. Auch auf ihn blieb sie nicht ohne Wirkung, und während er weiter summte, erwachten die Erinnerungen an eine andere Zeit, an ein anderes Leben …

Ihr Anführer Joe, der bald zu groß sein würde, um sich durch die engen Kaminschächte zu zwängen, besaß eine ausgeprägte unternehmerische Weitsicht. Während Morgan und der achtjährige Jimmy tagtäglich die harte Arbeit verrichteten, die sie eigentlich zu dritt ausführen sollten, spionierte er die Häuser aus. Nachts kehrten sie dann dorthin zurück. Morgan stahl aus den Stadtwohnungen ehrbarer Bürger, was immer er greifen konnte, Joe stand Schmiere und verhökerte das Zeug später in den Tavernen. Den Gewinn teilten sie sich. Einen Farthing für jeden verdienten Schilling, das fand Joe angemessen. Morgan hatte ohnehin keine Wahl. Ohne dieses Zubrot hätte ihn das gleiche Schicksal ereilt wie den kleinen Duncan, der aus dem fernen Schottland hierher verschleppt worden war, und den schon lange ein böser Husten gequält hatte, bis er schließlich vor Entkräftung in einen Kamin gestürzt war und sich das Genick gebrochen hatte.

Als ihnen eines Tages eine konkurrierende Diebesbande auflauerte und sie verprügelte, geschah das Unglück. Morgan wurde bewusstlos geschlagen und am nächsten Tag weckte ihn ein eisiger Schwall Seewasser.

Aus dem Londoner Kaminkehrer und Dieb war ein Schiffsjunge geworden, der schnell begriff, dass er großes Glück gehabt hatte, und sich mächtig ins Zeug legte, um nicht eine Etage tiefer zu landen. Dort saßen nämlich die Strafgefangenen. Manche von ihnen waren wegen weit geringerer Vergehen zur Deportation verurteilt worden, als er sie auf dem Kerbholz hatte. Eine Vergnügungsreise wurde die Überfahrt in die Kolonien aber weder für die Mannschaft noch für ihre unfreiwilligen Passagiere.

Ednas Schluchzen holte Morgan zurück in die Gegenwart. Die Stunden verrannen. Und als es ihm endlich gelang, die nun willenlose Vampirin zu ihrem Sarkophag zu begleiten und sie in der sicheren Dunkelheit zu betten, war Vivianne immer noch nicht zurückgekehrt. Von der Sorge getrieben, er könne zu spät kommen – und mit dem Geschmack ihres Blutes auf den Lippen – brach er auf, um sie vor Anbruch des Tages zu finden.

11

Ich könnte sie umbringen! Vivianne nahm gleich drei Stufen auf einmal, überquerte den Hof mit wenigen Schritten und warf schließlich die schwere Tür hinter sich zu, sodass man das Dröhnen vermutlich in der gesamten Stadt hören konnte. Es regnete jetzt wieder stärker, und sie lief dicht an den Häuserwänden ziellos die Straße entlang. Schließlich bemerkte sie, dass in dem Secondhand-Laden gegenüber noch Licht brannte. Einem Impuls folgend drückte sie die Klinke. Geschlossen. Gerade wollte sie sich abwenden, da erschien das Gesicht der Inhaberin hinter der Scheibe. „Du bist es! Warte, ich schließ auf."

Bald darauf saß Vivianne in dem einzigen Sessel des Geschäfts und nippte vorsichtig an einem kühlen Glas Wein. Blut wäre ihr zwar lieber gewesen, aber die Erste-Hilfe-Mahlzeit hielt noch vor.

„Was kann ich für dich tun?", rief ihre Gastgeberin mit gedämpfter Stimme, die so klang, als stecke sie kopfüber in einem Kleiderhaufen.

Vivianne dachte, dass sie alles, sogar das Handy, in Morgans Wohnung zurückgelassen hatte, aber dann ertastete sie ihr Portemonnaie in der Manteltasche und zog es heraus. Ein Schein und ein paar Münzen sowie eine Handvoll Kreditkarten, die sie nicht benutzen konnte, ohne ihre Brüder auf ihre Fährte zu locken. „Was ist heute für ein Tag?"

„Mittwoch, warum?", fragte es aus einem Stapel gefalteter Pullover, der sich langsam und ein wenig schwankend auf sie zubewegte.

Mittwoch. Der Tag, an dem sie für gewöhnlich zu Hause anrief, um zu versichern, dass ihr Leben in geordneten Bahnen verlief, sie ein braves Mädchen war, niemanden biss und keine Attentäter vor ihrer Wohnungstür lauerten. „Ich habe mein Handy nicht dabei, wie ärgerlich." Sie zog einen Zehneuroschein hervor. „Dabei müsste ich dringend telefonieren. Es ist aber ein Auslandsgespräch", fügte sie etwas leiser hinzu.

Die Ladeninhaberin sah von Vivianne zu dem Geld in ihrer Hand und zurück. „Ach was, ich habe alle deine Klamotten zu einem Superpreis verkauft. Wenn es nicht allzu lange dauert ..." Doch Vivianne wollte nicht mit sich reden lassen, und so wechselte ihr letzter Schein schließlich doch seine Besitzerin.

Zuerst rief sie in der Agentur an. Es dauerte eine Weile, bis jemand abhob, also unterbrach sie den aufgeregten Redeschwall ihrer Geschäftsführerin: „Ich wusste, dass du noch in der Agentur bist." Nachdem sie sich nach besonderen Vorkommnissen erkundigt hatte und wie die Geschäfte so liefen, sagte sie: „Nichts anderes habe ich erwartet. Ich habe noch ein paar familiäre Angelegenheiten zu erledigen und möchte dich um einen Gefallen bitten: Könntest du meine Kleider aus der Reinigung holen lassen und sie mir schicken? Ja, ich weiß, es ist die neue Wintergarderobe. Mhm? Nein, per Overnight-Kurier. Wohin?" Sie hielt mit einer Hand den Hörer zu. „Wie heißt das hier?" Gleich darauf gab sie ihrer Mitarbeiterin die Adresse des Ladens, die sie von einem Werbezettel ablas. „Ach, und ich habe mein Handy verloren. Ich besorge mir ein neues und melde mich dann in den nächsten Tagen wieder. Merci et bonne soirée! Comment? Ja, das wünsch ich dir auch. Au revoir."

Sie bemühte sich um einen zerknirschten Gesichtsausdruck. „Das hat lange gedauert. Und wegen der Klamotten, ich hätte dich vorher fragen sollen. Aber ich dachte, vielleicht könntest du die Sachen auch noch verkaufen, und ich komme irgendwann vorbei und such mir etwas Nettes bei dir aus. „Ich bin nicht ganz sicher, aber es dürften so ungefähr fünfzig Teile sein."

„Wirklich? Das ist ja fantastisch." Die junge Frau stand auf, um ein Kleid herauszukramen. „Probier es doch an, du hast ja ohnehin noch was gut bei mir, und wenn wir erst alles verkauft haben, dann sind wir steinreich."

„Bestimmt sind wir das." Vivianne sah verlegen zur Seite, bis sie das Kleid bemerkte. „Soll ich wirklich?" Ihre Augen strahlten und fast war die unangenehme Szene in Morgans Wohnung vergessen. Nichtsdestotrotz behielt sie das Eisentor am Ende der Straße genau im Blick. Bisher hatte sich nichts bewegt. Natürlich nicht. *Dort oben feiern sie längst in einem XXL-Sarg ihre Versöhnung.* Der Gedanke daran, wie sich Morgan über die kapriziöse Schönheit beugen mochte, um sie so meisterhaft zu küssen, wie er es auch mit ihr getan hatte, schmerzte überraschend stark – und plötzlich war das Kleid gar nicht mehr so wichtig. „Ich müsste noch ein Gespräch mit meiner Familie führen …" Nicht der geringste mentale Nachdruck war erforderlich, die junge Frau zog sich sogar in den hinteren Teil ihres Geschäfts zurück, um ihr etwas Privatsphäre zu geben. Sie war wirklich ein Engel, ganz anders als die meist überheblichen Verkäuferinnen der Boutiquen, in denen Vivianne sonst einkaufte. Sie betrachtete das altmodische Telefon. Jetzt kam der unangenehme Teil – und damit die Frage, welchen ihrer Brüder sie anrufen sollte. Sie entschied sich für den älteren der beiden. Asher hatte ihr stets mehr Vertrauen entgegengebracht als der spartanische Kieran. „Hallo, hier ist Vivianne!" Sie hatte Glück, es war Ashers Seelengefährtin. „Es geht mir gut. Ich bin geschäftlich unterwegs." Sie wiederholte die Geschichte von dem verlorenen Handy, lauschte eine Weile und lachte dann. „Du kennst die beiden doch. Wenn sie mich nicht jederzeit erreichen können, dann schicken sie ein Suchkommando los." Oder noch schlimmer, ihre Brüder würden selbst nach dem Rechten sehen. „Ich werde mir so schnell wie möglich ein neues Telefon besorgen, versprochen." Sie tauschten noch ein paar gute Wünsche aus und dann legte Vivianne erleichtert auf.

Schließlich stand sie auf der Straße. *Was nun?* Das Kleid sowie ein Paar ausgetretene Pumps befanden sich in einem schicken Lederbeutel, den sie sich über die Schulter geworfen hatte. Diese Handtaschenmode kam ihr sehr entgegen. So sah sie wenigstens einigermaßen normal aus und nicht wie eine Bettlerin, die ihren gesamten Besitz in einer billigen Plastiktüte herumtrug.

Vivianne war auf dem Weg in ein neues Leben, in dem Männer, so nahm sie es sich jedenfalls vor, keine entscheidende Rolle mehr spielen sollten. Na gut, bei erotischen Beziehungen würde sie womöglich selbst jemandem wie Morgan einen gewissen Raum zubilligen. Aber ausschließlich dann, nahm sie sich vor. Und dies auch nur, wenn er sich von dieser bösartigen Edna lossagte.

Keine Chance, unkte ihr Unterbewusstsein. Vielleicht müsste sie da also eine Ausnahme machen. Möglicherweise ging es vorerst ohnehin nicht ganz ohne Männer, denn sie wollte ja den Dieb finden. Aber die Richtung stimmte und sie würde sich von ihrem Weg nicht abbringen lassen, erschiene ihr die Ablenkung auch noch so appetitlich. Mit leichtem Bedauern blieb sie stehen und sah einem überaus anziehenden Sterblichen nach. *Es ist ohnehin nur das Blut, das mich an ihm reizt!* Wer tatsächlich gemeint war, der Sterbliche oder Morgan, das wollte Vivianne gewiss weder mit ihrer inneren Stimme noch mit sonst jemandem diskutieren. Also ging sie weiter.

Ihr erstes Ziel war jenes leerstehende Haus, in dem Morgan auf Cyrons Hinweis hin schon einmal nach dem flüchtigen Dieb gesucht hatte. Leider war der aber nicht hierher zurückgekehrt.

Die Spur war längst erkaltet. Salais Aura war in den kahlen Räumen kaum noch zu spüren. Ganz offensichtlich hatte er sich einen anderen Unterschlupf gesucht. Ihr wurde klar, dass sie so gut wie nichts über ihn wusste. Morgan hatte ihr viele Erklärungen versprochen, doch sobald sich eine Gelegenheit ergeben hatte, diese einzufordern, war ihnen irgendwie immer die Erotik in die Quere gekommen.

Anstatt systematisch nach dem Räuber ihres wertvollsten Besitzes zu suchen, hatte sie sich von Sebastian umgarnen lassen, mit Morgan geflirtet und sich darauf verlassen, dass irgendwie alles gut werden würde. Aber nichts war passiert. Selbst als sie Salai endlich erwischt hatten, und dies war auch mehr Cyron zu verdanken als ihrer Kampfkraft, war sie daran schuld gewesen, dass er wieder hatte fliehen können. Hätte sie regelmäßig getrunken, wie das für eine junge Vampirin eben erforderlich war, und nicht diesen albernen Schwächeanfall erlitten, so wäre auch diese Furie nicht aufgetaucht und hätte ihn wieder laufen lassen. Was hatte sie gesagt? Der „Blutsack", also Salai, sei verhext gewesen. Aber wie konnte das sein? Als Cyron ihn am Vorabend durchsucht hatte, trug er scheinbar nichts Bemerkenswertes bei sich. Und dennoch hatte sie in seiner Gegenwart den Blutkristall so deutlich spüren können, als läge er in ihrer eigenen Handfläche. Sie lehnte sich an eine kühle Wand und überlegte.

Systematisch durchforstete sie das einzigartige kollektive Bewusstsein ihrer Familie, auf das sie noch niemals außerhalb der täglichen Übungsstunden mit ihrem Kindermädchen – und später auch mit ihren Brüdern – zurückgegriffen hatte. Ganz behutsam ging sie vor, gewissermaßen wie auf Samtpfoten, um unterwegs nicht zufällig einem ihrer Verwandten zu begegnen und in Erklärungsnot zu geraten. Diese Erinnerungen waren wie eine riesige Bibliothek, zu der nur Zugriff hatte, wer auch zu ihrem Clan gehörte. Vivianne machte sich auf den Weg durch die langen Gänge, öffnete jede Tür, hinter der überlebenswichtiges Wissen lagerte, entrollte alle Pergamente, derer sie habhaft werden – und sah in jedes Buch, in dem das Gesuchte notiert sein konnte. Doch so sehr sie sich auch bemühte, von dem Geheimnis des Blutkristalls war keine Spur zu entdecken. Und dann, als nur noch wenige Schubladen im Saal der Geheimnisse übrig waren, kam die Erkenntnis in ihr Bewusstsein. Sie wusste auf einmal, dass der Rubin früher auch *Die Sonne der Feen* genannt worden war. Und diese Bezeichnung verdankte er weniger seinen magischen Fähigkeiten als einer uralten Überlieferung. Als eine seiner ursprünglichen Besitzerinnen verfolgt wurde, hatte sie versucht, die Magie des Steins zu beschwören, indem sie ihn auf einen Punkt auf ihrem Körper legte, der auch als Solarplexus bekannt war. Er sei dort eingesunken, so hieß es, und sie habe mit seiner Hilfe im Schutz der Dunkelheit fliehen können. Ihre Vorfahren hatten diese Sage vom Blutkristall allerdings für reinen Unsinn gehalten. Vivianne war jedoch überzeugt, dass ihre Ahnen sich irrten. Zu viele Indizien sprachen dafür, dass an der Sage etwas dran sein könnte. Ihre Familie war erst lange nach dem großen Zerwürfnis zwischen den Feen, also den Lichtelfen, und ihren Verwandten, den Dunkelelfen, in den Besitz des Juwels gekommen. Völlig legal, so behaupteten die Causantíns zumindest. Woher sollten sie dann aber wissen, welchen Weg der Blutkristall zuvor gegangen war? So sehr sich Vivianne auch das Hirn zermarterte, sie fand doch keine Antwort auf die Frage, wie er den Körper jener Fee wieder verlassen haben sollte.

Fest stand, dass dies nicht durch die Zerstörung seines Wirts geschehen durfte. Denn davor warnten alle Überlieferungen: Der Tod seines Trägers führte unweigerlich zur Zerstörung des Juwels. Was wiederum nur bedeuten konnte, dass der magische

Schutz durch den Blutkristall limitiert war. Anderenfalls wäre der Träger unverwundbar gewesen – und solche Wesen starben nicht. Dies legte die Vermutung nahe, dass der Dieb entweder im Auftrag der Lichtelfen handelte, von denen es immer einige darauf anlegten, den fragilen Frieden zwischen ihren Völkern zu stören, oder womöglich selbst ein Elf war. Ebenso wie Cyron.

Viviannes Knie gaben nach und sie ließ sich an der Wand hinabgleiten. Das würde auch erklären, warum er Morgan das Versprechen abgenommen hatte, Salai nichts anzutun. Warum war das so wichtig? Immerhin hätte Vivianne dem Kerl ebenso einfach seinen diebischen Hals umdrehen können. Aber offenbar kannte der Lichtelf die Geschichte des Kristalls und verließ sich darauf, dass sie dieses Risiko nicht einginge. Morgan dagegen glaubte er durch ein Versprechen binden zu müssen. Das warf die Frage auf, ob der noch andere Interessen verfolgte, als nur eine fette Belohnung zu kassieren, sobald er ihr den Blutkristall zurückgebracht hatte. Und welche Interessen verfolgte Cyron wirklich – machte er womöglich gemeinsame Sache mit Morgan? Allerdings hatten sie von Anfang an keinen Hehl daraus gemacht, dass sie gelegentlich zusammenarbeiteten. Das sprach für ihre Aufrichtigkeit.

Verzweifelt hielt sich Vivianne den Kopf. Noch vor wenigen Minuten hätte sie beiden nicht zugetraut, sie zu betrügen. Cyron war ihr immer ein guter Berater gewesen, und Morgan wirkte zwar undurchsichtig, aber ihr Bauchgefühl wehrte sich doch dagegen, ihm böse Absichten zu unterstellen. Andererseits war nicht zu leugnen, dass er ihr nur half, weil er auf eine Belohnung spekulierte – das waren seine eigenen Worte gewesen. Genau genommen hatten sie aber bisher niemals über eine konkrete Summe gesprochen. Und bis vor einer Stunde hatte sie nicht einmal vermutet, dass er sie hintergehen könnte. Im Gegenteil, sie hatte sich spätestens seit vergangener Nacht eingebildet, er empfinde etwas für sie. Ein Irrtum, wie ihre Begegnung mit Edna, seiner gefährlichen Freundin, gezeigt hatte.

Hätte sie ihr Handy dabei gehabt, sie hätte die Nummer ihres Bruders gewählt. Nicht nur, um ihr Herz auszuschütten, sondern auch, damit er ihr aus dem Schlamassel half, so wie er es immer tat, wenn seine kleine Schwester in Schwierigkeiten geriet. Aber das Telefon lag auf ihrem schmalen Bett in Morgans Loft. Sie fuhr sich mit dem Handrücken über die Augen. Da hörte sie das Geräusch.

Behutsam stand sie auf und lauschte. Jemand kam die Treppe herauf, sie lauschte genauer. Zwei Männer, nein – zwei Vampire waren das, die sich keine große Mühe gaben, ihre Anwesenheit zu verschleiern. Offenbar rechneten sie gar nicht damit, auf ein weiteres magisches Wesen zu treffen. Vivianne konnte zwar nur vermuten, dass es sich um Carls Abgesandte oder die des Statthalters handelte, aber wenn es so war, dann mussten sie irgendwie von Salais geheimem Unterschlupf erfahren haben. Sie hatte keine große Lust, Carls Schergen erneut zu begegnen. Noch einmal würde sie vielleicht nicht so ungeschoren davonkommen. All diese Gedanken rasten in einem Bruchteil von Sekunden durch ihren Kopf. Dankbar für die leisen Sohlen ihrer Stiefel schlich sie unterdessen durch den Raum. Doch die Schritte, wiewohl für das menschliche Ohr kaum hörbar, näherten sich rasch, und sie wusste, dass sie selbst nur so lange die Chance hatte, unbemerkt zu verschwinden, wie die Besucher noch im Treppenhaus waren. Schnell war ihr klar, dass es keinen anderen Weg gab, als durch das Fenster zu fliehen. Sie öffnete einen Flügel lautlos und kletterte hinaus. Mit der Fußspitze schob sie ihn anschließend wieder zu, und glücklicherweise war das Holz so verzogen, dass dieses Fenster auch ohne Riegel geschlossen blieb. Dabei balancierte sie auf einem schmalen Sims, zum ersten Mal dankbar für die scharfen Klauen, die es ihr jetzt ermöglichten, sich an dem porösen Mauerwerk festzuhalten. Von drinnen hörte sie, wie sich die Wohnungstür öffnete. Jetzt durfte sie keine Zeit mehr verlieren, denn die Vampire würden sofort bemerken, dass ihresgleichen kurz zuvor in der schäbigen Dachkammer gewesen war, weil Vivianne es versäumt hatte, ihre Anwesenheit sorgsam hinter einem Schild zu verbergen. Schon wegen der mahnenden Worte ihrer Brüder hätte sie es eigentlich besser wissen müssen.

Sie schwang sich, die große Tasche quer über dem Rücken, auf das Dach und lief über die glitschigen Ziegel. Dabei versuchte sie, so wenig Lärm wie möglich zu machen. Vergeblich, wie es schien, denn unten öffnete sich bereits ein Fenster, und kurz darauf spürte sie mehr, als dass sie es hörte, wie ihr einer der Vampire über das Dach folgte. Schnell kam er näher. Wenn sie nicht eingeholt werden wollte, blieb ihr nichts anderes übrig, als das Gefährlichste zu wagen. Sie schloss die Lider und stellte sich ein Portal zur Zwischenwelt vor. Dieser winzige Augenblick wäre ihr beinahe zum Verhängnis geworden, denn als sie die Augen wieder öffnete, schwebte ihr Fuß über dem Abgrund. Doch anstatt in die Tiefe zu stürzen, was auch für einen Vampir nicht ohne Verletzungen ausgegangen wäre, trat sie ohne zu zögern in die vorübergehende Sicherheit einer anderen Dimension. Hier am Übergang zwischen beiden Welten konnte sie die Konturen der Häuser noch sehen und winkte ihrem Verfolger übermütig zu, der an der Dachkante stand und unsicher hinunterblickte. Dann hörte sie ihn dem anderen Vampir etwas zurufen, das sich wie *abgestürzt* anhörte. Seine Stimme klang, als gäbe man eine Aufnahme in ungleichmäßigem Tempo wieder. Offenbar gehörte er nicht zu den Vampiren, die sich ohne Weiteres in die Zwischenwelt begeben konnten, und glaubte deshalb, sie sei vom Dach gefallen. Dieser Irrtum verschaffte ihr einen wichtigen Vorsprung. Ihr war klar, dass sie auch hier verfolgt werden konnte, und deshalb ließ sie sich langsam weitertreiben, ohne allerdings die trennende Wand zu ihrer Welt aus den Augen zu verlieren. Sobald sie glaubte, weit genug vom Haus entfernt zu sein, machte sie einen mutigen Schritt und hoffte das Beste. Tatsächlich verschwand das Gefühl von Schwerelosigkeit und mit einem hörbaren Plumps landete sie auf ihrem Hinterteil mitten in einem Blumenbeet. „Au! Das muss ich wohl noch üben." Schnell stand sie wieder auf und stellte erfreut fest, dass es für ihre unsanfte Rückkehr keinerlei Zeugen gab. Leider hatte sie keine Ahnung, wo sie sich befand. Die Zwischenwelt war tückisch, und wenn man nicht aufpasste, so hatte sie gelernt, fand man sich trotz aller Vorsicht schnell mal auf der anderen Seite der Erdkugel und womöglich auch noch im gleißenden Sonnenschein wieder.

Punktlandung. Bonsoir, mein Herz. Diese Stimme kannte Vivianne, und als sie sich jetzt suchend umsah, entdeckte sie die Silhouette des Raben in einem blattlosen Baum. Mit einer Hand klopfte sie die feuchte Erde von ihrem Mantel, die andere streckte sie einladend aus. „Woher weißt du …? Ach egal, du kannst dich nützlich machen." Nabrah war vielleicht ihr einziger Vertrauter – und bisher immer außerordentlich gut informiert gewesen. „Wo ist der Blutkristall?"

Der Vogel öffnete seine Schwingen und kam von seinem luftigen Sitz heruntergesegelt. Er landete auf ihrem Arm und sah sie an. *Im Dieb?*

„Sehr witzig, darauf bin ich auch schon selbst gekommen. Aber dieser Salai ist uns entwischt. Genauer gesagt, Morgans Geliebte hat ihn freigelassen. Aber sicher weißt du das ja auch schon längst selbst." Vivianne schob eine Haarsträhne, die sie an der Wange kitzelte, mit einer ungeduldigen Handbewegung hinters Ohr. „Bitte!"

Der Vogel legte seinen Kopf schräg und sah sie an. *Was würdest du tun, wenn ich tatsächlich gesehen hätte, wohin er gelaufen ist?*

„Ihm folgen natürlich, was denkst denn du?"

Und Morgan?

„Der kann mir mal gestohlen bleiben. Ich hätte ihm von Anfang an nicht trauen dürfen. Warum hat er diese Edna denn vor mir geheim gehalten? Es ist doch gar kein Problem, dann hat er eben eine Freundin. Aber nein, mich macht er an und sein Weibchen liegt währenddessen zu Hause im Sarg. Kein Wunder, dass sie einen Wutanfall bekommen hat, als sie mich in ihrer Wohnung sah."

Der Rabe gab ein Geräusch von sich, das verdächtig nach einem Lachen klang, dann erhob er sich von ihrem Arm und flog in den Baum zurück. *Die Dinge sind nicht immer das, wonach sie auf den ersten Blick aussehen. Aber ich stimme dir zu, er sollte die Wahrheit über Edna sagen.*

„Das kann er sich sparen. Ich wüsste viel lieber, wo Salai ist."

Und was tust du dann?

„Keine Ahnung, irgendetwas wird mir schon einfallen. Ich bekomme den Stein wieder, und wenn ich ihn aus ihm herausschütteln muss!"

Das klingt nach einem Plan, also komm! Nabrah erhob sich in die Luft und der Wind rauschte in seinen Schwingen, als er vor ihr durch den dunklen Park flog. Vivianne schnappte sich ihren Beutel und lief hinter ihm her.

Eine halbe Stunde später blieb sie stehen, zwar nicht atemlos, aber doch reichlich erschöpft. Sie mochte ja eine Vampirin sein, aber keine besonders trainierte, wie sich jetzt aufs Neue herausstellte. Der Vogel war nirgendwo zu sehen. *Und jetzt?*, fragte sie lautlos.

Wenn wir Glück haben, ist er noch dort. Damit brach die

Verbindung ab. Vivianne war wieder auf sich allein gestellt. „Wie immer“, knurrte sie. Vor ihr lag ein kleiner Platz, rechts begrenzt von einer Häuserzeile, die im Wilhelminischen Stil erbaut war, links von einer S-Bahn-Trasse, unter der sich zahlreiche Restaurants und Läden befanden. Gerade wollte sie die Straße überqueren, da kam eine Tram um die Ecke gerumpelt. *An Verkehrsmitteln besteht in dieser Stadt wirklich kein Mangel*, dachte sie und ließ das Gefährt vorüberziehen, bevor sie über die eiserne Absperrung sprang, die die Passanten davor schützen sollte, überfahren zu werden. Am hinteren Ende des Platzes war eine Menschenmenge versammelt, vornehmlich junge Leute, die rauchten, fröhlich lachten und offenbar für irgendetwas anstanden. Ein Club, unmittelbar unter den Schienen der S-Bahn. *Ob Salai hierhin gegangen ist, kann ich nur herausfinden, wenn ich nachsehe.* Vivianne bemerkte aber schnell, dass sich ihr Kleidungsstil von dem der Wartenden deutlich unterschied, und ehe sie daran dachte, mental etwas nachzuhelfen, hatte der Türsteher sie bereits abgewiesen. Das war ihr noch nie passiert. Sie dachte kurz daran, die gleiche Show wie vor dem Bains Douches abzuziehen, aber es war doch eher zweifelhaft, ob das Publikum hier ähnlich enthusiastisch darauf reagieren würde. Die Leute schienen sie nicht einmal wahrzunehmen. Da entdeckte sie eine Bar und – ihr kam eine Idee. Es war Zeit für das neue Kleid und die mörderisch hohen Absätze. Entschlossen durchquerte sie kurz darauf das Lokal und verschwand in der Toilette. Die Kleidung war im Nu gewechselt, und als dann noch eine Sterbliche auftauchte, lieh sie sich von der verwunderten Frau den Kamm und einen Lippenstift.

„Das hier ist keine Wärmestube!“, rief ihr der Barkeeper hinterher, als sie kurz darauf in ihren Pumps zum Ausgang stöckelte. Aber einer der männlichen Gäste zwinkerte ihr wohlwollend zu, und kurz bevor die Tür hinter ihr zufiel, hörte sie ihn sagen:

„Mensch, hast du nicht diesen grandiosen Hintern gesehen? Die könnte sich meinetwegen alle paar Minuten in deinem Klo umziehen, oder noch besser in meinem Schlafzimmer." Andere fielen in sein Lachen ein, und Vivianne musste schmunzeln. Der Gute hatte ja keine Ahnung, was er sich mit diesem Wunsch einhandeln würde.

Dieses Mal war sie bei dem Türsteher, der fachmännisch ihre Figur betrachtete, erfolgreicher. Das Kleid saß wie angegossen und die hohen Schuhe betonten nicht nur ihre Beine vorteilhaft. *Kate Moss jedenfalls*, dachte sie in einem Anfall von Größenwahn, *könnte ich fast auf den Kopf spucken.*

„Die Tasche kannst du nicht mit reinnehmen."

„Aber natürlich, ich gebe sie an der Garderobe ab." Vivianne lächelte und schob noch einen Gedanken nach, sodass er ihr einen Stempel auf das Handgelenk drückte, als hätte sie bereits für ihren Eintritt bezahlt. Die wenigen Euro, die ihr geblieben waren, würde sie gewiss nicht für Eintrittsgelder verschleudern. Sie ging weiter in den Club hinein. Er war nicht besonders groß und erinnerte sie mit seiner Einrichtung ein wenig an die Sechzigerjahre. Nicht dass sie damals schon in Beatclubs unterwegs gewesen wäre, aber auch ein Dunkelelf sah zuweilen fern, zumindest tat sie es.

Viele Gäste hatten große Mühe darauf verwandt, sich dem Ambiente anzupassen. Wer nicht vor der kleinen Bühne tanzte, der lümmelte an einem der runden Holztische, die überall aufgestellt waren, trank bunte Cocktails oder Bier aus der Flasche. Trotz der gedämpften Beleuchtung konnte Vivianne bis in die hinterste Ecke sehen. Die Nachtsicht eines Vampirs mochte für stimmungsvolle Beleuchtung ja eine Katastrophe sein, hier war sie aber wieder einmal sehr nützlich. An der Bar herrschte großes Gedränge, und es sah so aus, als befänden sich ausschließlich Sterbliche unter den fröhlich feiernden Gästen. Vivianne hatte aus der brenzligen Situation in Salais Wohnung gelernt und gab sich große Mühe, ihre wahre Natur auch vor möglicherweise gut getarnten magischen Geschöpfen zu verbergen. Solange ihre Konzentration nicht ermüdete, hätte nun nicht einmal ein Vengador erraten, was oder wer sie war. Ein dominanter Clan wie der ihre war für die jüngeren Familienmitglieder meist mehr als lästig. Viviannes Training sowie die archaischen Gene stellten sich jedoch in Situationen wie dieser als überaus nützlich heraus und der magische Reif aus fein geflochtenem Edelmetall an ihrem Arm tat noch sein Übriges. Ihre erste unbegleitete Reise durch die Zwischenwelt hatte darüber hinaus Viviannes Selbstbewusstsein gestärkt. Jetzt fühlte sie sich trotz ihrer jungen Jahre für die Aufgaben, die vor ihr lagen, gewappnet – und spürte fast so etwas wie Dankbarkeit für jede Minute, in der Kieran sie auf eine neue Probe gestellt hatte. *Besser, ich erzähle ihm nichts davon. Sonst wird er am Ende noch selbstgefälliger, als er ohnehin schon ist.* Doch es war liebevoller Spott, der diese Gedanken hervorrief.

Ein Problem blieb jedoch ungelöst. Obwohl sie früh am Abend ausreichend Blut zu sich genommen hatte, erwachte ihr Hunger mitten unter so vielen Sterblichen erneut. Zudem war auch ihr Aufenthalt in der Zwischenwelt nicht ganz ohne Folgen geblieben. Eine solche Reise war kraftraubend. Es war alles so neu für sie. In der freien Wildbahn hatte sich Vivianne noch nie zuvor ernsthaft als Jägerin beweisen müssen. Ihr Kühlschrank zu Hause war immer gut gefüllt gewesen, jetzt aber musste sie für sich selbst sorgen. Einen weiteren Schwächeanfall konnte sie sich nicht leisten. Und das Gegenteil, nämlich der absolute Kontrollverlust, der gewiss in einem Blutbad enden würde, war auch nicht gerade wünschenswert. Sie musste also schnell etwas unternehmen. *Kein Problem*, beruhigte sie sich. Bestimmt würde sich schon bald eine Gelegenheit finden, ihren Blutspiegel aufzufüllen. Ohne Dach über dem Kopf und dann noch auf der Suche nach einem entflohenen Dieb zu sein, das galt sicher als Entschuldigung für einen kleinen Snack, der frisch aus der Quelle käme. Und überhaupt, ihre Brüder arbeiteten für den Rat der Vampire. Wer also könnte ihr ein kleines bisschen Vergnügen verwehren? Vivianne kannte zwar die Antwort, doch sie beschloss, sie zu ignorieren. Und – wie praktisch – das Schicksal meinte es offenbar ganz gut mit ihr, denn gleich darauf versuchte sich ein recht ansehnlicher Mann in Richtung Bar an ihr vorbeizudrängen.

„Du gefällst mir", sagte sie.

„Was?" Erstaunt blieb er stehen.

Vivianne richtete sich zu ihrer vollen Größe auf und sah ihm in die Augen. *Lad mich auf einen Drink ein!* Dabei nahm sie ihre Schultern leicht zurück und gönnte ihm die volle Aussicht auf ihre körperlichen Vorteile. Das Kleid war nett dekolletiert und der Mann reagierte erwartungsgemäß. Nach einem etwas zu langen Blick, der nicht nur ihren strahlenden Augen galt, breitete sich ein Lächeln auf seinem jungen Gesicht aus. „Was willst du trinken?"

Jetzt lieferte sie ihm die volle Show. Bescheidenes Lächeln, eine leichte Körperdrehung, dann das Madonnenprofil mit gesenktem Kopf und schließlich ein direkter Blick. *Begleite mich zur Bar.* Diesem mentalen Befehl schickte sie eine erotische Fantasie nach, die seinen Puls sofort beschleunigte. Mit seiner Erregung wuchs sogleich auch die ihre. Sie hatte ihr Wild erspäht und würde es mit tödlicher Sicherheit stellen.

Seine Hand berührte federleicht ihre Schulter, und als Vivianne dies ohne zu widersprechen geschehen ließ, wurde er mutiger. Die laute Musik schmerzte in ihren empfindlichen Ohren. Wie gut, dass sie all ihre Sinne nach Belieben einsetzen konnte. Der unerfahrene Narr war überzeugt, einen hübschen

Fang für die Nacht gemacht zu haben, und ahnte nicht, dass er selbst die Beute war.

Vivianne überließ sich ganz ihrem Jagdinstinkt. Während sie das Terrain pausenlos gegen Gefahren, die von außen kommen mochten, sicherte, sorgte sie durch wenig subtile Signale dafür, dass er das Interesse an ihr nicht verlor. Ihr Begleiter ließ ein Räuspern hören, sie schenkte ihm ein strahlendes Lächeln und nahm das Getränk entgegen, das er ihr reichte. „Cheers!" Dabei stellte sie sich vor, wie er den Versuch, sie zu küssen, mit seinem Blut bezahlte. Ihre Hände begannen zu zittern, was kein gutes Zeichen war. Finesse schien etwas für bessere Zeiten zu sein. Vivianne durfte nicht länger warten. Sie griff den verwunderten Mann am Ärmel und zog ihn hinter sich her. In einer ruhigeren Ecke drehte sie sich plötzlich um. „Küss mich!" Sie hatte gerade noch genug Verstand, einen mentalen Schutzwall zu errichten, niemand würde es verwunderlich finden, wenn sich zwei Leute, von Leidenschaft übermannt, eng umschlungen in die Schatten zurückzogen. Sein Puls raste. *Die geht aber ran!*, las sie so deutlich in seinen Gedanken, dass er es ebenso gut laut gesagt haben konnte. Und er besaß gute Instinkte, denn er fragte sich, was sie wirklich von ihm wollte. Vivianne schmeckte einen Hauch von Furcht in seinem Atem, aber auch Abenteuerlust und Erregung. Sie hatte den Richtigen ausgesucht, sein Blut war reich an Sauerstoff und würde wie Champagner auf ihrer Zunge perlen. Er sagte etwas, aber sie sah nur den weich geschwungenen Mund. Die vollen Lippen, vom letzten Schluck noch feucht, luden zum Küssen ein und weckten eine Erinnerung in ihr. *Morgan!* Sie unterdrückte ein Fauchen und legte ihre Hand in den Nacken des Unbekannten, der sich nicht lange bitten ließ und sie mit mehr Enthusiasmus als Geschick küsste. Ihre Laune war dahin, allein der Hunger blieb. Das Bild des unverschämten Verräters Morgan wollte sie nicht mehr loslassen. Es waren seine Küsse, die ihr den Atem geraubt hatten, seine Berührungen, die sie in Flammen hatten aufgehen lassen – wie eine Novizin in der Morgensonne. Ein roter Schleier senkte sich über sie, die Geräusche traten in den Hintergrund, ihre Umgebung schien sich wie in Zeitlupe zu bewegen, es zählte nur noch der Herzschlag des Mannes in ihren Armen. Und dann biss sie zu. Er reagierte falsch, war zusammengezuckt, wollte aus ihrer tödlichen Umklammerung fliehen. Adrenalin schoss durch seine Adern. *Still!* Sofort gehorchte er ihrem Befehl, wurde ganz ruhig, ließ sie gewähren und ließ schließlich wimmernde Laute der Hingabe hören. Das war nicht Morgan, kein vampirischer Liebhaber, der sie auf die Gipfel der Lust entführte, sondern lediglich ein Sterblicher. Vivianne aber war ebenfalls gefangen, wie besessen vom Blutrausch, den in jeder Situation zu beherrschen sie noch nicht gelernt hatte. Ein Raubtier, das meist in ihr schlummerte und nur selten den Kopf hob, hatte die Macht übernommen. Die furchterregenden Zähne in die Beute geschlagen, ließ es die Umgebung dennoch keineswegs unbeobachtet. Die Wand im Rücken gab Sicherheit und über die Schulter des Opfers hinweg beobachtete es aus Viviannes Augen den Club, während es weiter in gierigen Schlucken trank. *Kein Champagner, eher sprudelndes Mineralwasser*, kam es ihr in den Sinn. Dennoch trank sie weiter, bis sie plötzlich jemanden erspähte.

Wahrscheinlich war es das Auftauchen des Diebes, das ihrem Opfer das Leben rettete. Vivianne bezwang das blutgierige Biest, das von ihr Besitz ergriffen hatte, und stemmte sich dagegen, bis es endlich fauchend und mit wild peitschendem Schwanz wieder in seiner Höhle verschwand, um die dunkelsten Geheimnisse der vampirischen Natur zu bewachen, bis es seine nächste Chance zu einem Ausflug in die Freiheit erhielt.

Eilig schloss Vivianne mit einem Zungenschlag die Wunde am Hals des Sterblichen. Er hing schwer in ihren Armen. Wäre sie gewesen, was sie zu sein vorgab – nur eine unternehmungslustige junge Frau –, dann hätte sie ihn nicht halten können. *Aber in diesem Fall,* dachte sie, *wäre er auch nicht in dieser erbärmlichen Verfassung.* Zum Glück war sein Puls weniger schwach, als sie befürchtet hatte. Vivianne setzte ihn auf eine Bank und drückte ihm ihr unberührtes Glas in die Hand. *Trink!* Nach ein paar Schlucken normalisierte sich seine Gesichtsfarbe, außerdem war er jung und würde sich bald erholt haben. Rasch strich sie ihm über die Augenbrauen und befahl seinem verwirrten Hirn, die letzten Minuten zu vergessen. Er hatte zu viel getrunken und musste nach Hause. Morgen würde er einen mörderischen Kater haben, aber nach ein paar Tagen ausgewogener Ernährung wäre sein Blutverlust wieder ausgeglichen.

Vivianne fühlte sich satt, zufrieden und stark. Nur ihr Gewissen mahnte mit dünnem Stimmchen an, dass dieses Wohlbefinden gestohlen war und sie mehr für den unfreiwilligen Spender tun sollte, als ihn in einer Diskothek sich selbst zu überlassen. Dafür war jetzt aber keine Zeit. Salai bewegte sich in Richtung des Ausgangs. Offenbar hatte er nicht gefunden, was er gesucht hatte, und wagte es nicht, länger an diesem Ort zu verweilen. Für Vivianne bedeutete es kein Problem, ihm unauffällig zu folgen. Dabei scannte sie ihre Umgebung. Andere Vampire waren nicht zu entdecken. Nur den erfahreneren ihrer Art mochte es gelingen, ihre Anwesenheit vor einer geborenen Vampirin zu verbergen, sofern diese es darauf anlegte, alle magischen Kreaturen in ihrer Nähe zu enttarnen. Das Risiko einer solchen Aktion war allerdings nicht gering, denn um etwas zu erfahren, musste sie ihre Schutzschilde herunterlassen und blieb dabei womöglich selbst nicht unentdeckt. In diesem Fall aber konnte sie darauf zählen, dass keinem Bluttrinker entgangen wäre, was in der dunklen Ecke vorgefallen war. Ihr Rausch hätte jeden Vampir in diesem Club unweigerlich auf sie aufmerksam gemacht. *Wahrscheinlich hätten sie wie hungrige Wölfe darauf gelauert, auch ein Stück von der Beute zu erwischen.* Damit tat sie ihren dunklen Verwandten allerdings unrecht. Die meisten hatten früher oder später die Kunst kultiviert, sich nicht von einer Szene wie dieser aus der Reserve locken zu lassen. Wem dies nicht gelang, der konnte seinen Kopf und damit sein Leben schnell verlieren. Unter Vampiren war die Lehre vom *Überleben des Stärkeren* durchaus wörtlich zu nehmen.

Vivianne folgte Salai auf die Straße und beobachtete, wie er sich im Schutz der Häuser bewegte. Ein wenig Vorsprung hatte er schon verdient, außerdem war sie neugierig, wohin er wohl ging. Sie schlug den Kragen ihres Mantels hoch und beobachtete, wie er die Straße eilig überquerte. Salai machte einen bemerkenswerten Satz, um dem schnell herannahenden Auto auszuweichen, aus dem wummernde Beats von leichtsinnigen Insassen gezeugt hätten, wenn ihr Fahrstil dies nicht bereits getan hätte. Die Fußgängerampel sprang auf Rot um. In den Scheinwerfern der anderen Fahrzeuge war Vivianne nur ein konturloser Schatten, der durch den beständig niedergehenden Regen glitt. Sie streifte einen Passanten, der erschrocken zusammenzuckte. Nicht gerade eine Glanzleistung, aber glücklicherweise blieb der Zwischenfall ansonsten unbemerkt. Salai war in einem Hofeingang verschwunden, und sie musste sich beeilen, wenn sie ihn nicht verlieren wollte. Unauffällig glitt sie an der glatt verputzten Hauswand entlang und fand sich in einem länglichen Hof wieder, in dem sich zu ihrer Überraschung diverse Geschäfte aneinanderreihten. Eine Tür öffnete sich und aus dem Restaurant mit der rot leuchtenden Schrift kamen lachend drei Sterbliche. Die warme Luft, die sie mit ins Freie brachten, war schwer von orientalischen Gerüchen. Darüber lag neben dem leicht stechenden Duft exotischer Gewürze sehr präsent ein Aroma frischen Knoblauchs. Vivianne hielt sich tief in den Schatten verborgen, nahm erneut Witterung auf und fand die süßlich harzige Spur des Diebes schnell wieder. Unbemerkt von den Sterblichen, die so nahe an ihr vorbeigingen, dass es kein Problem gewesen wäre, einem von ihnen eine Hand auf die Schulter zu legen, überquerte sie den Hof bis zu einem weiteren Durchgang. Sie sah nach oben, bevor sie ins Freie trat. Auch hier hatten die Häuser fünf Etagen, im Erdgeschoss befanden sich weitere Läden, Tische und Stühle standen vor einem Café. Die Linde in der Mitte des Hofes hatte alle Blätter abgeworfen und streckte ihre knorrigen Arme nach den Häuserfassaden aus. Vivianne fragte sich, wer hier im Winter wohl draußen sitzen mochte. Jetzt hockte jedenfalls niemand im Regen, und auch von Salai war keine Spur zu entdecken. Sie eilte weiter. Besorgt, ihn verloren zu haben, durchquerte sie die dritte Passage. Ein kaum hörbares Geräusch. Dann der typische Geruch. Vivianne sprang hervor und drückte den Dieb an die Hauswand, bevor er erneut fliehen konnte. „Hallo Salai!" Sie hätte beinahe aufgelacht, als sie sein Gesicht sah.

Ungläubiges Entsetzen. „Du kannst mir nichts tun!"

„Was wollen wir wetten, Elf!"

Jetzt wurde er noch bleicher. Dann aber, und zwar erstaunlich schnell, fasste er sich wieder und wirkte ganz ruhig. Doch der Puls an seiner Schläfe verriet ihn. Sein Herz schlug zu schnell, er wartete auf etwas, und was auch immer dies sein mochte, es gab ihm die Ausstrahlung eines Tieres auf der Flucht. Viviannes Instinkte schrien geradezu danach, das Wild zu stellen, doch sie unterdrückte den Impuls, dem Dieb an die Gurgel zu gehen.

„Woher ...?" Seine Stimme verriet ebenso wie der Rest seines Körpers die aufsteigende Panik.

Es war zwar nur ein Schuss ins Dunkle gewesen, aber sie hatte recht gehabt. Salai war ein Elf und deshalb auch ein geeigneter Wirt für den Blutkristall. Sie unterdrückte den Impuls, ihm auf der Stelle den Schädel einzuschlagen und ihren rechtmäßigen Besitz wieder an sich zu nehmen.

„Vampir!" Seine Worte waren zwar nur geflüstert, aber Vivianne verstand sofort. Blitzschnell drehte sie sich und knickte dabei fast um. Es blieb keine Zeit, das unpraktische Schuhwerk zu verfluchen, also kickte sie ihre Pumps fort und wartete nun auf bloßen Füßen auf den Angriff. „Und wer bist du?"

Feindselig musterte sie der Vampir. Er besaß diese gewisse Aura, die ihresgleichen als Frischling kennzeichnete. Es war, als hinge die zähe Hülle seiner menschlichen Existenz in Fetzen von seinem Leib, womöglich war er vor kaum mehr als ein paar Monaten transformiert worden. Viviannes Nasenrücken kräuselte sich, als ein Hauch seines Atems sie streifte. Dies war kein ernsthafter Gegner für jemanden wie sie, zumindest hoffte sie das.

Er wollte sich ihre Musterung offenbar nicht länger gefallen lassen und ließ ein Fauchen hören. „Ich habe ihn zuerst entdeckt!"

Nervös sah Salai von einem zum anderen, war aber klug genug, sich vorerst ruhig zu verhalten.

„Was meinst du damit?" Vivianne war einen Wimpernschlag lang irritiert, doch bevor ihr Gegenüber seine Chance nutzen konnte, fixierte sie ihn erneut. In seinen unruhigen Augen spiegelte sich, was er nun verwirrt betrachtete. Eine barfüßige Vampir-Frau mit regennassem Haar und einer großen Tasche über der Schulter. Er schnaufte abfällig und sprang los. Viel schien der arme Kerl noch nicht über ihre Welt zu wissen, sonst hätte er geahnt, dass der äußere Eindruck bei einem Vampir meist täuschte. Vivianne reagierte instinktiv. Sie holte aus und schlug ihm den Beutel ins Gesicht. Fast tat er ihr leid, als er wie ein gefällter Baum zu Boden ging. Sofort saß sie auf dem Angreifer und hatte beide Hände um seinen Hals gelegt, als er Sekunden später wieder zu sich kam. Ihr Anblick schien ihn zu erschrecken, seine Augen weiteten sich vor Entsetzen. „Okay! Du kannst den Kerl haben. Kein Grund, gleich so wütend zu werden."

Vivianne wusste, was ihn in Angst versetzte. Der Anblick brodelnden Quecksilbers rund um ihre tiefschwarzen Pupillen hatte schon ganz andere eingeschüchtert. Sie war jetzt nichts anderes als eine tödliche Furie, und er hatte Glück, dass sie dank ihrer kürzlich eingenommenen Mahlzeit ihre Reflexe zu kontrollieren vermochte. Niemandem war geholfen, wenn sie diesem Vampir die Klinge ihres kleinen Dolchs ins Herz stieß und ihn damit so lange bewegungsunfähig machte, bis die Sonne ein weiteres Kind der Nacht zu sich holte. Sie blinzelte – und schon strahlten ihre Augen in einem zwar immer noch stürmischen, aber deutlich harmloseren Blaugrün. Die langen Reißzähne waren verschwunden. Hinter sich hörte sie ein erleichtertes Seufzen. Der Elf. Ihn hatte sie beinahe vergessen. Vivianne sprang auf und zog den Vampir auf die Füße. Ihre Hand blieb an seinem Hals – und blitzschnell hatte sie mit einem Blick in seine Gedanken erfahren, was sie wissen wollte. Vivianne war gespannt, ob er lügen würde, und fragte deshalb noch einmal: „Was soll das heißen, du hast ihn zuerst gesehen?" Hinter sich spürte sie eine Bewegung. „Du bleibst da! Oder willst du gleich zwei von uns an den Fersen haben?" Salai erstarrte in der Bewegung. Er erkannte seine aussichtslose Situation und gab den irrwitzigen Plan zu fliehen vorerst auf. Außerdem interessierte ihn ebenso wie Vivianne, was der Vampir wohl zu sagen hatte.

„Willst du etwa behaupten, du wüsstest nicht, dass der Statthalter einen Preis auf seinen Kopf ausgesetzt hat?"

„Tot oder lebendig?"

„Genau. Du weißt es also doch."

Vivianne hatte zwar keine Ahnung gehabt, aber bei genauerer

Überlegung erschien es ihr doch logisch. Salai war Carl oder dem Statthalter – das nahm sich in diesem Fall nichts – entwischt. Grund genug, seinen Kopf zu fordern. „Es ist also gleichgültig, in welchem Zustand man den Sterblichen zurückbringt?" Sie ließ den Vampir los.

Der rieb sich seinen Hals, auf dem die Abdrücke ihrer schmalen Finger deutlich zu sehen waren. „Bist du schwer von Begriff? Das habe ich doch gerade gesagt. Tot oder lebendig, Hauptsache in einem Stück."

„Ich will aber alles hören!" Vivianne machte einen Schritt auf ihn zu, worauf er abwehrend beide Hände hob. „Schon gut. Aber lass ihn nicht entwischen, wir können uns die Prämie meinetwegen auch teilen." Ein Grollen, das von ihr kam, ließ ihn verstummen. „Was willst du, das war doch ein ganz vernünftiger Vorschlag?" Ihr Grollen wurde lauter. *Ist der immer so schwatzhaft?*, fragte sie niemand Bestimmten. Aber sie war auch nicht weiter überrascht, als Nabrahs Krächzen erklang. *Lass dir die gesamte Geschichte erzählen, mein Herz. Es könnte wichtig sein.*

„Das weiß ich auch!"

Der Vampir sah aus, als wolle er eine unverschämte Bemerkung über ihren Geisteszustand machen. Er konnte ja auch nicht ahnen, dass sie von einem besserwisserischen Raben verfolgt wurde, der ihr mit Vorliebe unerwünschte Ratschläge gab. Ein Blick von ihr genügte jedoch, um ihn seinen Kommentar vergessen zu lassen, und hastig sagte er: „Dieser Typ hat dem Statthalter etwas gestohlen."

Vivianne ließ ein trockenes Lachen hören. „Gewiss war es ein gehöriges Stück seiner Eitelkeit."

Vivianne!, mahnte Nabrah.

„Ja, schon gut. Und weiter?"

Der Vampir sprach nun in einem Tonfall, als hätte er es mit einer gefährlichen Irren zu tun. Vivianne konnte es ihm nicht übel nehmen und hörte aufmerksam zu. Viel war es nicht, was er zu berichten hatte. Der Statthalter hatte tatsächlich einen Preis auf Salais Kopf ausgesetzt. Nicht besonders hoch, damit niemand auf die Idee kam, dass ihm der Elf etwas bedeutete, aber immerhin lukrativ genug, um das Interesse bei einigen Mitgliedern seiner Gemeinde zu wecken. Allmählich wurde es Zeit, dass sie mehr über das Angebot erfuhr, das der Dieb dem habgierigen Statthalter gemacht hatte. Aber jetzt galt es erst einmal, den Vampir loszuwerden. Vivianne strich sich die nassen Haare aus dem Gesicht und schenkte ihm ein warmes Lächeln. „Wenn ich es mir genau überlege, war dein Vorschlag eigentlich ganz in Ordnung." Sie legte ihm eine Hand auf die Schulter, und es sprach für ihn, dass er nicht zurückzuckte. „Aber vorher könnten wir doch noch ein wenig Spaß haben, meinst du nicht?" Vivianne gurrte die letzten Worte und rieb sich dabei wollüstig an ihm. *So macht man das* – und die Erinnerung daran, wie Morgans Geliebte vor wenigen Stunden ihren wohlgerundeten Busen an seine Brust gepresst hatte, ließ sie erschaudern. Der Vampir verstand das falsch und fasste nach ihr. „Jetzt gefällst du mir schon besser!" Er machte Anstalten, ihren Rock hochzuschieben, und das gab ihr die Gelegenheit, unbemerkt tiefer in seine Gedanken einzudringen. Sie wollte allerdings gar nicht wissen, was er in diesem Augenblick dachte, denn das war ja offensichtlich. Sie hatte andere Pläne.

Nicht hier, nimm mich mit zu dir nach Hause.

Seine Hand verließ den Platz an ihrem Oberschenkel. „Ich wohne ganz in der Nähe."

Der Trick, den Kieran ihr gezeigt hatte, schien zu funktionieren. *Zu dem Zeitpunkt höchstmöglicher Ablenkung kannst du einen Gedanken in deinem Gegenüber platzieren*, hatte er erklärt. Diese Fähigkeit gehöre zu den besonderen Talenten ihrer Familie. Ob sich ihr gestrenger Bruder dabei ebenfalls der Anziehungskraft seines durchtrainierten Körpers bediente? Vivianne lachte so hell auf, dass beide, der Elf und ihr Möchtegernliebhaber, misstrauisch aufsahen. Es konnte nicht schaden, wenn man sie für ein wenig verrückt hielt, befand sie und lachte erneut. Dieses Leben begann ihr allmählich Spaß zu machen.

12

Wenn sie geglaubt hatte, Morgan lebe spartanisch, dann wurde sie hier eines Besseren belehrt. Als Vivianne die Wohnung des Vampirs betrat, fiel sie beinahe über einen großen Müllsack, der bis zum Rand mit Blutkonserven gefüllt war. Es roch streng, ein bisschen nach Verwesung und alles in allem ziemlich ungelüftet. Die Küchennische zur Rechten war unbenutzt, lediglich ein Kühlschrank ächzte, als säße dahinter eine Legion Eisgnome, die hart arbeiteten, um die Temperatur in seinem Inneren niedrig zu halten.

Ein Sofa vor dem obligatorischen Fernseher wurde an Geschmacklosigkeit nur noch von der Deckenbeleuchtung übertroffen. Den Couchtisch hatte er vermutlich von seinen Eltern geerbt. Eiche rustikal, Rauchglas. Ein interessanter Kontrast zu dem nagelneuen Laptop aus gebürstetem Aluminium, das darauf thronte. Zweifellos gestohlen, ebenso wie die Docking-Station für den hochwertigen MP3-Player, den ihr Gastgeber gerade aktivierte. Sein Musikgeschmack versöhnte Vivianne dann allerdings mit der Situation. Beinahe jedenfalls, denn nun ging er zum Kühlschrank und nahm eine Blutkonserve heraus, die er in einem Zug leerte. Er schien gar nicht auf die Idee zu kommen, ihr etwas anzubieten. Die Art und Weise, wie er sie betrachtete, während das Blut seine Kehle hinabrann, ließ allerdings keinen Zweifel aufkommen, woran er dachte. Die sexuellen Fantasien des Vampirs begannen Vivianne auf die Nerven zu gehen. Trotzdem hielt sie es tapfer in seiner Gedankenwelt aus, um vor Überraschungen sicher zu sein. Ahnungslos, dass sie ihn nicht nur durchschauen, sondern sogar bis zu einem gewissen Grad kontrollieren konnte, suchte er nach einem Klebeband, mit dem er Salai fesseln wollte. Dabei dachte er sehr bildhaft darüber nach, wie es wäre, die gleiche Behandlung Vivianne angedeihen zu lassen und sie gemeinsam mit ein paar Freunden *ordentlich einzureiten*. Vielleicht würde er dieses Vergnügen aber auch nur sich selbst gönnen. Auf seine Ausdauer bildete er sich einiges ein. Danach könnte er sie vielleicht an Carl verkaufen, der immer Bedarf an neuem Spielzeug hatte.

Jetzt wurde es Vivianne allmählich zu bunt, der jämmerliche Tropf litt nicht nur an grenzenloser Selbstüberschätzung, er war auch noch ein dreckiges Schwein. Aber dagegen kannte sie ein erstklassiges Gegenmittel: *In wenigen Minuten geht die Sonne auf!* Sie gab diesem Gedanken einen zusätzlichen Kick, indem sie ein Bild von brutzelnder Haut in heißem Tropenlicht heraufbeschwor. Es war geradezu komisch, seine Reaktion zu beobachten. „So spät? Ich habe nur einen Sarg." Er blickte wild um sich und zeigte auf einen Einbauschrank. „Da, du kannst ja in dem Schrank schlafen." Und fort war er.

Salai räusperte sich und sah demonstrativ auf seine Uhr. Vivianne war sofort bei ihm. „Ich weiß", flüsterte sie. „Aber du hast doch gehört, was er erzählt hat. Und hier vermutet uns niemand. Rühr dich nicht vom Fleck, wenn dir dein Leben lieb ist. Ich bin gleich zurück." Vorsichtig öffnete sie die Tür, durch die ihr unfreiwilliger Gastgeber verschwunden war. Dahinter herrschte tiefste Dunkelheit. Mithilfe des Lichts in ihrem Rücken sah sie aber genug, um zu erkennen, dass die Fenster sorgfältig abgeklebt waren. Hier würde auch an einem hellen Sommertag kein Sonnenstrahl hereinfallen. Leider war die Frischluftzufuhr ebenso wirkungsvoll unterbunden. Es roch moderig, und sie wollte sich lieber nicht vorstellen, woran das sonst noch liegen mochte. In der Ecke stand ein Sarg. War dieser Vampir nun

Traditionalist oder einfach nur dumm? Doch letztlich war es auch ganz gleich, ein Sarg war sogar das Beste, was ihr passieren konnte. Lautlos trat sie näher und begann einen Zauber zu weben. Sie war zwar nicht besonders geschickt darin, aber der magische Knoten, den sie knüpfte, würde den Jungspund für die nächsten Nächte in seinem selbst gewählten Gefängnis nicht nur festhalten, sondern ihn, sofern sie alles richtig gemacht hatte, darüber hinaus für das Geschehen in seiner Umgebung blind und taub machen. Große Sorgen um sein Überleben machte sie sich nicht, denn wer schläft, der kommt auch mit wenig Blut aus. Und er hatte sich soeben gestärkt ... vor ihren Augen und ohne ihr etwas anzubieten. „Schöne Träume!" Sie grinste. Jeder wusste schließlich, dass geschaffene Vampire nicht träumten. Behutsam schloss sie hinter sich die Tür.

Salai hatte unterdessen den Kühlschrank inspiziert und hielt ihr zwischen spitzen Fingern einen Beutel entgegen.

„Was ist das? Ein Friedensangebot?"

Er lachte sogar. „Ich dachte nur, wenn du satt bist, hast du weniger Lust auf mein Blut." Er machte eine Kopfbewegung in Richtung der Schlafzimmertür. „Und was nun?"

„Zwei Sekunden." Und viel länger brauchte Vivianne tatsächlich nicht, um sich aus dem Kleid zu schälen, die Lederhose wieder anzuziehen und ihr T-Shirt überzustreifen.

Salai sah ihr interessiert zu. „Bist du sicher, dass kein Feenblut in deinen Adern fließt?"

„Wie kommst du denn da drauf?"

„Wie du den Kleinen heiß gemacht hast, das war schon sehr professionell. Ich dachte, ihr würdet es gleich da draußen im Regen treiben. Jetzt, wo er weg ist – du hast nicht vielleicht Lust ...?"

Vivianne warf ihm einen finsteren Blick zu und sofort hob er beschwichtigend die Hände. „Das war als Scherz gemeint." In seinen Augen las sie aber etwas anderes. Es war wirklich schwer zu sagen, wann er schauspielerte und in welchen Situationen der wahre Salai aus ihm sprach.

Typisch für seine Art, dachte Vivianne. „Ich muss jemandem wie dir doch nicht erklären, dass sexuelle Visionen die einfachste Methode sind, die Konzentration des Gegners zu stören. Glaubst du etwa im Ernst, dass ich mit dem da", sie zeigte auf die Tür zum Nebenraum, „etwas angefangen hätte?" Nachdem Vivianne ihm die Blutkonserve aus der Hand genommen hatte, ließ sie sich auf das Sofa fallen, legte ihre ziemlich schmutzigen Füße auf den Tisch und riss den Beutel auf. „Ein Glas werde ich hier wahrscheinlich nicht finden, oder? Ach, was soll's!" Sie stürzte das Blut hinunter und wischte anschließend mit dem Handrücken ihren Mund ab. Sofort spürte sie, wie es sich in ihren Adern auszubreiten begann. Diese magischen Tricks hatten mehr von ihren Kräften beansprucht, als ihr bewusst gewesen war. Vermutlich hatte ihr der Elf die Erschöpfung angesehen. Nicht dumm. Sie tat gut daran, weiter auf der Hut zu sein, sonst entkam er ihr womöglich ein weiteres Mal. Sie zeigte auf den schäbigen Sessel. „Setz dich!" Und als er zögerte, fügte sie schmeichelnd hinzu: „Ich tu dir nichts."

Er setzte sich genau in dem Augenblick, als sie überlegte, ihrer Bitte eine mentale Dringlichkeit hinzuzufügen. Salai hockte aber auf der Kante seines Sitzes. Fluchtbereit. Er ließ sie nicht aus den Augen.

Vivianne war mit dem bisherigen Verlauf des Abends äußerst zufrieden. Sie hatte in freier Wildbahn gejagt und ein paar Zauber erfolgreich angewandt, von denen sie geglaubt hatte, nicht einen jemals gebrauchen zu müssen. Und ganz wichtig: Der Blutkristall befand sich in Reichweite. Salais Herzschlag spiegelte ihre Emotionen wider, und sie bemühte sich, eine innere Ruhe herzustellen. „Dir passiert nichts, keine Sorge." Es war nicht ganz klar, ob sie ihn oder sich selbst überzeugen wollte. Um etwas von ihrer Anspannung zu verlieren, stand sie auf und ging zum Kühlschrank. Darin lagen weitere Blutkonserven, deren Etiketten beste Qualität verhießen. Hatte sie etwas übersehen und war ihr Gastgeber vielleicht mehr, als er zu sein vorgab? Vielleicht war das Blut aber auch nur eine Bezahlung, die er für seine gewiss niederen Dienste erhielt. Nicht zum ersten Mal, so hatte sie es seiner ansonsten sehr einseitigen Gedankenwelt entnommen, war er nämlich als Menschenfänger für den nicht minder widerlichen Carl unterwegs gewesen. Wie auch immer, diese Dinge interessierten sie vorläufig nicht. Doch sie wollte dafür sorgen, dass der Rat davon erfuhr. Gewiss würde man sich dafür interessieren, was hier in Berlin so vor sich ging. Vergehen dieser Art wurden nicht toleriert, weil sie eine Gefahr für die magische Gemeinde darstellten. Moralische Bedenken, davon war sie überzeugt, quälten die Ratsmitglieder nicht. Aber grobe Verstöße gegen ihre Regeln nahmen sie äußerst persönlich. Ein Umstand, von dem ihr jagdhungriger Bruder Kieran seit Jahrhunderten schon profitierte.

Vivianne nahm eine weitere Blutkonserve aus dem Kühlschrank und leerte sie im kalten Licht der Innenbeleuchtung. Sie wusste, dass Salai jede ihrer Bewegungen beobachtete. Ganz plötzlich drehte sie sich um. Der Elf zuckte zurück. Und sofort erwachte ihre Blutlust von Neuem. Sie lachte. Das Adrenalin der vergangenen Stunden kreiste immer noch in ihren Adern. Doch dann dachte Vivianne an die Lektionen ihres Bruders. *Lass dein Gegenüber niemals Furcht empfinden, es sei denn, du hättest Lust auf Verbotenes.* Damit hatte er natürlich die Jagd gemeint. Kein Vampir war gegen die Reize seiner natürlichen Beute unempfindlich, er unterschied sich nicht von anderen Raubtieren. Blieb das Opfer ruhig, so kam es womöglich mit dem Leben davon. Rannte es fort, dann war sein Schicksal so gut wie besiegelt. Ein Vampir war nämlich immer schneller. Der Gedanke beruhigte sie seltsamerweise und sie konnte wieder klar denken. „Was wolltest du in dem Club?"

Salai sah sie an, als habe er sich diese Frage ebenfalls gestellt. Sie beobachtete, wie die unterschiedlichsten Emotionen über sein Gesicht huschten. Hinter der Stirn des Elfs arbeitete es sichtbar. Vivianne ließ ihm Zeit, zu einer Entscheidung zu kommen, und wurde schließlich mit einer ehrlichen Antwort belohnt. „Keine Ahnung. Ich hatte einfach das Gefühl, dorthin gehen zu *müssen*. So, als würde etwas Wichtiges auf mich warten, und wenn ich es verpasste, würde ich es für immer bereuen." Er wirkte ehrlich erstaunt über seine eigenen Gedanken. Vielleicht war das auch der Grund für seine nächsten Worte. „Hör zu, es tut mir leid, dass ich bei dir eingebrochen bin und diesen verflixten Stein geklaut habe. Hätte ich gewusst, was das Ding mit mir macht, für nichts in der Welt hätte ich es auch nur angerührt."

Vivianne nahm sich noch einen Beutel. Wer wusste schon, wann es wieder so einfach wäre, ihren Blutspiegel aufzufüllen? Sie setzte sich. „Das Beste ist, du erzählst die Geschichte von Anfang an. Warum laufen neuerdings so viele männliche Lichtelfen herum?"

„Das ist doch nicht neu. Wir gehen euch normalerweise nur aus dem Weg. Du dachtest wahrscheinlich, wir sitzen irgendwo unter der Erde und lassen uns von unseren Frauen herumkommandieren." Eine Spur Bitterkeit klang in seiner Stimme mit. „So ist es aber nicht mehr, seit der Prinz beschlossen hat, in dieser Welt zu leben."

„Ein Prinz also. Und wann hat seine Hoheit denn entschieden, uns mit seiner Anwesenheit zu beehren?" Vivianne sah ihn ungläubig an.

„Das war vor meiner Zeit. Vielleicht vor sechshundert Jahren oder so." Er machte eine Handbewegung, als käme es auf ein paar Jahrhunderte mehr oder weniger nicht an. „Anfangs wusste niemand, ob er seiner Schwester in eure Welt gefolgt war. Als dann Gerüchte aufkamen, dass er unter den Sterblichen lebe, waren viele Lichtelfen schockiert, aber inzwischen sind ihm einige gefolgt."

„Er hat einen ganzen Hofstaat um sich versammelt?" Das wurde ja immer schöner. Sie fragte sich, ob ihre Familie wohl davon wusste.

Salai blickte betrübt. „Leider nein. Niemand weiß, wo er sich aufhält."

„Dann hat er also gar nichts mit dem Diebstahl zu tun?"

„Natürlich nicht!" Salai schien ehrlich bestürzt, dass sie so etwas überhaupt denken konnte. „Ein Prinz stiehlt doch nicht."

„Warum reden wir dann über ihn? Ach, schon gut", kam sie ihm zuvor. „Ich habe ja danach gefragt. Aber jetzt möchte ich wissen, wie du auf die Idee gekommen bist, mich zu bestehlen."

Salai berichtete, wie er über einen Mittelsmann den Auftrag erhalten hatte. Anfangs habe alles recht einfach geklungen. Als er dann aber erfuhr, was er stehlen sollte und bei wem, hätte er gern einen Rückzieher gemacht. Doch dafür war es zu spät gewesen. Täte er nicht, was man von ihm verlangte, würde er dies mit dem Leben bezahlen, hatte man ihn wissen lassen.

„Bezahlt hat dann aber deine Komplizin."

„Was ist mit ihr?" Salai sah aus, als begriffe er nicht.

Das Gesicht der Sterbenden erschien in Viviannes Erinnerung. „Du hast sie umgebracht."

„Das ist doch völliger Unsinn. Wir brauchten ein wenig Blut, um den Zauber aufzuheben, der deinen Rubin schützte. Dass sie in diesen Dingen erfahren sei, hatte man mir gesagt. Und das war sie auch."

„Ein wenig Blut ist gut. Sie ist ausgelaufen wie ein geschächtetes Schaf, und du willst mir erzählen, du weißt nichts davon?"

Er verbarg sein Gesicht in den Händen und sprach mit leiser Stimme weiter, als habe er sie gar nicht gehört. „Wir haben uns in Paris das erste Mal gesehen. Ich war überrascht, auf eine Sterbliche zu treffen, die so viel von Magie verstand. Aber sie war wirklich begabt. Nachdem ich die Alarmanlage ausgeschaltet hatte, hat sie die Siegel gelöst. Das hätte ich niemals geschafft, obwohl ich gar nicht so schlecht darin bin. Aber diese magischen Knoten hatten es wirklich in sich. Wenn ich ihnen zu nahe kam, glühten sie auf … und das kann alles Mögliche bedeuten, wie du weißt.“ Er ließ seine Hände sinken und sah sie prüfend an. „Vielleicht aber auch nicht … Du scheinst mir ein wenig jung …“

Vivianne unterbrach ihn, bevor er weiter über ihr Alter spekulieren konnte. „Natürlich. Hältst du mich denn für blöd? Es sind meine Siegel, in meiner Wohnung.“

Beschwichtigend hob Salai die Hände. „Schon gut!“ Dann erzählte er weiter: „Sie schien jedenfalls immun dagegen zu sein. Das Siegel auf der Schatulle war besonders kompliziert. Wir konnten das Teil nicht mal anfassen und waren kurz davor aufzugeben, als ich mich erinnerte, was wir da eigentlich stehlen sollten. Also haben wir es mit Blut probiert. Danach ging alles ganz einfach. Ich habe den Blutkristall genommen und wollte nur noch weg. Ich möchte wetten, sie hatte anfangs keine Ahnung, dass es sich um mehr als nur ein kostbares Juwel handelte, das sie klauen sollte. Aber dann sah sie den Stein und wusste Bescheid. Sie fing plötzlich an davon zu reden, dass wir ihn doch auch behalten könnten und all den Wahnsinn. Sie könne seine Magie fühlen und er würde uns beschützen, hat sie behauptet. *Ja, klar*, habe ich gesagt. *Wenn wir unseren Auftraggeber bescheißen, dann kann uns kein Zauber der Welt helfen.* Ich wollte da nicht hineingezogen werden. Aber die dumme Gans hat schließlich nicht locker gelassen, und ehe ich etwas machen konnte, drückte sie mir den Stein auf – und dieses verdammte Ding brennt doch glatt ein Riesenloch in meinen Bauch und – weg war es."

Vivianne sah ihn skeptisch an. „Woher wusste sie von der Magie des Rubins?"

Er hörte ihr gar nicht zu. „Ich bin so was von in Panik geraten und einfach nur abgehauen. Sie kam an dem Abend nicht ins Hotel, aber ich war sicher, dass sie in dieser Diskothek auftauchen würde. Wie hieß sie doch gleich, irgendwas mit Badewannen …"

„Bains Douches", half ihm Vivianne auf die Sprünge.

„Genau. Dort sollte die Übergabe stattfinden. Aber ich bin gar nicht reingegangen."

„Ziemlich leichtsinnig, wenn dein Auftraggeber wirklich so ein gefährlicher Bursche ist, wie du sagst." Vivianne war nicht sehr überzeugt, dass ihr der Elf die ganze Wahrheit erzählt hatte und tatsächlich keine Schuld am Tod seiner Komplizin trug.

„Was hätte ich denn übergeben sollen, mich selbst etwa? Das doch nun wirklich nicht. Diese Verrückte ist auch nicht dort gewesen – was mich ziemlich fertiggemacht hat. Aber nein, sie muss sich ja umbringen lassen. Hätte ich das nur alles vorher gewusst! Ich würde sagen, sie hat es nicht besser verdient, wenn sie nicht meine einzige Chance gewesen wäre, den verdammten Zauber wieder rückgängig zu machen, bevor mein Auftraggeber erfährt, was passiert ist."

Vivianne ging nicht auf seine Anspielungen ein. Sie war keineswegs ohne Verbindungen. Doch bevor sie riskierte, dass ihre Verwandten von dem Diebstahl erfuhren, würde sie zuerst alles versuchen, um einen anderen Weg zu finden, den Blutkristall zurückzugewinnen. „Warum bist du nach Berlin gefahren, anstatt nach ihr zu suchen?"

„Deine Wohnung wurde beobachtet, und ich hatte keine Ahnung, wo ich sie suchen sollte. Sie hätte ja überall sein können. Und immerhin hatte *ich* den Stein. Da habe ich mir gedacht: Das Beste ist, wenn ich nach Hause zurückfahre. Hier kenne ich mich aus und vielleicht werde ich das Ding auch wieder los." Er sah Vivianne jetzt ganz eindeutig erwartungsvoll an, so lange, bis sie den Kopf schüttelte. „Das habe ich schon befürchtet. Kannst du nicht vielleicht deine …", Salai besaß den Anstand zu erröten, „… also die Eigentümer fragen, ob es eine Möglichkeit gibt?"

„Glaub mir, das möchtest du gar nicht. Sie würden dir den Blutkristall notfalls auch aus dem Körper schälen."

Ihn schauderte sichtbar vor dieser Drohung. „Aber die Legende sagt, dass mit dem gewaltsamen Tod des Trägers der Blutkristall ebenfalls zerstört wird."

„Willst du dich darauf verlassen? Die Legende sagt auch, dass der Stein seinen Wirt allmählich vernichtet, weil er sich von dessen Blut ernährt."

Salai wurde aschfahl. „Wirklich?"

„Ich sollte eigentlich kein Mitleid mit dir haben, schließlich hast du mich bestohlen. Aber ich möchte genauso gern wie du, dass der Blutkristall so schnell wie möglich wieder in seiner Schatulle ruht. Aber eines musst du mir noch erklären: Warum bist du überhaupt zum Statthalter gegangen?"

„Ich habe dem Vermittler gesagt, ich hätte mich in Paris beobachtet gefühlt. Stimmte ja auch irgendwie. Und deshalb wäre ich aus der Stadt verschwunden. Zum Schutz des Steins gewissermaßen. Er hat es geglaubt."

„Tatsächlich? Du solltest deinen Agenten wechseln."

Salai schnaufte, als hätte er diese Entscheidung in Wahrheit schon längst gefällt. Ein kluger Elf. Er räusperte sich. „Ich sollte zur Party des Statthalters kommen, man würde mich dort finden. Ich habe schon ein paar Jobs für den hässlichen Knopf

erledigt, da war es kein Problem hineinzukommen. Dummerweise bin einem Wachmann über den Weg gelaufen, der mich nicht besonders leiden kann. Und als Carl auftauchte, hat der sofort bemerkt, dass was nicht stimmt. Natürlich hat er mich eingesperrt. Hätten wir einen Rat, der weniger korrupt wäre, die beiden hätte man längst schon aus dem Verkehr gezogen."
Vivianne stimmte ihm aus vollem Herzen zu, behielt ihre Meinung jedoch für sich. Salai machte eine Geste, die man als Enttäuschung deuten konnte, und sagte: „Den Rest kennst du ja."

„Du hast also gar nicht versucht, den Blutkristall an den Statthalter zu verkaufen?"

Jetzt wirkte er aufgebracht. „Bin ich vielleicht blöd? Irgendwo unter den Gästen sitzt der gruseligste Auftraggeber, den ich je hatte, und ich verticke die Ware unter seinen Augen an jemand anderen? Nee, ehrlich nicht. Außerdem …"

Vivianne sah ihn erwartungsvoll an, schwieg jedoch.

Er wand sich ein wenig, bevor er fortfuhr. „Außerdem ist da auch noch dein Freund."

„Was soll mit Morgan sein?"

„Morgan? Du meinst diesen seltsamen Versicherungsheini? Der doch nicht!"

Sie musste nicht erst weiterfragen, um zu wissen, dass Cyron gemeint war. „Und vor ihm fürchtest du dich?" Sie dachte daran, wie der Elf ohne mit der Wimper zu zucken ein Feuer unter dem Dieb angezündet hatte, obwohl er doch gewusst haben musste, dass dieser ebenfalls ein Feenwesen und von seiner Art war. Salais weit aufgerissene Augen waren ihr Antwort genug.

Im Lauf ihrer Unterhaltung hatte er immer häufiger zum Fenster gesehen, und Vivianne fragte sich, was er wohl damit bezweckte. Sollte er erwarten, dass sie bei Sonnenaufgang ins Koma fiel, dann stünde ihm eine Überraschung bevor. Doch dann erinnerte sie sich daran, wen sie da vor sich hatte. Einen

Lichtelf nämlich, der möglicherweise – ebenso wie seine *dunklen* Verwandten – mehr Kräfte besaß, sobald er gewissermaßen in seinem Element, dem Tageslicht, war. Salai wartete auf den Sonnenaufgang, um ihr zu entwischen. Eine unangenehme Überraschung stand ihm da bevor. Vivianne legte einen Finger auf ihre Lippen und tat, als habe sie ein verdächtiges Geräusch gehört. Tatsächlich aber lauschte sie in das Haus hinein und versuchte herauszufinden, ob es irgendwo eine Wohnung gab, in der sich gerade niemand aufhielt. In dieser verschlampten Junggesellenbude wollte sie auf keinen Fall bleiben. Und das nicht nur, weil sie die Vorstellung, den Tag im Schrank eines ungepflegten Vampirs zu verbringen, eklig fand, sondern auch, weil ihr die Gefahr ungleich größer erschien, hier von einem Spürhund des Statthalters aufgestöbert zu werden als in einer unbekannten Wohnung. Sie schalt sich eine dumme Gans, nicht auf die fortgeschrittene Uhrzeit geachtet zu haben. Ihre Instinkte waren unter all dem Luxus und komfortablen Schlendrian, den sie in den vergangenen Jahren genossen hatte, verschüttet und erwachten erst allmählich zu neuem Leben. Morgan wäre so etwas bestimmt niemals passiert. Sie verdrängte den Gedanken rasch wieder und öffnete sich für die Geräusche der Nacht. Unter ihnen klingelte ein Wecker. Bereits zum dritten Mal, wie sie erstaunt feststellte. Völlig eingeschlafen schienen ihre Fähigkeiten also nicht zu sein, ihr Unterbewusstsein war aufmerksamer, als sie es bisher wahrgenommen hatte. In der Wohnung nebenan weinte ein Baby, jemand schlug seine Bettdecke zurück und schlurfte in Richtung des nicht zu überhörenden Geräusches. Dies wiederum weckte den Hund, der eine Etage tiefer schnarchte. Vivianne tippte auf eine Bulldogge. Die armen Tiere hatten derart verformte Schnauzen, dass sie äußerst schlecht Luft bekamen. Dieser hier schien auch noch erkältet zu sein, jedenfalls war ein trockenes Husten zu hören, während er über das Parkett tappte und schließlich geräuschvoll aus seinem Napf soff.

So lauschte sie sich durch das erwachende Leben des Mietshauses, in dessen oberster Etage, gleich neben ihnen, ein Vampir mehr oder weniger freiwillig in seinem Sarg ruhte und ein Elf nur darauf wartete, Vivianne zu entwischen. Immerhin, im Keller war keine Menschenseele auszumachen. Die unterste Etage schien, wenn man einmal von ein paar vierbeinigen Nagern absah, unbewohnt zu sein. Ach ja, da war auch eine Katze. Sie musste lächeln, als der feline Jäger einer Maus den Garaus machte.

Entschlossen packte sie Salai am Arm, um ihn aus der Wohnung zu zerren. Doch sie hatten den Flur noch nicht vollständig durchquert, da brach auch schon die Hölle los. Die Wohnungstür flog aus den Angeln, zwei bewaffnete Männer stürmten herein, und hätte sie es nicht besser gewusst, sie hätte geglaubt, Zeugin eines Einsatzes des menschlichen SEKs zu sein oder mitten in irgendwelchen Dreharbeiten zu stecken. Vivianne schob den Dieb hinter sich und zischte: „Egal was passiert, du hältst den Mund!"

„Da ist ja unser Vögelchen!" Es waren die beiden Vampire, die sie in Salais ehemaligem Unterschlupf abgeschüttelt hatte. Der Anführer starrte sie an und versuchte ihre Gedanken zu lesen. *Vergiss es!* Sie nutzte all ihre Kräfte, offenbar auch nicht ganz erfolglos, denn er schüttelte seinen Kopf, als wolle er eine lästige Fliege loswerden. Eines von Viviannes Talenten bestand darin, ihrem Gegenüber einen Spiegel vorzuhalten. Mental. Offensichtlich gefiel dem Vampir nicht, was er darin sah. Er fauchte: „Der Statthalter will dich sehen!"

„Tatsächlich? Dann sag ihm, Termine vereinbart mein Büro." Sie bewegte sich möglichst unauffällig in Richtung des Ausgangs. Leider blieb ihr Vorhaben nicht unbemerkt und der zweite Vampir veränderte demonstrativ seine Position. Ihr Fluchtweg war abgeschnitten. Aus dem Fenster zu steigen versprach leider ebenso wenig Erfolg. Selbst wenn ihr die Flucht ein zweites Mal gelungen wäre, den Elf hätte sie doch zurücklassen müssen. Und Vivianne ließ niemanden im Stich. *Tu was! Oder seid ihr Lichtelfen zu überhaupt nichts zu gebrauchen?*

Zu ihrer Überraschung antwortete Salai: *Licht ist das Schlüsselwort. Ich kann hier gar nichts tun, bis nicht die Sonne aufgegangen ist, und das dürfte frühestens in ein paar Minuten der Fall sein. Halte durch*, fügte er überflüssigerweise noch hinzu.

„Vielen Dank für das Gespräch." Vivianne wandte sich ärgerlich dem Geheimpolizisten zu, der grinste, als hätte er ihren lautlosen Dialog Wort für Wort verfolgt. Unmöglich – so hoffte sie zumindest. Schmallippig lächelte sie zurück. „Was ist denn? Sag deinem Boss, ich bedanke mich für die sympathische Einladung und werde ihn in die engere Wahl ziehen, was meine Abendunterhaltung betrifft." Sie sah auf eine imaginäre Uhr an ihrem Arm. „Aber jetzt ist es dafür etwas zu spät."

Er quittierte ihre Frechheit mit einem kalten Blick. „Nicht so vorlaut, Herzchen! Jeder weiß, dass deine *Paten* anderweitig beschäftigt sind. Du stehst nicht mehr unter ihrem Schutz, und der hier", er machte eine wage Handbewegung in Richtung des zitternden Elfs, „kann dir bestimmt nicht helfen." Der Vampir hinter ihm spuckte aus, als wolle er die Worte seines Chefs damit bestätigen.

Es mochte ja eine Menge Dinge geben, über die sich Vivianne wenig Gedanken machte, aber sie war es allmählich leid, sich ständig wie ein hilfloses Weibchen behandeln lassen zu müssen. „Ich brauche keine Hilfe!", zischte sie zwischen ihren Reißzähnen hervor. Und ehe er begriff, was eigentlich geschah, hatte sie ihre Klauen bereits in seinen Hals geschlagen.

„Vivianne, nein!" Salais Warnung kam jedoch zu spät, und

nach einer Schrecksekunde schleuderte sie der Vampir beiseite. Ihr Kopf schlug heftig an die gegenüberliegende Wand. Doch statt hinabzurutschen, um anschließend regungslos liegen zu bleiben – und Letzteres hätte sie wahrlich gern getan –, sprang sie auf und griff erneut an. Dieses Mal gelang es ihr, den magischen Dolch genau zu platzieren. Der Feind erstarrte in der Bewegung, dann sackte er langsam in sich zusammen.

Der Zauber würde nicht lange anhalten, und deshalb wollte sie ihm mit nur einem einzigen Ruck das Genick brechen. Doch sein Spießgeselle war nicht untätig geblieben. Er trank gierig aus Salais Halsschlagader und hatte sich nicht einmal die Mühe gemacht, ihn in Trance zu versetzen. Der Elf schrie vor Schmerzen. Erschrocken wollte sie ihm zur Hilfe eilen. Salai durfte nichts geschehen!

„Was ist hier los?" Morgans Magie ließ alle in ihrer Bewegung erstarren. Die Situation bekam für Vivianne etwas Surrealistisches, sie fühlte sich nicht mehr als Teil der eben noch hektischen Szene. Stattdessen stand sie, den Rücken dicht an die Wand gepresst, unbeweglich da und beobachtete, wie Morgan mit der einen Hand den zu neuem Leben erwachenden Vampir am Kragen packte und mit der anderen den zweiten Blutsauger von Salai fortzog. Mit einer schnellen Bewegung schlug er ihre Köpfe zusammen, als betätige er im Vorübergehen einen Gong. Leblos glitten sie zu Boden, und die glasklare Flüssigkeit, die aus der Stirn des einen sickerte, würde Vivianne, ebenso wie das knackende Geräusch der aufeinanderprallenden Hirnschalen, durch viele künftige Albträume begleiten. Morgan schien gegen Schrecken dieser Art aber recht unempfindlich zu sein, doch dann wandte er sich aus unerfindlichen Gründen wütend zu ihr um.

„Was denkst du dir eigentlich dabei …?" Weiter kam er nicht, denn der Anführer richtete sich trotz seiner schweren Verletzungen erneut auf. Offenbar war er fest entschlossen, den Kampf fortzuführen.

Morgan zerrte ihn vollends auf die Beine, nur um ihn am ausgestreckten Arm auf Augenhöhe zu halten. „Du kannst Carl sagen, dass ich seine Aufmerksamkeiten zu schätzen weiß, aber Vivianne steht unter meinem Schutz!“ Er warf einen Blick zur Seite und die Linien um seine Augen wurden ein wenig tiefer. „Jedenfalls solange sie dies wünscht.“ Damit stieß er ihn zu Boden. „Mach dir keine Hoffnungen. Du hast mich noch nie besiegt, und das wird auch so bleiben. In jedem Fall darf ich dir versichern, dass der Causantín-Clan äußerst empfindlich darauf reagiert, wenn einem seiner Schützlinge etwas zustößt.“ Er gönnte seinem Gefangenen ein falsches Lächeln, das selbst Vivianne beeindruckte, die ihn doch nun schon ganz gut kannte.

Sie fragte sich, wie es diesem ruhigen – in ihren Augen manchmal sogar viel zu ruhigen – Vampir wohl gelingen mochte, seine Gegner derartig einzuschüchtern. Besaßen normalerweise denn nicht nur die mächtigsten Dunkelelfen ähnliche Überzeugungskräfte? Und mitten in diesen Überlegungen machte sich wieder einmal ihre Erschöpfung bemerkbar. Die Nacht würde bald vorüber sein.

Morgan schien dies ebenfalls zu spüren. „Neuer Tag, neues Spiel! Nicht wahr?“ Ihn plagte kein Mitleid, als er die Agenten des Statthalters in den aufziehenden Tag hinausschickte. Sein kampferprobter Widersacher würde einen Weg finden, sich zu retten. Und was aus dessen Begleiter wurde, interessierte ihn nicht im Geringsten. In weniger als einer Minute würden die ersten Sonnenstrahlen über den Horizont lugen. Das war alles, was zählte.

„Wo ist der Elf?“

„Wer?“ Morgan sah Vivianne irritiert an. Doch für Erklärungen war jetzt keine Zeit. Bevor der Tag seinen Tribut verlangte, zog er sie näher zu sich heran. Der Anblick der tiefen Wunde auf ihrer Stirn weckte eine mörderische Wut in ihm – und es tat ihm sofort leid, nicht härter mit den Angreifern umgegangen zu sein. Doch das konnte warten, gewiss war es nicht das letzte Mal, dass er mit Carls Schergen zu tun haben würde. Er sah zum Fenster, hinter dessen Scheibe ein rosa Himmel den nahen Tag ankündigte. Sie durften keine Sekunde länger bleiben. Eine geschaffene Vampirin wie Vivianne würde hier nicht überleben. Deshalb ging er das Risiko ein und nahm seine tapfere Kämpferin mit sich durch die Zwischenwelt an den sichersten Ort, der ihm augenblicklich einfiel.

Das Hotel Nodal war auf die Beherbergung von Vampiren und anderen nachtaktiven Kreaturen spezialisiert und verfügte über starke magische Siegel, die zu brechen schon deshalb kaum jemand wagte, weil dies bedeutete, für immer auf die schwarze Liste zu kommen. Und jeder von ihnen hatte in seinem langen Leben mehr als einmal eine Situation erlebt, in der er froh gewesen war, die Sicherheit eines dieser Häuser genießen zu dürfen. Sie wehrte sich nicht und schlief bereits fest, als er bald darauf die Bettdecke bis zu ihrem entzückenden Kinn zog. Erst lange danach schloss er selbst seine Augen und träumte:

Nach Jahren auf den Weltmeeren, Morgan war inzwischen längst zu einem erfahrenen Seemann herangewachsen, der keiner Auseinandersetzung aus dem Weg ging, kehrte sein Schiff eines Tages nach England zurück, wo es in den Docks von Chatham überholt werden sollte. Der Kapitän und die meisten Offiziere nutzten diese kostbare Zeit, um ihre Familien zu besuchen. Einige Seeleute taten es ihnen gleich, aber ein Großteil der Besatzung durfte das Schiff nicht verlassen. Zu groß war die Sorge, dass die Männer desertieren könnten, sobald sie Heimatluft schnupperten. Und nach der Beendigung der Reparaturarbeiten musste dann womöglich eine neue Mannschaft angeheuert werden. Morgan blieb. Wohin hätte er auch gehen sollen? Bestimmt zog ihn nichts zu seinem versoffenen Vater, der *ohnehin* längst nicht mehr am Leben war. Und was auch immer aus seiner Schwester geworden sein mochte, ein einfacher Seefahrer wie er würde nichts dagegen ausrichten können. Falls sie überhaupt noch lebte. Aber er ließ sich immer noch ungern etwas vorschreiben, und so schlich er sich an einem milden Sommerabend von Bord. Er hatte keine besonderen Pläne. Eine der Tavernen würde er wohl aufsuchen, von denen man nicht wenige längs des Hafens in Häusern fand, die sich dicht gedrängt an die Lagerhallen schmiegten. Dort würde er einen fetten Braten mit zu viel Ale hinunterspülen und später mit einem der hübscheren Schankmädchen eine schnelle Nummer in ihrem verlausten Hurenbett oder einfach in einer dunklen Ecke schieben. Womöglich fand er danach eine Runde Gleichgesinnter, die ihre Heuer beim Würfeln oder Hahnenkampf verwetteten. Und am nächsten Morgen würde er sich wieder einmal schwören, die Finger von den Weibern und dem Rum zu lassen.

Sein Plan ging auch auf – bis zu dem Zeitpunkt, als es ihn nach einer willigen Gespielin gelüstete. Die Hure war wie aus dem Nichts aufgetaucht. Sie kam mit schwingenden Röcken geradewegs auf ihn zu und zeigte zwei Reihen erstaunlich gesunder Zähne. Morgan gefiel, dass sie sich offenbar sauber hielt. Ihre Fingernägel waren gebürstet und sie stank nicht so wie die anderen Schankmädchen, die ihm während seiner Mahlzeit schöne Augen gemacht hatten. Es kam nicht alle Tage vor, dass sie einen so hübschen Burschen umgarnen konnten – eine hatte ihm ihre Dienste sogar kostenlos angeboten. Er war auch versucht gewesen, aber jetzt wollte er nur noch die eine. Jung wirkte sie, kaum älter als sechzehn und recht hübsch. Mit einem gekonnten

Augenaufschlag und geflüsterten Versprechen lockte sie ihn in die Gasse hinter der Taverne. Ratten flohen quiekend vor seinem unsicheren Schritt, als er über Reepseile stolperte, die hier doch nichts zu suchen hatten. Sie blieb stehen und lachte über seine ungeschickten Bewegungen. „Ein feiner Seemann bist du mir!“ Ihr Schultertuch hatte sich gelöst, und als der Mond hinter einer Wolke hervorkam, erstrahlten ihre Brüste wie die Zwillinge des Erdtrabanten. Morgan keuchte bei diesem unerwartet lieblichen Anblick und hätte sie am liebsten gleich hier auf der Stelle genommen, an die Wand gedrückt, die Röcke geschürzt und ihre weichen Schenkel um seine Taille geschlungen, willig und lüstern, so wie er die Mädchen am liebsten hatte. „Es ist nicht mehr weit!“ Ihre Stimme hatte einen drängenden Ton angenommen, sie begehrte ihn wohl auch und wollte mehr als nur das schnelle Geld. Es gab solche Frauen in den Hurenhäusern der großen Städte, sie waren unersättlich. Und die meisten liebten Morgan, der jung war, sich wusch, wenn es die Gelegenheit dazu gab, und eine Zunge besaß, die manche von ihnen gewiss nicht so schnell vergaß. Es waren nicht selten Bürgerinnen oder Edeldamen, die sich dort inkognito ihrer Leidenschaft hingaben. Hier in dieser schäbigen Kaschemme hätte Morgan allerdings keine von ihnen erwartet, doch vielleicht meinte es das Schicksal heute einmal gut mit ihm. Hübsch genug war die Kleine allemal und ihre Auslagen mehr als verlockend. Sie schien seine Blicke nicht zu bemerken, zog ihn ungerührt weiter durch die Straßen – und in seiner Vorfreude bemerkte er anfangs gar nicht, dass sie das Labyrinth der Gassen hinter sich gelassen und bereits den Ortsrand von Chatham erreicht hatten. Die Landschaft schimmerte im silbernen Mondlicht und es roch nach Heu und frischer Erde. Morgan atmete tief durch und fragte sich, wann er wohl zuletzt so etwas gerochen hatte. Vielleicht sogar noch nie, denn die wenigen Gerüche seines

Heimatlandes, die er in Erinnerung hatte, stammten eher aus den Straßen Londons, wo sich der Abfall häufte und die Kamine ständig qualmten.

„Dort vorne ist es!“, riss ihn die Kleine aus seinen Erinnerungen, und dafür war er ihr dankbar.

Da er nun schon so weit gelaufen war, konnte er das kurze Stück zu der windschiefen Kate, auf die sie zeigte, auch noch gehen. Obwohl er sich ein wenig wunderte, wie sie ihr Gewerbe erfolgreich ausüben konnte, wenn sie die ganze Nacht mehr auf den Füßen verbrachte als auf dem Rücken, wie es ihre Profession ja eigentlich erforderte.

Ein Geräusch ließ ihn aufhorchen, und dann spürte er es: etwas so Böses, dass sein Herz zu galoppieren begann, bevor sich seine Beine in Bewegung setzen konnten. Morgan fuhr herum, um sich gegen das Unbeschreibliche zu wehren. Doch konnte er nicht mehr als den Umriss eines Mannes ausmachen, bevor ihm der Schmerz den Verstand und dann seine Sinne raubte.

Das Nächste, was er spürte, war eine kühle Hand, die über seine Stirn strich. „Chérie, er kommt zu sich!“ Eine Frauenstimme, kultiviert und mit dem typischen Singsang einer geborenen Französin. Er hörte leichte Schritte, die sich entfernten, und stellte sich vor, wie sie durch den Raum glitt, die Röcke ein wenig geschürzt, darunter schmale Fesseln in zierlichen Pantoffeln. Ein barmherziger Engel in kostbarer Seide, die bei jeder ihrer Bewegungen raschelte. Viel edler war dieser Stoff aus dem fernen China als selbst das glatte Leinen, das seine Fingerspitzen berührten, wenn er über die Laken strich. Es war warm, ein Feuer knisterte und in der Luft lag der Duft von Lavendel und Bienenwachs, der ihn an die glücklicheren Tage seiner frühen Kindheit erinnerte. Mutter. War er im Himmel, wo man den Neuankömmlingen Ambrosia zu trinken gab? Gierig trank er aus dem Gefäß, das ihm jemand an die fiebrigen Lippen hielt.

Als er das nächste Mal erwachte, empfingen ihn weder zarte Frauenhände noch Göttertrank. Stattdessen wütete ein Feuer in seinen Eingeweiden, und zwar so fürchterlich, dass er sich wünschte, niemals geboren worden zu sein. Nadelspitzes Eis suchte ihn von außen zu durchbohren, und als er den Mund öffnete, um Erbarmen zu erflehen, verhinderte seine Zunge so plump wie ein zu groß gewordenes fremdes Organ jedes Wort. Stattdessen war da ein animalisches Fauchen – und es dauerte eine Weile, bis Morgan begriff, dass offenbar er selbst es war, der dieses Geräusch verursachte. Seine Augen waren so geschwollen, dass er sie kaum öffnen konnte. Alles, was er wahrnahm, war eine schemenhafte Gestalt, die ihn an den Schultern packte. Er wurde aufgesetzt, jemand schob ihm ein Kissen in den Rücken und dann kehrte er auf einmal wieder zurück, der Duft von Ambrosia: süß, sinnlich und so verlockend, dass ihm der Mund jetzt wässrig wurde. Speichel tropfte von seinen Lippen, die Kiefer schmerzten und er zitterte, als er das zarte Handgelenk erblickte. Fasziniert lauschte Morgan einem regelmäßigen Puls, der nicht sein eigener sein konnte, denn sein eigenes Herz galoppierte, als wolle es aus seiner Brust springen. Er versuchte sich loszureißen, unsicher, was dann geschehen werde, nur dorthin wollte er – zu der Quelle – und trinken. Trinken, bis das köstliche Elixier den Schmerz, die Gier, die Lust – einfach alles in sich aufnahm und er wieder in die zärtlichen Arme seiner Schlafgöttin zurückgleiten durfte. Jemand hielt ihn jedoch zurück, der Puls schlug schneller, Morgan kämpfte, um freizukommen, und endlich sprudelte es hervor, das frische Blut eines jungen Mädchens, das mit gesenktem Kopf vor ihm kniete, ergeben und doch so voller Angst, von dem wilden Raubtier in Stücke gerissen zu werden. Morgan hatte noch niemals die Hand gegen eine Frau erhoben, er würde auch jetzt nicht brutal sein. Er kämpfte gegen die Blutlust an, beugte sich so langsam vor, dass seine Muskeln vor Schmerz zu schreien begannen. Als er seine Lippen auf ihr Handgelenk presste und trank, entschlüpfte dem Mädchen ein Seufzer. Das war alles, was nötig war, um seine wilde Gier endgültig zu zügeln. Er labte sich an dem, was sie freiwillig gab, und als ihr Puls allmählich langsamer wurde, leckte er nur einmal über die Wunde, als wisse er ganz genau, was zu tun war, löste sich von ihr und sank auf sein Lager zurück.

„Bemerkenswert!", hörte er jemanden sagen und dann … war Frieden.

So ging das ein paar Tage oder Wochen, im Nachhinein erinnerte er sich nicht mehr genau, und eines Tages wurde eine Badewanne hereingetragen, seine Blutspenderin, deren Namen er bis heute nicht kannte, wusch ihm das verschwitzte Haar. Es schien länger geworden zu sein, sie band es zu einem Zopf. Endlich wieder sauber. Eine neue Form der Glückseligkeit empfand er, die nur noch von einem Becher Blut übertroffen wurde, den sie ihm reichte.

„Mylord möchte Euch heute bei Tisch sehen! Ich habe Eure Garderobe bereitgelegt", zwitscherte die Kleine und verschwand, bevor Morgan aus der Wanne stieg.

Feinere Kleider hatte er niemals gesehen. Sehr aufgeregt, endlich seinem Wohltäter und der geheimnisvollen Dame aus seinen Träumen begegnen zu dürfen, folgte er schließlich einer anderen Zofe durch die Gänge eines Landsitzes, der schon bessere Zeiten gesehen haben musste. Jeder Mauervorsprung atmete den Hochmut längst verblichener Bewohner, von denen einige mit kritischem Blick auf ihn herabsahen. Aber Morgan, der Piraten gegenübergestanden und mehr als einmal dem Tod ins Auge geblickt hatte, ließ sich bestimmt nicht von ein paar missmutigen Mitgliedern des britischen Landadels einschüchtern.

Was die Bilder nicht schafften, gelang mühelos dem Mann, der in einem Salon auf ihn wartete. Wäre es nur der Hochmut der Herrschenden gewesen, er hätte sich nicht vor ihm erniedrigt, aber ohne es zu wollen beugte Morgan sein Knie vor dem Fremden und küsste die ihm entgegengestreckte Hand. Beim Anblick des funkelnden Juwels, das weiße schlanke Finger schmückte, die noch keinen Tag mit harter Arbeit hatten verbringen müssen, blickte er bewegt auf. Es war weniger die Erinnerung als ein Instinkt, der ihm sagte, dass er diesen Ring nicht zum ersten Mal sah.

Die beiden, so erfuhr er, waren seine leiblichen Eltern. Der Verlauf seines bisherigen Daseins sei so nicht geplant gewesen, sagte sein Vater. Aber alles, was man überlebe, mache einen härter, und einen großen Überlebenswillen werde er auch in Zukunft gut gebrauchen können. Die Französin mit der schönen Stimme – sie als Mutter zu betrachten, das war ihm auch in späteren Jahren nie gelungen – schien noch etwas sagen zu wollen, nickte dann aber nur. Er sei, so erfuhr Morgan, als Sohn einer bedeutenden Familie in Wales geboren. Es sei bedauerlich, dass die Amme ihn damals nach London entführt habe. Doch solche Dinge kämen nun einmal vor, und die Tradition der Dunkelelfen verlange es eben, die Söhne aus gutem Hause in der Fremde aufwachsen zu lassen. Seine älteren Brüder hätten diese Jugend in Sterblichkeit auch überlebt und seien heute wertvolle Mitglieder der magischen Gemeinde. Zuletzt steckte ihm der Vampir noch einen Ring an, der mit dem Familienwappen geschmückt war. Er solle ihn in Ehren halten und voller Stolz tragen.

„Bedauerlich, dass du so widernatürlich transformiert worden bist“, sagte der Mann, der viel zu jung aussah, um Morgans Vater sein zu können. „Es ist fraglich, ob du jemals die besondere Magie unserer Art in dir spüren wirst.“ Geschaffene Vampire, so teilte er ihm mit, seien nichts anderes als mutierte Sterbliche – und damit minderwertig. Offenbar meinte er es gut, als er ihm zum Schluss noch riet, das Tageslicht zu meiden. Denn vermutlich würde er die Sonne niemals ertragen können, so wie es den Dunkelelfen typischerweise in die Wiege gelegt war.

Nun war er also unsterblich, und sie gaben ihm als Empfehlung mit auf den Weg, dieses Geschenk sinnvoll zu nutzen und sich dankbar zu zeigen. Eine Kutsche, die ihn nach London bringen würde, ein Dutzend Goldstücke und eine Adresse, bei der er sich für den Fall, dass er in Schwierigkeiten geriete, melden sollte, waren weitere Geschenke der beiden Fremden, die seine Eltern waren.

Dankbarkeit war das Letzte, was Morgan für seine Familie empfand. Fortan ging er ihnen aus dem Weg, und wenn es jemand unbedingt wissen wollte, dann erzählte er die Geschichte, wie er in einer Mondnacht von einem tollwütigen Hafenvampir aus Chatham an der englischen Ostküste gebissen worden war. Von dem kostbaren Ring mit dem Wappen seiner Familie hatte er sich dennoch niemals getrennt – er trug ihn noch heute an einer Kette um den Hals.

Morgan erwachte davon, dass sich Vivianne neben ihm unruhig hin- und herwarf. So etwas hatte er noch niemals bei einer Frau von ihrer Art erlebt. Normalerweise lagen seine vampirischen Bettgefährtinnen im Anschluss an erfreulichere Aktivitäten regungslos neben ihm, bis der Tag seine Macht verloren hatte. *Sie ist eben in jeder Hinsicht außergewöhnlich*, dachte er und ergab sich dem mächtigsten Gegner eines Vampirs – dem Schlaf.

13

„Was wird deine Freundin dazu sagen, dass wir einen Tag zusammen verbracht haben?“ Vivianne klang verschlafen. Sie hatte merkwürdige Träume gehabt und sich nach der anstrengenden Nacht längst nicht so gut erholt, wie es ein so weiches Bett wie das, in dem sie gerade erwacht war, vermuten ließ. Sie konnte nicht widerstehen, Morgan diese Frage zu stellen. Obwohl es keine Fortsetzung ihres von Nabrah so rüde unterbrochenen Abenteuers gegeben hatte, würde eine eifersüchtige Frau kaum entzückt sein, wenn sie erführe, dass ihr Geliebter das Bett mit einer anderen geteilt hatte. Egal ob geschwisterlich keusch oder eben auch nicht. Ihr Herz begann stärker zu klopfen. Innerlich stöhnte Vivianne, als ihr aufging, was sie da gerade gesagt hatte. *Liebesgeflüster geht anders.* Doch diplomatisches Geschick hatte noch nie zu ihren Stärken gehört und … sie musste jetzt einfach sofort Gewissheit haben. Außerdem war an Liebe gar nicht zu denken.

„Edna ist nicht …“ Morgan setzte sich auf und zog sie mit sich. Nach einem vielversprechenden Kuss legte er ihren Kopf an seine Schulter und strich ihr übers Haar. „Sie ist nicht meine Geliebte.“

„Das kam mir aber anders vor!“ Sie konnte es nicht lassen.

„Das Leben ist manchmal komplizierter, als man es sich in seinen dunkelsten Fantasien ausdenken könnte.“ Er seufzte und – schwieg. Wie so häufig in den letzten Tagen.

Vivianne nahm zum ersten Mal bewusst wahr, dass sie sich nicht in Morgans Loft befanden. Jedenfalls konnte sie sich kaum vorstellen, dass jemand wie er sein Schlafzimmer in diesem Stil einrichtete. Es wirkte ziemlich protzig, poliertes Messing, glänzende Edelhölzer und eine, wie sie fand, überaus geschmacklose Möblierung. Dafür aber zweckmäßig. Die Einrichtung des Raums war für eines der zahllosen Hotels weltweit, die spezielle Suiten und Zimmer für ihre lichtscheue Klientel anboten, ganz typisch. Dieses Schlafzimmer schien geräumig, es gehörte eindeutig zu einer Suite, und sie fragte sich, ob Morgan diesen Luxus überhaupt bezahlen konnte. Es gab nämlich auch durchaus bezahlbare Zimmer, die weniger komfortabel, aber ebenso sicher waren. Und in denen dennoch nicht die wichtigsten Dinge – wie eben frische Blutkonserven oder ein Internetanschluss – fehlten. Für sie wäre es ein Leichtes gewesen, diese Suite zu bezahlen, hätte sie ihre Kreditkarten einsetzen können. Vivianne hatte in ihrem Leben schon in einigen dieser ganz besonderen Räume gewohnt und wusste, dass sie irgendwo einen Kühlschrank finden würde, der mit den teuersten Blutcuvées bestückt war. Selbstverständlich gäbe es auch eine Möglichkeit, die speziellen Sorten, die überwiegend aus den abgelaufenen Blutkonserven der Sterblichen gewonnen wurden, exakt zu temperieren. Wer wollte, konnte das Lebenselixier allerdings auch gegen ein entsprechendes Trinkgeld geradewegs aus der Quelle genießen. Genau genommen war das zwar nicht legal, aber weil es streng kontrolliert wurde, drückte der Rat hier ausnahmsweise ein Auge zu. Vielleicht auch, weil die meisten dieser Refugien einem seiner Mitglieder gehörten.

Hinter einer der Türen würde sich ein Bad befinden, ganz sicher mit vorgewärmten Handtüchern und allen erdenklichen Toilettenartikeln, vom Nassrasierer bis zur Zahnbürste … was eben fehlte, wenn man überraschend und äußerst kurzfristig irgendwo abstieg. Nicht zu vergessen die garantiert funktionierende Dusche. Doch während sie noch darüber nachdachte, erkannte sie, dass ihr dieser Komfort gar nicht mehr besonders wichtig war. Abgesehen von heißem fließendem Wasser vielleicht. Anstatt in einer Luxusherberge direkt am Prachtboulevard *Unter den Linden* wäre sie heute viel lieber in Morgans Bett erwacht, in seiner seltsamen Wohnung mit den hohen Fenstern und den Mauern, von denen der Putz abbröckelte.

Als er aufgetaucht war, um ihr die Vampire des Statthalters vom Hals zu halten, hatte sie ihre Reaktion erst für Dankbarkeit gehalten, aber ein anderes Gefühl war dann doch viel stärker gewesen. Es beim Namen zu nennen wagte sie aber nicht. Immerhin war Vivianne einsichtig genug, zumindest vor sich selbst zuzugeben, dass sie ihn vermisst hatte, während sie allein durch Berlin gestreift war. Es wäre nett gewesen, hätten sie den Beatclub gemeinsam durchsucht oder die Jäger des Statthalters Seite an Seite bekämpft. Abgesehen davon, dass sie sich in seiner Gegenwart eigentümlich sicher fühlte, mochte sie auf seine Gesellschaft nicht mehr verzichten. Eine leise Stimme in ihrem Inneren flüsterte ihr zu, dass sie sich längst nicht alle Gefühle eingestand. Aber Vivianne lehnte es ab, darauf zu hören. Was nicht sein durfte, das konnte auch nicht sein. Sie schob das Flattern in ihrem Herzen, das jedes Mal entstand, wenn er sie berührte oder auch nur ansah, auf seine vampirische Aura und, bei dieser Erinnerung musste sie lächeln, zu einem nicht geringen Anteil auch auf seine exzellenten Liebhaberqualitäten.

„Sie kann recht besitzergreifend sein."

Morgan hatte etwas gesagt. Obwohl der Sinn seiner Worte sie nicht erreichte, lauschte Vivianne entzückt dem Beben, dass die Vibration seines Brustkorbs in ihrem Körper auslöste, bis ihre Haut zu prickeln begann und sie sich überaus lebhaft an ihr erotisches Intermezzo erinnerte. Ob sich jetzt die Gelegenheit zu einer Wiederholung ergab?

„Edna."

„Wie?" Vivianne sah ihn verwirrt an. „Ach, deine … Nicht-Freundin. Ja, das ist mir allerdings nicht entgangen. Und deshalb sind wir also hier? Damit sie mich nicht umbringt?"

Er ignorierte ihre Frage. „Ohne mich würde sie nicht überleben."

Der Satz klang, als sei er von einer dramatischen Oper inspiriert worden, aber der Schmerz in seiner Stimme berührte Vivianne und ihre Frage klang weit gefühlvoller, als es ursprünglich geplant war. „Willst du mir davon erzählen?"

Anstelle einer Antwort schlug Morgan die Bettdecke zurück und stand auf.

Offenbar nicht, dachte sie und betrachtete sein außerordentlich wohlgeformtes Hinterteil, das dieses Mal nicht von Leder oder irgendwelchen Textilien verdeckt war.

Nachdem sie zu ihrem Bedauern ganz allein hatte duschen müssen, obwohl sie die Tür zu dem tatsächlich sehr luxuriösen Bad extra einen Spalt breit offen gelassen hatte, erzählte Vivianne von ihrem Gespräch mit Salai.

Morgan reagierte gereizt, als er von dessen wahrer Natur erfuhr. „Ein verdammter Elf also."

Etwas irritiert erkundigte sie sich, ob er viele Lichtelfen kenne, doch Morgan schien sie gar nicht zu hören. „Das erklärt immerhin, warum er uns ständig durch die Lappen geht."

„Und es erklärt auch, weshalb ihn der Blutkristall schützt."

Morgan sah sie fragend an und Vivianne erklärte ihre Vermutung. „Ursprünglich soll dieser Edelstein einmal den Lichtelfen gehört haben. Und wenn das stimmt, dann ist es gar kein Wunder, dass sich das Ding in ihm quasi wie zu Hause fühlt. Jetzt bleibt nur die Frage, wie wir diese romantische Verbindung wieder auflösen können."

„Wenn es jemand weiß, dann sind es die Eigentümer des Steins", überlegte er laut.

„Ganz bestimmt nicht!“ Vivianne war aufgesprungen. „Wir werden auf keinen Fall meine …“, sie machte eine kaum hörbare Pause und korrigierte sich, „… also … die Causantíns hinzuziehen! Du hast ja keine Ahnung, mit wem du dich in diesem Fall einlässt.“

Morgan hatte durchaus eine Ahnung, und sogar mehr als das. Schließlich kannte fast jeder ihren Ruf, und er wollte lieber nicht herausfinden, wie sie reagieren würden, wenn sie erführen, dass er sich in Vivianne verliebt hatte. Sein Herz hatte er wahrscheinlich schon bei ihrer ersten Begegnung verloren, und obwohl sich Morgan wirklich dagegen gewehrt hatte, gab es keine andere Erklärung dafür, dass sein Puls zu rasen begann, sobald sich ihre Hände berührten oder er auch nur an sie dachte. Von dem schmerzenden Verlust ganz abgesehen, den er gefühlt hatte, als sie nach dem Streit mit Edna einfach so davongegangen war, als bedeute er ihr überhaupt nichts. Ob sie ihn nur als willkommenen Gehilfen sah, oder ob sie auch etwas für ihn empfand, das konnte er beim besten Willen nicht sagen. Immerhin, ihre Liebe galt jedenfalls nicht ihren Beschützern, vielmehr hatte er den Eindruck, sie fürchte die beiden.

Und das sollte er ebenfalls tun, denn Ednas Existenz wäre gefährdet, sobald jemand von ihrer mentalen Schwäche erfuhr. Er hatte nicht übertrieben, sie hätte ohne ihn tatsächlich keine Überlebenschance. Der Magische Rat konnte jederzeit von ihren Bluttaten Wind bekommen. Ohne zu zögern ließe man sie in diesem Fall von einem Vengador zur Strecke bringen. Zu groß war die Gefahr, die eine unkontrollierbare Vampirin für die Sicherheit ihrer Art bedeutete. Denn unerkannt unter den Sterblichen leben – das konnten magische Kreaturen nur, weil die meisten Menschen nicht an ihre Existenz glaubten. Heute, in Zeiten der Skeptiker und der Wissenschaften taten sie dies glücklicherweise noch weniger als in seiner Jugend, als man noch, ohne seinen christlichen Glauben zu verleugnen, Unschuldige der Hexerei bezichtigen konnte. Dies war – zumindest hier in Europa – nun aber vorbei. Voltaire und den anderen Aufklärern sei Dank.

Und als ob es mit Morgans Verfehlungen noch nicht genug war, hatte er sich also auch noch in den Protegé der Causantín-Brüder verliebt. Eine hinreißende Schönheit, von der alle Welt behauptete, sie hätte mit den beiden gleichzeitig ein Verhältnis gehabt. Er traute ihr das durchaus zu. Sie war ein sehr sinnliches Geschöpf mit einem Hang zu leichtsinnigen Abenteuern. Vivianne selbst hatte sich niemals eindeutig dazu geäußert. Aber sie hatte es auch nicht abgestritten, und in solch einer heiklen Angelegenheit nachzufragen, das kam ihm gar nicht in den Sinn.

Er war froh, Cyron auf seiner Seite zu haben. Der Elf hatte seine eigenen Geheimnisse, davon war Morgan seit seinem Auftauchen in Berlin mehr denn je überzeugt. Aber er respektierte dessen Schweigen und wollte sich keineswegs in Dinge einmischen, die ihn nichts angingen. Sie beide verband eine lange Freundschaft, die auf genau diese Art von Diskretion zurückzuführen war. Von ihm hatte Morgan erfahren, wer den Blutkristall hütete.

Er war versucht gewesen ihn zu stehlen, aber Cyron hatte ihn gewarnt. Es sei besser, sich mit Vivianne anzufreunden und ihr Vertrauen langsam zu gewinnen, damit sie ihm half, Edna zu heilen. Er schien überzeugt, dass die Vampirin ein weiches Herz besaß. Morgan hatte lange gezögert, diese List anzuwenden, und dann, als er sich das Mädchen wenigstens einmal anschauen wollte, war ihm jemand zuvorgekommen. Wenn er jetzt zugab, dass nicht die Aussicht auf eine Belohnung oder gar Ritterlichkeit der Grund dafür gewesen war, dass er ihr so bereitwillig seine Unterstützung angeboten hatte, würde sie ihm gewiss nicht helfen. Cyron bedeutete nun seine einzige Hoffnung. Der Elf, so vermutete er, war weit mächtiger, als es den Anschein hatte, und vielleicht würde ja er eine Lösung für den Blutkristall finden.

Vorher mussten sie natürlich den Dieb wieder einfangen, der ihnen, glitschig wie ein kleiner Fisch, erneut entschlüpft war. „Es gibt noch jemanden, den man um Hilfe bitten …", begann er, wurde aber von einem zaghaften Klopfen unterbrochen. Morgan legte seinen Finger auf die Lippen und schlich zum Eingang. Draußen spürte er ein atmendes Wesen, definitiv keinen Vampir, wahrscheinlich war es das Zimmermädchen. Ohne sich die Mühe zu machen, in ihre Gedanken einzudringen, riss er die Tür auf und prallte sofort zurück. „Du kommst uns gerade recht!" Mit einem schnellen Griff packte er den Besucher am Arm und zog ihn herein.

„Wenn das keine Überraschung ist", lachte Vivianne. „Hallo, Salai, was verschafft uns denn die Ehre?"

Der Elf ließ sich auf einen Sessel fallen. „Ja, ja. Ehre, fürwahr! Ich hab ein wenig Sonne getankt und mir dabei überlegt: Wenn ihr beiden so versessen auf den Blutkristall seid …" Er machte eine Pause und sah Morgan scharf an. „Wobei ich keine Ahnung habe, warum *du* dich eigentlich eingemischt hast …"

Anstelle einer Antwort sah Morgan auf Salai herab, als sähe er statt des Diebes ein widerliches Insekt in dem Sessel sitzen.

Vivianne lachte, was ziemlich bemüht klang, denn dieselbe Frage hatte sie sich auch schon gestellt. „Er ist eben ein Kavalier der alten Schule und außerdem der beste Versicherungsdetektiv, den ich finden konnte." Die Spannung zwischen den beiden Männern war geradezu greifbar. „Du hast dir etwas überlegt", erinnerte sie den Elf, bevor der den Anstarrwettbewerb mit Morgan verlieren würde und sich womöglich wieder in Luft auflöste.

Er zwinkerte ihr zu, was ein Geräusch in Morgans Kehle verursachte, das ihr die Haare zu Berge stehen ließ. War er etwa eifersüchtig?

„Genau", unterbrach Salai ihre Überlegungen, bevor diese dem interessanten Pfad weiter folgen konnten, den sie gedanklich eingeschlagen hatten. „Ihr braucht den Stein, und ich will ihn loswerden. Ich weiß ja nicht, was diese Vampire gestern von uns wollten, aber wenn mein Auftraggeber mit dem Statthalter unter einer Decke steckt, dann bin ich sogar mehr als nur in Gefahr. Dieser Carl würde garantiert versuchen, das Ding aus mir rauszuschneiden ..."

„Ein brillanter Gedanke!", knurrte Morgan. „Wie hast du uns überhaupt gefunden?"

Salai grinste. „Sagen wir mal so, in meinem Gewerbe braucht man Verbindungen."

Morgans Augen wurden zu schmalen Schlitzen. „Der Kleine ist ziemlich schmerzfrei?", sagte er zu niemand Bestimmtem. Mit einem bösen Lächeln fügte er hinzu: „Ich wäre dafür, ihm den Bauch hier und jetzt aufzuschneiden."

Furcht vertrieb das Lächeln aus Salais Gesicht, und er machte Anstalten, aufzustehen.

„Er macht nur Spaß. Auf diese Idee würden wir niemals kommen!", sagte Vivianne hastig und warf Morgan einen warnenden Blick zu.

„Eben!" Erleichtert ließ Salai sich wieder zurücksinken. „Euch ist doch klar, dass mit mir auch der Zauber des Blutkristalls aus dieser Welt verschwinden würde?" Er warf ihnen einen vielsagenden Blick zu. „Lasst euch was Besseres als diese *Schlachternummer* einfallen!"

„Kein Problem." Morgan zog sein Handy aus der Hosentasche und wählte eine Nummer, während er ihren Besucher im Blick behielt.

Vivianne erkannte sofort Cyrons Stimme, nachdem der letzte Klingelton verstummt war. Was die beiden besprachen, konnte sie allerdings nicht verstehen. Salai schien es ähnlich zu gehen. Sie wusste zwar nicht, ob sein Gehör ebenso gut war wie das eines Vampirs, aber mit den melodischen Worten, die so klangen, als würden sie gesungen werden, konnte er sichtlich überhaupt nichts anfangen. Morgan beendete das Gespräch und wählte eine neue Nummer. Dieses Mal war klar, dass er ein Taxi bestellte.

Vivianne hatte gerade ihren Mantel angezogen, da sagte Morgan bereits: „Per ist da."

„So schnell? Seit wann liegt die Vorhölle denn in *Berlin Mitte*?"

Anstelle einer Antwort packte er Salais Arm, dem seine Bemerkung „Wo sonst?" beinahe vor Schreck im Halse stecken geblieben wäre, und eilte mit langen Schritten durch den Hotelflur zum Aufzug, bevor Vivianne noch die Zimmertür hinter sich zugezogen hatte. Sie musste die letzten Meter sogar laufen, damit er mit seinem Gefangenen, so sah es jedenfalls aus, nicht ohne sie davonfuhr. Keiner sprach ein Wort, und die Kabine schien zu eng für die drei Mitfahrenden zu sein. Zum Glück öffneten sich die Türen schnell wieder und niemand hatte unterwegs zusteigen wollen.

Bevor sie ins Foyer des Hotels hinaustraten, zischte sie den beiden zu: „Reißt euch zusammen! Sollen die Leute etwa glauben, dass hier etwas nicht in Ordnung ist?" Tatsächlich bemühte sich Morgan daraufhin um einen neutralen Blick und erwiderte sogar den Gruß der Empfangsmitarbeiterin mit einem charmanten Lächeln. Hierbei, so fand Vivianne in einem Anflug von Eifersucht, hätte er ruhig eine Spur weniger freundlich sein können.

Pers Taxi stand mit laufendem Motor vor der Tür. Er stritt

sich mit dem Portier, der offensichtlich fand, dass sein schäbiges Vehikel nichts auf dem Trottoir und noch dazu unter dem roten Dach zu suchen hatte. Es sollte die Hotelgäste auf dem kurzen Weg vom Eingang des Hotels bis zu den regulären Taxis beschirmen. Als er Morgan erkannte, eilte er allerdings um das Auto herum, und Vivianne stellte erstaunt fest, dass sie es mit einem Vampir zu tun hatten. „Gnädige Frau", sagte er in einem unverwechselbar wienerischen Dialekt und hielt ihr die Tür auf. Sie stieg ein und Morgan schubste Salai hinterher, bevor er selbst versuchte, seine langen Beine irgendwie im Taxi unterzubringen. „Per!"

„Sehr wohl, Mylord", entgegnete dieser und schob den Beifahrersitz nach vorn. „Kann ick sonst noch was für Euch tun?", fragte er dann ironisch.

„Fahr einfach los!" Es war Morgan anzuhören, dass er keineswegs zu Späßen aufgelegt war. Das begriff auch Per und trat das Gaspedal durch. Mit quietschenden Reifen schossen sie Sekunden später über den breiten Boulevard. Nach einer halben Stunde Fahrt hielt er vor einem unbeleuchteten Park. „Soll ich warten?"

Morgans Laune hatte sich inzwischen gebessert und er schickte den Fahrer mit leise gemurmelten Worten fort, sobald sie ausgestiegen waren. Viviannes Stimmung war allerdings auf dem Nullpunkt angelangt. In ihren Ohren hielt sich hartnäckig ein lautes Pfeifen, obwohl sie schon mehrfach unauffällig ihre Nasenflügel mit zwei Fingern zusammengepresst und dabei geschluckt hatte. Sie hatte es für unter ihrer Würde befunden, Per zu bitten, den dröhnenden Metal-Sound leiser zu stellen, und konnte nur hoffen, dass sich ihr Gehör schnell erholen würde. Dann schob sie die unfreundlichen Gedanken, die sie für ihn hegte, beiseite und sah sich um. Die Luft schmeckte nach Herbst und deutlich hing der Geruch von Schilf und Wasser in der Luft. Irgendwo dort hinter den hohen Bäumen war ein See und gewiss hätte sie auch das Plätschern der Wellen hören können, wenn ihre Ohren nicht immer noch … aber darauf wollte sie jetzt gar nicht näher eingehen. „Irre ich mich oder liegt dort drüben das Anwesen des Statthalters? Ziemlich gewagt, ausgerechnet hierher zu kommen."

Morgan hatte diese Bedenken ebenfalls gehabt, als Cyron sie herbestellte. Doch der hatte nur gelacht und gemeint, der sicherste Ort sei immer der Platz dicht hinter dem Feind.

Er wollte zu einer beruhigenden Antwort auf Viviannes Frage ansetzen, da krächzte es über ihnen, Flügel rauschten und Nabrah ließ sich auf dem eisernen Tor zum Park nieder. *Was steht ihr hier herum? Die Nacht ist nicht mehr jung!*

Hi, Piepmatz! Vivianne freute sich, ihren gefiederten Begleiter wiederzusehen. *Ich dachte schon, du hättest mich verlassen.*

Auf keinen Fall, Prinzessin.

Jetzt fang du nicht auch noch damit an. Wo ist denn Mein Herz *geblieben?*

Das, meine Schöne, hast du doch längst an jemand anderen verschenkt.

Unsinn! Aber sie wusste sehr gut, dass er recht hatte. Trotz seiner finsteren Laune fand sie Morgan unglaublich attraktiv, wie er da stand und Nabrah misstrauisch ansah. Die Lichter der Nacht betonten seine Wangenknochen und den sinnlich geschwungenen Mund. Um ihre Gedanken in harmlosere Bahnen zu lenken, überlegte sie, Nabrah damit aufzuziehen, wie einfallslos es doch sei, den gleichen Spitznamen zu verwenden, den Morgan ihr gegeben hatte. Da hörte sie ein merkwürdiges Geräusch. Vivianne verstummte.

Salai blickte mit so weit aufgerissenen Augen auf ihren Raben, dass kaum mehr als das Weiße des Augapfels zu sehen war.

Und das Geräusch kam aus seinem Mund. Er klapperte mit den Zähnen.

„Es ist doch nur ein Vogel“, versuchte sie ihn zu beruhigen und erlaubte sich gleichzeitig einen Blick in die Gedanken des Elfs. Doch dort gab es nichts als eisige Landschaften und eine Angst zu sehen, die sie so noch nicht einmal bei einem Sterblichen gespürt hatte, wenn er erkannte, welch blutgierigem Wesen er in die Hände gefallen war. Nicht dass es zu ihren Gewohnheiten gehörte, Menschen zu Tode zu erschrecken, aber jeder junge Vampir schlug wohl anfangs gelegentlich über die Stränge, sobald er sich seiner Macht bewusst wurde.

Nabrah ließ ein ungewöhnliches Geräusch hören, das beinahe wie ein Lachen klang. *Kommt endlich!* Er öffnete seine Schwingen und flog ihnen voran die Allee entlang, ihrem Ziel entgegen. Als sie zum zweiten Mal binnen weniger Tage die ausgetretenen Stufen hinaufstieg, war Nabrah nirgendwo zu sehen, doch sie hatte auch nichts anderes erwartet.

In der Eingangshalle begrüßte Cyron die kleine Gruppe mit ausdruckslosem Gesicht. Seine Aura schüchterte sogar Vivianne ein bisschen ein, und sie war froh, nicht in der Haut des Diebes zu stecken, dem die ganze Aufmerksamkeit ihres Freundes galt. Falls er überhaupt noch ein Freund war. Cyron war ja nicht wiederzuerkennen. Magie schien ihn wie Wolken gefrorenen Sauerstoffs zu umgeben. Wenn er nicht aufpasste, würde jedes sensible Wesen in der Region in Kürze wissen, dass etwas Unheimliches seinen Anfang genommen hatte.

Morgan schien Ähnliches zu denken. „Ich hoffe, du weißt, was du tust“, grollte er und gab dabei seinem Gefangenen einen Stoß, sodass dieser auf Cyron zustolperte. Bevor Salai diesen aber erreicht hatte, warf er sich auf die Knie, presste seine Hände auf den Boden und senkte den Kopf so tief, dass man annehmen musste, er werde Cyron gleich die Füße küssen. Regungslos verharrte er in dieser außerordentlichen Haltung und jammerte ohne Unterbrechung: „Hoheit, vergebt mir!"

Cyron blickte gequält, während er erst ein paar unverständliche Worte murmelte und dann laut sagte: „Steh auf!"

Ohne sie weiter zu beachten, drehte er sich um und ging auf eine Treppe zu, die in die Kellergewölbe hinabführte. Salai folgte ihm wie fremdbestimmt, und Vivianne erinnerte sich daran, dass er einen Prinzen der Lichtelfen erwähnt hatte, der angeblich in der Welt der Sterblichen lebte. Aber Salai war Cyron doch schon öfter begegnet und sie fand es äußerst merkwürdig, dass er zuvor gar nichts von dessen womöglich königlicher Abstammung bemerkt haben sollte. Ihr war gewiss nichts aufgefallen. Andererseits waren ihre Erfahrungen mit Hoheiten auch recht bescheiden, wenn man einmal davon absah, dass sie ganz gern romantische Liebesromane las, in denen es von Lords und Ladys nur so wimmelte. Und die Berichte über die europäischen Adelshäuser verschmähte sie auch nicht. Vivianne spürte Morgans fragenden Blick auf sich ruhen. Er schien ebenfalls überrascht zu sein, doch es gab jetzt Wichtigeres als das möglicherweise blaue Blut ihres Freundes. *Haben Feenprinzen überhaupt blaues Blut?* Da es unwahrscheinlich war, dass Cyron ihr Gelegenheit geben würde, die infrage kommende Flüssigkeit selbst in Augenschein zu nehmen, zuckte sie nur mit den Schultern. „Ich glaube, er ist ein bisschen anders, als wir bisher geahnt haben. Salai scheint jedenfalls eine noch unbekannte Seite an ihm entdeckt zu haben, und mir kommt er auch verändert vor." Ihre Stimme verriet, dass sie dies noch für eine Untertreibung hielt. „Darauf müssen wir uns jetzt wohl einlassen, wenn wir den Blutkristall bekommen möchten." Sie zögerte. „Du kannst natürlich hierbleiben …"

Sie hatte zwar nicht ernsthaft erwartet, dass er ihr Angebot annahm – schließlich war es seine Idee gewesen, Cyron um Hilfe zu bitten. Auf eine derart heftige Reaktion war sie allerdings nicht vorbereitet gewesen. Morgan packte ihr Handgelenk und zerrte sie hinter sich her, die Treppe hinunter, über die die beiden Lichtelfen soeben verschwunden waren. „Au!“ Vivianne klang eher erschrocken als von Schmerz gepeinigt, dennoch lockerte er seinen Griff ein wenig. An dem Tempo, in dem er voranstürmte, änderte dies jedoch nichts.

Unten angekommen war Cyrons weißes Haar die einzige Orientierung, die sie hatten. *Das unheimliche Leuchten von vorhin wäre jetzt sehr praktisch gewesen*, fand Vivianne. Aber wie um ihr das Leben noch schwerer zu machen, schien seine hohe Gestalt mit der Dunkelheit eins geworden zu sein und auch Salai war überhaupt nicht mehr zu spüren. Fast schien es so, als hätte sich der arme Kerl in dem Augenblick selbst verloren, als er einem leibhaftigen Prinzen gegenübergestanden, oder besser gesagt, zu Füßen gelegen hatte.

Seite an Seite mit Morgan hastete sie dem schnell kleiner werdenden Leuchtpunkt durch dunkle Gänge hinterher. Vivianne hatte auf einmal überhaupt nichts mehr dagegen, sich seiner Führung anzuvertrauen. Sie fürchtete sich. Eine fremdartige Magie wurde mit jedem Schritt spürbar dichter, Wind wehte ihnen entgegen, erst noch kaum wahrnehmbar, dann aber unangenehm kühl und schließlich schneidend kalt. Sie befanden sich längst nicht mehr unter dem maroden Landhaus, der Boden war uneben, fiel zuweilen steil ab und stieg dann wieder an. Sie stolperten über Wurzeln, Steine und manchmal schlitterten sie sogar Stufen hinab, die unmöglich von Menschenhand geschaffen sein konnten. Ihre Füße schmerzten jetzt und, so unglaublich es auch klang, sie fror sogar. Irgendwo dort vorne aber tanzte ein Licht, dem sie unbedingt folgen mussten.

Zwischendurch hatte ihr Morgan gegen den Sturm zugerufen, dass sie sich von den merkwürdigen Geräuschen und Irrlichtern, die gelegentlich ihren Weg kreuzten, nicht täuschen lassen dürfe. Was auch immer geschehen würde, sie müsse sich dicht an seiner Seite halten. Hier unten, das war ihr längst klar geworden, herrschten Feen, Trolle und vielleicht sogar noch Schlimmeres. Worauf hatte sie sich nur eingelassen? Cyron war offenbar alles andere als ein Freund, und nun hatte sie Morgan sehenden Auges mit ins Verderben gerissen.

Du darfst nicht zweifeln, mein Herz! Das war Nabrahs Stimme.

„Wo bist du?“, keuchte sie und hörte anstelle seiner Antwort nur ein heiseres Lachen, das ihr die Haare zu Berge stehen ließ. „Hast du das gehört?“, rief sie Morgan atemlos zu. Doch ihr Begleiter griff nur ihre Hand fester und eilte wortlos weiter. Nicht einmal sehen konnte sie ihn.

Doch dann verlangsamten sich seine Schritte. „Was ist das?“ Ein leises Knistern, ein dumpfes Grollen.

Vivianne war zu ihren Lebzeiten häufig in den Bergen gewesen. Was dort zunächst harmlos klang, kündete in Wahrheit oft von einer meist tödlichen Gefahr. „Eine Lawine!“, schrie sie gegen den inzwischen schon tosenden Lärm an, und Morgan besaß die Geistesgegenwart, sie weiter festzuhalten und mit ihr gemeinsam den Schneemassen zu trotzen, die sie wie die Fluten eines gebrochenen Damms vorwärtsspülten. Anfangs glaubte sie noch, ersticken zu müssen, bis ihr in den Sinn kam, dass sie ja ganze Stunden ohne einen einzigen Atemzug aushalten konnte, wenn dies erforderlich sein sollte. Einmal, so erinnerte sie sich plötzlich, war sie tauchen gewesen, hatte angesichts der wunderbaren Unterwasserwelt, die auch im Mondlicht ihren Zauber zu entfalten vermochte, die Zeit vergessen und sich schließlich Stunden später an fernen Ufern wiedergefunden. Die Aufregung ihrer Familie war damals der Tatsache geschuldet gewesen, dass man die leichtsinnige Taucherin erst kurz vor

Sonnenaufgang am Strand aufgelesen hatte. Darüber, dass sie hätte ertrinken können, hatte sich damals niemand Gedanken gemacht.

Morgans fester Griff riss Vivianne aus ihren Erinnerungen. Hier schmeichelte kein tropisches Wasser. Ein Schneesturm fauchte böse und trieb die beiden Vampire gnadenlos vor sich her. Und dann kam das Licht. Gleißend und brutal. Sie schlug die Hände vors Gesicht und rollte sich zusammen.

„Weiter!“ Jemand zerrte an ihren Haaren, bis sie begriff, dass sie dem Unwetter entkommen waren. Doch zu welchem Preis? Gnadenlos blickte die Wintersonne auf sie herab. Vivianne sah entsetzt zu Morgan hinüber: Er war ein geschaffener Vampir. Er würde sterben! Sie stürzte sich auf ihn, riss den Überraschten zu Boden und versuchte mit ihrem Körper das Schlimmste zu verhindern. Als Dunkelfee hatte sie immerhin eine Chance, kurze Zeit zu überleben, für ihn aber gab es kaum Hoffnung.

Morgan umschlang ihren zitternden Körper, er war von Viviannes Fürsorge, die mehr verriet als jeder Liebesschwur, sehr gerührt. Sie schien bereit, ihr Leben für ihn zu geben. Doch das hatte er nicht verdient, und notwendig war dieser heldenhafte Versuch auch nicht. Zudem befanden sie sich in der Feenwelt, und hier war nichts so, wie es einem erschien. Zeit und Raum folgten ihren eigenen, undurchschaubaren Gesetzen. Es war schon eine grausame Ironie des Schicksals, dass die Vampire oder Dunkelelfen in ständiger Sorge vor dem Sonnenlicht lebten, während die Lichtelfen ihr Reich tief unter der Erde eingerichtet hatten, wohin sich niemals ein einziger Sonnenstrahl verirren würde. „Es ist gut“, versuchte er sie zu beruhigen.

„Es wird uns versengen!“, widersprach sie furchtsam.

„Das Licht kann uns nichts anhaben“, sagte Morgan schärfer als geplant, denn er erblickte Cyron, der nicht weit entfernt stand und sie mit einem merkwürdigen Glitzern in den Augen beobachtete. Der Elf, von dem er geglaubt hatte, er sei sein Freund, und der offenbar gerade ihren Untergang plante, wirkte äußerst zufrieden.

Schließlich drang Morgans beruhigendes Gemurmel bis zu Vivianne durch und dann richtete sie sich langsam auf. Angstvoll betrachtete sie ihre Hände. Die Haut war unverletzt, brannte nicht einmal. Der Vampir unter ihr ließ ein Zischen hören. „Würdest du jetzt bitte von mir heruntersteigen?"

Vivianne wunderte sich, wie schmerzverzerrt seine Stimme klang, aber bevor sie besorgt nach Verletzungen suchen konnte, hörte sie schon Cyrons Stimme: „Das ist ja alles sehr romantisch, aber wir haben hier schließlich einen Job zu erledigen!" Sie sprang auf, wollte dem Elf ihre Meinung sagen, doch der wandte sich ab und war in derselben Sekunde schon verschwunden. Morgan stöhnte. Vivianne reichte ihm ihre Hand und zog ihn auf die Füße. „Du bist so schwer, was hat das zu bedeuten?"

„Feenzauber. Wir sind in ihrem Reich, und unserem *Freund*", er sah in die Richtung, in der Cyron verschwunden war, „scheint die Heimatluft nicht zu bekommen."

„Heimat?" Vivianne runzelte die Stirn. Kein Wunder, dass Cyron lieber unter den Sterblichen lebte. Was sie sah, war eine bizarre Winterlandschaft. Kalter Nebel dämpfte jeden Laut, doch am bleigrauen Himmel hing eine silberne Scheibe, die sie in ihrer Panik für die Sonne gehalten hatte, die bei genauerem Hinsehen aber ebenso ein bleicher Erntemond hätte sein können, wären da nicht diese winzigen Flammen in blassem Orange gewesen, die den Rand des Himmelskörpers umzüngelten.

Aus dem Augenwinkel heraus nahm sie eine Bewegung wahr und wich instinktiv zurück. Ein Eisreiter näherte sich, und als sie genauer hinsah, entdeckte sie drei Gestalten hinter ihm, die sich gegen den Wind stemmten und doch nicht vorankamen. Sie trugen lange Gewänder und auf ihren Köpfen saßen gefrorene

Mützen. Kein Laut war zu hören, außer dem Wind in ihren Ohren. Aber ein ungutes Gefühl veranlasste sie, sich umzuwenden. Gerade noch rechtzeitig, wie es schien, denn die Hexe aus glitzernden Kristallen hatte gewiss nichts Gutes im Sinn, als sie geradewegs auf sie zugeflogen kam.

Jemand fasste nach ihr, sie schrie, doch der Laut gefror bereits auf ihren Lippen zu einem Gebilde, das klirrend zerbrach, als Morgan danach schlug. „Still!", flüsterte er, und sie spürte seine kalten Lippen an ihrem Hals. „Jedes Wort kann hier zu einem eisigen Ungeheuer werden."

Aber die Figuren, sieh doch nur! Er strich ihr zwar beruhigend über die Wange, tat aber so, als habe er sie nicht gehört. Vivianne versuchte es noch einmal, sogar in ihren Gedanken klang ihre Stimme wie von Tränen erstickt. *Morgan, ich habe Angst!*

„Er kann dich nicht hören." Cyron trat aus einer Kristallwolke, und hätte sie diese Gestalt nicht schon einmal gesehen, sie hätte ihn nicht wiedererkannt. Nordlichter in den Farben des Regenbogens umzüngelten ihn auch jetzt und die Strahlen der Wintersonne tauchten ihn in ein merkwürdiges Licht. Aber vielleicht war auch er selbst es, von dem die dumpfe Helligkeit in dieser grausamen Welt ausging – und ohne ihn würde alles um sie herum in Dunkelheit versinken. Ganz plötzlich begriff sie das Entsetzen in Salais Gesicht, wusste sicher, was er erkannt haben musste, als Cyron die Maske der Menschlichkeit ein wenig gesenkt hatte. Dies war nicht irgendein Elf. Vor ihr stand tatsächlich der Prinz der Feen, also einer der mächtigsten Lichtelfen, die diese Welt jemals gesehen hatte. Ein Prinz, dem es gefiel, unter den Sterblichen zu wandeln, anstatt sein Erbe anzutreten.

Cyron zögerte, als hätte er ihre Gedanken erraten. Für Sekunden glaubte sie ihren alten Freund wiederzuerkennen, der ihr nicht selten einen wertvollen Rat gegeben hatte, wenn sie –

satt vom Luxus – an seiner Bar hockte und sich wieder einmal nicht entscheiden konnte, ob sie diesem oder jenem Galan den Vorzug geben sollte. Von einer Sekunde zur anderen stand dann aber wieder der unheimliche Elf an seiner Stelle. Ein mächtiges Wesen, dessen Atem sich schon darum nicht zu Ungeheuern verwandelte, weil er gar keinen besaß! Dessen Worte aber noch beunruhigender sein konnten. „In meinem Reich sind eure vampirischen Talente wirkungslos. Ihr müsst atmen. Schmerz ist Schmerz und eine harmlose Verletzung kann tödlich sein. Ihr tut gut daran, dies nicht zu vergessen. Und jetzt kommt, wir haben nicht mehr viel Zeit."

Doch Vivianne war nicht so leicht zufriedenzustellen. „Was ist mit diesen – Gestalten?", sagte sie und machte eine Kopfbewegung in Richtung des Eisreiters und seiner Gefolgsleute. Sich nach ihnen umzusehen wagte sie jedoch nicht.

Aber eben das verlangte Cyron von ihr, der noch einmal stehen geblieben war. „Sieh genau hin!" Und als sie zögerte, wurde seine Stimme weicher. „Dir wird nichts geschehen, vertrau mir."

Wie konnte sie das denn jetzt noch? Aber ihre Neugier war größer als ihr Misstrauen, und so betrachtete sie die Herannahenden. Oder was sie dafür gehalten hatte – denn die unheimlichen Eisfeen hatten sich in der ganzen Zeit nicht von der Stelle bewegt. „Es sind Skulpturen!" Beinahe hätte sie vor Erleichterung laut aufgelacht, schloss aber schnell ihren Mund, um nicht noch mehr kleine Eismonster zu atmen. Sie sah mit zusammengekniffenen Augen über die Schneefläche und erkannte nun anstelle lebendiger Kreaturen gebeugte Tannen, eingehüllt in dicke Eismäntel, geformt von Wind und Wetter. „Welch herrliche Kunstwerke!"

Cyron lachte. „Der Ostwind wird sich über dein Kompliment freuen." Und wie zur Bestätigung erfasste sie alle eine Bö, die Vivianne beinahe umgeworfen hätte.

„Seltsame Art, seinen Dank zu zeigen“, knurrte Morgan und schlug nach einem Kristallwesen, das frech vor seinen Augen tanzte. Er breitete die Arme aus und zog Vivianne ganz nahe zu sich heran, obwohl er selbst keine Wärme in sich spürte, die er mit ihr hätte teilen können.

Cyron schien den bemitleidenswerten Zustand der Vampire erst jetzt zu bemerken. „Wir sollten uns beeilen, sonst ist euer Blut gefroren, bevor wir mit dem Ritual beginnen können.“ Er klatschte in die Hände und sie fanden sich in einem Palast aus Eis und Schnee wieder. Die glatten Wände schimmerten bläulich, gedämpftes Licht zauberte eine geheimnisvolle Atmosphäre, in der es deutlich wärmer zu sein schien. Vielleicht lag dies aber auch nur daran, dass kein eisiger Wind mehr wehte, denn jeder Atemzug ließ eine neue Wolke aus Viviannes Mund aufsteigen, die sich zu kristallenen Wesen formte. Entgegen Morgans Vermutung zerbarsten diese glücklicherweise meist, bevor sie Unheil anrichten konnten. Dabei ließen sie eine sphärische Melodie entstehen, die nicht nur Vivianne entzückte. Ihre Angst schien wie weggeblasen und sie hatte den Verdacht, dass dies Cyrons Werk war. Auch Morgan wirkte weniger angespannt, wie verzaubert lauschte er den Klängen.

Ihre gute Laune hielt an, bis sie Salai erblickte. Der diebische Elf, der hier doch eigentlich in seinem Element sein sollte, hockte zitternd auf einem Eisblock. Seine bebenden Lippen waren blau gefroren, sein Haar stand wild vom Kopf ab und sogar Augenbrauen und Wimpern waren dick mit Raureif überzogen, wie man ihn an schönen Wintertagen zuweilen auf Zweigen oder Gräsern vor dem dunkelblauen Himmel bewundern konnte, bevor eine lang ersehnte Sonne diese Pracht schmolz, der Mangel an Farbe das Zepter übernahm und sie erneut zum Aschenputtel der jahreszeitlichen Quadriga gefror.

Sie schüttelte den Kopf. Was war nur in sie gefahren, in dieser Situation romantische Wintergedanken zu entwickeln? Verwirrt wandte sie sich Cyron zu, doch bevor sie noch etwas sagen konnte, hob er seine Hand und selbst die Melodie ihres Atems verstummte. Zwei Eisfeen erschienen wie aus dem Nichts. Eine trug ein silbernes Gefäß in beiden Händen, die andere hielt in derselben Manier einen Dolch. Ohne zu wissen warum, trat Vivianne vor. Obwohl sie sicher war, dass sich Morgan nicht so einfach manipulieren ließe, tat er es ihr gleich. Gemeinsam knieten sie vor dem Eisblock, der ihnen nun wie ein Altar erschien, auf dem Salai inzwischen lang ausgestreckt und regungslos lag. Vivianne unterdrückte ein hysterisches Kichern. Es schien ihr ein wenig so, als empfinge sie gleich die heiligen Sakramente aus dem Blut des gefrorenen Elfs und werde danach die Ehe mit Morgan eingehen. Anstelle des erwarteten Widerwillens fand sie diese Vorstellung nicht einmal so unangenehm. Sicherheitshalber sah sie kurz zur Seite … in sein nun wieder ausdrucksloses Gesicht. Natürlich würde nichts dergleichen geschehen. Welch absurde Vorstellung: zwei Vampire, die von einem Eisprinzen getraut wurden. Jetzt kicherte sie aber doch und bereute es sogleich, weil ihr die Kreatur aus der Atemwolke in die Nase biss, bevor sie mit einer zarten Melodie explodierte und winzige Kristalle in alle Himmelsrichtungen zerstoben. Vivianne fragte sich, was wohl mit diesen Wesen geschah. Ob sie sich irgendwo sammelten und zu den eisigen Skulpturen wurden, die sie vorhin bewundert hatte. Oder stiegen sie auf und fanden sich zusammen, um eines Tages als Schneeflocken zur Erde zurückzuschweben?

Ein Laut riss sie aus ihrer Betrachtung und fasziniert beobachtete sie die Eleganz der Feen. Erst trat die eine, dann die andere vor und gemeinsam schwebten sie ihr entgegen, bis es Vivianne, die immer noch kniete und auch nicht in der Lage war aufzustehen, etwas mulmig wurde. Beide Feen blieben vor ihr stehen, ein ausdrucksloses Lächeln auf den weißen Lippen. Cyron erschien in Viviannes Gesichtsfeld, griff nach ihrer Hand und ein nie gekannter Schmerz fuhr durch ihren Arm. Er murmelte etwas und berührte Viviannes Stirn mit seinem Daumen.

Sofort fühlte sie sich besser. Sie war dankbar, dass er seine Magie dafür nutzte, ihren Schmerz zu lindern. Ohne eigene Kräfte konnte sie sich selbst nämlich nicht helfen. Tränen quollen ihr aus den Augen, wo sie alsbald zu rosafarbenen Wesen wurden, hinabstürzten und auf dem Boden zersprangen. Als wäre sie gar nicht an den Ereignissen beteiligt, beobachtete sie, wie ihr eigenes Blut über ihre Hand und die ausgestreckten Finger entlang in die silberne Schüssel floss. Sie spürte, wie das Leben sie allmählich verließ, und obwohl jede Faser ihres Körpers schrie, sie müsse irgendetwas – *egal was!* – tun, ließ sie alles vollständig regungslos über sich ergehen. Entrückt verfolgte sie, wie anschließend auch Morgan seines Blutes beraubt wurde. Die Feen entschwanden mit ihrer Beute.

Cyron schritt auf und ab, sagte etwas, hob seine Hände, sprach weiter und auf einmal begann Salai vor Viviannes Augen zu schweben. Ein weißes Licht pulsierte, anfangs kaum merklich, dann aber breitete es sich schnell stärker aus – und die ganze Umgebung begann zu summen. Zuerst noch leise, doch im Einklang mit der anschwellenden Energie, die von ihm auszugehen schien, wurde es beständig lauter, bis beide Vampire ihre Hände schützend über ihren Kopf legten und sich duckten, als erwarteten sie voller Angst, was als Nächstes geschehen würde. Das ohrenbetäubende Geräusch verstummte plötzlich und Vivianne, die trotz der überwältigenden Schwäche, die sie nahezu lähmte, den Grund dafür wissen wollte, blickte auf. Fasziniert beobachtete sie, wie der schwebende Salai beständig transparenter wurde.

Die Feen kamen herbei, jede von ihnen mit einem Kelch in

den weißen Händen, den sie Vivianne und Morgan an die Lippen hielten. Sie roch es sofort. Blut. Nach anfänglichem Zögern trank sie einen großen Schluck, und das Blut, das über ihre ausgetrocknete Zunge lief, schmeckte köstlicher als alles, was sie jemals zuvor probiert hatte – nach ungehobelter Wildheit, heiß, süß. Und auch nach Morgan. Sie hörte ihn neben sich stöhnen und entdeckte in seinem Gesicht das Spiegelbild ihres eigenen Entzückens. Hatten ihm die Feen von ihrem Blut zu trinken gegeben? Stumm genoss sie, wie sich Morgans Lebenselixier in ihrem Körper ausbreitete und von ihm Besitz ergriff. Sie fühlte seine Stärke und hörte auch das eigene Herz in seiner Brust schlagen, während seines in ihrer pochte. Liebe und Geborgenheit durchströmte und wärmte sie. Vivianne wäre ihm am liebsten um den Hals gefallen, hätte ihn liebkost und sich vergewissert, dass es ihm gutging. Sehnsuchtsvoll streckte sie ihre Hand aus, und auf einmal lag sie in seinen Armen, spürte seine Lippen auf ihrem Mund und seine Hände auf ihren Hüften.

Zum Teufel mit dem Eis!

Das animalische Knurren aus Morgans Kehle ließ sie alles vergessen, Vivianne zerrte an seinem Hemd, er riss ihr T-Shirt in der Mitte entzwei und im Nu waren sie beide nackt. Er hob sie auf den Altar, vor dem sie eben noch gekniet hatten, spreizte ihre Beine und drang ohne Umstände in sie ein. Vivianne lehnte sich nach hinten, um ihn noch weiter in sich aufzunehmen. Sie konnte an nichts anderes mehr denken als daran, wie fantastisch er sich in ihr anfühlte. Ihr Körper glühte vor Leidenschaft, und als sie kam, tat sie das mit einem Schrei, der geeignet gewesen wäre die eisigen Wände um sie herum zum Einstürzen zu bringen.

Morgan fauchte, während sich ihre Nägel in seine Haut bohrten. Doch der Schmerz erregte ihn und der Anblick ihres Entzückens in seinen Armen erfüllte ihn mit einem unbeschreiblichen Glück. Sie schnurrte, lachte, flüsterte wirre Dinge in sein Ohr, und als sie ihn küsste, war es um ihn geschehen. Er hätte schwören können, Sterne zu sehen, als er in ihr kam – und die Lust wollte kein Ende nehmen, bis sie sich beide schließlich eng umschlungen vor dem Altar wiederfanden.

Jemand klatschte in die Hände, und als habe man tausend winzige Glöckchen zum Klingen gebracht, kam das Echo von den hohen Eiswänden zurück. Morgan und Vivianne sprangen erschrocken auf. Sie war sicher, dass ihr eine der Feen zuzwinkerte. Merkwürdigerweise spürte sie keine Scham, auch als ihr klar wurde, dass sie sich Morgan nicht nur an den Hals geworfen, sondern dies auch noch vor den Augen der Lichtelfen getan hatte.

Cyron lachte. „Du hast mehr von deinen Vorfahren im Blut, als ich vermutet hätte. Fast könnte ich Morgan beneiden."

Allmählich wurde ihr bewusst, dass er sie manipuliert hatte. Bei aller Leidenschaft war ein Eisblock, über dem in luftiger Höhe ein tiefgefrorener Elf schwebte, doch nicht der geeignetste Ort für den ersten Sex mit einem neuen Mann. Sie öffnete den Mund, war jedoch erneut ihrer Stimme beraubt und konnte sich nun auch nicht mehr vom Fleck bewegen. Morgan schien es nicht anders zu ergehen, denn er sah aus, als wolle er Cyron erwürgen, und hätte dies sicher auch getan, hätte nur der Hauch einer Chance bestanden.

Salai war kaum noch als lebendiges Wesen zu erkennen, der entblößte Körper gefror immer mehr zu einer Form aus Eis und Schnee, während er auf den Altar herabschwebte, der ein wenig die Form verloren hatte, wie Vivianne etwas irritiert bemerkte. Jetzt stieg ihr doch die Röte ins Gesicht, so hemmungslos war sie noch nie gewesen, dass ihre Leidenschaft sogar das ewige Eis zu schmelzen vermochte.

Cyron ließ sich die silberne Schüssel reichen und jetzt, da

ihre Sinne wieder geweckt waren, konnte sie riechen, dass sich Blut darin befand, ihres und das von Morgan. Der Elf hielt seine Hand darüber, und sie glaubte die Energie, mit der er ihr Blut segnete, geradezu zu sehen. Dann tauchte er einen Finger hinein und zeichnete etwas auf Salais Solarplexus, das Sonnengeflecht, das bei Feen und Vampiren gleichermaßen für die höchste Form der Magie empfänglich war. Das Blut drang sofort in den Leib des Diebes ein und hinterließ einen sauber gezirkelten dunkelroten Ring. Cyron gab Vivianne ein Zeichen und ging zum Altar.

Ohne es zu wollen, hob sie ihren Arm und griff durch den Ring. Ihre Hand glitt in den Leib, der vor ihr lag, als wäre er weder gefroren noch ein echter Körper. Ihre Finger ertasteten etwas Festes, sie wollte gar nicht so genau wissen, was es war, zogen den Gegenstand heraus, und dann taumelte sie in Morgans Arme zurück, der glücklicherweise soweit wieder hergestellt war, dass er sie sicher auffangen konnte.

Cyron hob blitzschnell den Dolch und stieß ihn in Salais Brust. Die Skulptur, die einmal ein atmendes Geschöpf gewesen war, zersprang nun klirrend in Abermillionen Teile.

14

„Prinzessin, wach auf.“

Sie rührte sich nicht.

„Bitte.“

Vivianne hatte zwar keine Lust, aber ihre Augen gehorchten ohne ihr Zutun. „Ich bin keine Prinzessin!“ Sie blickte in Morgans Gesicht. Gleichzeitig schloss sich ihre Hand um einen kalten Kristall und sie vergaß vorübergehend ihren Verdruss über diese ganz und gar unpassende Bezeichnung, die er sich für sie ausgedacht hatte. „Es hat funktioniert!“ Sie setzte sich auf und hielt den Edelstein in ihrer Hand gegen das Licht einer einzelnen Kerze. „Mir war nie bewusst, wie schön er ist.“

Sie strahlte, und Morgan dachte, dass nicht der Anblick des Steins, sondern ihre leuchtenden Augen das Schönste waren, was er jemals gesehen hatte. Er beugte sich über Vivianne. Seine Lippen berührten die kleine Vertiefung unterhalb ihrer Kehle und der Lufthauch löste ein erwartungsvolles Zittern in ihrer Brust aus, das sich rasch über ihren gesamten Körper ausdehnte. Eine reizvollere Art, die Schrecken der vorangegangenen Stunden zu vergessen, konnte er sich gar nicht vorstellen.

„Wir sollten das nicht tun!“ Viviannes Stimme klang, als meine sie es mit ihrem Protest alles andere als ernst.

„Nein.“ Morgan stützte sich auf einen Ellenbogen. Sein Tonfall verbarg nicht, dass er genau wusste, welche Gefühle er in ihr auslöste – und dass er es genoss.

Doch dann dachte er daran, wie er sich kurz zuvor noch rücksichtslos auf sie gestürzt hatte. Gewiss, sie hatten beide unter Cyrons unheilvollem Einfluss gestanden. Morgan hätte niemals mit Gewalt … Doch dann erinnerte er sich daran, wie sich der magische Schleier gelüftet hatte. Nur kurz, als wäre es ein Test … und er hätte noch aufhören können. Vielleicht. Zumindest aber hätte er es versuchen müssen, für Vivianne und für sich selbst. Dass sie auch jetzt nicht so wirkte, als hätte Morgan ihr Gewalt angetan, war keine Entschuldigung. „Wegen vorhin …" Er wusste nicht einmal, wie man über solche Dinge sprach. Aber diese wunderbare Vampirin, in die er sich täglich heftiger verliebte, unterbrach ihn.

„Ich könnte ihn dafür umbringen. Aber keiner von uns beiden hatte eine Wahl. Du hast ja gehört, was Cyron gesagt hat. Es war Teil des Rituals, um den Blutkristall zurückzugewinnen." Vivianne blickte lange schweigend in seine von Leidenschaft dunkel gewordenen Augen, bis sie eine Spur von Unsicherheit darin zu lesen glaubte. Erst jetzt erlaubte sie sich ein Lächeln und vergrub ihre Hände in seinen Haaren. „Ich möchte sicher sein, dass das, was ich gefühlt habe, nicht auch zu seiner Magie gehörte. Und es gibt nur einen Weg, dies herauszufinden."

Sie wollte, dass er weitermachte, dennoch schien Morgan es noch einmal hören zu wollen. „Bist du sicher?"

„Vorher möchte ich dir aber noch etwas Wichtiges sagen." Hier war die Chance, ohne die Last einer Lüge neu zu beginnen, und Vivianne wollte sie sich nicht entgehen lassen.

„Später, Prinzessin!"

Er darf mich nicht beißen!, war die letzte sinnvolle Überlegung, die sie zustande brachte, bevor sich Morgan langsam über sie beugte. Vivianne hielt den Atem an, als seine Lippen ihre Wangen streiften. Erst noch berührte er sie behutsam, einer Biene gleich, die von Blüte zu Blüte schwirrte, um den köstlichsten Nektar zu finden, dann aber wurden seine Liebkosungen fordernder, und als er plötzlich ihren Kopf zwischen die Hände nahm, seine Zunge hervorschnellte und ihren Mund eroberte, antwortete sie ihm mit derselben Leidenschaft. Ihr Körper übernahm die Regie und sie fühlte sich doppelt beherrscht, ausgeliefert, dieses Mal allerdings auf eine wohltuende, erregende Weise.

Ihre Vorsätze interessierten sie nicht mehr. Vivianne wollte das ganze Paket, alles, worauf sie so lange hatte verzichten müssen und worauf ihre Abenteuer mit Sterblichen sie nur unzureichend vorbereitet hatten. Ihr war noch nie zuvor jemand begegnet, der stärker als sie selbst war. Sich nicht einfach losreißen zu können und die Situation zu dominieren, so etwas hatte sie bisher nur im Kampf erlebt. Viviannes Selbsterhaltungstrieb war stark und sie musste sich beherrschen, um nicht zurückzuschlagen, vor einem dominanten Gegner zu fliehen und sich stattdessen seinen Wünschen zu beugen. Morgan hatte ihren Konflikt offenbar gespürt, denn er hielt sie mit seinem Körper unter sich gefangen und lachte. Ein typisch männlich überlegenes Lachen. Dann küsste er sie erneut. Viviannes Blut kochte vor Ärger über seine Überheblichkeit – und auch vor Lust. Aggressiv ließ sie ihre Fingernägel über seine Haut gleiten, wohlwissend dass die Wunden, die sie ihm beibrachte, das Kunstwerk seiner Tätowierungen nicht zerstören konnten.

Morgans Herz schlug schneller und längst glich er keiner steinernen Statue mehr, wie sie es sonst von ihm kannte. Sie genoss das Spiel der Muskeln unter seiner warmen Haut, schmiegte sich dichter an seinen Körper, der keinen Zweifel daran zuließ, dass sie das Richtige taten.

Alles an ihm war männlich. Mit einem Knie drückte er ihre Schenkel auseinander, sie ließ es sich gefallen, tat sogar noch mehr, schlang ihre Beine um seine Hüften und rieb sich an ihm.

„Langsam!" Morgans Stimme klang jetzt gepresst, und sie genoss die Macht, die sie in diesem Augenblick über ihn hatte.

Trotzdem gehorchte sie, ging zum Schein auf seine Wünsche ein, flüsterte ihre Fantasien in sein Ohr, küsste seinen Hals, bis sie das Beben in ihm wiederfand, das auch ihren eigenen Körper erfasst hatte. Sein Lächeln wurde weicher, er öffnete den Mund, um ihre Brust zu liebkosen, da griff sie ihm ins Haar und genoss ganz kurz die seidige Fülle. Plötzlich zog sie seinen Kopf nach hinten, presste ihre flache Hand auf seine Brust und nutzte die Überraschung, die sich deutlich in den Zügen seines Gesichts widerspiegelte, um ihn mit Schwung auf den Rücken zu drehen. Im Nu saß sie auf ihm und lachte. „Unterschätze niemals deinen Gegner!"

Seine Augen wurden zu schmalen Schlitzen. „Sind wir das denn, Gegner?"

Vivianne beschlich das Gefühl, einen Fehler gemacht zu haben. Sie wollte auch schon etwas in dieser Richtung äußern, da lachte Morgan.

„Das gefällt mir!" Er zog ihren Kopf zu sich hinunter und zeigte ihr genau, wie er sich den weiteren Verlauf eines Kampfes zwischen ihnen vorstellte.

Entzückt setzte sie seine Anweisungen um, folgte schließlich küssend der schmalen Linie immer dunkler werdenden Haars, die sie über seinen Bauch lockte. Ihre Hände glitten weiter hinab, bis sie zwischen seinen Beinen entdeckte, wonach sie gesucht hatte. Warm und trocken, von der weichen Haut nur unzureichend geschützt, hielt sie in ihren Händen, was für Generationen von Kriegern eine beliebte Trophäe gewesen war. Sie begann, seine Hoden sanft zu massieren, und als sie zwischendurch einmal etwas fester zudrückte, gab Morgan zu ihrem Entzücken einen scharfen Laut von sich, der in erleichtertes Stöhnen überging, als der Druck nachließ.

„Komm her!", verlangte er kurz darauf. Wieder gehorchte sie und hoffte, er würde verstehen, dass alles, was sie für ihn tat, freiwillig war und niemand sie jemals ganz besitzen würde. *Ich weiß, Prinzessin!* Sie spürte sein Lächeln in ihrem Kopf wie eine zärtliche Berührung und ließ die letzten Vorbehalte fallen. Bevor sie etwas entgegnen konnte, wurden ihre Arme von seinen Händen zusammengedrückt, als hätte er ihr Handschellen angelegt. Ihr bebender Körper lag unter ihm begraben. Jeder Versuch, sich aus dieser Position zu befreien, blieb erfolglos, und einen Augenblick lang starrten sie sich regungslos an.

Dann breitete sich ein Lächeln über seinem Gesicht aus, das – als er nämlich begann, ihren Körper eingehend zu betrachten – schnell etwas Wildem und Animalischem wich.

„Du bist der beste Liebhaber, den ich …" Weiter kam sie nicht.

„Ach, ja?" Ärger und Leidenschaft brodelten in seinen Augen empor, deren Bernsteinton dem wirbelnden Grün gewichen war, das sie bereits kannte.

Ihr wurde klar, dass es nicht sehr geschickt war, ausgerechnet in dieser Situation einen Mann mit eventuellen Vorgängern zu vergleichen. Und zwar ganz gleichgültig, ob er dabei gut abschnitt oder nicht. Und Vampire waren territoriale Wesen: Sie töteten eher, als dass sie etwas teilten, das ihnen gehörte. Irgendetwas Bedeutendes geschah, als verändere sich die Atmosphäre um sie herum; es waren keine eindeutigen Zeichen, eher die Art, wie er seinen Kopf schräg legte, während er sie durchdringend betrachtete. Besitzergreifend. Sie wusste, dass sie verloren wäre, wenn sie jetzt nicht fliehen würde. Doch was machte das schon? Ihr Herz gehörte ihm längst, auch wenn sie seines vermutlich nie erobern würde. Warum nicht das Beste daraus machen? „Komm!", bat sie.

Seine Hand glitt über ihre Taille, bis sie ihren Rücken bog, um sich dichter anschmiegen zu können. Noch nie war sie derart kunstvoll und mit solcher Leidenschaft geküsst worden. Seine warme Zunge tanzte mit der ihren und sandte dabei eindeutige Signale durch ihren glühenden Körper, der ohne ihr Zutun einen eigenen Rhythmus fand. Doch sie war nicht allein, er begegnete jeder ihrer Bewegungen mit einer ähnlich leidenschaftlichen Antwort, und sie schmiegten sich auf der Suche nach noch mehr Nähe aneinander. Als seine Lippen ihren Mund verließen, konnte sie einen enttäuschten Laut nicht verhindern. Sie wollte mehr, spürte ihre Zähne gegen den Kiefer drücken. Mit einem Schrei wandte sie sich ab, um der Versuchung nicht zu erliegen. Dabei bedachte sie jedoch nicht, welche Verlockung ihr Hals für ihn bedeutete. Vielleicht waren es aber auch einfach nur ihre Instinkte, die sie so handeln ließen. Sie wollte, dass er sie nahm, wollte selbst mehr von seinem Blut kosten als nur die wenigen Tropfen, die sie ihm bisher hatte stehlen können. Sie begehrte ihn: Morgan. Seine Küsse, seine Hingabe, sie wollte ihn in sich spüren, wild und fordernd. Ihre Fantasien liefen Amok, trafen auf seine, durchschauten sich, als wären sie schon seit jeher füreinander bestimmt gewesen. Sie brauchte nichts zu sagen, er kannte ihre Wünsche wie seine eigenen.

Seine Hand glitt zwischen ihre Beine. Die Berührungen waren jetzt nicht mehr sanft, sondern besitzergreifend. Mit einem Ruck riss er die zarte Spitze ihres Höschens entzwei. Vivianne keuchte. Morgan zitterte von der Anstrengung sich zu beherrschen, als sie zwischen ihre Körper griff. Noch nie zuvor hatte ihm eine Frau solch eine Selbstkontrolle abverlangt. Endlich spürte er ihre feuchte Hitze. *So nah.* Und schon hob sie ihre Hüften, nahm ihn tief in sich auf und seufzte, als er sie komplett ausfüllte, sogar dehnte, bis beide glaubten, mehr ginge nicht. Morgan starrte regungslos auf ihren nackten Körper, der sich unter ihm wand. Dann begann er ihren Bewegungen zu folgen, sie anzutreiben, schneller und härter.

Vivianne liebte es, ihn in sich zu spüren, und die Art, wie er annahm, was sie ihm so offen anbot, ohne Angst haben zu müssen, dass sie sich gegenseitig ernsthaft verletzen könnten. Sie mochte, wie er sie dabei beobachtete, gefährlich und mit einer leidenschaftlichen Intensität, von der vampirischen Begierde getrieben, die ihnen beiden innewohnte. Die Welt um sie herum wurde unwichtig, alles drehte sich nur um ihre Gefühle, und Vivianne bemerkte nicht einmal, wie ihre Zähne in seinem Hals versanken, bis Morgans Blut ihren Mund füllte, so wie er sie erfüllte und zielstrebig einem Orgasmus in die Arme trieb, der ihr schon in der Erwartung den Atem zu rauben drohte. Morgan griff in ihr Haar und zog Viviannes Kopf zurück. *Unmöglich!*, dachte sie, als er ihre Beine nahm und auf seine Schultern legte. Er küsste sie erneut, während er seinen Rhythmus beschleunigte. Sein Mund schluckte schließlich ihren Schrei, und sie explodierte mit einem Glücksgefühl, das so mächtig war, dass ihr blutige Tränen über die Wangen liefen.

Morgan biss die Zähne zusammen, während sie unter ihm erbebte. Seine animalische Natur verlangte, dass er Vivianne ein für alle Mal in Besitz nahm und sein Blut so lange mit dem ihren mischte, bis jeder sofort wissen würde, zu wem sie gehörte. Die Wildheit in ihm war beängstigend und kaum zu zähmen. Seine Reißzähne kratzten über ihre Haut, doch er hielt den Dämon in seinem Inneren in eisernem Griff und verletzte sie nicht. Keine Minute später überwältigte auch ihn ein mächtiger Orgasmus, das ungezähmte Biest in seinem Körper fauchte triumphierend und zog sich erst nach langer Zeit endlich satt und befriedigt zurück. Morgan hielt Vivianne eng umschlungen, bis das letzte Beben in ihnen verklungen war. „Du bist wunderschön!“, raunte er und küsste ihre geschlossenen Augenlider.

Sie mochte den Alarm seines Handys zwar nicht gehört haben, doch Morgan wusste, was er zu bedeuten hatte. Lautlos glitt er zwischen den Laken hervor, holte eine Blutkonserve aus dem Kühlschrank, füllte sie in einen hohen Becher und erwärmte das Getränk für Vivianne. Lange schwebte seine Hand unentschlossen über dem Gefäß, dann entschied er sich. Es musste sein. Die Kapsel löste sich sofort auf, ohne Spuren zu hinterlassen.

Er kniete sich ans Bett. „Trink! Du hast heute viel zu viel Blut verloren."

Aber auch getrunken, das schlechte Gewissen diktierte ihre verborgenen Gedanken. *Gut, dass Morgan kein geborener Vampir ist.* Vivianne wusste, dass – wäre er es – er sie nur noch einmal beißen müsste, dann hätten sie gemeinsam das dritte Siegel gebrochen. Sie beide wären, ungeachtet ihrer wahren Gefühle füreinander, auf ewig aneinander gebunden. Um diesen Schritt zu tun, mussten sich die Partner ihrer Gefühle absolut sicher sein, sonst drohte ihnen das schreckliche Schicksal einer gemeinsamen Gefangenschaft, die ewig dauern würde. So ungewöhnlich es auch sein mochte, bedachte man die wenigen Jahre, die sie als Vampirin verlebt hatte, so war sich Vivianne doch sicher, das Richtige zu wollen. Das Glücksgefühl, das sie empfand, als ihr die Konsequenzen ihres leichtfertigen Handelns endgültig klar wurden, verwirrte sie. Sie trank den Becher in einem Zug aus und ließ sich in die Kissen sinken.

„Ich liebe dich!", flüsterte seine Prinzessin, bevor sie die Augen zu einem langen Schlaf schloss. Morgan hasste sich selbst. Wenn dies alles vorbei war, beschloss er, würde er seiner würdelosen Existenz ein Ende setzen. Er war schon an der Tür, doch dann kehrte er noch einmal um, strich eine Strähne aus ihrem Gesicht und betrachtete sie. Schließlich nahm er die Kette ab, an der er schon seit fast dreihundert Jahren das Wappen seiner Familie mit sich trug. Er legte sie der Schlafenden um – und dieses Mal wurde Morgans Blick wehmütig, als der Ring in dem Tal zwischen ihren Brüsten verschwand. Sie würde ihn hassen und für das verfluchen, was er getan hatte. Aber irgendwann würde sie schließlich dankbar sein, sich nicht für den Rest ihres Daseins an ihn gebunden zu haben. An ihn, einen Dunkelelf, dessen Familie ihn gleich zweimal verstoßen hatte. Zum ersten Mal, als er so unschuldig wie jedes andere Baby auch zur Welt kam, und dann erneut, als er vorzeitig und durch ein Unglück zum Vampir wurde. Sie hatten ihn gerettet, ja. Aber dann war er wieder auf sich allein gestellt gewesen, ohne etwas über seine neuen Fähigkeiten und Talente zu wissen oder über die Gefahren, die in einer von Sterblichen beherrschten Welt auf ihn lauerten. Und dazu noch mit einer jungen Frau belastet, die er bis dahin für seine Schwester gehalten hatte. Dennoch fühlte er sich für Edna verantwortlich, gleichgültig wessen Blut in ihren Adern floss.

Wütend schlug er mit seiner Faust gegen die Wand. Die Verletzung war nebensächlich, das Loch, durch das er jetzt in den Wohnbereich der Hotelsuite sehen konnte, würde irgendjemand bald reparieren. Seine Seele dagegen hatte dieses Privileg wohl verloren. Morgan steckte den Blutkristall ein und verließ das Zimmer, ohne sich noch einmal umgesehen zu haben. Er beglich die Hotelrechnung für die nächsten Tage im Voraus und ließ wissen, man wolle nicht gestört werden. Als das alles erledigt war, eilte er mit zusammengebissenen Zähnen in seine Kreuzberger Wohnung.

Unterdessen schwebte Vivianne auf einer unangenehmen Bewusstseinsebene dahin. Zwischen Übelkeit und Koma. Ein Traum jagte den anderen und keiner ergab wirklich einen Sinn. Sie kämpfte tapfer gegen den bleiernen Schlaf, doch auf einmal fand sie sich in einer Kutsche wieder, die durch Londoner Straßen rumpelte, und ihr wurde klar, dass sie erneut in die Rolle des kleinen Jungen geschlüpft war, dessen Leben sie in den vergangenen Nächten immer besser kennengelernt hatte. Doch heute war alles anders. Aus dem Schiffsjungen, dem fast die Augen aus dem Kopf gefallen waren, als er die Ureinwohner von Neu England zum ersten Mal gesehen hatte, war nun ein erwachsener Mann geworden. Damals hatte er sich trotzdem manchmal von Bord geschlichen – heimlich –, um sich die *Wilden*, wie sein Kapitän sie nannte, näher anzusehen und sogar um mit dem einen oder anderen ihrer Kinder vorsichtig Kontakt aufzunehmen. Diese urlondoner Pflanze, frech, vorlaut und blitzschnell, wenn es darum ging, ein Stück Brot oder einen Apfel zu stehlen, schien also zu einem erwachsenen Mann geworden zu sein. Zum ersten Mal bedauerte sie es, dass ihr das Gesicht des *Traummannes* verborgen blieb, denn sie fühlte sich in seiner Haut so wohl. Jung, voller Kraft und mit einer Wut, die sie aus den Zeiten ihrer eigenen Transformation nur zu gut kannte. Er war, stellte sie überrascht fest, zum Vampir geworden. Und das musste erst kürzlich geschehen sein, denn jetzt bemerkte sie seine Verunsicherung. Die tiefe Verletzung, die sie in seiner Seele entdeckte, das Gefühl, betrogen worden zu sein, schmerzte fast so sehr, als wäre sie es selbst gewesen, die von ihrer Familie fortgegeben worden war und die man erst kürzlich ein zweites Mal verstoßen hatte. Es schmerzte, als müsse sie fortan zwischen den Welten wandeln, ohne eigene Vergangenheit und ohne eine erkennbare Zukunft.

Sie stieg als unsichtbarer Schatten, einerseits beobachtend und doch auch in ihm, aus einer Kutsche und erkannte dabei, dass er teuer gekleidet war. So schlecht schien es also – zumindest finanziell – nicht um ihn zu stehen. Warum also war da diese Leere? Neugierig folgte sie ihm die Stufen zu einem eleganten Stadtpalais hinauf. Gemeinsam sahen sie über die Schulter, als die Kutsche davonraste, als wäre der Kutscher froh, seinen seltsamen Passagier endlich los zu sein. Der Türklopfer war abgeschraubt. Vivianne wusste, was dies bedeutete. Doch der Mann schien keine Ahnung zu haben und schlug immer wieder mit der Faust gegen die Tür, bis das Holz splitterte. Er konnte seine Kraft nicht einschätzen.

Gern hätte sie ihm gesagt, dass niemand zu Hause war. Im Keller, dort wo das Gesinde wohnte, schlief ein alter Mann seinen Rausch aus. Vermutlich hatte man ihn zurückgelassen, um ein Auge darauf zu haben, dass Türen und Fenster ordentlich verschlossen blieben, bis die Familie von ihrem Landsitz in die Stadt zurückkehrte. Er lauschte – hatte er den Alten also ebenfalls gehört? Oder irritierte ihn das Zwitschern der Vögel? Tatsächlich war dies ein ungewohntes Geräusch in dem Teil Londons, der einst sein Zuhause gewesen war. Hier jedoch gab es Gärten und Parks. Der Mond war schon verschwunden und über dem Eastend kündete ein heller werdender Streifen vom Anbruch eines neuen Tages. Sie konnte seine Panik spüren. Natürlich, er war ein Novize, noch dazu ein geschaffener Vampir. In wenigen Minuten würde er auf den Stufen dieses Hauses zu Asche verbrennen. Wie gerne hätte Vivianne jetzt gerufen: „Der Keller! Versteck dich im Keller! Und wenn du es nicht verhindern kannst, dann trinke von dem Säufer dort unten, der macht es *ohnehin* nicht mehr lange!“ Und als hätte der junge Vampir sie gehört, warf er sich noch einmal mit aller Kraft gegen die Haustür, sprengte sie auf und brachte sich in der kühlen, modrig riechenden Halle vorerst in Sicherheit. Er besaß ausreichend Verstand, die Tür hinter sich zu schließen und einen vergessenen Riegel vorzulegen. Selbst wenn jemand die Beschädigungen von draußen sähe, wäre ihm der Zugang verwehrt und er würde wieder von dannen ziehen müssen. Hier in London kümmerte sich niemand um die Belange fremder Leute, das brachte einem ja ohnehin nur Scherereien ein.

Nach diesem erfolgreichen Start in die Welt der Vampire

mauserte sich ihr Held bald zu einem geschickten Vertreter seiner Art. Der Hausdiener überlebte seine Attacke zwar nicht, aber das war bei einem Streuner, der offensichtlich von seinem vampirischen Paten verlassen worden und auf sich allein gestellt war, auch nicht anders zu erwarten. Immerhin bereute er seine Tat und vergrub den armen Kerl im Rosenrondell. Vivianne musste kichern, als sie sich vorstellte, wie wunderbar die Pflanzen in der kommenden Saison gedeihen würden.

Und dann machte ihr Traum einen Sprung. Zeit musste vergangen sein, vielleicht Jahre. Der Vampir lebte nicht mehr in dem eleganten Haus. Er hatte sich in einem Junggesellenquartier eingemietet. Und obwohl er keine geschliffenen Manieren besaß, war er dort wohlgelitten, denn er bezahlte pünktlich den vollen Zins, verzichtete auf die Verköstigung und hatte auch – anders als die vielen jungen Burschen vom Lande, die nach der Universität zum ersten Mal das Stadtleben genossen – keine lärmenden Besucher. Von der jungen Frau, die sich gelegentlich in seine Wohnung schlich, bemerkte die Vermieterin entweder nichts – oder wollte es nicht sehen. Vielleicht half er auch ein wenig nach. Vivianne vermutete, dass seine vampirischen Fähigkeiten inzwischen besser geworden waren. Eigenartigerweise gefiel es ihr gar nicht, dass er eine Geliebte zu haben schien. Was ließ sich ihr Traummann mit einer Sterblichen ein, die zugegebenermaßen recht hübsch, aber doch auch sehr gewöhnlich war? So gewöhnlich wie … Sie würde noch darauf kommen. Dieses Gesicht hatte sie schon einmal gesehen. Doch das musste warten, denn das Leben ihres Helden war äußerst abwechslungsreich. Anfangs begriff sie es nicht, aber dann wurde ihr klar, dass die Frau als Zofe arbeitete, ihre Herrschaft ausspionierte und er des Nachts in die Stadthäuser der Adligen eindrang, um sie zu bestehlen. Das ging so lange gut, bis sie hinter seinem Rücken einen gefährlichen Flirt mit einem jungen Dunkelelf anfing, in dessen Haushalt sie angestellt war, sich dieser auch prompt in sie verliebte und ihr versprach, das zu tun, was ihr diebischer Freund so strikt ablehnte: sie zu einer der ihren zu machen. Ihr *Traummann* stieg in Viviannes Hochachtung, weil er dem kleinen Luder nicht nachgegeben hatte. Man schuf nicht einfach so Vampire, bloß weil eine eitle Sterbliche vielleicht Probleme mit dem Älterwerden hatte. Auch im achtzehnten Jahrhundert hatte bereits die Regel des Rates gegolten, nach der man sicher sein musste, dass der oder die Sterbliche von den Lichtelfen abstammte, weil nur dies eine erfolgreiche Wandlung zu ermöglichen schien. Mochte diese Verwandtschaft auch in noch so weiter Ferne liegen, entweder man schmeckte sie im Blut seiner Auserwählten oder man ließ die Finger von diesem Experiment. Doch darüber machte sich der Dunkelelf offensichtlich wenig Gedanken. Er versuchte die Transformation gleich beim ersten Biss – und natürlich ging etwas schief.

Vivianne wusste nicht, was genau geschehen war, aber als Nächstes spürte sie das abgrundtiefe Leid ihres Traumbegleiters, der nicht etwa – wie sie gedacht hatte – eine Geliebte betrauerte, sondern seine Ziehschwester, die nun auch ein Gesicht erhielt.

Zuckerwatte füllte ihren Kopf und jeder Gedanke verfing sich unweigerlich in der klebrigen Masse. Dabei hätte es etwas ungeheuer Wichtiges zu tun gegeben. Sie kam nur nicht darauf. Vivianne stützte sich auf ihren Ellenbogen und versuchte, die Bettkante zu fixieren. Das verfluchte Ding bog sich und buckelte wie ein wildes Pferd, das sich nicht bändigen lassen wollte. Sie fühlte sich ein wenig so, als säße sie im Sattel dieses verrückten Tieres. Oder in einem Kettenkarussell. Wie sie es als Kind geliebt hatte, in eines dieser Sesselchen zu steigen, den Sicherheitsbügel trotz der Warnung ihres Kindermädchens unverschlossen zu lassen und mit den Beinen zu baumeln. Bis die Maschine im Bauch des bunt bemalten Karussells protestierend ihren Dienst aufnahm: nun stiegen erst langsam, dann immer schneller die Schaukeln an ihren langen Ketten in die Luft, sausten im Kreis und flogen immer höher und höher, bis der Wind ihr Lachen verschluckte und die Wolken am Himmel zu silbernen Streifen wurden. Vivianne lehnte sich vor und kotzte, bis es womöglich nicht einmal mehr ihre Seele in dem schmerzenden Körper aushielt und über ein neues Zuhause nachdachte.

Da dies höchst unwahrscheinlich war, musste es an etwas anderem liegen, dass sie diese fürchterliche Leere erneut in sich spürte. Niemals hätte sie es für möglich gehalten, dass ihr der Blutkristall so sehr fehlen würde. Doch als sie ihn schon längst in den Händen hielt, wusste sie, dass es noch etwas – oder besser noch jemanden – gab, dessen Nähe, Vertrauen und Zuneigung ihr so wichtig geworden war, dass sie nicht mehr ohne ihn leben mochte.

Und nun waren beide fort. Der Blutkristall – und Morgan, dem sie beinahe ihr größtes Geheimnis anvertraut hätte. Dieser verlogene Vampir hatte von Anfang an nichts anderes gewollt als ihren kostbaren Rubin!

15

Vivianne stieg aus dem Bett und durchquerte mit unsicheren Schritten das Schlafzimmer. Nachdem sie ihren Mund ausgespült und die Spuren des Malheurs beseitigt hatte, wich der Nebel in ihrem Hirn allmählich einem stechenden Kopfschmerz. Nicht einmal ihre blutigen Fantasien darüber, wie ihre Brüder Morgan Stück für Stück auseinandernehmen würden, konnten sie aufmuntern. *Das wirst du bereuen*, schwor sie und gelobte, in Zukunft keinen Vampir mehr in ihr Bett zu lassen, gleichgültig wie wunderbar sie sich dabei auch gefühlt hatte, wie sexy er sein mochte und wie überaus erfahren … *Schluss!* Ihre Gedanken schlugen eindeutig die falsche Richtung ein.

Immer noch auf wackligen Beinen schlurfte sie zum Kühlschrank und inspizierte das Angebot. Heute durfte es einmal etwas Härteres sein. Am besten einen dieser Energydrinks, deren Wirkung bemerkenswert war, wie sie aus eigener Erfahrung wusste. *Delirious Delight*? Das Zeug konnte ihr gestohlen bleiben. *Draconic Death* klang eher nach etwas, das sie Morgan jetzt gerne einflößen würde. *Nichts Brauchbares zu finden.* Vivianne griff kurzerhand zum Hörer des Haustelefons, und schon wenige Minuten später klopfte jemand an die Tür. Eine junge Frau kam herein, einen silbernen Korb unter dem Arm, dessen Inhalt dezent mit einer großen weißen Serviette abgedeckt war. Und zwinkerte ihr zu. „Eine kluge Wahl, wenn ich mir die Bemerkung erlauben darf." Sie stellte vier Blutcontainer im Tetra-Pack auf den eleganten Esstisch des Apartments und Vivianne unterzeichnete ohne mit der Wimper zu zucken die atemberaubende

Quittung über fünfzehntausend Euro. Handschriftlich fügte sie noch ein großzügiges Trinkgeld hinzu und entschuldigte sich mit einem schiefen Lächeln. „Die Nacht war etwas turbulent …“ Sie folgte dem verständnisvollen Blick des Hausmädchens und bemerkte zum ersten Mal das Loch in der Wand.

„Keine Sorge“, versicherte die Frau und grinste jetzt unverhohlen. Ihre Nase kräuselte sich. „Wir kümmern uns um alles.“ Damit warf sie einen bedeutsamen Blick zum Schlafzimmer und verabschiedete sich. Vivianne sah ihr regungslos nach. *Wie peinlich!* In diesem Hotel würde sie so schnell nicht mehr absteigen. Aber es gab ja auch Wichtigeres. Schnell öffnete sie die erste Packung und trank sie ohne abzusetzen aus. Die zweite hatte sie bereits zur Hälfte geleert, da begann die Wirkung dieses besonderen Blutcocktails einzusetzen. Sie fühlte sich ein bisschen wie Wonderwoman und wusste, mit den geborgten Kräften würde sie behutsam umgehen müssen. Pappverpackung oder nicht, dieser Mix hatte es jedenfalls in sich. Vivianne steckte in jede ihrer Manteltaschen eine der verbliebenen Packungen und zückte ihren kleinen Dolch. Konzentriert dachte sie an ihr nächstes Ziel, öffnete ein Tor zur Zwischenwelt und eilte zu Morgans Wohnung.

Bevor ihr Fuß noch den Boden berührte, wusste sie bereits, dass sie zu spät gekommen war. Schwungvoll rutschte sie nach der Landung über das glatte Parkett des Lofts und fand an einem der Stahlpfeiler Halt. Zwischenweltpassagen waren etwas, das sie noch üben musste. Was war hier geschehen? So richtig gemütlich hatte sie seine Junggesellenbude zwar nie gefunden, aber jetzt zeigte sie deutliche Spuren brutaler Verwüstung. Ein Kampf musste stattgefunden haben. Sie nahm die Witterung auf, wie man es ihr beigebracht hatte. Interessant. Blut war offenbar nicht geflossen. Dafür hing der Flachbildfernseher schief an der

Wand und drohte jeden Augenblick abzustürzen. *Geschähe ihm ganz recht.* Das Sofa lag kopfüber in einer weit entfernten Ecke und der Esstisch hatte zwei Beine verloren. Den Stühlen war es nicht besser ergangen, einer steckte in der großen Fensterfläche zum Hof und bot sicherlich auch von außen einen interessanten Anblick. Die Tür zu Morgans Schlafzimmer war zerborsten und Vivianne konnte nicht widerstehen, einen Blick hineinzuwerfen. Sofort wallte erneut Ärger in ihr auf, der sich zuvor schon etwas gelegt hatte, als sie die sinnlose Zerstörung der Wohnung inspiziert hatte. Für seine Gäste hielt der Kerl nur ein handtuchschmales Bett und kaltes Wasser zum Waschen bereit, während er sich selbst einen fensterlosen Luxus gönnte, der seinesgleichen suchte. Selbst Vivianne wohnte nicht komfortabler als dieser Betrüger. Neugierig ging sie weiter. Das Bett war breiter als lang, leise Musik tönte aus verborgenen Lautsprechern und auf einem übergroßen Bildschirm liefen Video-Clips, zusammen mit den aktuellen Börsendaten. Natürlich gab es ein riesiges Bad, sogar mit Whirlpool, und der begehbare Kleiderschrank hätte fast mit ihrem eigenen konkurrieren können. Nur dass sie keine Männergarderobe vorrätig hielt, während Morgans Schrank offenbar für beide Geschlechter eine ausreichende Auswahl bereithielt. Die Kleider waren größtenteils Modelle aus aktuellen Kollektionen, während seine Schuhsammlung die ihre definitiv in den Schatten stellte. Manolo Blahnik, Emma Hope oder Jimmy Choo. Alles im Überfluss vorhanden, nur nach Herrenschuhen hielt sie vergebens Ausschau. Ein kaum spürbarer Luftzug, der einen Hauch von kaltem Stein und Erde mit sich trug, war vermutlich das Einzige, was sie davon abhielt, diese Pracht genauer zu inspizieren. *Du bist nicht zum Vergnügen hier*, ermahnte sie sich und folgte der Spur durch den Schrank. Ungeduldig schob sie die Kleider beiseite, stieg über Kartons und begann die Rückwand abzutasten. Dort, wo auch der Geruch am intensivsten war, wurde sie schließlich fündig. Ein haarfeiner Spalt verriet ihr, was sie wissen wollte. Jetzt galt es nur noch den Öffnungsmechanismus für diese zweifellos geheime Tür zu finden. Doch als sie sich mit einer Hand an der Wand abstützte, um mit der Suche zu beginnen, schwang diese auf und gab den Blick auf eine schwach beleuchtete Treppe frei, die in die Tiefe führte. Vivianne stieg hinab, spürte dabei genau den Augenblick, an dem sie die Grenze erreicht hatte, die sein magisch geschütztes Refugium auch nach unten absicherte. Dank ihres gegenseitigen Blutaustauschs hinderte sie aber auch hier nichts außer einem kurzen Frösteln am Übertreten der unsichtbaren Grenze. Lautlos folgte sie den Stufen weiter hinab, die zu zählen sie nach einer Weile aufgab. Hier unten herrschte eine andere Magie, und sie wusste ohne jeden Zweifel, dass sie sich in einer geheimen Höhle, einer Art Schlupfwinkel befand. Ihre Augen konnten wohl die leisesten Schwingungen des Lichts verstärken, aber fehlten selbst diese, so war die Dunkelheit auch für Vampire absolut. Dass sie jetzt die Umrisse eines steinernen Quaders erblickte, war den Lichtquellen zu verdanken, die kaum wahrnehmbar in einer Nische glommen. Hier hatte jemand viel Arbeit investiert, um dieses Versteck einzurichten. Und Vivianne zweifelte nicht daran, dass dies Morgans Werk war. Bevor sie womöglich sogar Bewunderung für seine Kunstfertigkeit empfinden konnte, wandte sie sich dem Sarkophag zu. Denn genau dies war es, was sie vor sich hatte: eine ewige Ruhestätte, deren massive Abdeckplatte jedoch beiseitegeschoben worden war und in der heute niemand ruhte. Doch das hatte vor weniger als einer halben Stunde noch ganz anders ausgesehen. Der Geruch war beinahe schwindelerregend. Hier unten also hauste Edna, Morgans Geliebte! Das Weib, für das er sie ganz offensichtlich belogen und betrogen hatte. Vivianne stieß einen wütenden Schrei aus, der die Grundmauern des Gebäudes über ihr erbeben ließ. Wäre Morgan in diesem Augenblick ihr Gegner in einer Kampfarena gewesen, die Wetten hätten neunzig zu zehn für Vivianne gestanden, mindestens.

Aus einem vielleicht masochistischen Impuls heraus beugte sie sich vor und spähte in das steinerne Bett der Konkurrentin, als sie ein seltsames Geräusch hörte. Sie griff an ihren Hals, wo es schon die ganze Zeit irgendetwas gab, das sie irritierte – und erfühlte eine Kette. Der Anhänger musste wohl gegen den Granit dieses perversen Vampirgefängnisses geschlagen sein. Denn ein Gefängnis war es ganz gewiss, das hatte sie sofort gespürt, als sie sich ihm näherte. Doch es stimmte sie keineswegs milder, dass Morgan seine Gespielin in einer Gruft hielt: wie ein williges Spielzeug, das man hervorholte, wenn es einem gefiel. *Ich bringe dich um!* Die Siegel waren mächtig, aber offenbar nicht kunstvoll genug, denn Edna war augenscheinlich entkommen. Doch halt. Es gab Hinweise auf noch eine weitere Präsenz, außer Morgans Spuren und denen der Vampirin. Jemand anders hatte sie befreit, und wer auch immer dies getan hatte, er wusste, wie man die Siegel brechen konnte ohne Schaden zu nehmen.

Hier gab es nichts mehr zu erkunden, und Vivianne fand sich ohne nachzudenken im Loft wieder. *Dieser magische Energydrink ist doch jeden Cent wert.* Sie freute sich, dass Morgan die Zeche dafür zahlen durfte.

Schnell erinnerte sie sich aber wieder an die Kette um ihren Hals, zog sie heraus und betrachtete den Anhänger in ihrer Hand eine ganze Weile. Ein Ring. Eingraviert war das Wappen eines Dunkelelfen-Clans, von dem sie nicht viel mehr wusste, als dass er aus Wales stammte und selten in Erscheinung trat. Irgendwann hatte es einmal eine unbedeutende Unstimmigkeit mit dem Rat gegeben, aber Vivianne war an der Vergangenheit noch nie besonders interessiert gewesen und hatte während ihrer Geschichts- und Politikstunden meist nur mit einem Ohr zugehört. Gerade genug, um die Prüfungen zu bestehen, die ihr Lehrer und Familie alle paar Monate zugemutet hatten. Das *Homeschooling* für heranwachsende Vampire war kein Vergnügen gewesen. Schlimm genug, dass sie ihren Eltern Rede und Antwort hatte stehen müssen. Darüber hinaus waren jedes Jahr diese finsteren Typen aufgetaucht, die sie wochenlang unterrichtet hatten. Erst nach ihrer Transformation erfuhr sie, dass die beiden Männer ihre Brüder waren, die zukünftig die Verantwortung für sie übernehmen würden, weil ihre Eltern sich entschlossen hatten, einen ausgiebigen Urlaub anzutreten. Und so etwas konnte in ihren Kreisen ein paar Jahrzehnte dauern. Ihre Brüder hatten niemals einen Hehl daraus gemacht, dass sie davon überzeugt waren, die kindliche Wildheit der Schwester trüge vor allem die Schuld an der Erholungsbedürftigkeit ihrer Eltern. Und entsprechend hatten sie sie behandelt. Vivianne, das lästige Küken, die unerfahrene Novizin, die in jeden Fettnapf, in jede Falle trat und die man am besten für die nächsten Jahrhunderte am Gängelband führte.

Konzentration. Diese Kette kannte sie doch. Sie hatte um Morgans Hals gelegen und dort ein wenig gestört, als … *egal jetzt!* Die Erinnerung an eine fantastische Nacht war wirklich das Letzte, was sie im Augenblick gebrauchen konnte.

Was bedeutet all das nur? Sie versuchte ihre Gedanken zu sortieren. Morgan hatte sie betäubt und den Blutkristall gestohlen. Die Bilder aus ihren Träumen tauchten auf. Erneut spürte sie das abgrundtiefe Leid eines Vampirs, der nicht etwa, wie sie geglaubt hatte, eine Geliebte betrauerte, sondern seine Ziehschwester, die nun auch, als sie ihre Erinnerungen genauer durchforschte, einen Namen besaß: Edna hatte die junge Frau geheißen. Und der *Traumvampir*, das wusste sie in dieser Sekunde, als wäre sein Gesicht niemals verborgen gewesen, war kein anderer als Morgan.

Was also hatte es zu bedeuten, dass er Edna wie ein wildes Tier in einem Verlies in seinem Keller hielt? Die Antwort lag auf der Hand. Weil sie nichts anderes war. Ein blutrünstiges Ungeheuer, das ein verantwortungsbewusster Pate schon vor langer Zeit getötet hätte. Morgan traf keine Schuld. Davon war sie überzeugt. Wer auch immer der Dunkelelf gewesen war, der Edna transformiert hatte, er hatte dabei geschlampt und würde sich vor dem Rat für seine Tat verantworten müssen. Der Traum war ihr Zeuge, das Blut der Verrückten würde den letzten Beweis dafür erbringen, sobald man den verliebten Narren von damals identifiziert hatte.

Nachdenklich betrachtete sie den Ring. Merkwürdigerweise war er ihr zuvor nie aufgefallen, obwohl es durchaus Gelegenheit dazu gegeben hätte. Sie dachte daran, wie Morgan strubbelig und nur mit einem Handtuch bekleidet die Tür zum Gästebungalow des Statthalters geöffnet hatte. Bereit, sie notfalls auch mit Gewalt vor Carls Soldaten zu schützen. Ihr wurde warm und ihr Herz klopfte unverschämt schnell. Für romantische Erinnerungen war aber keine Zeit. Warum ließ denn jemand ein solches Erbstück zurück, wenn er nichts anderes als einen Betrug im Sinn hatte? Noch dazu an einer kostbaren Kette, die er eigenhändig um ihren Hals gelegt haben musste. Es war fast so, als wolle er ganz sicher gehen, dass sie dieses Unterpfand – keine andere Bezeichnung fiel ihr dafür ein – auch wirklich erhielt.

Natürlich war nicht auszuschließen, dass ihm der Ring gar nicht gehörte. Aber das mochte sie nicht glauben. Zugegeben, die meisten Dunkelelfen, die sie kannte, hätten ein solches Symbol ihrer adligen Abstammung stolz am Finger getragen. Nicht so Morgan. Doch ganz schien er mit seiner Vergangenheit doch nicht brechen zu können, so sehr er sich dies vielleicht auch wünschen mochte. Vermutlich hatte sie den Ring deshalb nie bemerkt, weil er nicht wollte, dass jemand, sogar die Frau, der er Liebesschwüre ins Ohr geflüstert hatte, davon wusste. Was wieder einmal bewies, wie naiv sie gewesen war, ihm zu vertrauen. In einem war sich Vivianne trotz all der Spekulationen recht sicher. Wenn sich ein solcher Siegelring mit dem Familienwappen dieser Waliser Dunkelelfen rechtmäßig in seinem Besitz befand und er eine Sprache sprach, die, obwohl Vivianne sie nicht verstehen konnte, deutlich keltische Wurzeln hatte, dann gehörte Morgan mit Gewissheit selbst zu diesem Clan.

Großartig. Und sie hatte ihn die ganze Zeit für einen geschaffenen Vampir gehalten, weil er abfällig über Dunkelelfen und die Arroganz dieser geborenen Vampire sprach – und weil sie offensichtlich eine dumme Gans war, die diese Vorurteile durch ihr eigenes Verhalten auch noch bestätigt hatte. Vivianne hätte sich am liebsten selbst gebissen. Andererseits erkannte sie jetzt die wahre Bedeutung von Sebastians Entschuldigungsversuch. Sie hatte angenommen, er habe seine Haltung zu geschaffenen Vampiren im Lauf der Freundschaft mit Morgan geändert. Tatsächlich aber muss er über dessen wahre Herkunft Bescheid gewusst haben, ohne ihm davon zu erzählen. *Er müsse sich seines Standes bewusst sein*, habe er gesagt. Ein unsensibler Ratschlag, den Morgan ihm heute noch übelnahm. Angesichts seines Schicksals leicht nachzuvollziehen.

Natürlich, der Earl of Rochester hatte gewollt, dass sein Freund sich zu seiner Herkunft bekannte und sich nicht wie ein „Angehöriger des Pöbels" verhielt. Sebastians Überheblichkeit hatte Vivianne beim Empfang des Statthalters am eigenen Leib erfahren. Er hatte sie wie eine leichte Beute behandelt, etwas, das einem anderen Mitglied der Causantín-Familie ganz bestimmt niemals passiert wäre. Dieser Dunkelelf war mindestens ebenso dünkelhaft wie sie selbst.

Aber ich habe mich geändert. Ihr war es inzwischen längst

gleichgültig, woher er stammte, ob er eine Familie hatte oder nicht. Für sie zählte nur, dass sie sich Hals über Kopf in ihn verliebt hatte und den Rest ihres Lebens mit ihm verbringen wollte. Sie war heilfroh, dass er seinen Ring zurückgelassen hatte. Ohne dieses Zeichen hätte sie die schockierenden Entdeckungen in seiner Wohnung vollkommen falsch gedeutet. Es gab keine Zweifel mehr, sie spürte die Gewissheit in jeder Faser ihres Körpers: Morgan war ihr Seelenpartner. Und dieser Ring, sie drehte ihn nachdenklich zwischen den Fingern, dieser Ring war ein Versprechen. Sie hoffte, es war das Versprechen wiederzukommen. Andererseits: Sollte Morgan den Blutkristall in der Hoffnung genommen haben, Edna aus ihrer wahnhaften Existenz zu befreien, dann konnte es auch bedeuten, dass er Abschied genommen hatte. Vivianne spürte ein Frösteln in ihren Knochen und wusste plötzlich mit absoluter Sicherheit, dass dies der Grund gewesen war.

Oh nein, mein Lieber. Dabei habe ich auch noch ein Wörtchen mitzureden! Sie musste ihn finden, und zwar schnell. Ihr Instinkt sagte ihr, dass nicht mehr viel Zeit blieb, ihre gerade erst gefundene Liebe zu retten.

Nabrah? Jetzt hätte sie die Dienste des Raben gut gebrauchen können. Er hatte bisher immer gewusst, wohin sie ihre nächsten Schritte lenken sollte, aber leider zeigte er sich in Situationen wie diesen meist erst dann, wenn sie selbst schon auf dem richtigen Weg war. *Also gut*. Sie überlegte. Einfach war es gewiss nicht, mit einer wild gewordenen Vampirin im Schlepptau unauffällig durch Berlin zu laufen – und die Zwischenwelt hätte Ednas Wahnsinn womöglich noch verstärkt. Diese unberechenbare Dimension konnte diese Wirkung auf mental angeschlagene Wesen haben, und Vivianne war davon überzeugt, dass auch Morgan dies wusste. Noch häufiger als durch die Zwischenwelt zu reisen, hatte er allerdings die Dienste des Taxifahrers aus dem Limbus in Anspruch genommen. Mit ein wenig Glück konnte ihr dieser Per Obscurus einen Tipp geben. *Und wehe, du spielst nicht mit, mein Freund*, dachte sie und rannte schon die Stufen auf die Straße hinunter.

Als die nette Verkäuferin aus dem Geschäft gegenüber ihre Ladentür öffnete und Vivianne zuwinkte, wollte sie schon so tun, ab habe sie nichts bemerkt, lief dann aber doch zu ihr hinüber. Bevor sie etwas sagen konnte, sprudelte die Frau schon los: „Suchst du deinen Freund?" Sie wirkte aufgeregt. „Dieser schnuckelige Vampir, der dort in der Fabrik wohnt. Er ist doch dein Freund?"

Vivianne war sprachlos. „Vampir?", fragte sie vorsichtshalber, nicht sicher, ob sie richtig gehört hatte. Ihr Lachen klang ein wenig hysterisch. „Wie kommst du denn auf die Idee?" Die Frau lächelte verschmitzt, und als Vivianne genauer hinsah, meinte sie ihre Haut in einem merkwürdigen Ton schimmern zu sehen. Sterbliche hatten jedenfalls weder grünlich schimmernde Haut noch lugten überspitze Ohren aus ihrem seegrasfarbenen Haar, das stand fest.

„Ich sehe, du verstehst. Aber wer ich bin, ist gleichgültig. Viel wichtiger ist doch, was ich gesehen habe."

Vivianne hoffte, dass man ihr das Erstaunen nicht allzu deutlich ansah. Wie peinlich, sie hatte es die ganze Zeit mit einer Fee zu tun gehabt und nichts bemerkt. Wahrscheinlich klang ihre Antwort deshalb so unfreundlich. „Was?"

Aber die Fee nahm es ihr nicht übel, sondern begann zu erzählen: „Ein Luxusschlitten mit getönten Scheiben ist vorgefahren. So etwas sieht man hier nicht häufig."

Vivianne war davon überzeugt, dass dem so war, hielt aber gerade noch rechtzeitig den Mund, bevor sie eine abfällige Bemerkung machen konnte. *Die Zeiten sind vorbei*. Sie wollte die Fee um Himmels willen nicht vom Erzählen ablenken.

Und tatsächlich sprach diese atemlos weiter: „Ich habe aus dem Fenster gesehen, konnte aber nicht erkennen, wer ausgestiegen ist. Er war sehr erfahren." Bewunderung klang in ihrer Stimme mit, dann schwieg sie jedoch. Offenbar dachte sie über die geheimnisvolle Magie des Limousinenbesitzers nach.

Vivianne dagegen kamen sofort der Statthalter und Carl in den Sinn. Das konnte nichts Gutes bedeuten. „Und weiter?"

„Er ist hineingegangen. In den Hof des Vampirs, meine ich."

„Du tätest mir einen großen Gefallen, wenn du ihn nicht mehr so nennen würdest. Sein Name ist Morgan."

„Oh, das klingt hübsch."

„Ja, sehr." Vivianne trat von einem Fuß auf den anderen, glücklicherweise erbarmte sich die Fee ihrer und erzählte weiter: „Der Typ kam bald wieder heraus. Er hatte einen Sack oder etwas Ähnliches über der Schulter. Ich kann mich ja auch irren, aber ich glaube, das Ding hat sich bewegt."

„Edna!"

„Wie bitte?"

„Egal. Bitte, was ist dann passiert?"

„Der Wagen raste los und im gleichen Augenblick kam der Vam… – kam Morgan aus der Tür. Und du wirst es nicht glauben …" Sie machte eine dramatische Pause, und Vivianne hätte bei aller Dankbarkeit am liebsten losgeschrien. „Ja?", fragte sie schrill und hielt ihre Hände ganz dicht am Körper.

„Er hat sich einfach mitten auf der Straße in Luft aufgelöst."

„Scheiße!"

„Das kannst du wohl laut sagen. Du hast ja keine Ahnung, wie schwierig es war, diesen drei Kids von nebenan die Erinnerung daran zu nehmen. Du kannst deinem Freund gerne mal ausrichten, er schulde mir was. Andere hätten ihn wahrscheinlich gleich an den Rat verpfiffen, und wenn erst mal so ein Vengador …"

„Ja, ja!" Vivianne holte tief Luft. Das beruhigte sie seltsamerweise auch noch Jahre nach ihrer Transformation. „Entschuldige!“ Sie bemühte sich um einen ruhigen Ton. „Es muss etwas Schreckliches geschehen sein, sonst hätte er das niemals getan. Hast du eine Ahnung, wohin der Wagen gefahren ist?“

Das hatte sie zwar nicht, aber als sich Vivianne auf gut Glück nach einer Kneipe namens *Limbus* erkundigte, wurde die Fee hellgrün und flüsterte: „Dort trifft sich der Untergrund. Illegale und Streuner, wenn du weißt, was ich meine.“

Vivianne hatte nach dieser Eröffnung wenig Hoffnung, noch mehr zu erfahren. Dennoch fragte sie ihre Informantin, ob sie die Telefonnummer für die Kneipe habe. Die Fee winkte sie in ihren Laden, wühlte in einem Kästchen und drückte ihr schließlich einen Zettel in die Hand. Als Vivianne nach dem Telefon greifen wollte, flüsterte sie: „Nein, nicht hier!“ Sie schob die verwunderte Vampir-Frau aus ihrem Laden.

„Du bist ziemlich grün“, wollte Vivianne sie noch warnen, da knallte die Tür auch schon und die Fee schloss dreimal ab. Glücklicherweise hatte Vivianne ihr Handy in Morgans Wohnung wiedergefunden und gleich eingesteckt. Schnell tippte sie die Nummer von dem Zettel ein.

„Was willst du?“ Sofort erkannte sie die Stimme und erklärte so leise wie möglich: „Hör zu, Morgan ist in Gefahr. Ich muss unbedingt zu ihm. Hast du eine Ahnung, wo …“ Die Leitung war zwar tot, aber wenige Sekunden später kündigten quietschende Reifen das teuflische Taxi an. Der Wagen hielt, die Tür sprang auf und Per brüllte gegen den Höllenlärm, der aus seinen Boxen dröhnte: „Steig ein!“ Sie hatte die Tür noch nicht ganz geschlossen, da raste er schon wieder los.

„Hallo, mein Herz!“

„Warum bin ich bloß nicht überrascht, dich zu sehen?“ Vivianne blickte den Raben finster an, der sich auf der Beifahrerlehne festklammerte und die Fahrt ganz offenbar genoss.

Anstelle einer Antwort krächzte der Vogel: „Schneller, es geht um Leben und Tod!"

Und Per gehorchte widerspruchslos.

16

Per hielt den Wagen an, stellte das Radio aus und sah sich zu ihr um. Die Stille ließ Vivianne in der Bewegung erstarren, dann nahm sie ihre Hand vom Türgriff. „Ist es hier?"

Er nickte. „Hör zu, Prinzessin!" Als er ihr Erstaunen bemerkte, lachte er kurz auf. „Alle nennen dich so, wusstest du das nicht?" Er gab ihr keine Zeit zu antworten. „Auch wenn es nicht so aussieht. Morgan ist ein Freund. Sogar der beste, den man sich wünschen kann. Und er würde sein Leben für dich geben." Per räusperte sich. „Sieh zu", fuhr er ruppig fort, „dass du den Idioten davon abhältst!"

Vivianne betrachtete ihn kühl und stieg aus. Nabrah folgte ihr und setzte sich auf das Autodach. Der Rabe und der Mann, beide beobachteten jede ihrer Bewegungen, wie sie die Tür zuschlug, wie sie sich bückte und an die Autoscheibe klopfte, die sich leise surrend senkte. Viviannes Blick verfolgte die Abwärtsbewegung, als gäbe es nichts Wichtigeres auf der Welt. Dann sah sie dem teuflischen Fahrer tief in die Augen und erkannte darin, wonach sie gesucht hatte: Aufrichtigkeit. Sie wischte sich mit dem Ärmel über die Nase und sagte mit dunkler Stimme, die so gar nicht zu ihrem Spitznamen passen wollte: „Worauf du deinen Arsch verwetten kannst!" Ohne eine Antwort abzuwarten, drehte sie sich um und wurde mit dem erstaunlichen Anblick einer riesigen Kultanlage konfrontiert.

Per lachte. „So gefällst du mir, Prinzessin." Reifen quietschten und ihr Lieblingssong dröhnte über den menschenleeren Platz. *Viel Glück!* Dann war er fort.

Vivianne machte zwei Tanzschritte und streckte ihren Arm aus. Nabrah, den es fast vom Autodach geschleudert hätte, krächzte und ließ sich darauf nieder. „Mit deiner Vermutung liegst du übrigens gar nicht so falsch. Dies hier ist das sagenumwobene Berliner Olympiastadion."

Eine Reihe von Blitzen erhellte den Himmel in schneller Folge und beleuchtete die Kulisse wie ein unheimliches Feuerwerk. Es begann. Vivianne lief los und ihr schwarzgefiederter Schutzengel erhob sich in die Lüfte. *Das kommt aus dem Wald!*

Vivianne wurde klar: Die Zeit für Spielereien war allmählich vorüber. Wenn sie ihr Versprechen einlösen wollte, machte sie sich besser sofort auf die Suche nach der Ursache für die plötzlich sehr deutlich spürbaren Veränderungen in der Atmosphäre. Die Magie verbreitete sich wie ein tödlicher Atompilz und streckte auch nach Vivianne ihre Tentakel aus. Sie rannte los, erst an der Arena entlang und durch einen Säulengang mit beeindruckenden Ausmaßen, dann über eine weite Rasenfläche und schließlich die Stufen einer steinernen Tribüne hinauf. Oben angekommen verschnaufte sie kurz und versuchte sich zu orientieren. Der Architekt dieser Anlage hatte jedenfalls gewusst, wie man Leute beeindruckte, das musste sie zugeben. Aber sie kannte die Geschichte und verweigerte ihm die Anerkennung. Sie wusste auch, was sie jenseits der Bäume erwartete: ein Amphitheater, auf Drachenlinien gebaut, deren Kraft schon von hier aus zu spüren war. Ein finsteres Grollen, jahreszeitenunüblich, aber doch leicht mit einem Gewitter zu verwechseln, mahnte sie zur Eile. Vivianne sprang, drei Stufen auf einmal nehmend, von ihrem Standort hinab und raste die Straße entlang durch den Wald, bis ihr Lauf plötzlich von einer kräftigen Hand gebremst wurde, die sie am Arm festhielt und vom Weg zerrte. „Bleib stehen!"

„Morgan“, hauchte sie atemlos. Am liebsten wäre sie ihm um den Hals gefallen. „Was ist hier los?“

Er zog sie an sich und flüsterte: „Warum bist du mir gefolgt, wie …? Ach, egal!“, unterbrach er Vivianne, als sie sich erklären wollte. „Er darf dich nicht entdecken!“

Zu spät. *Komm zu mir, mein Engel!* Diese Stimme hatte sie schon einmal gehört, sie hätte gewarnt sein müssen. Und doch machte sie unwillkürlich einen Schritt vorwärts, als der Fremde erneut lockte. Durch das Gebüsch sah sie ihn auf der Bühne etwa dreißig Meter unter sich stehen.

„Sebastian?“ Ihre Fantasie spielte wohl verrückt, er konnte doch unmöglich sie meinen. Vivianne drehte sich zu Morgan um. „Was tut er denn da?“

„Er hat Edna entführt, aber sie ist ihm entwischt und hat sich in diesem Bunker dort unten verschanzt.“

Links sah sie eine Eisentür, die nur angelehnt zu sein schien. „Und deine Schwester hat keine Lust auf Sebastian, nehme ich an.“

„Woher weißt du …?“ Morgan folgte ihr bis an den Rand des Amphitheaters und starrte wütend hinunter.

„Ich habe von euch geträumt, aber das ist jetzt nicht so wichtig. Wichtiger ist, was er von Edna will.“

„Das wüsste ich auch gern. Aber es sieht so aus, als wolle er sie benutzen, um den Blutkristall von uns zu erpressen. Er ist hinter dem verdammten Ding her.“

Vivianne zischte: „Genau wie du. Und zwar von Anfang an. Aber das klären wir später.“ Ironisch fuhr sie fort: „In jedem Fall eine brillante Idee, den Stein hierher zu bringen. Geradewegs zum Auftraggeber dieses Schurkenstücks, möchte ich wetten.“

Von unten klang es ungeduldig herauf. „Wenn ihr eure Diskussion vielleicht auf später verschieben würdet.“

Vivianne riss sich los und trat an die obere Kante der Zuschauertribüne. „Mit Vergnügen. Gib Edna heraus und ich vergesse, dass du meinen Blutkristall gestohlen hast.“ Bei sich dachte sie allerdings: *Nie im Leben! Sobald das hier ausgestanden ist, hetze ich dir den Rat und eine Meute Vengadore auf den Hals. So schnell, dass dir Hören und Sehen vergeht.*

„*Dein* Blutkristall? Dann gibst du es also zu.“

Mist. Der verschlagene Kerl ahnte doch hoffentlich nicht, wer sie in Wirklichkeit war.

Sebastian lachte, und ihr lief es kalt den Rücken hinunter. *Er weiß es!*

„Natürlich, du Dummerchen. Glaubst du denn wirklich, ich hätte den magischen Armreif nicht bemerkt, mit dem du dein Geheimnis schützt?“ Er lachte wieder, da schlug der Blitz hinter ihr in einen Baum ein.

Morgan trat an ihre Seite: „Wovon redet er?“

Jetzt war es an Vivianne, ihn auf später zu vertrösten. *Später.* Laut rief sie hinab: „Was willst du überhaupt?“

Sebastian schritt über die Bühne und gab sich einer theatralischen Pose nach der anderen hin. Plötzlich machte er kehrt und brüllte: „Morgan, du Hund! Warum hast du mich belogen? Deiner Mutter bist du wie aus dem Gesicht geschnitten. Aber das weiß so eine abnorme Kreatur natürlich nicht. Du hast dich ja niemals für deine Familiengeschichte interessiert, nicht wahr?“ Er spuckte aus.

„Von welcher Familie sprichst du?“

Vivianne konnte fühlen, dass Morgan immer wütender wurde. Sie mochten das dritte Siegel noch nicht gebrochen haben, aber sein Blut rann in ihren Adern und sie war sich seiner Nähe sehr bewusst. Bevor er etwas Unbedachtes sagen konnte, rief sie: „Lass ihn aus dem Spiel! Das ist eine Sache zwischen dir und mir.“

„Da irrst du dich, meine Süße. Du bist nur eine Statistin in seiner Inszenierung, hast du das immer noch nicht bemerkt? Vivianne, komm herunter. Du willst doch nicht allen Ernstes bei diesem Freak bleiben?"

Sie stemmte ihre Arme in die Taille. „Glaubst du etwa, ein Dieb wie du hätte mir mehr zu bieten? Und jetzt steht auch noch Entführung auf deinem Plan. Was kommt als Nächstes, die Vergewaltigung einer Verwirrten? Mord?"

Sebastian stand im Nu vor ihr, seine Augen glitzerten vor Zorn. „Ich würde Edna niemals etwas antun."

Vivianne wich erschrocken zurück. Mit dieser heftigen Reaktion hatte sie nicht gerechnet.

Jetzt gab es auch bei Morgan kein Halten mehr. „Du!", fauchte er. „Du bist doch schuld an allem." Die letzten Worte klangen undeutlich, denn mit ausgefahrenen Krallen hatte er sich auf Sebastian gestürzt.

Vivianne fand sich mitten in einer Auseinandersetzung zwischen zwei Vampiren wieder und konnte sich vor dem nächsten Angriff Morgans nur durch einen Sprung in Sicherheit bringen.

Feige hatte sich Sebastian hinter ihr aufgestellt und offenbar gehofft, damit eine Verschnaufpause zu gewinnen. Morgan kämpfte wie ein Berserker, und was ihm an Finesse fehlen mochte, machte er durch Leidenschaft allemal wett. Sebastian, der sich schnell von der Überraschung erholte, bewegte sich nun mit der Eleganz eines Tänzers, und bald erkannte Vivianne auch seine Strategie. Er wollte Morgan müde machen, um dann den Blutkristall an sich zu nehmen. Das durfte aber nicht geschehen. Sie teilte Kierans Faszination an der makabren Schönheit eines Kampfes zwar nicht, aber ein wenig hatte sie während ihrer Trainingsstunden schon gelernt. „Verschwinde aus unserem Leben!" Mit diesen Worten stürzte sie sich auf Sebastian, der für den Bruchteil einer Sekunde erstarrte. Lange genug, damit sie nach seinem Arm greifen und den Vampir mit einer Drehung über ihre linke Schulter werfen konnte. Blitzschnell beugte sie sich über den Verblüfften – und in ihrer Hand erschien ihr Dolch. Doch bevor sie diesen wie geplant in Sebastians Brust stoßen konnte, um den Vampir außer Gefecht zu setzen, wurde sie nach hinten gerissen. Vivianne begriff, dass nun auch Edna ihr Versteck verlassen und sich in die Auseinandersetzung eingemischt hatte. Sie wirbelte herum, wich den Klauen ihrer Angreiferin aus, trat ins Leere, bekam einen mächtigen Stoß und verlor das Gleichgewicht. Sie konnte sich gerade noch zusammenkauern, da rollte sie schon die Treppen hinunter. Der Sturz erschien ihr endlos, bis sie schließlich einen Mauervorsprung zu fassen bekam und benommen liegen blieb. Unmenschliches Gebrüll weiter unten in der Arena verhinderte ihre Ohnmacht sehr wirkungsvoll. Das Schlachtfeld hatte sich auf die Bühne verlagert, und Vivianne verfluchte die Fähigkeit der Vampire, ihren Standort nach Belieben zu wechseln. Sie selbst hatte immer noch große Schwierigkeiten damit. Also sprang sie auf, um Morgan im Laufschritt zu Hilfe zu eilen.

Es goss jetzt in Strömen, immer wieder schlugen Blitze ein und tauchten die Szene in ein unheimliches Licht. Zu Viviannes großem Entsetzen kämpfte Edna nicht an der Seite ihres Ziehbruders, sondern gegen ihn. Und sie schien über körperliche Kräfte zu verfügen, die selbst für eine Vampirin dieses Alters ungewöhnlich waren. Dank ihrer Hilfe hatte Sebastian inzwischen die Oberhand gewonnen. Er hielt Morgan mit eisernem Griff. Der versuchte zwar, sich so gut es ging zu wehren, aber mit einem Schrei sprang Edna auf seinen Rücken, riss ihn an den Haaren und entblößte damit seine schutzlose Kehle.

Erst dachte Vivianne, dass sie dies tat, um Sebastian einen noch besseren Zugang zur Halsschlagader seines Opfers zu verschaffen. Doch dort klaffte bereits eine große Wunde, aus der der Vampir gierig trank. Reißzähne glitzerten im Mondlicht und der Geruch von Morgans Blut überwältigte Vivianne nahezu. Sie spürte, wie ihre Kräfte gemeinsam mit den seinen schwanden, und stärkte sich mit einem schnellen Schluck aus ihrem mitgebrachten Proviant. Kaum hatte sie die Blutkonserve geleert, da sah sie plötzlich eine lange Klinge in der Hand der Wahnsinnigen aufblitzen. Verzweifelt versuchte Morgan, seine Angreiferin abzuschütteln. Er wand sich und zerrte an ihrem Bein, das sie wie eine tödliche Klammer um seine Taille geschlungen hatte. Doch alle Bemühungen schienen vergeblich zu sein.

Vivianne ahnte, dass sie zu spät kommen würde, um ihren Geliebten vor dem tödlichen Streich zu bewahren. Anstatt daraus zu trinken, warf sie das zweite Paket ihrer Blutreserven nach Sebastian und traf ihn am Kopf. Mehr als ein paar Sekunden, in denen er sich irritiert umsah, brachte ihr dies leider nicht ein. „Cyron!" Sie rieb an dem Amulett, das ihr der Elf gegeben hatte, und rannte dabei die Stufen hinab, in der Hoffnung, dass irgendetwas geschehen möge, das Morgan rettete. Nabrah sauste an ihr vorbei. Sie hatte ja den Raben ganz vergessen. Dann blieb sie wie angewurzelt stehen, ob aus eigenem Antrieb oder weil irgendeine Macht sie am Weiterlaufen hinderte, konnte sie nicht sagen. Das Schauspiel, das sich ihr bot, war einzigartig. Der schwarze Vogel schien in Tausende Flügel und Körper auseinanderzubrechen. Einem Schwarm von Zugvögeln gleich wogten die Tiere hin und her und wurden dabei immer heller. Vivianne begann mit den Zähnen zu klappern, die Temperatur war auf einen Schlag weit unter null Grad gesunken. Der Regen wurde zu Hagel, dicke Körner prasselten auf die Bühne des Amphitheaters und störten die unfreiwilligen Darsteller dieses Stückes in ihrer mörderischen Blutlust. Morgan gewann weitere wertvolle Sekunden, die ihm vielleicht das Leben retten konnten. Diesen Wetterumschwung hatte Sebastian gewiss nicht zu verantworten. Reif überzog die Sitzreihen vor Vivianne und auch die Kämpfenden, bis ihre Bewegungen immer langsamer wurden. *Du hast einen ausgeprägten Sinn für Dramatik, mein Herz*, mahnte eine Stimme in ihrem Kopf. *Beim nächsten Mal rufst du mich bitte etwas früher.* Und dann stand Cyron neben den miteinander ringenden Vampiren. Das Messer entglitt Ednas Hand und zerbrach am Boden, als wäre es aus Glas. Sie aber machte einen Salto rückwärts, schnellte herum und rannte davon. Sebastian erstarrte unter der Berührung des Elfs und fiel auf die Knie. Morgan tat es ihm erschöpft nach.

Endlich gehorchten ihr die Füße wieder, Vivianne stieg langsam, um nicht auf der spiegelglatten Fläche auszurutschen, die restlichen Stufen hinab und watete durch knöcheltiefen Eismatsch aus Hagel und Wasser. Cyron reichte ihr seine Hand und zog sie auf die vereiste Bühnenfläche. Sie wollte zu Morgan eilen, doch der Elf hielt sie zurück.

„Was glaubt ihr eigentlich, was ihr hier tut?“, herrschte er die Vampire an. „Soll denn alle Welt auf euch aufmerksam werden?“ Mit einer Handbewegung ließ er das tosende Gewitter verstummen. Sofort normalisierten sich die Temperaturen und das Eis schmolz. „Rede!“ Von dem überheblichen Dunkelelf war nun nicht mehr viel zu sehen, als Sebastian – immer noch kniend – zwar mit monotoner Stimme, aber ganz so, als säßen sie um ein gemütliches Feuer herum, zu erzählen begann:

„Erlaubt, dass ich ein wenig aushole. Ich wurde Mitte des siebzehnten Jahrhunderts in England geboren. Als Erbe einer sterblichen Ziehfamilie besaß ich nach der Transformation nicht nur einen anerkannten Namen, ich konnte mir darüber hinaus von Anfang an auch ein luxuriöses Leben erlauben. Nach einigen Jahren mehr oder weniger interessanter Trainingsstunden, die ich auf dem Land unter der Aufsicht meiner leiblichen Eltern erhielt, durfte ich endlich und zum ersten Mal unser Haus in London beziehen. Die vornehme Gesellschaft der Sterblichen nahm mich mit offenen Armen auf. Vermutlich hofften sie, ich würde eine ihrer faden Töchter favorisieren. Dank meiner wahren Herkunft fand ich ebenso rasch Zugang zu unserer vampirischen Gemeinde, die damals eine der größten der Welt war. Aber jeder wusste, dass gleichzeitig ein neuer Vampir unbekannter Herkunft in die Stadt gekommen war, der im Gegensatz zu mir keine Regeln zu respektieren schien. Man munkelte, Morgan habe sich beim Statthalter genau so vorgestellt, wie es sich gehörte. Doch fast alle behaupteten, dies sei nur einem Zufall zu verdanken gewesen – oder der Tatsache, dass dieser ein großes Herz für Streuner besaß. Grund dafür war, dass Morgan anfangs kein Geheimnis aus seiner Blutlust machte. Ganz offensichtlich gab es keinen Paten, der ihm ein paar Manieren beigebracht hatte. Und dann fing er an, die Reichen auszurauben und große Teile seiner Beute unter den Armen der Stadt zu verteilen. Ein bisschen so wie Robin Hood." Sebastian lachte bitter. „Ich war jung und sehr beeindruckt. Die anderen reagierten amüsiert und ließen ihn gewähren, bis er den Fehler beging, seine hübsche Spionin in einem ihrer Häuser zu platzieren. Ein geschaffener Vampir, der einen Dunkelelf zu bestehlen plante, das war ein Affront und – mit Verlaub – obendrein eine unglaubliche Dummheit. Ich bekam den Auftrag, beiden das Handwerk zu legen. Natürlich hätte ich das Mädchen auch einfach töten können. Aber das ist doch unsportlich, nicht wahr?"

Sebastian sah aus, als stünde er lieber auf, als zu Cyron und Vivianne aufblicken zu müssen, aber der Elf machte eine ungeduldige Handbewegung. „Weiter."

„Schon gut. Wie auch immer, ich wollte ihnen eine Chance geben. Ich fand heraus, dass die Komplizin seine Schwester und nicht seine Geliebte war, wie ich anfangs geglaubt hatte. Irgendwann erwischte ich sie mit den Fingern tief in meiner Geldbörse. An diesem Abend hätte ich sie umbringen sollen, stattdessen ging ich mit ihr ins Bett. Ich Narr, ich habe mir tatsächlich eingebildet, alles im Griff zu haben. Und als ich merkte, dass ich mich in sie verliebt hatte, war es zu spät. Das Frauenzimmer war nicht dumm und erkannte zwischen dem Verhalten ihres Bruders und meinem Parallelen. Eines Tages sagte sie mir auf den Kopf zu, ich sei ein Vampir. Würde ich sie nicht beißen, dann, so drohte sie, erführe ganz London von unserer Existenz." Er fuhr sich mit beiden Händen durch das Haar. „Ich brachte es nicht fertig, ihr etwas anzutun. Außerdem war ich sicher: wenn ihr Bruder die Transformation überlebt hatte – und er kam damals schon bemerkenswert gut mit seiner Situation zurecht –, dann schlummerten in ihr die gleichen Anlagen. Ich wollte sie für mich, und der beste Weg war, sie zu einer von uns zu machen. Ja sicher, ich hätte den Rat vorher um Erlaubnis bitten müssen." Wütend funkelte er Morgan an. „Hätte ich allerdings damals gewusst, dass ihr keine Blutsverwandten seid, so wäre das alles niemals geschehen."

„Wunderbar, wenn wenigstens einer daran glaubt. Du hast von ihr getrunken, du musst doch geschmeckt haben, dass kein Tropfen Feenblut in ihren Adern fließt." Morgan ballte seine Hände zu Fäusten.

„Mein Gott, Morgan. Ich war nicht viel älter als du. Ich hatte keine Ahnung und noch nie von einem Feenkind getrunken. Aber sie war deine Schwester – und schmeckte anders als alle Sterblichen, die ich jemals probiert hatte."

„Das war Laudanum, du Idiot! Sie war damals schon krank und süchtig nach dem Zeug, weil sie glaubte, es verleihe ihr Unsterblichkeit."

Nass und frierend hörte sich Vivianne die Geschichte weiter an, bis die fehlenden Teile des Puzzles schließlich fast alle zusammengekommen waren. Sie war nicht überrascht darüber, wie bereitwillig Sebastian Auskunft gab. Erst vor wenigen Stunden hatte sie selbst eine Kostprobe von Cyrons manipulativem Talent genossen und erinnerte sich mit Grauen daran, wie ausgeliefert sie sich dabei gefühlt hatte. Fast empfand sie Mitleid mit Sebastian.

Als Cyron den beiden endlich erlaubte aufzustehen, fühlte sich Vivianne erleichtert, beinahe so, als hätte sie selbst die ganze Zeit in einer Wasserlache knien müssen. Wie sie in ihrem Traum bereits gesehen hatte, war die Transformation misslungen. Sebastian begriff damals viel zu spät, was vor sich ging. „Und als du schließlich erkanntest, dass du ein Monster erschaffen hattest", warf sie ein, „da hast du versucht, deinen Fehler zu vertuschen, um dich nicht vor der magischen Gemeinde zu blamieren."

Sebastian schüttelte den Kopf. „So war das nicht!"

Morgan schien ihn gar nicht gehört zu haben, denn bitter ergänzte er Viviannes Vorwurf: „Aber Ednas Existenz war ein Risiko für dich, und da hast du sie so lange weggesperrt, bis sie endgültig wahnsinnig wurde."

„Ich habe alles versucht! Immer wieder, aber sie war gefährlich …"

„Durch diese grausame Gefangenschaft aber erst!" Morgan machte einen drohenden Schritt nach vorn, doch Cyron zischte etwas und sofort sprang er zurück, als habe er sich verbrannt. Dennoch sprach er weiter: „Und als wäre dies nicht genug, musstest du mir auch noch eine verlogene Freundschaft vorgaukeln."

„Das ist nicht wahr. Mein Gott, hast du wirklich all die Jahre vergessen, in denen wir gemeinsam durch dick und dünn gegangen sind? Ich habe euch beide sehr geliebt, du bist mir zu einem unverzichtbaren Gefährten geworden. Zu meinem besten Freund", fügte er kaum hörbar hinzu.

„Eher zu dem einzigen, würde ich sagen." Morgan blickte ihn kalt an.

Sebastian warf ihm einen verletzten Blick zu und sprach dann schnell weiter, als wolle er sich endlich davon befreien, was ihm so lange auf der Seele gelegen hatte. „Ich habe nie verstanden, warum Ednas Transformation schief gegangen ist. Bis zu dem Tag, an dem ich den Siegelring deiner Familie bei dir sah. Natürlich, bei einem Dieb wie dir konnte man ja nie wissen. Aber ich war deinen Eltern in der Vergangenheit schon einmal begegnet. Eure verwandtschaftliche Verbindung hätte mir viel eher auffallen müssen. Mit Edna hast du kaum mehr als eine oberflächliche Ähnlichkeit, und Blutsgeschwister seid ihr bestimmt nicht."

„Wie denn auch? Die Frau, die ich für meine Mutter gehalten und an deren Grab ich geweint habe, war in Wirklichkeit eine Amme, die mich gestohlen hat. Und meine leibliche Mutter hat es einfach zugelassen."

Vivianne hätte ihn liebend gern getröstet, aber der Zeitpunkt wäre schlecht gewählt gewesen. Allmählich begann sie sich zudem auch zu fragen, ob hier wirklich der richtige Ort für eine Lebensbeichte sein mochte. Also lenkte sie mit einer Frage ab, die sie längst schon hatte stellen wollen: „So langsam verstehe ich, was in der Vergangenheit geschehen ist, aber was das alles mit dem Blutkristall zu tun haben soll, das kann ich nicht sehen. Ihr glaubt doch nicht wirklich, man könne Edna mithilfe seiner Magie heilen?"

Erstaunt blickten sich die beiden Vampire an, und zum ersten Mal sah sie etwas anderes als Hass zwischen ihnen. „Cyron?", frage sie hilflos.

„Heilen kann er sie nicht, nein. Aber er kann den Prozess der Wandlung rückgängig machen. Bevor er in die Hände der Dunkelelfen geriet, wurde der Blutkristall von meinem Volk verwendet, um transformierte Feen wieder zurückzuholen. Mit oftmals katastrophalen Folgen, muss ich leider sagen. Die Magie ist unberechenbar und erstreckt sich auf die Paten und auf jeden anderen, der von ihrem Blut ist oder auch nur davon getrunken hat. Die meisten Angehörigen haben das Ritual nicht überlebt."

Sebastian zögerte nicht mit seiner Antwort. „Das ist mir egal."

„Du würdest also für sie sterben?", fragte Morgan erschüttert. Offenbar hatte er dies von seinem ehemaligen Freund nicht erwartet.

Sebastian sah ihn mitleidig an. „Du weißt eben nichts über die Liebe!"

„Hast du eine Ahnung." Morgan verzog sein Gesicht. „Der große Horror. Nichts ist mehr wie früher und man kann nur noch an die Eine denken."

Vivianne sah ihn erstaunt an. Er streckte seine Hand aus, sie war blutverschmiert. „Prinzessin, verzeihst zu mir, dass ich so blind war?"

Sie ließ sich in seine Arme ziehen. „Was für eine Frage!"

Cyron sah in die Wolken, als erhoffe er von dort oben himmlischen Beistand. „Klärt das später, wenn ich bitten darf."

Vivianne straffte sich. „Natürlich, erst das Monster, dann das Vergnügen."

„Ich bin kein Monster!", klang es jetzt von oben, und als sie aufsahen, sprang Edna von der Bühnenüberdachung und ging zu Sebastian. Zärtlich nahm sie seine Hand. „Ich habe dich immer geliebt, mein dunkler Prinz. Doch meine Zeit ist gekommen und ich werde dich nun verlassen." Sie zog ein weiteres Messer und hielt es sich selbst an die Brust. Sebastian reagierte blitzschnell. Noch bevor sie zustechen konnte, hatte er ihr die Waffe aus der Hand geschlagen und die Arme auf den Rücken verdreht. Man sah ihm seine Anstrengung an, dennoch wirkten die beiden auf Vivianne wie ein Paar, das in einen tödlichen Tanz versunken schien.

Cyron streckte seine Hand vor und Morgan zögerte nicht, den

Blutkristall hineinzulegen. Langsam verlor der Stein seine Farbe, bis er in einem zarten Pink erstrahlte und eher nach einem Diamanten aussah. Cyron zog einen Dolch hervor und reichte ihn Edna. „Du weißt, was du zu tun hast?"

Sie flüsterte: „Ja!"

Sebastian trat näher, schlang einen Arm um sie und reichte ihr den anderen. Edna zog die Klinge über sein Handgelenk ohne mit der Wimper zu zucken.

Morgan strich ihr beruhigend über die Wange – er schien von der Kaltblütigkeit mit der sie das getan hatte, nicht überrascht zu sein, sie schien ihn nicht einmal abzustoßen.

Sebastian allerdings gab einen fauchenden Laut von sich. Der Schmerz musste enorm sein, dass er sich diese Blöße gab. Und als sie sich herabbeugte, um von seinem Blut zu trinken, zitterte er am ganzen Körper.

Cyron hob den Blutkristall und murmelte einige Worte, die niemand außer ihm zu verstehen schien. Dann drückte er das Juwel blitzschnell auf Ednas Leib, wo es ohne Spuren zu hinterlassen einfach verschwand.

„Nicht schon wieder!" Vivianne lag ein Fluch auf der Zunge und sie wäre zweifellos dazwischen gegangen, hätte nicht eine plötzliche Leere in ihrer Seele sie davon abgehalten. Neben ihr sackte Morgan lautlos in sich zusammen. *Was ist mit dir?* Sofort fiel sie auf die Knie und zog ihn an sich. Wohl wissend, dass es nichts gab, was sie hätte tun können, um das Ritual jetzt noch rückgängig zu machen.

Während Vivianne ihren Geliebten im Arm hielt, unfähig etwas anderes zu tun, als Cyron anzusehen, fuhr dieser unbeirrt fort. Er schritt dreimal um Sebastian und Edna herum, die ebenfalls zu Boden gestürzt waren. Dann hob er seine Hände – und ein orangefarbenes Licht breitete sich in Ednas Körper aus, bis sie vollständig darin verschwand. Sie schien zu schweben, ein strahlender Punkt inmitten der dunklen Nacht. Als Vivianne zu glauben begann, die Zeit sei stehen geblieben, änderte sich unerwartet etwas. Violette Punkte, nicht kräftiger als das Licht der Glühwürmchen, erschienen und schwebten in die Nacht hinauf. Anfangs kaum sichtbar taten sie sich zusammen, tanzten und leuchteten immer kräftiger. Es sah aus, als hätten sie es eilig, Cyron zu erreichen, der jeden Einzelnen von ihnen auffing, behutsam aus der Luft schöpfte und schließlich in sich aufnahm. Am Ende, als alles Licht verschwunden war, sagte er: „Edna, du bist frei!“

Tatsächlich schien ihn die Wahnsinnige nach kurzem Zögern zu hören und erhob sich wie in Trance. Morgan, der weiterhin regungslos in Viviannes Armen lag, beachtete sie gar nicht. Stattdessen zog sie Sebastian zu sich hinauf und küsste seinen leblosen Mund.

Wenn sie geglaubt hatte, den Vampir damit zum Leben erwecken zu können, hatte sie sich geirrt. Doch entgegen Viviannes Erwartungen reagierte sie nicht enttäuscht, sondern lächelte vielmehr und sah zu Cyron hinüber. Der Elf nickte. Sie bewegte sich blitzschnell, entriss Sebastians schlaffen Fingern den Dolch, nahm ihre zweite Hand hinzu und stieß sich die Klinge bis zum Heft in die Brust. Wie erschöpfte Tänzer lehnten sie nun aneinander, Sebastian schwer auf ihr lehnend, sein Kopf an ihre Brust gebettet – wie im Schlaf nach einer langen Liebesnacht.

Eine Windböe trug den Duft des Blutes zu Vivianne, und sofort wusste sie mit tödlicher Sicherheit, dass hier eine Sterbliche ihren letzten Atem aushauchte. Staunend beobachtete sie wie Sebastian sich regte und schließlich vollständig zu sich kam. Mit rührender Zärtlichkeit nahm er die Sterbende fest in seine Arme und tauchte mit ihr in die Unendlichkeit der Zwischenwelt ein.

Bevor sich das Portal endgültig schloss, sah man etwas Rotes aufleuchten. Cyron fing den Blutkristall mit einer lässigen Bewegung auf und präsentierte ihn Vivianne. „Mein Herz!“

„Verflucht sei dein Herz, wenn dies der Preis dafür ist!“ Sie hatte nur noch Augen für Morgan, der weiter leblos an ihr lehnte, als hielten ihn lediglich die vampirischen Kräften einer verzweifelten Dunkelfee noch aufrecht.

„Du liebst ihn also wirklich?“

Zur Antwort funkelte sie ihn nur an. Sie hatte Häme oder sein unnachahmliches Gelächter erwartet, stattdessen verlangte er aber ernsthaft: „Beweise es!“

„Was soll ich tun? Mich etwa auch erdolchen, wie Edna?“

Cyron schwieg, bis sie schon glaubte, ihr Selbstmord sei tatsächlich der Preis für Morgans Leben, da sagte er etwas völlig Unerwartetes. „So einfach ist es nicht. Du musst mir verzeihen.“

„Wenn das alles ist. Okay.“

Endlich entdeckte sie ein Lächeln in seinem Gesicht. „Du musst es aber schon ernst meinen.“

„Was redest du denn? Es geht doch nicht um dich …“

Er schüttelte leicht mit seinem Kopf und unterbrach sie. „Ich hätte mich nicht einmischen dürfen.“

Um sicher zu gehen, musste sie alles wissen. *Nabrah?*

„Ich gestehe.“

Himmel, er kannte sie in Unterwäsche.

„Nicht nur das, ich weiß auch, was du träumst.“

„Tust du nicht! Aber schön zu wissen, dass du mir aus der Hand frisst.“ Bevor die Situation ins Lächerliche abglitt, riss sie sich zusammen. „Und was noch?“

Cyron streckte seine Hand aus. Darauf lag der Blutkristall. „Dieser Rubin gehört unserer Familie.“

„Kein Problem, wenn du ihn haben willst, nimm ihn nur! Aber Morgan …“, ein heiseres Schluchzen schmerzte in ihrer Kehle. „Du must ihm helfen!“

Cyron machte eine Bewegung auf sie zu, fast so, als wolle er sie trösten, doch bevor seine Finger ihre Wange berührten, ließ er die Hand mutlos fallen. „Du musst verstehen, warum ich das getan habe."

„Was getan?" Entsetzt blickte sie auf Morgan, der sich immer noch nicht rührte. *Bitte sag jetzt nicht, dass du ihn getötet hast!*, flehte sie lautlos. Vivianne wusste, dass sie ihm dies niemals verzeihen würde.

„Mich eingemischt. Ich habe geschworen, es nicht zu tun, und mich immer daran gehalten. Bis du geboren wurdest. Deine Mutter …" Er räusperte sich. „Ich habe ihr Unrecht getan."

Vivianne begriff allmählich, dass sie seine Geschichte bis zum Ende anhören musste, vorher würde der Elfenprinz nichts für ihren Seelengefährten tun. Sie setzte sich mit gekreuzten Beinen mitten auf die regennasse Bühne, Morgans Kopf in ihrem Schoß, und machte eine einladende Geste. „Der Tag ist noch zwei Stunden entfernt. Also rede."

Ohne zu zögern ließ sich Cyron ihr gegenüber nieder. Sofort wurde es wärmer, sie saß bequemer und die Feuchtigkeit verschwand.

„Lass doch den ganzen Budenzauber weg. Sag einfach, was du zu sagen hast, und ich werde sehen, ob ich dir vergebe oder nicht." Sie lehnte sich vor und fixierte ihn. „Aber wenn mein Seelengefährte stirbt, wird es nichts mehr für dich zu bereuen geben als die Tatsache, dass du dich mit einer Causantín angelegt hast."

„Ich könnte dich ebenfalls töten", bot er an.

„Und du glaubst wirklich, dass meine Familie dir das durchgehen ließe, nur weil du irgendein entsprungener Feenprinz bist?"

Cyrons Miene verdunkelte sich, und Vivianne glaubte schon, sie hätte ihren Bluff – denn viel mehr war es nicht, was sie ihm entgegenzusetzen hatte – überzogen.

„Nein. Ich bin sogar davon überzeugt, dass einige von ihnen mich jetzt schon liebend gerne umbringen würden."

Fast hätte sie ihre Erleichterung in die Nacht hinaus geschrien, aber glücklicherweise gelang es ihr, das undurchsichtige Pokergesicht aufzusetzen, an dem sie sich früher meist vergeblich versucht hatte. „Erzähl!"

Und er begann, indem er sprichwörtlich eine Bombe fallen ließ. „Deine Mutter ist meine … Schwester."

Bevor sich Vivianne von der Überraschung erholen konnte, fuhr er fort. „Ich wollte nicht, dass sie sich mit einem Dunkelelf verband. Das Konzept der Seelenpartnerschaft erschien mir völlig unsinnig und meine Schwester war die zukünftige Königin des Feenreiches. Ich habe alles getan, um diese Beziehung zu sabotieren. Wie du siehst, hat es nichts geholfen, sie hat immer schon ihren Willen durchgesetzt, deshalb wäre sie ja auch die geeignete Königin unseres Reiches gewesen. Das Blatt hätte sich gewendet und nicht die Dunkelelfen, sondern wir hätten die Entscheidungen getroffen, im Rat und in der restlichen Welt."

„Wenn es dir bloß um Macht ging, warum hast du den Job dann nicht übernommen?" Vivianne beugte sich interessiert vor.

Cyron lachte bitter. „Weil die Emanzipation bei uns nicht so besonders weit vorangeschritten ist. Es gibt beispielsweise keine männliche Thronfolge."

„Wem sagst du das!" Vivianne verstand seinen Groll. Sie ärgerte sich über die patriarchalischen Strukturen ihrer Welt ebenso, wie der Elf sich gewiss etwas mehr Gleichberechtigung für die Männer im Feenreich wünschte. Beide tauschten einen verständnisvollen Blick, und Vivianne erinnerte sich plötzlich, wem sie hier gegenübersaß. Dies war Cyron, der charmante Barkeeper, ihr Freund, also jemand, der jahrelang für sie da gewesen war. Und er war Nabrah, der Rabe. Unverschämt, frech, aber stets zur Stelle, sobald sie in Schwierigkeiten geriet. „Hast du ihn wirklich umgebracht?" Beide wussten, dass sie den Vampir im Garten des Statthalters meinte.

Cyron hob eine Augenbraue. „Hätte ich es etwa nicht tun sollen?"

„Vielleicht nicht gleich umbringen … Ach was, jedenfalls war ich ziemlich froh, den Kerl los zu sein."

„Also?" Er nahm ihre Hand und begann mit seinem Daumen über die empfindliche Innenfläche zu streichen. „Nein, sag nichts. Du hast so viel von deiner Mutter. Weißt du, ich habe sie geliebt. Ihre Aufrichtigkeit, ihren Überlebenswillen und ihren Glauben an das Gute. Aber ich war ehrgeizig – und sie der Schlüssel zum Erfolg. Dann kam dieser smarte Dunkelelf und alles – meine sämtlichen Pläne lösten sich in Luft auf. Natürlich habe ich versucht, die Verbindung zu vereiteln. Was erwartet man schon anderes von einem selbstsüchtigen älteren Bruder? Doch sie ließ sich nicht beirren und ging einfach fort. Vorher nahm sie aber noch ihre Lieblingsstücke aus dem Thronschatz an sich, darunter auch den Blutkristall und ein ganz besonderes magisches Schwert, das heute dein Bruder besitzt. Mit mir, sagte sie in ihrer Wut, wolle sie nie mehr etwas zu tun haben. Es hat lange gedauert, bis ich mit mir selbst ins Reine kam. Ich verließ das Feenreich und beschloss, zukünftig unter den Sterblichen zu leben und dem Schicksal nicht mehr ins Handwerk zu pfuschen." Er lachte bitter.

Vivianne hätte fast gesagt: *Immerhin ist nichts Schlimmeres passiert.* Aber in ihren Armen lag ihr Seelengefährte. Opfer der Eitelkeiten einer Welt, die sie nicht verstand und die sie auch jetzt ratlos zurückließ. „Tu was!", verlangte sie.

„Vergibst du mir?"

Vivianne überlegte lange. Cyrons Familienzwist aus vergangenen Zeiten ging sie nichts an. Das war eine Sache zwischen ihm und ihrer Mutter – obwohl es offene Fragen gab, die sie irgendwann beantwortet haben wollte. Ja, er hatte sie manipuliert, benutzt und ständig im Dunkeln über seine wahren Ziele gelassen. Auch das wäre gewiss ein Thema zukünftiger Auseinandersetzungen. Aber was wirklich zählte, war das Hier und Jetzt, war – Morgan.

Cyron las die Antwort in ihren Augen, bevor sie etwas sagen konnte, und legte den Blutkristall in ihre Hand. „Du musst das dritte Siegel brechen, wenn du ihn retten willst." Dann war er fort.

Vivianne zögerte nicht, sie riss mit einem zur Klaue gewordenen Fingernagel ihr Handgelenk auf und presste es auf Morgans Mund. Doch nichts geschah. „Bitte", flehte sie, „lass mich nicht allein!" Erst als ihre Wunde fast schon wieder geschlossen war, bewegte er sich ein wenig. Morgan schluckte das Blut. Mit der Zunge benetzte er seine trockenen Lippen, öffnete den Mund und biss zu.

Der Schmerz war im ersten Augenblick kaum zu ertragen, weiße Lichter explodierten vor ihren Augen, aber dann ging er in ein Glücksgefühl nie gekannten Ausmaßes über. Die raue Zunge auf ihrer Haut, mit der er die Wunde verschloss, entlockte ihr einen Seufzer. „Liebe mich!"

„Hier?", fragte Morgan und seine Stimme klang so verführerisch wie eh und je. Kaum zu glauben, dass er eben noch wie tot dagelegen hatte.

„Jetzt!", verlangte Vivianne und zerrte an seinem Hemd.

Morgan schob ihr Haar beiseite, presste seine Lippen auf ihren willig dargebotenen Hals und – biss zu.

Einige Monate später

Zugegeben, es war vielleicht keine so großartige Idee, das dritte Siegel ausgerechnet auf der Bühne eines Amphitheaters zu brechen, aber wer konnte schon damit rechnen, dass die Causantíns ausgerechnet diesen Zeitpunkt wählen würden, um nach ihrer kleinen Schwester zu suchen?

Vengadore haben die unangenehme Eigenschaft, erst zu handeln und später nachzufragen. Ich habe überlebt. Den beiden gehe ich seither trotzdem lieber aus dem Weg.

Leider wird mir das heute nicht gelingen, denn es ist Beltane – und so geben die Feenfrauen der Familie ein großes Fest. Ich wollte mich ja drücken, aber Vivianne hat darauf bestanden, dass ich mitkomme. Sie setzt ihren Dickkopf meistens durch, und seit ich ihre Sippe näher kennengelernt habe, beginne ich zu zweifeln, ob das jemals anders werden wird. Aber es gibt ein paar Situationen, in denen tut sie recht gern, was ich möchte.

Wann? Ein Gentleman genießt und schweigt. Aufzuzählen, was ich alles an ihr liebe, würde ein ganzes Buch füllen. Ihr Wunsch nach Unabhängigkeit gehört jedenfalls ebenso dazu wie ihre Loyalität. Letztere hat allerdings auch ihre Schattenseiten. Meine Prinzessin hängt nämlich sehr an ihrer verrückten Familie. Deshalb wäre es ihr auch schwer gefallen, lange auf Cyron sauer zu sein. Er ist gewiss der manipulativste Elf, der mir jemals untergekommen ist, aber erstens ist er ihr Onkel und zweitens zählt am Ende der Nacht nur das Ergebnis. Und auf meine Prinzessin möchte ich nie mehr verzichten.

Vorhin habe ich Cyron hier irgendwo gesehen. Ihm hat die Familie seine Einmischung in unser Leben nämlich sofort vergeben, so froh waren alle, dass er überhaupt noch lebte. Sieht so aus, als sei der Job eines Barkeepers tatsächlich eine brauchbare Tarnung gewesen. Inzwischen hat er den Beruf gewechselt und ist in Berlins Villenvierteln ein gefragter Mann, der Tag für Tag irgendwelche Parkanlagen neu gestaltet. Vivianne hat er eine begrünte Dachterrasse für das Loft versprochen. Sie freut sich schon darauf, im Sommer dort oben zu sitzen und in die Sterne zu schauen. Was soll ich machen? Dann wird das Ding eben bepflanzt.

Bevor er wieder in irgendeinem Beet verschwand, hat sich Cyron übrigens nach Sebastian erkundigt. Und ich habe ihm von unserer Aussprache erzählt. Schließlich waren wir einmal die besten Freunde. Sebastian hat zugegeben, dass er die Diebin in Viviannes Wohnung getötet hat. Sie sei eine ergebene Mitarbeiterin gewesen, der er rückhaltlos vertraut, ja sie sogar in die Geheimnisse unserer Magie eingeweiht hatte, bis sie ihn nach dem Diebstahl zu hintergehen versuchte. Wäre er nicht gestört worden, hätten wir sie niemals entdeckt. Sebastian muss Edna wirklich geliebt haben. Doch was er ihr angetan hat, kann ich ihm nicht so einfach vergeben.

Der Statthalter und Carl sind von der Bildfläche verschwunden. Eigentlich war ich nicht überrascht, als der Rat Sebastian zum Nachfolger ernannte. Er war schon immer so ehrgeizig und den hässlichen Milovan konnte er noch nie leiden. Das erklärt wohl auch, warum er Vivianne damals ein Alibi gegeben hat.

Ah, da kommt ja meine Mai-Prinzessin. Eine fantastische Sache, dass ich sie immer und überall spüren kann – sofern sie das möchte, natürlich. Wie sollte es auch anders sein?

Morgan schmunzelte, als er an seine selbstbewusste Gefährtin dachte.

Vivianne hatte ihn noch nicht erreicht, da legte sich eine schwere Hand auf seine Schulter. Asher blickte finster auf Morgans Füße und hob zu einem seiner üblichen Vorwürfe an. Er war ziemlich konservativ und schien zu glauben, eine Frau müsse man immer und überall im Auge behalten. „Warum kümmerst du dich nicht um Vivianne, wo ist sie überhaupt?"

Bevor Morgan etwas entgegnen konnte, das zweifellos zu einer weiteren Auseinandersetzung geführt hätte, baute sich Vivianne vor ihrem furchterregenden Bruder auf und stemmte die Hände in die Taille. „Suchst du schon wieder Streit?" Sie legte ihren Kopf schräg und ein freches Lächeln erschien auf ihren Lippen. „Kümmere dich lieber um Estelle, ich glaube, ich habe sie gerade mit diesem entzückenden Mann flirten sehen, wie war doch noch sein Name, Julen?"

Mit einem Fluch verschwand Asher.

„Riecht es hier etwa nach Schwefel?" Vivianne kicherte und griff nach Morgans Hand. „Komm, ich verspüre ein ausgeprägtes Bedürfnis nach Zweisamkeit."

Morgan folgte ihr erwartungsvoll weiter in den Park hinein. Es war so süß, wie sie ihn zielstrebig hinter sich herzog, als dulde sie keinen Widerspruch. Unter den lang herabhängenden Zweigen einer Trauerweide blieb sie schließlich stehen und schnell begriff er, dass es keineswegs nur ein paar Küsse waren, die sie im Sinn hatte. Offenbar wollte sie das Maifest traditionell begehen.

„Hier, unter den Augen deiner Familie?", fragte er und knöpfte langsam ihre Bluse auf. Der Gedanke erregte ihn durchaus.

„Keine Sorge! Mein lieber Bruder Kieran ist nicht der Typ für romantische Spaziergänge." Vivianne machte sich an seinem Gürtel zu schaffen. Doch er hatte ein Geräusch gehört. Als er aufblickte, sah er besagten Bruder mit langen Schritten über den Rasen auf sie zukommen.

„Definitiv nicht romantisch", befand Morgan und floh mit Vivianne durch die Zwischenwelt.

Nalini Singh

Engelskuss

Gilde der Jäger

Roman

Atemberaubende Spannung und prickelnde Erotik!

Die Vampirjägerin Elena Deveraux wird von dem ebenso charismatischen wie gefährlichen Erzengel Raphael angeheuert. Diesmal ist es jedoch kein entflohener Vampir, den sie aufspüren soll, sondern ein abtrünniger Erzengel. Um den Auftrag erfüllen zu können, muss Elena bis an die Grenzen ihrer Fähigkeiten gehen – und darüber hinaus! Zugleich weckt der übermenschliche Raphael eine ungeahnte Leidenschaft in ihr. Doch seine Berührung könnte für Elena den Tod bedeuten, denn im Spiel der Erzengel zahlen die Sterblichen den Preis!

»Ein fantastisches Lesevergnügen und ein toller Start der neuen Serie von Nalini Singh. Dieses Buch muss man gelesen haben!«
Love Vampires

432 Seiten, kartoniert mit Klappe
€ 9,95 [D]
ISBN 978-3-8025-8274-5